D1677959

АНДРЕА ЯНГ

СОБЛАЗН В ШЕЛКАХ

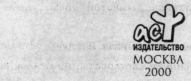

ИЗДАТЕЛЬСТВО
МОСКВА
2000

ББК 84 (7США)
Я60

Серия основана в 1999 году

Andrea Young
WICKED IN SILK
1996

Перевод с английского В.Н. Матюшиной

Серийное оформление А.А. Кудрявцева

*В оформлении обложки использована работа,
предоставленная агентством FOTObank.*

Печатается с разрешения издательства
Robinson Publishing и литературного агента Александра Корженевского.

Янг А.
Я60 Соблазн в шелках: Роман / Пер. с англ. В.Н. Матюшиной. — М.: ООО «Издательство АСТ», 2000. — 432 с. — (Обольщение).

ISBN 5-17-000375-7

Кто мог подумать, что независимая и решительная Клодия Мейтленд в действительности мечтает лишь об одном — любить и быть любимой?

Кто мог подозревать, что под маской легкомысленного покорителя женщин блистательный Гай Гамильтон скрывает свое мучительное одиночество, свою жажду подлинной страсти?

Кто мог поверить, что этим двоим, таким разным, судьбой предназначено подарить друг другу долгожданное счастье?..

Глава 1

Задолго до того, как такси остановилось перед входом в ресторан, Клодии захотелось отказаться от своей затеи, в горле у нее пересохло от страха.

Такси остановилось — еще не поздно сбежать. Достаточно при оплате притворно ужаснуться, «вспомнив», что не выключила газ, и через полчаса будешь дома.

Даже не думай об этом! С каких это пор ты пасуешь перед трудностями?

Девушка с бесшабашной щедростью расплатилась с водителем. Она дважды прошлась мимо неприметной черной двери. Сама Клодия здесь никогда не бывала, но не раз читала в дорогих иллюстрированных журналах хвалебные отзывы о французской кухне и баснословных ценах этого ресторана.

Смелее, Клодия. Сделай глубокий вдох и открой дверь. Ну — раз, два, три...

С независимым видом девушка шагнула внутрь и замерла, вытянувшись в струнку и кутаясь в черное кашемировое пальто. Все столики были заняты. Слышалось приглушенное жужжание голосов и одобрительное хмыканье состоятельных лондонцев, отдающих должное искусству шеф-повара.

Гай Гамильтон.

Лицо на фотографии врезалось ей в память. Волосы цвета старого, хорошо отполированного красного дерева, не слишком короткие, слегка вьющиеся, смуглая кожа. Нос и подбородок подобной формы явно не могли принадлежать простому смертному. Если мужчина с такой внешностью обнимает тебя за талию на какой-нибудь вечеринке, все присутствующие женщины наверняка умирают от черной зависти.

Он вынул бутылку из серебряного ведерка со льдом и стал наливать вино в бокал пожилой дамы, сидевшей справа от него. За столом расположились также пожилой мужчина и девушка лет двадцати привлекательной экзотической наружности.

Клодия сразу же заметила, как при ее появлении смолкли разговоры за ближайшими столиками. Она понимала, что выглядит излишне театрально с медно-рыжими волосами, уложенными в высокую прическу, и бледной кожей, контрастирующей с черным кашемировым пальто.

Почувствовав ее пристальный взгляд, он поднял глаза, и Клодия замерла от страха. За ее спиной раздалось вежливое покашливание.

— Могу я вам чем-нибудь помочь, мадам?

Бежать поздно. Оставив без внимания вопрос старшего официанта, Клодия пересекла зал.

— Как ты можешь так спокойно здесь сидеть? — воскликнула она. — Такой дорогой ужин! А как же мы, Гай? Неужели мы тебе безразличны — и я, и наш малыш?

Сидящие за столом затаили дыхание. Не дав им опомниться, Клодия продолжала дрожащим голосом:

— Как ты можешь отрицать его существование? Ведь ты ему так нужен, Гай!

В ресторане стояла мертвая тишина, присутствующие оборвали разговоры на полуслове, поняв, что стали свидетелями драматических событий.

Девушка обратилась к гостям Гамильтона — пожилой даме, которая безуспешно пыталась скрыть охвативший ее ужас, и пожилому мужчине, чье лицо приобрело зловещий багровый оттенок.

Ее голос дрожал, но голова была гордо поднята.

— Этот человек — отец моего сына. Я лишь хочу, чтобы он признал его существование.

Несколько долгих секунд в зале стояла гробовая тишина, не нарушаемая ни звяканьем прибора, ни звоном бокала.

— Гай, что происходит? — взмолилась ошеломленная пожилая дама. — Кто эта женщина?

— Понятия не имею, — ответил Гамильтон. В голосе его слышались угрожающие нотки. Отложив белую льняную салфетку, он решительно поднялся из-за стола.

Хотя рост Клодии на каблуках составлял пять футов девять дюймов, ей пришлось поднять голову, чтобы заглянуть в темно-синие глаза, взгляд которых был не теплее шотландского озера зимой.

— Вы все сказали?

Только сейчас до нее дошел смысл пословицы «семь бед — один ответ». Быстрым движением Клодия сбросила с плеч пальто, оставшись в кремовой шелковой рубашечке с тонкими бретельками и красной розой, приколотой на груди. Эффектным жестом она вынула заколку, сдерживавшую волосы, и они каскадом заструились по плечам. Другой рукой Клодия отколола розу и предложила ее Гаю с обольстительной улыбкой.

— С днем рождения, Гай, — произнесла она с едва заметной дрожью в голосе.

Гробовое молчание нарушил смех девушки, сидевшей за столом. Кроме нее никто даже не улыбнулся. Поступок Клодии вызвал такое единодушное осуждение со стороны присутствующих, будто она разделась донага на приеме в Букингемском дворце. Но Клодия вынуждена была доиграть сцену до конца.

Последующие несколько секунд пронеслись как в тумане. Она потянулась к лицу Гамильтона и прикоснулась губами к гладко выбритой щеке, уловив чуть заметный запах лосьона. Он же решительно отстранил ее от себя и, крепко держа за предплечье, отнюдь не ласково выпроводил за дверь.

Оказавшись на улице, Клодия чуть не лишилась чувств от облегчения: все уже позади! Но, к сожалению, это был еще не конец.

— Можно полюбопытствовать, — спросил ледяным тоном Гамильтон, — сколько тебе заплатили за то, что ты привела в замешательство моих гостей и испортила приятный ужин?

— Мне пока еще ничего не заплатили, — ответила Клодия, вдевая руки в рукава пальто. — Я это сделала на спор.

— На спор? — не веря, воскликнул он. — Прости за любопытство, но может быть, я чем-нибудь тебя обидел в предыдущей жизни?

— Это была шутка, розыгрыш, — попыталась объяснить девушка. — Где ваше чувство юмора?

— К твоему сведению, я не увидел ничего забавного.

Он сделал шаг с тротуара, чтобы подозвать такси. Машина притормозила у обочины, из окошка выглянул водитель.

— Куда едем, приятель?

Гай Гамильтон вытащил из кармана бумажник, вынул банкноту и сунул ее таксисту.

— Как можно дальше отсюда, — произнес он и, схватив Клодию за плечо, подтолкнул к такси.

Девушка возмущенно стряхнула его руку с плеча.

— Что вы себе позволяете?

— Я лишь хочу убедиться, что ты убралась отсюда.

После всего пережитого Клодия потеряла самообладание.

— Ты заслуживаешь, чтобы тебя поставили в неудобное положение! Надеюсь, все кончится несварением желудка!

— Вот как? Вынужден тебя огорчить, но для того, чтобы смутить меня, потребуется нечто большее, чем твое появление. — Гамильтон усмехнулся. — И еще одно — киссограмма* получилась из рук вон плохо. Полный провал! В следующий раз постарайся делать это как следует. Вот так, например. — Гай схватил ее за плечи, а она, остолбенев от неожиданности, даже не сопротивлялась. Затем последовало не какое-то там робкое, торопливое прикосновение, а решительное однозначное обладание губами, уже удобно приоткрытыми, потому что Клодия, совершенно ошеломленная, ловила ртом воздух, словно рыба, вытащенная из воды.

Поцелуй продолжался не менее пяти секунд.

— На этом закончим первый урок, — сказал Гамильтон, распахивая дверцу такси, — а теперь исчезни.

С этими словами он не слишком вежливо запихнул девушку в такси.

Клодия с трудом очнулась. Как только машина двинулась, она опустила стекло и крикнула:

— Почему вы всю вину свалили на меня? Киссограмму заказала ваша подружка!

Ответа не последовало. Он стоял, не двигаясь, на тротуаре, пока такси не скрылось из виду.

— Неудачный день, дорогуша? — тактично спросил таксист.

Клодия подняла стекло.

---

* Розыгрыш, поцелуй на заказ. — *Примеч. ред.*

— Да уж, хуже не придумаешь, — пробормотала она.

В конце улицы с односторонним движением водитель остановился на развилке.

— Он сказал «как можно дальше», дорогуша, но в моем справочнике нет такого адреса.

Клодия стряхнула с себя оцепенение.

— Патни, — с тяжелым вздохом произнесла она. Скорее домой, к запоздалому сочувствию Кейт и большому стакану джина с тоником.

Какой кошмар! Пожалуй, все вышло даже хуже, чем на той вечеринке, где она изображала Джейн, подружку Тарзана.

Клодия вытащила из кармана фотографию. На обратной стороне было нацарапано: «Гай Гамильтон. Вы его без труда узнаете».

Что правда, то правда...

С фотографии смотрело загорелое лицо мужчины в белоснежной сорочке и черном галстуке, а справа от него виднелась половина блондинки в бальном туалете.

Я так и знала, что тебя это не развеселит. С первого взгляда видно, что для таких, как ты, это низкопробная шутка.

— На киссограммы совсем нет заказов, полный провал, — проворчал два дня спустя кузен Клодии Райан. — Если так пойдет и дальше, то тебе придется задержаться здесь до Рождества.

Клодия очень надеялась, что ее испытания закончатся задолго до этого срока.

— А потом ты, наверное, пошлешь меня куда-нибудь в качестве соблазнительной волшебницы с верхушки рождественской елки?

— Все будет зависеть от заказчиков, Клод. Лично я каждый вечер молю Бога, чтобы кто-нибудь заказал соблазнительную монахиню для архиепископа кентерберийского.

Клодия понимала, что негодовать бесполезно, однако ее это не остановило.

— Неужели ты никогда не повзрослеешь?

Райан немедленно изобразил оскорбленную невинность. Ему всегда удавалось скрывать от окружающих свою порочную сущность.

— Не понимаю, почему ты жалуешься. Ты получишь кругленькую сумму за десяток вечеров удовольствия и...

— Удовольствия? Значит, ты считаешь, что я получаю удовольствие, входя полуобнаженной в комнату, где полно незнакомых людей, и целуя какого-нибудь жирного, потного...

— Я хочу сказать, что это удовольствие для меня, — ухмыльнулся Райан. — Я сижу дома, потягиваю холодное пивко и представляю себе пикантные подробности.

Клодия медленно сосчитала в уме до десяти.

Пять минут тому назад, входя в неопрятный офис Райана, она и без того пребывала в унынии, но теперь начала понимать, отчего вдруг превращаются в убийц совершенно нормальные люди.

Мозговой центр сомнительной империи Райана располагался в конце грязного переулка в самой загаженной части юго-западного Лондона. Единственными свежими предметами в этом офисе были два плаката, на которых еще не высохла типографская краска.

На одном было написано: ТАКСИ-МАЛОЛИТРАЖКИ РАЙАНА. ОБСЛУЖИВАНИЕ АЭРОПОРТОВ, ТЕАТРОВ, СПЕЦИАЛЬНЫЕ ДОСТАВКИ. САМЫЕ КОРОТКИЕ МАРШРУТЫ, САМЫЕ ОПЫТНЫЕ ВОДИТЕЛИ.

На другом: КИССОГРАММЫ РАЙАНА: ФРАНЦУЗСКИЕ ГОРНИЧНЫЕ, ПОЛИЦЕЙСКИЕ, ТАРЗАНЫ,

СОБЛАЗНИТЕЛЬНЫЕ МОНАХИНИ ИЛИ ЛЮБЫЕ ДРУГИЕ ПЕРСОНАЖИ ПО ВАШЕМУ УСМОТРЕНИЮ. ЗАКАЖИТЕ СЮРПРИЗ, О КОТОРОМ НИКОГДА НЕ ЗАБУДУТ!

— Ну, мне надо бежать, — сказал Райан. — У меня заказ в аэропорт. Мик заболел, так что у нас не хватает одного водителя. Тебе придется пользоваться мобильным телефоном, потому что радиотелефон не в порядке.

Клодия хотела было ответить, что в его офисе все не в порядке, включая его мозги, но воздержалась.

— В таком случае проваливай поскорее, Жаба.

Райан самодовольно ухмыльнулся.

— Позволь напомнить тебе, Клод, что ты работаешь на меня, пока я не выиграю пари. Поэтому тебе придется относиться ко мне уважительно: немножко лести, немножко подобострастия и постоянная готовность исполнять любые мои распоряжения.

Клодия одарила кузена презрительным взглядом.

— Ты хотел сказать: пока я не выиграю пари?

— И не мечтай. — Он ухмыльнулся и показал ей язык.

Как только за ним закрылась дверь, Клодия едва удержалась, чтобы не запустить ему вслед кофейную кружку. Кружка имела отвратительный вид, ее давно пора было выбросить, но в ней остался недопитый кофе, и Клодии не хотелось убирать потом грязь.

Она сама виновата в том, что впуталась в эту историю. Услышала от своей матери, что Райан получил наследство от древней старушки родственницы, проживавшей в Шотландии и, судя по всему, никогда с ним не встречавшейся. Возможно, наивно полагала, что он превратился в разумного человека... Клодия зашла к нему однажды и сказала:

— Райан, я обращаюсь ко всем местным бизнесменам с просьбой внести пожертвования на благое дело.

Тот выслушал ее с ангельской кротостью и важно ответил:

— Ну что ж, думаю, я мог бы сделать небольшое пожертвование.

— Сколько? — спросила она, держа наготове ручку, чтобы записать сумму взноса.

Ожидая, что Райан назовет символическую сумму, Клодия чуть не потеряла сознание, услышав ответ.

— Сколько? — не веря своим ушам переспросила она.

И тут перед ней предстал истинный Райан со своей дьявольской ухмылкой, которую она так хорошо помнила с детских лет.

— Это кругленькая сумма, Клод, но чтобы получить ее — надо выиграть пари. Я уверен — тебе слабо́.

Да, она сама виновата, что оказалась в дурацкой ситуации.

С тяжелым вздохом Клодия принялась наводить порядок в куче бумаг на столе Райана. Услышав звонок в дверь, оповещавший о прибытии потенциального клиента, она даже испытала некоторое облегчение.

Пока не увидела, кто пришел.

Клодия удивилась бы меньше, обнаружив на пороге запюханного офиса Райана мать Терезу, а судя по тому, как растерянно замер на месте Гай Гамильтон, он испытал не меньшее потрясение.

Клодия быстро овладела собой. Гамильтон перешагнул порог офиса с мрачной решимостью человека, рвущегося в бой. Ну что ж, если он этого хочет, она рада ему услужить. Это хоть немного скрасит серенькое утро.

Клодия иронично улыбнулась.

— Рада видеть вас, мистер Гамильтон. Неужели так понравилось наше обслуживание, что вы задумали заказать повтор?

Засунув руки в карманы, он молча разглядывал девушку. Холодный оценивающий взгляд скользнул по копне медно-рыжих волос, по белоснежной хлопчатобумажной блузке и вернулся к глазам.

— Не ожидал, что вы хозяйка этого сомнительного заведения. Если не ошибаюсь, упоминалось какое-то пари?

Клодия тоже кое-что припомнила. Например, как он бесцеремонно затолкал ее в такси.

— Ваша память вам не изменяет, мистер Гамильтон. Пока не наблюдается признаков старческого слабоумия.

Она пожалела, что не удосужилась получше подкрасить губы. Не помешало бы и ресницы чуть-чуть подкрасить. Хотя глаза у нее большие, ярко-зеленые, ресницы все же несколько светловаты.

— Не дерзите мне. Я ведь подумал, что это был случайный эпизод.

— Ошибаетесь, условие пари включает десяток подобных выездов. А в перерывах между веселенькими приключениями я исполняю роль девочки на побегушках: готовлю чай, вылизываю сапоги босса и вообще всячески ублажаю его ущербное «эго».

Он еле заметно улыбнулся, и Клодия подумала, что либо Гамильтон не поверил ни одному ее слову, либо поверил, и его это позабавило.

— Можно узнать, что вы собираетесь выиграть?

Ее так и подмывало сказать: «Деньги, а вы что подумали?» — но ей не хотелось, чтобы Гамильтон решил, будто нужда толкнула ее на отчаянный поступок. Кроме того, одним из условий сделки была конфиденциальность. У Райана чесались руки привлечь прессу, сделать снимки Клодии во всем ее блеске и поместить фотографии на страницах газеты «Эхо». Он даже самолично придумал броские подписи. «Длинноно-

Глава 2

— Паспорт? Да, конечно, но... — промямлила она. Ей вдруг пришло в голову, что это, наверное, очередная дьявольская затея в стиле Райана. Сейчас Гамильтон предложит ей большие деньги за контрабандную перевозку партии плутония в бюстгальтере.

Да, это было бы вполне в духе Райана!

— Мистер Гамильтон, если это какой-нибудь нелепый розыгрыш...

Чуть нахмурившись, он взглянул на часы.

— Сейчас у меня нет времени обсуждать этот вопрос. Позвоните мне сегодня вечером, и мы договоримся пообедать вместе и обсудить детали.

Гай извлек из кармана ручку и на клочке бумаги с ее стола нацарапал: «Гамильтон» и номер телефона.

— Я буду на месте с семи до восьми вечера.

Клодия смотрела на него, лишившись дара речи.

Он положил ручку в карман.

— До вечера, Клодия!

Этих слов оказалось достаточно, чтобы привести ее в чувство.

— Не припомню, чтобы я называла вам свое имя!

На полпути к двери Гамильтон оглянулся через плечо, и девушка увидела его возмутительную улыбочку, приподнявшую уголки губ.

— А я медиум.

Дверь за ним закрылась.

Не прошло и пяти секунд, как загадка разрешилась. Среди кучи бумаг на столе лежало письмо, полученное сегодня утром из Испании. На конверте аккуратным почерком ее матери было выведено: «Мисс Клодии Мейтленд».

Вот хитрый дьявол! Он, должно быть, прочитал это, пока я разговаривала по телефону. Жаль, что конверт надписан не отцом. Он бы глаза сломал, расшифровывая его каракули.

Неразборчивый почерк отца славился тем, что доводил почтовых работников до нервного срыва.

Клодия задумчиво уставилась на клочок бумаги с номером телефона. Ну что ж, по крайней мере у нее осталось вещественное доказательство того, что все произошедшее ей не приснилось.

Судя по номеру, Гамильтон жил в центральном районе Лондона, в Кенсингтоне.

Любопытство девушки разгорелось, как лесной пожар, который не удалось загасить даже тремя чашками отвратительного растворимого кофе Райана.

Несмотря на то что окна в квартире Клодии имели обыкновение пропускать в помещение холодный воздух независимо от желания жильцов, в гостиной было довольно уютно.

Кейт, только что принявшая ванну, свернулась калачиком в кресле, переваривая новости.

— Все это кажется мне весьма подозрительным, — заявила она.

— Мне тоже. Только...

— Только что?

— Только он не выглядит подозрительным.

— Так и должно быть. — Кейт сняла полотенце и встряхнула головой, отчего вокруг лица образовался словно нимб из влажных кудряшек. — Вспомни обо всех этих крестных отцах-мафиози! Выглядят как добропорядочные граждане, настоящие столпы общества, пока их не разоблачат.

— Может быть, он барон наркобизнеса, — попробовала развить это предположение Клодия, рассеянно поглаживая кота Портли, который, разнежившись, развалился рядом с ней, заняв половину дивана. — Может быть, он предложит мне провезти килограмм героина в Бангкок под видом высокосортного сыра «стилтон».

— Полно тебе, каждому видно, что ты не настолько глупа, чтобы согласиться на подобное. Хотя это могут быть деньги, полученные от продажи наркотиков. Масса наличных денег, которые нужно отмыть. Тебе придется купить яхту или еще что-нибудь. Они всегда покупают роскошные огромные яхты за наличные и плывут на них до Флориды, где продают, а деньги кладут на банковские счета в разных банках, чтобы сбить всех с толку.

— Но он не похож на наркобарона.

— Откуда тебе знать, как должны выглядеть наркодельцы? Ты хоть с одним знакома?

Клодия вспомнила Гая Гамильтона в классическом костюме, каким она увидела его в ресторане, почувствовала, что думает сейчас, как ее мать. Маргарет Мейтленд в отношении Гая Гамильтона вынесла бы следующий вердикт: «Из хорошей семьи — это сразу видно. Посмотри на его обувь!»

Маргарет Мейтленд относилась к числу тех людей, которые и помыслить не могут, что человек «из хорошей семьи», англичанин, может быть сомнительной личностью. Бесчестное поведение — это удел иностранцев и англичан, носящих яркие сорочки. Клодия не могла понять, почему мать решилась уехать жить в Испанию.

— Все они носят дорогие костюмы, ездят в шикарных машинах и живут в огромных роскошных домах, — продолжала Кейт. — Окружающие думают, что они брокеры на бирже, пока их не арестуют.

— Откуда ты знаешь? Ты тоже ни с одним из них не знакома.

— Да, но видела по телевизору, как разоблачали шикарных мошенников.

Клодия слушала ее вполуха.

— Угу...

— Где его фотография? — спросила Кейт. — Я тебе сразу скажу, проходимец он или нет. Я распознаю сомнительных типов на расстоянии пятидесяти шагов с закрытыми глазами.

— Я уже говорила тебе, что Гай не выглядит подозрительным.

— Все равно покажи фотографию. Умираю от желания узнать, как он выглядит...

— Должно быть, я оставила ее в такси. Не могу нигде найти.

Это была наглая ложь. Клодия надежно спрятала фото в закрывающемся на «молнию» кармашке сумочки вместе с рецептами, записанными «на всякий случай», и квитанциями из химчистки. Ей просто не хотелось показывать Кейт фотографию.

— Ты безнадежна, — вздохнула подруга. — Дай мне подробное описание. Для начала скажи, к какой категории он относится?

Не отважившись врать дальше, Клодия пожала плечами и ограничилась полуправдой.

— Чуть повыше второй категории. Ему около сорока, темноволосый, смуглый, рост шесть футов два дюйма. Красивый, подтянутый, консервативный... и полностью отсутствует чувство юмора.

— Да уж наверное, — вздохнула Кейт. — Ишь ты, как взбесился из-за какой-то киссограммы!

— Нет, нет, не то что бы взбесился, он скорее отнесся к этому с насмешкой.

— Иными словами — зануда.

Портли потянулся, мяукнул и принялся энергично точить когти о покрывало на диване. Покрывало, конечно, нельзя было назвать новым, но оно прослужило бы значительно дольше, если бы Портли выбрал для заточки когтей что-нибудь другое. Отцепив когти кота, Клодия усадила его к себе на колени.

Портли возмущенно пискнул, но сердиться и отстаивать свои права поленился и снова свернулся плотным клубочком.

— Если он зануда, то едва ли занимается наркобизнесом, — заявила Кейт. — Преступники не бывают занудами. — Вдруг она просияла. — Может быть, он политический деятель? У него репутация примерного семьянина, но за ним водятся кое-какие грешки. Может, он думал, что где-нибудь спрятался фотограф, чтобы запечатлеть момент, когда ты его обнимаешь, а потом поместить фотографии в воскресных газетах. С какой-нибудь надписью вроде: ЗАМЕСТИТЕЛЬ МИНИСТРА В ОБЪЯТИЯХ СТРИПТИЗЕРШИ — МАТЕРИ ЕГО ВНЕБРАЧНОГО РЕБЕНКА.

— Не будь дурочкой. Он бы не вышел тогда следом за мной на улицу, тем более не стал бы целовать у всех на виду.

— Пожалуй. Значит, не такой уж он надутый индюк. А целуется хорошо?

«Внутреннее видео» отмотало пленку назад, и внутри у Клодии что-то сладко екнуло.

— Ради Бога, Кейт, я была ни жива ни мертва от страха, а ты требуешь, чтобы я оценивала!

— Да ладно тебе. Ну хоть приблизительно. Поцелуй был слюнявый и противный?

— Нет, я бы так не сказала.

— Не противный, но и дрожи не вызвал? Или это был по-настоящему одурманивающий поцелуй... так что дух захватило?

— Кейт, прошу тебя, перестань! Все закончилось в считанные секунды.

— Ладно, ладно, не буду, — примирительно произнесла Кейт, но на губах ее тут же появилась озорная улыбочка. — А языки?

— Заткнись! — Клодия, стараясь не рассмеяться, запустила в нее диванной подушкой, но даже это не могло остановить разыгравшееся воображение Кейт.

— Возможно, он просто хотел получить то, за что заплачено, — задумчиво сказала она. — А может, у него действительно есть внебрачный ребенок? Это объясняет, почему он не понял шутки. Все-таки он, наверное, респектабельный семьянин, который дорожит своей репутацией. Возможно, он хочет предложить тебе «развлекать» иностранных бизнесменов где-нибудь на собственном острове.

— Что?

— Шучу-шучу, — засмеялась Кейт. — Но узнать, что у него на уме, можно только одним способом.

Клодия взглянула на часы, было без двадцати минут восемь.

— Пока не буду звонить, подожду еще немного. Пусть думает, что я вообще не позвоню.

— В таком случае я позвоню и закажу пиццу. Тебе, возможно, невдомек, но в холодильнике у нас пусто.

Клодия и сама об этом знала. Она собиралась зайти в магазин по пути домой, но начисто забыла о салате и холодной говядине, которые хотела купить в ближайшем гастрономе.

Пока Кейт заказывала средних размеров пиццу с перчиком и чесночный хлеб, Клодия мысленно строго беседовала сама с собой.

— *Почему ты собираешься звонить человеку, которого почти не знаешь и который только что предложил тебе кучу денег за выполнение неизвестно какой и, возможно, сомнительной услуги?*

— *Не знаю.*

— *Лгунья.*

— *Ладно. Потому что он привлекательный.*

— *Продолжай.*

— *На пару секунд он заставил меня трепетать, а я давным-давно не испытывала трепета.*

— *Что еще?*

— *Если я не позвоню ему, то...*

— Доставят через двадцать минут, — сказала Кейт, вешая трубку. — Пойду открою бутылочку вина.

Когда она ушла, Клодия некоторое время сидела, погруженная в раздумье, рассеянно поглаживая Портли.

На три четверти ее мысли были заняты Гаем Гамильтоном и тем, что он собирается ей предложить; остальная часть разума изыскивала возможность избавиться от сквозняков. Шторы на окне вздувались, словно паруса в открытом море, чтобы вы, избави Бог, не забыли в уютной квартире о том, как холодно на улице.

Дом построили примерно в девяностых годах прошлого века, и, по всей видимости, в нем проживала семья, имевшая солидный штат прислуги.

С тех пор многое изменилось, особняки превратились в многоквартирные дома, в которых постояльцам сдавали однокомнатные спальни-гостиные.

Квартира Клодии располагалась на первом этаже. Здесь случались перебои с водоснабжением, половицы скрипели, но это было ее собственное жилище — вернее, было бы, если бы она, дожив примерно до девяноста трех лет, выкупила его из залога.

До того как здесь поселилась Кейт, Клодия дважды пыталась брать жиличек. Одна оказалась какой-то странной и молчаливой, другая сбежала, задолжав плату за два месяца.

Клодия очень обрадовалась, случайно встретив на вечеринке свою бывшую одноклассницу Кейт. Кейт не менее двадцати минут рассказывала всякие ужасы о своей квартирной хозяйке.

Спустя три дня Кейт переехала к Клодии.

Кейт появилась из кухни с двумя стаканами шабли и демонстративно придвинула к ней телефонный аппарат. В ее круглых карих глазах сверкал озорной огонек.

— Может быть, он затеял какую-нибудь игру? Может, это какой-то хитроумный способ вытащить тебя на обед?

— В таком случае почему бы просто не пригласить меня?

— Он не мог. Сама знаешь, какая ты бываешь, когда разозлишься. Может быть, он боялся, что ты ему откусишь голову?

— Поверь, если бы Гамильтон хотел встретиться со мной, он бы прямо сказал об этом.

Клочок бумаги с его номером лежал рядом на рахитичном кофейном столике. Взглянув на записку, Клодия нажала нужные кнопки.

— Дом Гамильтонов, — чуть высокомерно ответил немолодой женский голос.

— Могу я попросить к телефону миссис Гамильтон? — спросила Клодия.

— Прошу прощения?

— Могу я попросить к телефону миссис Гамильтон?

Последовала непродолжительная пауза, потом тот же голос произнес:

— Миссис Гамильтон нет.

Одно подозрение отпадает.

— В таком случае я хотела бы поговорить с мистером Гамильтоном.

Клодии почудилось, что она слышит, как женщина поджимает губы.

— Надеюсь, вы не агент по продаже двойных стекол или встроенного кухонного оборудования, потому что, смею вас заверить, нас это не интересует.

— Я ничего не продаю. Так мистер Гамильтон дома?

— Как ваше имя?

— Клодия Мейтленд.

— Сейчас узнаю, свободен ли он, чтобы поговорить с вами. — Судя по ее тону, она была уверена, что у него не найдется времени.

Прикрыв трубку рукой, Клодия взглянула на Кейт.

— Похоже, что отвечает экономка, — прошептала она. — Этакая мегера старой закалки.

— Может, у него и камердинер имеется, — фыркнула Кейт.

— Ш-ш-ш. — Фырканье Кейт было настолько заразительным, что Клодия боялась рассмеяться.

Когда Гамильтон взял трубку, голос его звучал весьма насмешливо.

— Клодия, у вас опасный и подозрительный склад ума.

Клодию это не смутило.

— Я должна была проверить. Ведь я абсолютно ничего о вас не знаю.

— Если бы я был женат — а я не женат — и задумал что-нибудь дурное — а у меня этого и в мыслях не было, — я едва ли дал бы вам номер своего домашнего телефона.

— А почему бы и нет? Возможно, жена временно отсутствует.

— А ее муж — большая скверная крыса — разыгрался вовсю?

— Вы сами это сказали.

На другом конце провода послышался раздраженный вздох.

— Клодия, если даже все женатое мужское население Лондона в данный момент тискает на кухонных столах нянюшек своих детишек, ко мне это не имеет никакого отношения. У меня чисто деловое предложение.

— Гора с плеч. Ну а теперь, когда мы со всем разобрались, может, скажете, какого рода это деловое предложение?

— Я бы сказал вам, если бы вы позвонили пораньше. Сейчас без трех минут восемь, а у меня встреча за ужином, так что времени нет. Давайте встретимся с вами завтра в час дня?

Клодия помедлила. В голове у нее разворачивался сюжет криминальной истории:

17 ноября с обеда Клодию Мейтленд никто не видел. Она отправилась на встречу с каким-то человеком, назвавшимся Гаем Гамильтоном, предложившим ей крупную сумму денег за какую-то услугу.

Далее показывают крупным планом плачущую Кейт:

— *Я предупреждала ее, но она не послушалась. Клодия сказала, что он не выглядит подозрительным.*

— Возможно, — сказала она, стараясь, чтобы голос не выдал беспокойства.

— В «Паоло». Вы представляете, где это находится?

Ничего себе!

— Смутно. Где-то в районе Ковент-Гардена?

— Совершенно верно. Значит, до завтра?

Только было Клодия собралась повесить трубку, как Гамильтон добавил:

— Хочу сказать, что в предложении нет ничего противозаконного.

Это лишь отчасти рассеяло ее опасения. К категории «законных» относится множество неприглядных делишек.

— Должна предупредить вас, что если это что-то более сомнительное, чем, например, киссограмма, то вы зря тратите свое время.

— А что именно вам пришло в голову? — спросил он, откровенно забавляясь.

— Смею вас заверить — ничего, связанного с кухонными столами. На мой взгляд, это весьма негигиенично, к тому же я воспитывалась в монастырской школе и предпочла бы не обсуждать эту тему.

— Можете успокоиться. Увидимся завтра.

Клодия повесила трубку, одновременно и рассерженная, и заинтригованная.

— Нет, он наверняка что-то замышляет! Я не доживу до завтра!

По лицу Кейт было видно, что она сгорает от любопытства.

— А что это вы там говорили о кухонных столах?

Клодия тут же пожалела, что упомянула о кухонных столах. Она в мельчайших подробностях пересказала подруге весь разговор. Потом привезли заказанную пиццу.

— «Паоло» — итальянский ресторан, не так ли? — спросила Кейт, разрезая пиццу на куски. — Ты любишь итальянскую кухню. Постарайся заказать себе все самое дорогое, что есть в меню.

Клодия взяла кусок пиццы, за которым тянулись, как резина, нити расплавленного сыра.

— Я так и сделаю. Жаль, что не смогу заставить его оплатить такси. Если завтра будет такая же гадкая погода, как сегодня, я доберусь туда забрызганная грязью до пояса.

Непонятно почему, но Гай Гамильтон вывел ее из себя, и она чуть не сказала об этом Кейт. Но та захочет узнать причину, и придется признаться, что Гай Гамильтон — безумно привлекательный тип категории IV. А если безумно привлекательный мужчина категории IV приглашает вас на ленч, то едва ли кому-нибудь захочется, чтобы он говорил при этом: «Это — деловое предложение и ничего больше».

— Что бы он ни предложил, я этого делать не собираюсь, — сказала Клодия самым равнодушным тоном. — Не могу же я лишить себя удовольствия полюбоваться на физиономию Райана, когда он будет выписывать мне чек. Просто пообедаю с ним, возможно, он предложит мне деньги в качестве пожертвования.

Твердо решив не нервничать, Клодия тем не менее пребывала в полном смятении. На кровати лежало с десяток забракованных по разным причинам платьев: слишком сексуальное; слишком несексуальное; слишком короткое; слишком девчоночье; слишком скучное. В конце концов она остановила выбор на безумно дорогом светло-сером костюме из мягкой шерсти, который купила за полцены на январской распродаже прошлогодних моделей. К костюму Клодия выбрала тонкий кашемировый пуловер нежнейшего оттенка дымчатой розы, украшенный жемчужинками.

Сойдет, подумала она, заканчивая макияж. Милые зеленые глаза, жаль, что реснички светловаты, но нельзя же тре-

бовать, чтобы у человека все было идеальным! Почему, когда
она была подростком, ей так не нравился собственный нос?
Если смотреть под правильным углом, он выглядит даже ари-
стократическим. Девушка подкрасила губы помадой цвета
дымчатой розы. Губы свои, будучи подростком, Клодия тоже
не любила. Слишком широкие, и нижняя губа толстовата.
Сейчас губы ей нравились — многие с радостью выложили
бы немалые деньги, чтобы губки стали такими полненькими.

Закончив макияж, она окинула себя критическим взглядом.
Все прилично и вполне сдержанно: ноги не слишком на виду,
бюст размера 36-В тоже не бросается в глаза.

Повернувшись, Клодия оглядела себя со спины. Жакет был
достаточной длины и удачно скрывал тот факт, что задок тоже
размера 36-В, а не 34-А, как бы ей того хотелось. Наконец,
дело дошло до последнего штриха. Что выбрать: «Америдж»
или «Каботин»? Пожалуй, аромат «Америджа» слишком не-
скромный и влекущий для делового обеда. Она чуть-чуть поду-
шила волосы «Каботином», взяла зонт и торопливо вышла из
дома. Дождь по-прежнему лил как из ведра, но Кейт подвезла
ее до станции метро.

Она опоздала на шесть минут, но Гамильтон, видимо, пришел по меньшей мере за пять минут до назначенного времени.
Он сидел за столиком в углу в компании «Файнэншл таймс» и
стакана, наполненного чем-то напоминающим по виду «Кровавую Мэри».

В ушах Клодии снова прозвучал голос матери. «Прекрасные
манеры, дорогая», — произнес он одобрительно, когда Гай поднялся из-за стола при ее появлении.

Сколько раз она слышала это от матери! И сколько раз
отвечала ей: «Мама, ты была бы подарком судьбы любому бан-

диту, будь у него прекрасные манеры и обувь, подобающая человеку «из хорошей семьи».

— Извините, я немного опоздала, — сказала Клодия, усаживаясь напротив. — В метро сущее столпотворение. Кажется, все население бросилось в магазины за рождественскими покупками.

Гамильтон положил «Файнэншл таймс» на свободный стул.

— Вы могли бы взять такси.

Она чуть было не сказала, что должна экономить деньги, а не сорить ими, но воздержалась.

— Транспортные пробки еще хуже. Недавно дождливым субботним утром я взяла такси, так водитель всю дорогу ругался последними словами. У него был богатый набор весьма живописных ругательств, но он бормотал их себе под нос, так что мне не все удалось расслышать. Досадно.

Уголок его губ приподнялся в полуулыбке, к которой Клодия уже начала привыкать. Неужели он не умеет улыбаться по-настоящему? Или просто у него половина рта навсегда застыла, выражая мировую скорбь?

— Хотите что-нибудь выпить? — предложил он.

На этот раз Гамильтон выбрал классический стиль — то, что издатели модных журналов называют удобной одеждой для города в сдержанном варианте: пиджак темно-серого цвета с черной водолазкой.

Клодия заказала джин с тоником, заказ выполнили со сверхъестественной скоростью. Потягивая коктейль, Клодия изучала меню и окружающую обстановку.

В ресторане «Паоло» удачно сочетались городской шик и непринужденная домашняя атмосфера в отличие от французских ресторанов. Здесь можно было не бояться, что старший официант придет в ярость, если кто-нибудь из посетителей потребует соль.

Она чуть улыбнулась, вспомнив один эпизод.

Ее улыбка не прошла незамеченной.

— Вспомнили что-нибудь смешное? — спросил Гамильтон, отрывая взгляд от меню.

Может быть, сказать ему?.. Скажу — и пропади все пропадом!

— Я вспомнила один эпизод, имевший место во французском ресторане. Несколько месяцев тому назад в мой день рождения меня пригласил в такой ресторан один приземленный австралиец.

Гамильтон приподнял брови, поощряя ее продолжать.

Полуулыбка Клодии быстро сменилась едва сдерживаемым смехом.

— Обслуживание было довольно высокомерным, а поскольку мой знакомый платил бешеные деньги, то был этим немного обескуражен и решил сбить с них спесь. Заказав какое-то невероятно сложное блюдо, только на приготовление соуса требуется, кажется, не менее четырнадцати часов, он вызвал главного официанта и сказал: «А где же кетчуп, приятель?»

Одного лишь воспоминания об озорном выражении на лице Адама и об ужасе, отразившемся на физиономии главного официанта, ей оказалось достаточно, чтобы расхохотаться.

— Я чуть не задохнулась, стараясь не рассмеяться. Пришлось выбежать в дамскую комнату.

Гай Гамильтон не смеялся, но и неодобрения не выказывал. Судя по искоркам в глазах, рассказ его позабавил. Однако когда он заговорил, тон его был сух, как мартини Джеймса Бонда.

— Рад, что этот инцидент не испортил вам вечер. Большинство людей подобное поведение привело бы в страшное замешательство.

Смех ее оборвался, словно его и не бывало. Клодия вдруг вспомнила, как оказалась на тротуаре после исполнения киссо-граммы, и в ушах ее зазвучали его слова: «Сколько тебе заплатили, чтобы ты привела в замешательство моих гостей и испортила приятный ужин?»

— Тогда вечером с вами были ваши родители? — спросила она. — Я искренне надеюсь, что моя выходка не испортила им аппетита.

— Это были мои тетушка и дядюшка, которые мирно живут в Суффолке. Тетушка принадлежит к числу людей, которые скорее позволят дантисту вырвать все свои зубы, чем устроят сцену.

Он произнес это вполне спокойно, тем не менее Клодия почувствовала себя ужасно виноватой. Особенно когда Гай добавил:

— Тетушка так расстроилась, что не смогла есть. Мы покинули ресторан через четверть часа после вашего ухода.

Девушка с трудом проглотила комок, образовавшийся в горле.

— Я очень сожалею...

— Я не виню только вас. Ведь не вы это заказывали. — Гамильтон кивком указал на меню. — Кстати, если мы не поспешим сделать заказ, то рискуем просидеть здесь до вечера.

Должным образом поставленная на место, Клодия бросила взгляд на перечень разнообразных убийственных для диеты деликатесов. Единственный недостаток итальянских ресторанов заключался в том, что у них в меню преобладает телятина во всех видах. Если Гай Гамильтон закажет сейчас телятину, она потеряет к нему всякий интерес. Что, возможно, не так уж плохо, учитывая сложившиеся обстоятельства.

— Салат из кальмаров, — сказала она застывшему в терпеливом ожидании официанту. — И «петти ди полло» по-флорентийски. — Это были цыплячьи грудки в роскошном, аппетитном сливочном соусе. Они с Кейт никогда не покупали сливочное масло, поскольку частенько баловали себя печеной картошкой, которая буквально утопала в нем. Разве можно сравнить с этим низкокалорийный маргарин! — И еще зеленый салат.

Когда Гамильтон заказал для себя «гноччи верди» и салат из даров моря (слава Богу, никакой телятины!), Клодия выпрямилась на стуле и, перейдя на деловой тон, спросила:

— Ну, выкладывайте. Что вы от меня хотите?

Он не спеша допил «Кровавую Мэри».

— Если не возражаете, я сначала поем. Не люблю обсуждать дела на пустой желудок.

Девушка внимательно посмотрела на него, как ни странно, начиная сердиться.

— Мистер Гамильтон, вы умышленно оттягиваете начало разговора! Вы увильнули от ответа в офисе, вы увильнули от ответа по телефону. Я начинаю думать...

На самом деле ничего она не думала, пока ей не пришла в голову одна ужасная мысль — настолько пугающая, что у нее перехватило дыхание. Однажды ей пришлось испытать нечто подобное в Греции, когда сверху с виноградной лозы на стол рядом с ее прибором свалился таракан.

— О чем вы начинаете думать? — спросил он, поднимая брови.

Таракан был громадный. Лежа на спине, он шевелил отвратительными лапками и усиками. Клодия оглянулась через плечо на дверь. Сейчас, в любую минуту...

— Вы кого-нибудь ждете? — тихо поинтересовался Гамильтон. Его чуть насмешливый тон лишь подогрел ее опасения.

— Вы, надеюсь, не собираетесь сыграть со мной какую-нибудь злую шутку?

— Нет.

— Вы могли бы подтвердить это в письменном виде?

— Нет.

Порыв свежего воздуха подсказал ей, что дверь открылась. Клодия снова оглянулась через плечо, но это была всего лишь молодая пара под зонтом. Девушка пристально вгляделась в лицо Гамильтона, отыскивая признаки коварного умысла, но увидела лишь глубокую морщинку длиной в один дюйм между бровями.

— Клодия, если вы ожидаете, что какой-нибудь ревнивый приятель ворвется сюда с топором для разделки туш, чтобы отрубить мне голову, то, будьте добры, предупредите сразу.

— Разве я могу заниматься киссограммами, имея ревнивого приятеля?

— Значит, он правильно отнесется к тому, что я попрошу вас собрать чемодан и поехать в Маскат на Аравийском полуострове.

Клодия сразу же забыла, что хотела сообщить ему об отсутствии у нее приятеля — ревнивого или какого-либо другого.

— На Аравийском полуострове?

— Да. Точнее, в султанате Оман.

У нее перехватило дыхание, и способность дышать восстановилась лишь после того, как принесли закуски. Как только официант удалился, Гамильтон продолжал:

— Теперь, когда начало положено, вы можете выслушать продолжение. Я должен ехать туда по делам. Мою дочь только что исключили из школы. Она уже считает дни, оставшиеся до моего отъезда, мечтая о неограниченной свободе, когда можно спать целый день, а потом тусоваться ночь напролет с толпой таких же бездельников.

— Продолжайте.

— Я не намерен оставлять ее в Лондоне без присмотра. Родители школьных друзей не хотят оставлять мою дочь у себя, поэтому я вынужден взять ее с собой. У меня там будет очень напряженный график, поэтому присматривать за ней будет трудно.

Клодия замерла, не донеся вилку до рта.

— Вам нужен человек, чтобы за ней присматривать? И вы хотите, чтобы я водила ее за ручку, как нянюшка?

— В общих чертах да.

Клодия пристально посмотрела на него.

— Вы, должно быть, спятили.

Гамильтон распластал на тарелке аппетитную «гноччи», утопающую в расплавленном пармезане.

— Нет, просто я попал в безвыходное положение.

До сознания Клодии начало доходить, что за текстом заказанной киссограммы скрывалось не просто озорство, а нечто большее.

Он отправил в рот еще несколько кусочков.

— Вы, возможно, уже поняли, что Аннушка обожает ставить людей в неловкое положение. В Маскате у нее появится масса возможностей шокировать окружающих. Зная, что у меня немало высокопоставленных знакомых, она, например, может выкинуть такую скандальную штучку: улечься загорать возле бассейна без лифчика. Или попасть в полицию, разгуливая по улицам в джинсах с обрезанными до попки штанинами.

Клодия отхлебнула глоток минеральной воды, потом еще глоток. Она могла бы сейчас выпить целую бутылку, но побоялась, что начнется икота.

— А как насчет тетушки и дядюшки, которые были с вами в ресторане? Возможно, они не отказались бы...

— Об этом не может быть и речи, у дяди высокое давление.

— Ну, может быть, друзья? Я имею в виду ваших друзей...

Гамильтон покачал головой.

— Или не имеют возможности, или если даже возьмутся, то не смогут справиться.

Клодия не стала спрашивать о других родственниках или матери девушки. Будь у него другие возможности, он не стал бы обращаться к незнакомому человеку. А может, он *вынужден* обратиться именно к незнакомому человеку, потому что любого, кто знает его дочь, хватит удар от одной мысли, что придется нести за нее ответственность?

— Я вряд ли смогу помочь. Вам нужен другой человек: какая-нибудь старая опытная надзирательница с рекомендацией агентства. Желательно с наручниками. К тому же ваша дочь меня узнает. Как, черт возьми, вы заставите ее обращать внимание на то, что говорит «девушка из киссограммы»?

— Именно поэтому она, возможно, будет прислушиваться к вашим словам. Сомневаюсь, что моя дочь привяжется к пожилой матроне в твидовой юбке, которая выглядит так, словно никогда в жизни не допускала ничего похожего на шалость.

В этом он прав. Но этого едва ли достаточно.

— Понимаю, что вы боитесь оставить ее, но ведь большинство девочек проходят через стадию категорического отрицания авторитетов. У меня и у самой это было: я могла исчезать на всю ночь, гонять на машинах в компании безмозглых парней, пила слишком много, а потом меня рвало. У родителей, помню, регулярно случались истерические припадки. Это продолжалось какое-то время, но я, как видите, выжила. Мы все выживаем.

На лице его появилось чуть насмешливое выражение.

— Клодия, я отнюдь не являюсь, как сказала бы Аннушка, «старым пердуном». Я знаю все о том, как бесполезно прожигают жизнь в юности. Я сам с успехом этим занимался.

«Не сомневаюсь, — подумала Клодия, представив Гамильтона юношей в возрасте восемнадцати-двадцати лет, до того как

мировая скорбь проложила морщинки вокруг его рта. — Уверена, что ты устраивал фейерверки в жизни, и не раз! Да и сейчас
еще, если говорить правду, озорной огонек в глазах не совсем
погас. Если только...»

— Я совсем не хочу, чтобы она жила затворницей, — продолжал Гай. — Если бы она решила не выходить из дома, я бы
подумал, что с ней что-то случилось. Но она слишком часто переходит границы дозволенного, так что мне приходится держать ее в
узде. Аннушка была в ярости, когда узнала, что ее временно исключили из школы, она-то надеялась, что это навсегда.

Клодия чуть не подавилась кусочком кальмара.

— Извините.

Клодия чувствовала, как в душу против воли закрадывается
восхищение Аннушкой. Она и сама не раз мечтала, чтобы ее
исключили из монастырской школы! Как часто во время нудных
уроков географии Клодия придумывала дикие каверзы, за которые ее немедленно выгнали бы из школы!

— Интересно, за что исключили вашу дочь? Или об этом не
стоит спрашивать?

— Не за обедом.

Какое-то время они продолжали есть молча, и за это время
у Клодии возникло множество вопросов, на которые ей хотелось
получить ответы. Разведен он или вдовец? Давно ли? Если разведен, то кто виноват в разводе? Он обманывал жену или жена
оставила его ради другого мужчины? Или ей просто надоело
жить с трудоголиком, у которого на первом месте всегда работа?
Если разведен, то почему дочь не осталась с матерью? Может
быть, опекунство над дочерью присудили ему, потому что мать
сбежала с каким-нибудь волосатым рок-музыкантом? Или он
вдовец? Обручального кольца не носит, но это еще ни о чем не
говорит.

Мысль о кольце заставила ее подумать о руках. У мужчин Клодия прежде всего обращала внимание на руки. Они многое могли рассказать о человеке: грязные ногти, броские перстни, пальцы — толстые, как сосиски, или тонкие, белые... костлявые, потные, липкие...

Его руки были достойны мужчины IV категории. Твердые и умелые, с коротко подстриженными чистыми ногтями, они казались одновременно и сильными и нежными. Они, наверное, могли бы одинаково хорошо и колоть дрова, и выполнять тонкую работу, требующую гораздо большего мастерства.

Подали горячее. «Самое время!» — подумала Клодия, потому что разыгравшееся воображение заставило ее представить себе, как эти чувствительные пальцы расстегивают застежку бюстгальтера на спине...

Клодия, умоляю, веди себя прилично!

— Выглядит аппетитно, — весело произнесла она, как будто ни о чем, кроме еды, и не думала.

А что, если он один из тех опасных людей, которые видят тебя насквозь?

Однажды Клодия познакомилась с таким мужчиной, по которому давно вздыхала издали, но не подавала виду, потому что тот был слишком влюблен в себя. Во время их первого — и единственного — свидания он самодовольно заявил: «Я знаю, что вы ко мне неравнодушны. Я всегда знаю, когда женщина ко мне неравнодушна, потому что у нее расширяются зрачки, когда я к ней обращаюсь».

В течение минуты она пыталась сосредоточить внимание на самых далеких от эротики вещах: на том, что давно назрела необходимость как следует отчистить грязную духовку, на недоеденной половине мыши, которую Портли принес прямо к ней на постель. Ее чуть не вырвало, когда она увидела крошечные лапки и внутренности на своем пуховом одеяле.

Метод сработал безотказно. Чувствуя легкое головокружение, Клодия играла на тарелке кусочком цыпленка, подумывая о том, что повар, пожалуй, все-таки переусердствовал со сливочным маслом.

Отправив в рот пару кусочков рыбного ассорти, Гай Гамильтон спросил:

— Что-то вы притихли, надеюсь, это хороший признак?

Хотя Клодия почти решила, что его предложение ей не подходит, что-то мешало ему отказать. Чтобы потянуть время, она сказала:

— Вы ничего обо мне не знаете. Не обижайтесь, но обычно люди не просят первого встречного опекать своего ребенка.

Он посмотрел ей прямо в глаза.

— Ну, во-первых, не такой уж она ребенок, а во-вторых, я очень хорошо разбираюсь в людях.

— Вы хотите сказать, что не нашли никого другого?

— И это тоже.

Ресторан к тому времени заполнился посетителями, вокруг слышались приглушенные голоса и позвякивание посуды.

— Можно полюбопытствовать, — спросила Клодия, — каким образом, по-вашему, я смогу удержать ее от предосудительных поступков? Например, если она, скажем, решит прогуляться по городу в шортах, как я должна ее остановить?

— У нее не будет возможности гулять по городу. Я заказал номера в отеле, расположенном в нескольких милях от города, а денег на такси я ей не дам.

— Чем же она будет заниматься целыми днями?

— А вы как думаете? — Гамильтон снова наполнил ее стакан. — Историей, математикой, биологией. Ей кажется, что она выиграла этот раунд. Она думает, что я махну рукой и позволю ей в течение двух недель бездельничать и развлекаться, но она ошибается. Аннушка поедет со мной и будет делать все положенные домашние задания. Если она будет честно работать, то ей позволят поваляться на пляже, покататься на водных лыжах и тому подобное. А если нет, пусть умирает со скуки. А для Аннушки, поверьте мне, нет ничего страшнее скуки. — Он поднял свой бокал. — Ваше здоровье.

— Ваше здоровье! — сказала она в ответ. Голос ее звучал как-то растерянно.

— Так вы согласны?

— Боюсь, что нет. Я очень сочувствую вам, — торопливо добавила Клодия, — но мне кажется, что я не смогу сыграть роль строгой старшей сестры, следящей за тем, чтобы младшая вовремя готовила уроки. Это мне не по нутру и приведет к совершенно обратным результатам.

— Дело не только в этом. Даже если она будет заниматься как следует, выполняя все указания преподавателей, ей наскучит целый день находиться в одиночестве. Я это понимаю, не такое уж я бесчувственное бревно.

У Клодии были по этому поводу некоторые сомнения.

— Она возненавидит меня из принципа.

— Может быть, сначала, но она не сможет не уважать человека, осмелившегося обнажиться в респектабельном ресторане.

— Я не обнажалась! — Злясь на себя, Клодия все-таки покраснела при одном воспоминании об отвратительном эпизоде. Но ведь все окружающие тогда отнеслись к этому так, словно она действительно устроила стриптиз. А шелковая рубашечка, наверное, показалась им не более чем полоской ткани, прикрывающей стратегическое место у стриптизерши.

— Вы понимаете, что я имею в виду. — Откинувшись на спинку стула, Гамильтон так пристально поглядел ей в глаза, что Клодии показалось, будто он видит ее насквозь. — Вы сами признались, что вам крайне неприятно заниматься этим. Неужели вы снова вернетесь к киссограммам? Неужели будете терпеливо позволять подвыпившим гулякам на холостяцких пирушках лапать себя, тискать и покрывать слюнявыми поцелуями?

Несколькими верными штрихами он нарисовал такую неприглядную картину, что заставил девушку поморщиться, на что, по-видимому, и рассчитывал.

— Не думаю, что умру от этого. По крайней мере будет что рассказать внукам.

— С другой стороны, — продолжал Гай, как будто и не слышал ее ответной реплики, — вы бы понежились на солнце возле бассейна в отеле, который считается одним из самых фешенебельных на Ближнем Востоке. Погода там в это время года стоит изумительная. Около 80° по Фаренгейту. Отель расположен на берегу небольшой бухты, там можно заниматься практически всеми видами водного спорта, а также, конечно, теннисом и легкой атлетикой. И сама страна волшебная. Горы и оазисы со множеством финиковых пальм, верблюжьи бега и дружелюбные, гостеприимные люди.

Клодия беспомощно взглянула на него.

— Это шантаж?

— Чепуха. Я просто сообщаю вам кое-какие сведения, чтобы вы могли принять решение.

Она впервые заколебалась. Все это было слишком хорошо, чтобы быть правдой.

— Не отвечайте, пока не закончите обед, — сказал Гамильтон. — И давайте на время сменим тему разговора.

Но Клодия не могла больше есть. От воспоминания о полусъеденной мыши и из-за необходимости принять решение она потеряла аппетит.

— Согласна сменить тему разговора. Начинайте.

Гай кивком головы указал на ее тарелку:

— Вам не понравился цыпленок?

— Нет, все в порядке. Просто я больше не хочу.

— Возьмите что-нибудь другое.

— Я уже не голодна.

— В таком случае перестаньте играть с едой на тарелке!

Не веря своим ушам Клодия взглянула на него. Гамильтон сказал это таким тоном, словно она шестилетний ребенок, устраивающий на тарелке островки из картофельного пюре посередине моря из соуса.

— Может быть, вы еще скажете, чтобы я доела все, иначе не получу пудинга?

К ее удивлению, уголок его губ приподнялся в улыбке.

— Извините. Это я по привычке.

— Вроде дамы — директора компании, которая во время делового обеда вдруг начинает мелко нарезать мясо на тарелке своего соседа?

— Да. — Он широко улыбнулся, показав отличные белые зубы, на лечении которых не разбогател бы ни один дантист.

Не улыбайся так, пожалуйста.

И без таких запрещенных методов воздействия ей было трудно беспристрастно и трезво взвесить его предложение.

Может быть, именно поэтому он так и улыбается? Наверное, отлично знает, как действует его улыбка. Он хочет обвести тебя вокруг пальца и заставить плясать под свою дудку.

Но все ее умозаключения рухнули, когда она услышала следующие слова:

— Кого вы ожидали увидеть, когда оглядывались на входную дверь? У вас был вид загнанного в угол рыжего кролика.

Глава 3

Рыжего?! Да как он смеет!

Обычно Клодия называла цвет своих волос медно-золотистым.

— Если хотите знать, то я ожидала подвоха в отместку за киссограмму.

Черная бровь удивленно приподнялась.

— Например?

— Например, появления какого-нибудь омерзительного Тарзана, который попросит меня очистить ему банан.

Клодия могла поклясться, что на какое-то мгновение на лице Гамильтона появилась гримаса, как у человека, который едва сдерживает смех.

Однако Гай мужественно поборол свое желание.

— Вот как? Неужели вы и в самом деле думаете, что я стану тратить время на такую дурацкую затею?

— А почему бы и нет? Когда вы рассказали, в какое ужасное смятение я привела вашу тетушку, я подумала, что вы, возможно, захотите отплатить мне той же монетой. К тому же... — Если смеяться он считает ниже своего достоинства, то можно по крайней мере доставить себе удовольствие и поддразнить его. — Мужчины способны на необдуманные поступки, если их у всех на глазах выставить в смешном виде... Едва ли в тот вечер вы были в радужном настроении.

Он взглянул на нее с невозмутимым видом.

— Смешно выглядели только вы.

— Вам виднее, мистер Гамильтон, — покорно сказала Клодия, сопроводив слова милой улыбкой, которая, как предполагалось, должна была взбесить его.

Однако на него это не подействовало. С видом человека, терпение которого на исходе, Гай положил на стол вилку и нож.

— Если вы предполагали, что я задумал отомстить вам, то зачем пришли?

— Мысль о возможной мести не приходила мне в голову, пока я не пришла сюда. И ни о каких Тарзанах я не думала, тем более о бананах.

Клодия сделала паузу.

— Если уж вы действительно хотите знать, то я думала, что вы наркобарон.

К ее огорчению, Гамильтон не смутился.

— Я предполагал нечто подобное. Поэтому и предупредил заранее, что в моем предложении нет ничего противозаконного.

Девушка подняла глаза к потолку.

— Ну, конечно. — Далее следовали чьи-то бессмертные слова из пьесы какого-то классика: — Разве вы могли сказать что-нибудь другое?

Гамильтон ответил ей холодным насмешливым взглядом.

— Моя подруга Кейт, — продолжала Клодия, — предположила, что вы политический деятель, изображающий из себя респектабельного семьянина, на самом деле не являющийся таковым.

— Ну, спасибо, — сухо произнес он. — Если она вынесла свой вердикт на основе предоставленной вами информации, то могу себе представить, в каких «лестных» выражениях вы меня описали.

Не могла же Клодия сказать ему: «По правде говоря, я умышленно обманула Кейт, описывая вас, потому что не могла сказать ей, что вы безумно мне понравились и что с тех пор я потеряла покой».

— Я не описывала вас в нелестных выражениях. Просто у Кейт слишком живое воображение, не говоря уже о влиянии телепередач и всяких ужасов, которые печатают в воскресных газетах.

Гай приподнял бровь.

— Продолжайте.

— Что продолжать?

— Излагать домыслы вашей одаренной богатым воображением подруги. Горю желанием услышать, какие грязные предложения намеревался сделать этот политический деятель.

Гамильтон вырвал инициативу из ее рук и теперь забавлялся, пытаясь вывести ее из равновесия.

— Не смею повторить, — сказала Клодия, изобразив крайнее смущение. — Я ведь предупреждала вас, что воспитывалась в монастырской школе.

Уголки его рта снова дрогнули. «Может, у него нервный тик», — подумала Клодия. Он какое-то время молчал, посматривая на нее проницательным взглядом.

— Скажите, если вы считали меня наркобароном или грязным слизняком, выползшим на свет из-под скалы парламента, то почему пришли сюда?

Не могла же она ответить: «Если честно, я целую вечность не встречала мужчин категории IV. Видите ли, каждая девушка должна ловить свой шанс, если он ей представится».

— Чтобы бесплатно пообедать, — призналась она. — К тому же никогда не бывала в «Паоло».

— А кто вам сказал, что обед бесплатный? — сухо поинтересовался Гамильтон. Клодия понимала, что он ее поддразнивает, однако почувствовала некоторую неловкость.

— Ну, не только поэтому.

— Я так и подумал.

Гай сказал это довольно спокойно, ни в чем ее не обвиняя, и, возможно, поэтому у нее вдруг взыграла совесть. А кроме того, под воздействием выпитого вина у нее поубавилось решимости придерживаться в разговоре делового тона.

Она вдруг остро осознала, что Гамильтон находится слишком близко. Все ее нервные окончания принимали короткие электрические сигналы, волнами расходящиеся по всему телу.

Ты хоть сознаешь, что на взрывоопасном расстоянии от тебя находится около семидесяти пяти кг динамита?

Клодия откинулась на спинку стула, надеясь, что нервные окончания перестанут принимать тревожные сигналы.

— Вы правы, я пришла не для того, чтобы пообедать за ваш счет, а потом отвергнуть ваше предложение, каким бы оно ни было. Естественно, вы возбудили мое любопытство. Правда, я думала, что ваше деловое предложение едва ли будет приемлемым для меня. И, если говорить честно, — она вздохнула, — я пришла из-за своего кузена. Если я позволю ему выиграть пари, эта Жаба раздуется от спеси еще больше. Я не могу доставить ему такого удовольствия. Он с самого начала не ожидал, что я соглашусь на пари. Когда я сказала «по рукам», у него от удивления челюсть отвисла до пола.

— Это можно понять. Скромная воспитанница монастырской школы — и вдруг соглашается на подобную авантюру!

Излишне говорить, что в глазах его появился насмешливый огонек. Всем своим видом показав, что ей наскучил разговор на эту тему, Клодия произнесла:

— Нельзя ли обойтись без давно приевшихся шуточек по этому поводу? К вашему сведению, я слышала тысячу вариантов анекдота на тему: «Ну и ну! Уж эти воспитанницы монастырских школ! Стоит им вырваться на волю, как они начинают такое вытворять!»

Губы Гамильтона снова дернулись то ли от сдерживаемого смеха, то ли от нервного тика.

— Уверяю вас, ничего подобного мне не приходило в голову!

Лжец.

— Если хотите знать, в прошлом году, когда собиралась вся семья, мы с кузеном серьезно поссорились из-за киссограмм. Он тогда сказал, что собирается заняться киссограммами, а я убеждала его, что это унизительное занятие для женщины. Поэтому, когда я обратилась к нему за деньгами, он не смог удержаться от соблазна. Ему безумно захотелось посмотреть, как я проглочу, так сказать, свои принципы. К тому же это было ему на руку. Девушка, работавшая у него в киссограмме, только что уехала на пару месяцев в Индию, а ее дублерша... — Клодия поморщилась, — ...она, по его собственному милому выражению, «малость неотесанная».

Клодия положила вилку.

— И тут нашла коса на камень. Он был убежден, что я не смогу вынести мужского свинства и возгласов пьяных болванов: «Давай-давай, снимай свою одежку!» — а я была так твердо намерена утереть ему нос и полюбоваться, как он будет подписывать чек. Вот так-то!

Гамильтон насмешливо поднял брови.

— Вы уверены, что кузен вас не обманет? Его контора не показалась мне процветающим концерном. У него действительно найдется такая сумма денег?

Клодия была почти уверена, что он спросит об этом.

— Я не обратилась бы к нему за деньгами, если бы не знала, что они у него есть. Райан получил деньги в наследство от старой тетушки, которую обвел вокруг пальца. Уж лучше бы она оставила свои деньги приюту для бездомных кошек, — добавила девушка с раздражением.

Поставив локоть на стол и потирая подбородок, Гамильтон внимательно смотрел на нее.

— Почему бы не сказать ему, что вам предложили работу получше? Это сбило бы с него спесь и доставило бы вам удовольствие.

Клодия уже думала об этом.

— Сначала он немного расстроится, а потом обрадуется, что сэкономит деньги. Что бы я ни делала, эта Жаба все сумеет повернуть в свою пользу!

Нерешительность ее возросла в десятикратном размере. Она положила нож и вилку рядом на тарелку, хотя треть еды осталась нетронутой.

Подошел официант, чтобы убрать посуду.

— Вам не понравилось, синьорина?

Клодия всегда чувствовала себя виноватой, если приходилось выбрасывать еду.

— Все очень вкусно, но, боюсь, у меня сегодня плохой аппетит.

Официант смел крошки и убрал лишние приборы.

— Принести десерт, синьорина? У нас сегодня очень вкусное клубничное мороженое — легкое, как раз то, что нужно, если плохой аппетит.

Клубничное мороженое было бы сейчас весьма кстати, к тому же оно почти не добавит калорий, но Клодия все еще чувствовала себя виноватой из-за того, что не доела цыпленка. Она даже хотела попросить сложить остатки в пакет для Портли, но побоялась обидеть шеф-повара.

— В следующий раз, — улыбнувшись, сказала девушка.

Гай Гамильтон тоже отказался от мороженого, так что оба они ограничились кофе.

— Мне кажется, — произнес он, отхлебывая настоящий капуччино, — что вы сейчас скажете: «Спасибо, но я не смогу», — и я вас пойму.

Клодии почудилось, что какой-то бесенок скачет вокруг стола со спичками в руках и нашептывает ей: «Прочь сомнения. Возьми спички, сожги мосты».

Подожди, я еще не готова... но не убирай спички.

— Когда вы уезжаете?

— В пятницу.

— Надолго?

— Дней на десять. Может быть, на две недели.

О Господи, что за мучение принимать решение! Помимо всего прочего, ее заставил наконец решиться унылый ноябрьский дождь за окном. Десять дней, а то и две недели оплаченного пребывания на солнце! Неужели какая-то своенравная молокососка действительно способна заставить ее отказаться от такого заманчивого предложения? Где-то в глубине сознания мелькнула мысль о бикини, которое Клодия надевала прошлым летом, и об использованном наполовину флаконе лосьона для загара, который стоял в шкафчике в ванной комнате. К следующему сезону лосьон может испортиться.

— Мне нужно предварительно поговорить с вашей дочерью. Посмотреть, можно ли надеяться на взаимопонимание между нами.

— Она постарается сделать все возможное, чтобы отпугнуть вас.

— Не сомневаюсь, но мне нужно составить собственное мнение.

Гай бросил золотую кредитную карточку поверх счета.

— В таком случае чем скорее мы это сделаем, тем лучше. Почему бы вам не поехать со мной сейчас же?

— Она будет дома?

— Пусть только попробует не быть! — Гамильтон мрачно усмехнулся.

Клодию снова одолели сомнения.

О Боже! При таком положении вещей Аннушка едва ли будет в радужном настроении...

Предложение начало казаться ей таким же привлекательным, как двухнедельное пребывание в тюремной камере.

От этой мысли и вида его кредитной карточки поверх счета Клодии стало не по себе.

— Что тебя смущает? Можно поклясться, что это для него пустяк.

— Это не оправдание.

Не успел Гай остановить ее, как Клодия схватила счет, посмотрела на итоговую цифру, положила назад и извлекла из сумочки кошелек.

— Уберите, — приказал Гамильтон.

— Это моя доля.

— Я не намерен играть в орлянку.

Официант взял блюдце. Деньги Клодии лежали на столе. Когда чек был подписан и они встали из-за стола, ее деньги так и остались на прежнем месте.

— Решайте сами, — сказал Гамильтон, — или вы их возьмете, или их возьмет официант, подумав, что уже наступило Рождество.

Клодия поняла, что он не сдастся. Оставив небольшую сумму в качестве дополнительных чаевых, она возвратила остальное в кошелек.

— Вы всегда так упрямы?

— Да, — кивнул Гай, открывая дверь. — А вы?

— Да, но по сравнению с вами это ничто.

— Верю вам на слово.

Клодия ожидала, что где-нибудь поблизости припаркована шикарная машина, однако, выйдя на улицу, Гамильтон стал ловить такси.

Ясное дело, только полный олух поедет на собственной машине, если собирается выпить.

Дождь все шел, хотя и не такой сильный. И поскольку своего зонта у Гая не было, они укрылись вдвоем под ее зонтиком. Стоя рядом с ним под этим ненадежным укрытием, Клодия уговаривала себя, что это всего лишь посторонний мужчина. Некрасивый, с отвратительным запахом изо рта и перхотью на воротнике. Или какой-нибудь идиот вроде Райана.

— Наконец-то! — пробормотал Гамильтон, когда показалось свободное оранжевое такси. — Забирайтесь в машину.

Пока машина пробиралась в густом потоке транспорта мимо магазинов, в витринах которых уже весело мерцали рождественские огоньки, Гай почти не разговаривал.

— Слава Богу, что существует Рождество, — заметила Клодия, чтобы нарушить молчание. — Представляете, какими удручающе мрачными были бы ноябрь и декабрь?

— Боюсь, что я равнодушен к предпраздничной суматохе, — сказал он. — Все поставлено на коммерческую основу, а это уносит радость.

Вот меня и поставили на место. Теперь многие стали говорить, что равнодушны к рождественским праздникам. Это на самом деле так или же они просто отдают дань моде, которая требует цинично-утомленного отношения к рождественской суете?

— А я обожаю Рождество, — заявила она в ответ. — Люблю пение рождественских гимнов. Люблю толпы народа, беготню по магазинам за рождественскими подарками. Люблю завертывать подарки в красивую бумагу. Люблю настоящие рождественские елки и даже нелепые пластмассовые хлопушки.

Гамильтон искоса взглянул на Клодию, и уголок его губ чуть-чуть изогнулся.

— Вот как?

Вот так!

Давно уже не бывало у нее настоящих рождественских праздников — пожалуй, с тех пор, как родители уехали в Испанию. Приятно, конечно, позагорать на солнце в рождественский день, но это все не то!

Вскоре такси свернуло с главной улицы в тихие, обсаженные деревьями переулки Кенсингтона, по обе стороны которых стояли элегантные старинные особняки, где уютно жили люди с большими средствами. Но наличие больших денег не бросалось в глаза, показной роскоши здесь тоже не было.

— Здесь, — сказал Гамильтон, когда такси проехало половину одного тихого переулка.

Минуту спустя они уже поднимались по ступеням лестницы, ведущей к внушительной, обшитой деревянными панелями двери. Первое впечатление Клодии от дома — простор и тепло, высокие потолки большого квадратного холла, лестница, ведущая на второй этаж, декорированная резьбой.

Закрыв за ними дверь, Гай крикнул:

— Миссис Пирс!

В конце коридора мгновенно открылась дверь и появилась дородная женщина лет пятидесяти пяти в синем платье.

— Где Аннушка?

Миссис Пирс поджала губы, как и представляла себе Клодия, разговаривая с ней по телефону.

— Ушла, мистер Гамильтон. Я предупреждала, что вы рассердитесь, а она ответила, что привыкла к этому.

— Этого следовало ожидать, — пробормотал Гай.

Миссис Пирс смерила Клодию взглядом, как будто хотела сказать: «Ну что ж, меня совсем не касается, кого он приводит в дом».

— Это Клодия, — добавил он.

Клодия вежливо улыбнулась.

— Здравствуйте.

— Как поживаете? — процедила сквозь зубы женщина с кислой миной, словно никак не могла решить, стоит ли ей улыбнуться. — Вам что-нибудь потребуется, мистер Гамильтон?

— Если вас не затруднит, принесите кофе. Спасибо.

С едва слышным неодобрительным фырканьем миссис Поджатые Губы удалилась в ту дверь, из которой появилась.

Клодия заколебалась. Может быть, это сама судьба предупреждает ее: «Беги отсюда подальше, пока не поздно»?

— Мне лучше уйти?

— Подождите полчасика. — Гамильтон провел ее сквозь двустворчатую дверь в георгианском стиле в комнату, которую агент по продаже недвижимости охарактеризовал бы как элегантную малую гостиную. Первым, что бросилось в глаза, был настоящий огонь, горевший в настоящем старинном камине. Стояли три роскошных, обтянутых кремовой тканью кресла, которые самым бессовестным образом зазывали отдохнуть на мягких подушках. Пол застилал ковер нежно-зеленого цвета, остальная меблировка представляла собой прекрасно сочетающуюся смесь модерна с антикварной мебелью, которую полировали натуральным воском. На боковых столиках горели настольные лампы из тех, что стоят целое состояние, даже если продаются за полцены на распродаже в универмаге «Харродз».

— Присаживайтесь, — предложил Гай.

Кресло оказалось даже мягче, чем выглядело, и Клодии захотелось сбросить туфли и забраться в него с ногами.

Она ожидала, что он сядет напротив, по другую сторону кофейного столика, но Гамильтон сказал:

— Извините, мне надо сделать несколько телефонных звонков.

— Пожалуйста.

Захватив с собой мобильный телефон, лежавший на боковом столике, он удалился. Слава Богу, что Гай не взял с собой телефон в ресторан. Потом Клодии пришла в голову другая мысль. Номер телефона, который он ей дал, очевидно, не был номером мобильного телефона, иначе на ее звонок не ответила бы миссис Поджатые Губы.

Какой из этого можно сделать вывод? Что он не раздает свой личный номер телефона налево и направо? Что он не дает свой личный номер женщинам? А почему, дорогая моя? Очевидно, он опасается, что те начнут докучать ему. А о чем это говорит? Что такое уже случалось: ему докучали и раньше.

Более чем вероятно.

Как только за ним закрылась двустворчатая дверь, внимание девушки привлек журнал на кофейном столике.

Там лежали и другие журналы, сложенные аккуратной стопкой, но этот был раскрыт на развороте, где напечатали статью «Как добиться наивысшего качества секса?».

Это был иллюстрированный журнал для молодых женщин, который Клодия тоже иногда покупала. Статья ее не очень заинтересовала, несмотря на заголовок. Едва ли там будет сказано что-то, о чем она не читала раньше: «Не надевайте штанишки, когда идете на свидание, и скажите ему об этом во время ужина»; «Намажьте его кленовым сиропом и слижите сироп языком», и так далее в том же духе.

Ее заинтересовало другое: почему Аннушка — а это наверняка сделала она — оставила журнал раскрытым на этой странице? Не для того же, чтобы шокировать отца? Если только Клодия не ошибается, для этого, видимо, были какие-то более веские причины. Похоже, однако, что Гай не доставит дочери удовольствия и, наверное, даже не поморщится.

Но если не на него, то на кого это рассчитано? Несомненно, на миссис Поджатые Губы. Судя по ее виду, она как раз из тех особ, которые без конца ворчат на то, что по телевидению якобы показывают «чернуху и порнуху».

Закрыв журнал, Клодия взяла со стола другой и все еще читала его, когда Гай вернулся в гостиную.

Усевшись напротив, он извинился.

— Не стоит извиняться. — «Настало время для светской беседы», — подумала Клодия, кладя журнал на столик. — Теперь, когда с обедом покончено, скажите, за что Аннушку исключили из школы?

Он уселся поудобнее, положив ногу на ногу так, что лодыжка одной ноги оказалась на колене другой.

— Почему бы вам не спросить у нее? Она расскажет об этом в мельчайших подробностях, которые я опустил бы. Это поможет сломать лед в общении.

Только было Клодия хотела ответить: «Если она вернется до полуночи», — как дверь распахнулась. Вошла миссис Пирс с подносом. Поставив его на стол, экономка чопорно произнесла:

— Мистер Гамильтон, я хотела бы с вами поговорить, прежде чем уйду. С глазу на глаз.

Гай поднялся и последовал за ней, но неплотно прикрыл за собой дверь. Клодия, сама того не желая, не могла не подслушать разговор, состоявшийся в коридоре.

— Я не могу нести за нее ответственность, когда вас нет дома, мистер Гамильтон. Особенно после того, что случилось в прошлый раз.

— Я и не собираюсь взваливать на вас такую обузу, миссис Пирс. Как раз сейчас я занимаюсь тем, чтобы организовать все по-другому.

— И еще одно: я не могу допустить, чтобы шестнадцатилетняя девчонка указывала мне, чем я должна заниматься, и...

— Миссис Пирс, если не возражаете, мы обсудим этот вопрос в кабинете.

От нечего делать Клодия поднялась и подошла к камину. Давненько не видела она настоящего огня в камине, если, конечно, не считать газовых каминов с имитацией горящих поленьев.

Над ним висела картина, на которой был изображен корабль в бушующем море, но внимание Клодии привлекло нечто другое. Презирая себя за любопытство, она взяла в руки фотографию в серебряной рамке, стоявшую на полированной поверхности бокового столика. На снимке очаровательно улыбалась полуторагодовалая девочка.

«Аннушка», — подумала Клодия, разглядывая влажные темные глазки ребенка и вспоминая экзотическую девушку в ресторане. Даже в нежном детском возрасте она отличалась незаурядной внешностью.

Там стояли еще две фотографии. На одной — Аннушка, улыбка которой открывала пробелы на месте выпавших зубов. При взгляде на другую фотографию у Клодии сжалось сердце.

Молодой Гай Гамильтон с длинными волосами улыбался, — улыбался не уголком губ, а по-настоящему, в полный рот. Одной рукой он обнимал за плечи темноволосую женщину, на которую была очень похожа Аннушка, только красота женщины была более хрупкой. На руках женщина держала крошечный сверток, завернутый в белую шаль.

Гордый молодой отец со своим маленьким семейством.

Все домыслы Клодии относительно развода или разрыва между супругами моментально улетучились. Каким-то непостижимым образом она поняла, что эта хрупкая женщина умерла. У нее перехватило дыхание, но тут снова послышались голоса, и она, виновато вздрогнув, поспешно поставила фотографию на место. Когда Гай вошел в комнату, Клодия была погружена в чтение.

— Извините. — Он стал наливать в чашки кофе, но вдруг остановился. — Мне следовало бы спросить, может быть, вы предпочитаете выпить чаю?

— Я с удовольствием выпью кофе, без сахара. — Девушка безмятежно улыбнулась, моля Бога, чтобы Гамильтон не заметил, что глаза у нее блестят больше чем следует.

Клодия, возьми себя в руки.

Но чем больше она старалась, тем хуже у нее получалось. Наконец Клодия была вынуждена полезть в сумку, чтобы отыскать бумажный платок.

Пропади все пропадом.

Платка не было. Она торопливо вытерла глаз тыльной стороной ладони, пока слеза не скатилась по щеке.

— Ах, эта дурацкая тушь! — поморгав глазами, сказала Клодия, стараясь изобразить раздражение. — Кажется, мне что-то попало в глаз. У вас нет бумажного платка?

— У меня есть обычный носовой платок, — сказал Гамильтон, протягивая ей что-то чистое и белое.

— Спасибо. — Клодия торопливо промокнула глаза и почувствовала, как приступ слезливости постепенно проходит, но тут оказалось, что она переусердствовала, промокая глаза. Теперь ей действительно что-то попало в глаз.

Она снова промокнула глаза, поморгала, но что-то осталось в глазу, что-то мешало смотреть, словно песчинка на роговице.

Досадливо пробормотав что-то, Гай поднялся на ноги.

— Позвольте. — Он сел рядом и твердой рукой взял ее за подбородок. — Не шевелитесь и смотрите вверх.

Уверенно, как будто ему приходилось проделывать это сотни раз, Гай опустил вниз ее веко.

— Я ее вижу, — пробормотал он. — Не двигайтесь.

Еще мгновение, и он извлек соринку.

— Вот спасибо! — Голос у Клодии немного дрожал — отчасти от недавнего приступа, отчасти оттого, что Гамильтон находился так близко.

Нервные окончания снова напряглись, готовые принимать сигналы, отчего даже незаметные, как пушок, волоски на руках встали дыбом.

— Судя по всему, вам приходилось проделывать эту операцию и раньше? — сказала девушка, заставив себя улыбнуться.

— Только в те времена, когда Аннушка была маленькой и ей попадал в глаза песок на пляже.

То ли в этом были повинны два бокала вина, выпитые после джина с тоником, то ли трогательная фотография, но вся ее линия обороны распадалась на части, словно мокрая бумага. Клодия вдруг увидела в этой истории обремененного тяжелой заботой родителя-одиночку, которому некому помочь.

Будь что будет! Облизав пересохшие губы, она сказала:

— Мистер Гамильтон, я...

— Зовите меня просто Гай. — Он едва заметно улыбнулся, не подозревая, в какое смятение приводит его улыбка все ее нервные окончания.

— Пусть будет Гай. — Ей хотелось, чтобы голос ее звучал деловито, но это давалось нелегко. — Я подумала над вашим предложением, и, учитывая обстоятельства...

Она не успела договорить.

Двустворчатая дверь почти бесшумно распахнулась. На пороге стояла девушка, очень мало похожая на ту, которую Клодия видела в ресторане. Волосы ее были подобраны под бейсбольную кепочку, на ней были надеты джинсы и кожаная рокерская куртка.

— Ты опять, папа? Последние гастроли перед тем, как наступит мужской климакс? — дерзко произнесла девушка.

Гай сразу же вскочил на ноги.

— Где ты была?

Клодия поморщилась от его сурового тона.

— Гуляла. А ты что подумал?

Гай сделал шаг к двери, и выражение лица девушки резко изменилось: она узнала Клодию.

— Боже мой! Кого я вижу? Никак это мать твоего незаконнорожденного ребенка? Что вы здесь делаете? Выколачиваете из него алименты?

— Аннушка!

Лицо девушки возмущенно вспыхнуло.

— Так вот зачем ты заставил меня дать ее адрес! Ты притворился, что собираешься задать перцу идиотам, зарабатывающим себе на жизнь тем, что шокируют людей, а сам просто хотел увидеться *с ней?*

— Ничего подобного!

— Ты что, считаешь меня тупицей? Ты самый отъявленный лицемер! — Она повернулась и почти бегом бросилась вон из комнаты. Гамильтон бросился за ней.

— Аннушка!

— Отвяжись! — Послышался дробный стук каблучков, взбегающих вверх по лестнице.

Несколько секунд стояла мертвая тишина, как будто пронесся ураган. Гай снова опустился в кресло напротив Клодии и устало взъерошил рукой волосы. Клодия поднялась, чувствуя себя крайне неловко.

— Я, пожалуй, поеду домой, — сказала она. — А вы идите к ней и все объясните.

Он презрительно фыркнул:

— Она еще несколько часов будет держать дверь на замке. А потом, когда я стану объяснять, почему вы оказались здесь, разыграется премиленькая сцена.

Реальность, как холодный душ, подействовала на Клодию отрезвляюще. Боже милосердный! Неужели она, перед тем как распахнулась дверь, хотела согласиться? Может быть, она спятила?

— Гай, извините меня, пожалуйста, — дрожащим голосом сказала она, — но я не смогу присматривать за вашей дочерью. Думаю, она не снизойдет даже до разговора со мной, не говоря уже о том, чтобы слушаться. Вы просто зря потратите свои деньги.

— Знаете, а она ведь далеко не со всеми такая дерзкая. Обычно это бывает направлено только против меня.

Клодии хотелось спросить: «Почему?» Но какой смысл спрашивать? Конфликты между родителями и подрастающими детьми — явление обычное.

— У нас ничего не выйдет. Мое присутствие может лишь осложнить ситуацию. И мне совесть не позволяет браться за дело, заранее зная, каков будет результат и во что это вам обойдется.

Клодия имела в виду не только оплату ее услуг, но и авиабилеты, и счет за проживание в отеле... Она боялась, что

Гай сейчас скажет: «Я могу себе это позволить», — но он был не так глуп.

— Я предполагал, что ничего не получится. Я вызову вам такси.

Расправив плечи, Гамильтон взял со столика телефонную трубку.

— В этом нет необходимости. Я пойду в направлении центральной улицы и там поймаю такси.

— Ни в коем случае! Вам ни за что не удастся поймать такси в это время да еще в такой дождь. — Это Гамильтон, — сказал он кому-то на другом конце провода. — Мне нужно такси в... — Он бросил на нее вопросительный взгляд.

— В Патни, — подсказала девушка.

— ...в Патни. Как можно скорее, благодарю вас.

Он положил трубку. Клодия вопросительно взглянула на него.

— Но вы не назвали свой адрес.

— Нет необходимости. Я открыл у них счет. Аннушка постоянно пользуется их услугами. Такси будет здесь через пять минут.

Клодия почувствовала себя униженной, как будто от нее избавлялись за ненадобностью.

Ну что ж, так оно и есть. А что ты от него ожидала? Что он попросит тебя остаться на чашку чая?

Снова усевшись на диван, она сказала:

— Сожалею, что отняла у вас столько времени.

— Это я у вас отнял время.

— Так или иначе, обед был чудесный.

Слабое подобие улыбки коснулось уголка его губ.

— Может быть, мне все-таки следовало заказать Тарзана?

Даже это слабое подобие улыбки было лучше, чем ничего.

— По крайней мере вы бы как следует посмеялись.

Вопрос, который ей давно хотелось задать, сорвался наконец с языка:

— Почему ей хотелось, чтобы ее исключили из школы? Только затем, чтобы можно было пожить без контроля, пока вы будете в отъезде?

Гамильтон покачал головой.

— Она мечтала уйти из школы с тех пор, как ей исполнилось шестнадцать лет.

— А для чего?

— Чтобы бездельничать. Если не считать делом тусовки в клубах и знакомство с парнями — обладателями «феррари».

Понятно. Желание жить на больших скоростях вместо унылых уроков географии и общения с учителями, которые, кажется, даже слово «развлечение» считают неприличным.

— Мне хорошо знакомо это чувство, — призналась Клодия. — Хотя мы в ее возрасте довольствовались малолитражками.

— Но вас не вышибали из школы, — сказал Гай, прищурив глаза. — Не так ли?

— Признаюсь, я об этом мечтала.

— Это... совсем не смешно!

Его тон сразу же заставил ее раскаяться в своих словах. Почувствовав себя глупо, она встала.

— Я понимаю, извините. Я подожду такси на улице. Прошу вас, не провожайте.

Но Гамильтон встал и пошел за ней следом. Клодия почему-то была уверена, что он так и сделает. У двери Гай остановился.

— Я не должен был огрызаться.

— Это моя вина — я сказала глупость.

Засунув руки в карманы, он пристально посмотрел на нее сверху вниз.

— Было бы просто здорово, если бы эта затея с киссограммой обернулась против нее самой.

— Значит, вы поэтому меня и попросили? Чтобы проучить ее?

— Не такой уж я хитрец. Просто мне показалось, что вы могли бы поразить ее воображение. Очевидно, я ошибся.

— Что вы будете теперь делать?

Он пожал плечами:

— Как-нибудь выкручусь.

Они оба вздрогнули, когда раздался звонок в дверь. Гай открыл дверь, и с улицы ворвалась струя воздуха — холодного, как из Сибири.

— Такси заказывали? — спросил стоящий на пороге мужчина.

— Подождите двадцать секунд, — попросил Гай, закрывая дверь.

На какое-то безумное мгновение, когда он обводил горящим взглядом ее лицо, Клодии показалось, что он сейчас скажет: «Может быть, мы как-нибудь поужинаем вместе?» — или даже...

— А знаете что? — Голос у него был мягкий и грубоватый одновременно, как старый шотландский свитер.

Она с трудом глотнула.

— Что?

— Киссограмму вы исполняете безнадежно плохо.

Клодия ответила дрожащим голосом:

— За вашей дочерью я тоже присматривала бы безнадежно плохо.

Подобие улыбки чуть тронуло его губы.

— Поверю вам на слово. — Гай снова открыл дверь. — Все к лучшему.

— До свидания. — С беззаботной улыбкой девушка пожала его протянутую руку. — С ней все будет в порядке, во всем виноват переходный возраст.

Гамильтон печально улыбнулся.

— Это я уже слышал.

Не успел он понять, что происходит, как Клодия приподнялась на цыпочки и коснулась губами его щеки.

— С ней все будет в порядке, вот увидите.

Она сбежала по ступенькам к ожидавшему такси и весело помахала рукой на прощание.

Как только за ним закрылась дверь, улыбка моментально исчезла с ее лица.

Ах ты дуреха. Бокал джина с тоником и пара бокалов вина — и ты уже трепещешь, словно мотылек. Неужели ты не поняла, что он только и ждал, чтобы ты убралась поскорее ко всем чертям?

Глава 4

— И этот наглец даже не сделал пожертвования?

— Ни гроша.

— В таком случае он заслуживает этого исчадия ада — своей доченьки. Тебе повезло, что ты выпуталась из этой истории.

После двух чашек кофе и подробнейшего анализа происшедшего Клодия почувствовала себя лучше. Правда, она ни словом не обмолвилась о своем трепете, надеясь, что это поможет ей быстрее избавиться от воспоминаний.

— В тот момент я напрочь забыла о пожертвованиях. Да и у него, по правде говоря, мысли были заняты совсем другим.

— Это его не оправдывает.

Чем больше Клодия думала, тем больше склонялась к тому, чтобы согласиться с этим. Пока они с Кейт общими усилиями пытались соорудить на сковородке свиную поджарку, она сказала:

— Он готов заплатить за это бешеные деньги. Как подумаешь, сколько всего можно сделать, имея такую сумму...

Кейт резала зеленый лук.

— Наверное, эта девчонка избалована до ужаса.

— Еще бы! Ее джинсы и кожаная куртка были словно с витрины Дома моды. А платье, которое она надевала на вечер в ресторан! Я, правда, не очень отчетливо помню, потому что слишком нервничала, но могу поклясться, что оно куплено не в дешевеньком магазинчике, где покупают одежду большинство девушек ее возраста. У нее был вид дорогой содержанки.

— Наверное, у нее есть даже собственный счет в «Харродз».

— Это бы меня не удивило. Я в ее возрасте покупала одежду в магазине уцененных товаров.

— А я до сих пор там покупаю, — усмехнувшись, сказала Кейт.

Клодия рассмеялась и сняла с полки банку с соусом. На июльской распродаже она приобрела секционную кухонную мебель, а ее отец, приезжавший на лето погостить, оборудовал кухню. Работы было не очень много, учитывая крошечные размеры помещения. Здесь даже двоим негде развернуться.

Острый нюх Портли позволял ему учуять свиное филе на расстоянии пятнадцати шагов. Он вошел и стал настойчиво тереться о ее ноги.

— Нет, — твердо сказала Клодия, — ты уже ужинал.

Кот уставился на нее, трогательно подняв одну лапу, и издал хорошо отработанное жалобное мяуканье.

— Не выйдет, — сказала она. — Ветеринар сказал, что у тебя начинается ожирение, и велел держать в строгости.

Портли решил совершить обходной маневр: он притворился, будто ему и дела нет до свиной вырезки, он просто зашел на кухню, чтобы вздремнуть на полу. Если повезет и обе хозяйки одновременно повернутся к нему спиной, он вспрыгнет на разделочный столик и схватит вкусненький кусочек того, что там лежит, как бы это ни называлось. Портли растянулся на полу и притворился спящим.

— Знаю, что ты затеваешь, — строго сказала Клодия, — так что лучше катись отсюда подобру-поздорову, пока тебе не отдавили хвост.

Портли отказался от своего замысла и вышел вон, презрительно покачивая хвостом.

— Он тоже избалован до ужаса, — сказала Клодия. — Я к нему снисходительна, потому что с ним плохо обращались, пока он не попал к нам... Уверена, что папочка Гамильтон тоже слишком снисходителен к своей дочери, потому что у девочки нет матери.

— Ты этого не знаешь.

Клодия выложила свинину на сковородку.

— Не знаю, но могу поспорить, что это так. Даже если они в разводе, он все равно будет стараться компенсировать ей отсутствие матери. Особенно если развод произошел по его вине.

— Уверена, что он дает ей кучу денег на карманные расходы — сколько душе угодно. И каждое ее желание сразу же исполняется.

Клодия добавила перец и лук и стала перемешивать содержимое сковородки.

— Наверное, но у него на нее не хватает времени. Похоже, его работа требует полной отдачи. И еще она все время разъезжает на такси, за его счет.

— Повезло соплячке. — Кейт засыпала в кипящую воду китайскую лапшу. — Значит, возвращаешься к роли «соблазнительной Натали», — ухмыльнувшись, сказала она. — Если повезет, то это скоро закончится. Рождество на носу, а ты знаешь, что это значит.

— Вечеринки, — простонала Клодия. — Все конторы полны идиотов, ломающих головы над тем, как бы придать пикантность рождественскому сборищу бухгалтерского отдела. Райан ждет меня завтра у себя в офисе, и я с ужасом думаю об этом. Уверена, что к нему уже поступили заказы, и эта Жаба будет во весь рот ухмыляться, предвкушая удовольствие.

Наутро, когда она вошла в офис, ей не сразу удалось увидеть физиономию Райана, потому что ее прикрывал последний номер журнала для автогонщиков. Ноги его покоились на столе рядом с коробкой с гамбургерами.

— Опаздываешь, — пробурчал кузен.

— А ты разговариваешь с набитым ртом.

Райан зачавкал громче, чтобы разозлить ее окончательно.

— Нашел потрясающую машину — «порше-каррера», принадлежавшую двум очень аккуратным леди.

Клодия повесила куртку на спинку стула.

— Райан, кто застрахует твой «порше» после того, как ты угробил три машины подряд?

— У меня приятель, знакомый с одним ловким страховым агентом. — С полным ртом он невнятно добавил: — Так и знал, что с этим гамбургером что-то не в порядке. Корнишонов не хватает. Ты не могла бы сбегать в магазинчик на углу и...

— Не испытывай мое терпение, Райан.

— Как хочешь. Все равно придется попросить тебя подменить меня в офисе. Я ухожу домой поспать.

— Но у нас в таком случае останется всего два водителя!

— Тяжелый случай, но у меня была очень напряженная ночь. — Он подмигнул, надеясь вогнать ее в краску. — С Глупышкой Беллиндой.

Клодия подняла глаза к небу.

— Райан, меня не интересует твоя омерзительная сексуальная жизнь. Но ответь мне, как ты собираешься завоевывать солидную клиентуру, если уходишь спать, когда людям нужны машины?

Кузен придал своему лицу отработанное выражение оскорбленной невинности.

— Я не могу отвечать за безопасность пассажиров, если вымотался, как заезженный конь. Ты, наверное, и представить себе не можешь, как утомляет человека ночь по-настоящему необузданного секса. К твоему сведению, за один час полноценного неистового секса сжигается столько же калорий, сколько за участие в лондонском марафоне. Не говоря уже о нескольких часах обалденного...

— Райан, хочешь я тебе кое-что скажу? — спросила Клодия, сложив на груди руки и с жалостью поглядывая на него. — Один психолог сказал мне как-то раз, что мужчины, хвастающиеся своей богатой сексуальной жизнью, обычно либо импотенты, либо никудышные любовники.

— Глупости. А кто здесь хвастает? Лично я просто констатирую факты.

Клодия, конечно, не надеялась, что ее вдохновенная импровизация сотрет самодовольную ухмылку с его физиономии, но попытаться стоило.

— Ты просто завидуешь, — продолжал Райан. — Каждый вечер ложишься спать в одиночестве. Я могу помочь, если хочешь. У меня есть приятель, у которого мужское хозяйство как у слона.

Клодия наполнила водой чайник.

Не обращай на него внимания, он умышленно «заводит» тебя.

— У него уже есть пара птичек, но он и для тебя выкроит время, — продолжал Райан, засовывая в рот остатки гамбургера. — Особенно если я шепну ему, что ты в отчаянии. Он очень отзывчивый и добрый, всегда рад помочь одиноким и обездоленным.

Улыбнись ему своей ангельской улыбочкой, которую он не выносит.

— Это очень мило с его стороны, Райан. Если мне отчаянно захочется полюбоваться «слоновьим хозяйством», я буду иметь его в виду. А почему ты думаешь, что я каждый вечер ложусь в постель одна?

— А телеграф джунглей на что? — спросил Райан, отправляя скомканную бумагу из-под гамбургеров мимо мусорной корзинки. — Иначе это называется звонок твоей мамы моей маме, а потом звонок моей мамы — мне. — Он довольно похоже изобразил голос ее матери: «Я ужасно переживаю за Клодию. Какая жалость, что она порвала с Мэтью. Мэтью такой чудесный мальчик и из очень хорошей семьи. Знаешь, его отец был виноторговцем».

Не было смысла возражать ему, Клодия отчетливо представляла себе, как ее мать произносит что-то подобное. Мама могла без устали говорить об их разрыве с Мэтью и о том, каким «чудесным мальчиком» тот был, хотя прошло уже более двух лет.

— В следующий раз, когда позвонит твоя мама, скажи ей, что я вообще решила отказаться от мужчин, — заявила Клодия, прикоснувшись рукой к чайнику. — А я посмотрю, сколько времени пройдет, прежде чем моя мама узнает, что я стала лесбиянкой. Зная потенциал твоей матери, могу поспорить — на это потребуется не более десяти минут.

Девушка поставила на конфорку чайник, поморщившись при виде пролитого кофе и грязных кружек, оставленных Райаном на подносе.

— Почему ты такой неряха?

— Я заботился о тебе, дорогая Клодия. Надо же чем-нибудь занять твои праздные ручонки, чтобы ты не натворила здесь каких-нибудь бед в мое отсутствие. К тому же я никогда не мою посуду, если есть женщина, способная выполнить эту работу.

Клодия подавила охватившее ее яростное желание удавить кузена на его собственном, вызывающе ярком галстуке. Не дождется, что она выйдет из себя!

Оставив картонку из-под еды посередине письменного стола, Райан встал и надел пиджак.

— Пока, милая кузина. Веди себя хорошо.

В тысячный раз Клодия поразилась, как постороннему наблюдателю Райан мог показаться вполне нормальным человеческим существом, невзирая на розовый пиджак и отвратительный галстук. При росте примерно пять футов одиннадцать дюймов он был довольно худощав и до сих пор походил на озорного кудрявого мальчика-хориста. Это сходство позволило ему в детские годы выйти сухим из воды, когда он совершил убийство.

— Хочешь знать, почему старая тетушка Флора из Киллиекранки оставила мне все деньги? — неожиданно спросил Райан несколько дней назад. — Потому что, когда мне было шесть лет, она приехала к нам на Рождество погостить. Мама и папа повели ее в школу, чтобы тетушка полюбовалась, как я играю пастушка в школьном рождественском спектакле, и бедная старушенция растрогалась до слез.

Он вскочил на ноги и фальцетом продекламировал свои слова в том спектакле: «Мы должны поспешить в Вифлеем. Эта яркая звезда укажет нам путь!»

Райан снова хлопнулся на стул, давясь от смеха.

— После этого на каждый мой день рождения она присылала мне денежный перевод, а я писал ей в ответ коротенькое письмо, старательно выводя буквы: «Дорогая тетушка Флора, огромное спасибо за деньги. Половину я положил в сберегательный банк, а остальное отослал в Африку бедным детям, которые голодают. Надеюсь, что ты в добром здравии. Любящий тебя Райан».

Клодия смотрела на него с нескрываемым презрением.

— Ты бессовестный проходимец.

Кузен улыбнулся еще шире.

— Ты еще не слышала самую интересную часть этой истории. Года два назад я был в Шотландии и заехал к ней. Мама говорила, что тетушке осталось недолго жить, так что я подумал: «Ну что плохого в том, что я напомню старушке о существовании ангелоподобного племянника — на тот случай, если она еще не составила завещания».

Воспоминания вызвали у нее желание как следует пнуть Райана, но, поскольку он уже собирался уходить, Клодия сдержала свой порыв из опасения, что кузен может из-за этого задержаться.

— Кстати, чуть не забыл, — сказал Райан как бы между прочим, уже взявшись за ручку двери, — если заглянешь в наш дневник, то увидишь, что там записаны два заказа: один — на вечер в среду, там потребуется французская горничная на семидесятилетний юбилей какого-то старикана. А вот другой значительно интереснее. В субботу вечером вызов на вечеринку членов клуба любителей регби. Не поверишь, но они хотят Красную шапочку, потому что, видишь ли, фамилия их капитана Волфсон. И, как ты, наверное, догадываешься, они зовут его Большим Скверным Волчищем.

Сердце у Клодии ушло в пятки.

— Вот смеху-то будет! — фыркнул Райан. — Особенно я повеселюсь. Я им сказал, что на таком мероприятии тебе потребуется телохранитель. Они ведь хотят, чтобы ты подошла к Большому Скверному Волку и сказала: «Боже мой, мистер Волк, почему у вас такие большие глаза?»

Клодия попробовала изобразить безразличие.

Райан улыбался во всю физиономию.

— А потом ты спросишь про уши, потом про зубы, а затем скажешь: «Боже мой, мистер Волк, неужели все, что у вас имеется, таких же огромных размеров?» И тут Большой Скверный Волк...

— Я поняла. — Призвав на помощь все свои актерские способности, Клодия зевнула во весь рот и уселась на стул. — Если хочешь знать, то для регбистов сюжет, по-моему, несколько скучноват.

Но даже когда она увидела, как ухмылка сползла с лица кузена, ее это не очень утешило.

Вернувшись домой, Клодия нашла записку Кейт:

«Пол тащит меня на какую-то вечеринку в самый темный угол Гемпшира. Мы останемся там на ночь, потому что, наверное, хлебнем как следует и не сможем вести машину.

До завтра, целую, Кейт».

Пол и Кейт встречались уже четыре месяца, что для Кейт было своеобразным рекордом.

Типичный случай. Именно тогда, когда мне нужно плечо, на которое можно опереться, я оказываюсь одна.

Хорошенько понежившись в ванне, Клодия надела клетчатую фланелевую пижамку, подаренную матерью на прошлое Рождество, потому что «в твоей спальне гуляют сквозняки, дорогая».

Готовить ужин Клодии не хотелось, поэтому она взяла в холодильнике упаковку трески в сливочном соусе из запасов Кейт и сунула разогреваться в микроволновку, добавив картофелину.

Девушка поужинала перед телевизором, поставив тарелку на колени, а Портли тем временем испытывал ее терпение, пытаясь цапнуть лапой с тарелки кусочек рыбы, когда ему казалось, что хозяйка на него не смотрит.

— Нет! — Клодия решительно ссадила его с дивана на пол.

Портли с обиженным видом посидел, повернувшись к ней спиной, а потом вышел из комнаты. Наверное, отправился в спальню отсыпаться в корзинке со свежевыстиранным бельем, приготовленным для глажки. Если он был особенно сильно оскорблен, то мог даже испачкать белье.

Клодия закончила ужин, стараясь не думать о вечеринке в клубе регбистов. Еще старательнее девушка гнала от себя мысли о том, как будет торжествовать Райан, если она откажется от работы. Телевизор что-то бубнил, а Клодия, не обращая на него внимания, размышляла о том, что деньги заработать, видимо, не удастся, что она все-таки спасовала перед трудностями, и о больших скверных волчищах. Больше всего ее угнетала мысль, что Райан, сидя с пинтой пива в руке, будет ухмыляться во всю физиономию, радуясь своей победе.

Нет, всему есть предел. Девушка обязана знать границу дозволенного.

Клодия подняла телефонную трубку и почувствовала, как заколотилось сердце.

Ей ответила миссис Поджатые Губы.

Клодия судорожно вдохнула.

— Можно попросить мистера Гамильтона?

Ей послышался голос матери: «Если только ты не делаешь это по другой причине...»

— Извините, его нет дома. Что ему передать?

— Ничего. Я позвоню в следующий раз. — Положив трубку, Клодия попыталась сосредоточиться на каком-то документальном фильме о тиграх. Возможно, сюжет фильма даже заинтересовал бы ее, но бедный маленький тигренок умер, а презренная съемочная бригада палец о палец не ударила, чтобы его спасти.

В десять часов двадцать минут она решила, что пора закругляться, и отправилась в спальню. День выдался явно неудачным. Клодия уже взбивала подушки, когда послышался звонок в дверь.

Ох, пропади все пропадом. Судя по всему, день должен был закончиться именно появлением Питера-Надоеды. Питер-Надоеда несколько месяцев тому назад поселился в квартире над ними. Странный тип с влажными даже на вид руками, который тем не менее был о себе весьма высокого мнения, впрочем, как и большинство проходимцев. Ему, как видно, взбрело в голову, что жизнь похожа на веселенькую рекламу растворимого кофе и что если у него в доме будет постоянно не хватать то кофе, то пакетиков для заварки чая, то стирального порошка, то рано или поздно одна из этих девушек, проживающих этажом ниже, осознает, что он самый привлекательный мужчина, и превратится в страстную нимфу.

Твердо решив не пускать его дальше порога, Клодия распахнула дверь и замерла, потрясенная, так как увидела перед входом Гая Гамильтона. Она мысленно прокляла себя за то, что надела практичную пижаму. Ну почему, почему она не надела шелковую, цвета слоновой кости? Ну почему у нее вообще не было шелковой пижамы цвета слоновой кости?

Он был в джинсах и сером свитере грубой вязки и пахло от него шерстью и холодным ночным туманом. Гай показался ей совсем другим: *более молодым, более суровым, более приземленным,* как будто с него сняли защитную оболочку городского жителя.

— Это вы мне звонили? — спросил он.

Девушка кивнула.

— Как вы узнали?

— Миссис Пирс узнала вас по голосу.

— Но как вы нашли мой адрес? — Еще не получив ответа на свой вопрос, Клодия все поняла. — Наверное, навели справки в агентстве, которое предоставляет вам такси?

Он покачал головой.

— У меня фотографическая память. — Гай едва заметно улыбнулся уголком губ, однако от этой кривой улыбочки сердце у девушки странно затрепетало, как будто ее здорово стукнули и крепко поцеловали одновременно.

— Вы имеете в виду письмо на столе в офисе?

— Да. — Взглянув на ее пижаму, Гамильтон добавил: — Извините. Я понимаю, что уже поздновато для неожиданных посещений.

Клодия взяла себя в руки.

— Я не собиралась ложиться спать. Входите, пожалуйста. Здесь довольно холодно. Чтобы нагреть эту квартиру, никаких денег не хватит, — все равно что отапливать улицу.

Как только, впустив Гамильтона, она закрыла дверь, в разговоре возникла неловкая пауза. Прихожая напоминала по размерам стенной шкаф. Когда Клодия купила эту квартиру, здесь было очень темно. Но побелка сотворила чудо. В углу стояла огромная аспидистра, которую попросту называли «цветочком» и которая, судя по всему, не боялась никаких сквозняков. Теперь, когда здесь находились «цветочек» высотой три с лишним фута и Гай Гамильтон ростом шесть с лишним, прихожая походила уже не на стенной шкаф, а на коробку из-под обуви.

— Вы как будто стали ниже ростом, — произнес он.

Клодия только что подумала то же самое.

— Я даю усадку, приняв ванну, — возвестила она беззаботным тоном. — Но к утру мой рост восстанавливается.

Гай снова улыбнулся уголком губ.

— Почему вы позвонили? Передумали?

Набрав полную грудь воздуха, чтобы успокоиться, Клодия сказала:

— Может быть, вы пройдете в комнату?

Слава Богу, в гостиной было прибрано. Здесь было даже уютно, несмотря на ужасный коричневый ковер на полу, который она так и не собралась заменить. Вместо этого Клодия несколько нарушила его мрачную монотонность, разбросав то здесь, то там хлопчатобумажные коврики. Книжные полки по обе стороны камина были заново покрашены кремовой краской и красиво выделялись на фоне темно-зеленой стены. Это она тоже сделала своими руками и очень гордилась, что ей удалось достичь такого же эффекта, как на иллюстрации в журнале «Дом и сад».

Гамильтон, казалось, ничего не заметил.

— Садитесь, прошу вас, — сказала Клодия, указывая на диван. — Могу ли я предложить вам кофе или еще что-нибудь? — Заметив нерешительный взгляд Гая, девушка тут же добавила: — Кофе у меня не растворимый.

— Кофе, пожалуйста. Черный, без сахара.

Только оказавшись на кухне, Клодия почувствовала, как бешено колотится у нее сердце. И не только потому, что он пришел, но и потому, что спички, необходимые для того, чтобы сжечь мосты, потерялись безвозвратно.

«Ты еще об этом пожалеешь, — сурово сказал ей внутренний голос, пока она отмеривала свежесмолотый кофе в фильтр кофейника. — Не говори потом, что я тебя не предупреждал».

Ах, заткнись ты!

Включив кофейник, Клодия метнулась в спальню и торопливо содрала с себя пижаму. Будь что будет, но она не станет принимать у себя мужчину в таком виде. Девушка натянула серые леггинсы, дополнив их нежно-розовым мягким свитером, прикрывавшим бедра. Она несколько раз провела по волосам щеткой, и они шелковистой волной упали ей на плечи. Сразу же передумав, Клодия заколола их на затылке. Потом снова распустила.

Но никакого макияжа. Ни блеска для губ, ни даже капельки духов. Не дай Бог, он подумает, что она сделала это ради него! А как насчет свитера? Не слишком ли глубок у него вырез? Не хотелось, чтобы он подумал, будто она выставляет напоказ все свои прелести.

Внимательно оглядев себя в зеркале, Клодия решила, что вырез свитера не открывает ничего лишнего, если только специально не заглядывать сверху за ворот.

Едва ли Гамильтон станет это делать.

Из кухни доносился аромат кофе.

Достань хорошие чашки, а не эти неприличные старые кружки. И куда, черт возьми, подевался молочник?

Гай, судя по всему, достаточно хорошо освоился в гостиной.

— Спасибо, — пробормотал он. — Пахнет отлично.

Он ничего не сказал по поводу изменений в ее внешнем облике, однако по глазам было видно, что это не прошло незамеченным. Чувствуя, что надо что-то сказать, Клодия попробовала обратить все в шутку:

— Не могла же я принимать практически незнакомого человека в пижаме. Бедненькая сестра Иммакулата, воспитавшая меня в монастырской школе, сгорела бы от стыда.

На этот раз Гай даже не попытался скрыть насмешливый огонек в глазах.

— Ради спокойствия сестры Иммакулаты, — сказал он, подняв глаза к потолку, — я должен добавить, что не какой-нибудь подозрительный незнакомец, а самый нормальный мужчина.

— Именно поэтому она и сгорела бы от стыда.

Насмешливый огонек мелькнул еще раз и погас. Как будто Гамильтон хотел сказать: «Шутки в сторону, перейдем к делу».

— Вы серьезно решились на поездку?

Он не добавил: «Потому что, если вы просто водите меня за нос, мне лучше сразу же уйти и не тратить зря времени», — это чувствовалось по его деловому тону.

Клодия попыталась не обращать внимания на внезапную сладкую боль, возникшую где-то внутри. Как было бы хорошо, если бы Гай сказал сейчас: «Послушайте, в отношении Аннушки я уже все организовал. Я пришел сюда по другой причине...»

Ишь чего захотела! И не надейся.

— Вы правильно поняли: я передумала.

Гамильтон посмотрел на нее проницательным взглядом.

— Что этому способствовало?

— Поступили еще два заказа, выполнить которые я не смогу себя заставить.

— Я так и подумал. — Он быстро взглянул на нее. — Мне потребуется ваш паспорт, чтобы получить визу.

Она сходила в спальню и принесла паспорт, который хранился в ящике прикроватной тумбочки.

Как Клодия предполагала, Гай раскрыл паспорт и в течение нескольких секунд разглядывал первую страничку.

— Хорошая фотография, — сказал он наконец.

— Спасибо. — Клодия поняла, что его похвала относится не к техническому исполнению фотографии. Любой сразу же подумал бы, что этот внутренний свет, эта улыбка и блеск в глазах могут принадлежать лишь без памяти влюбленной двадцатипятилетней девушке.

На самом же деле она сфотографировалась после ленча в компании двух приятельниц, только что вернувшихся после недели отдыха на нудистском пляже. Они изрядно выпили, и в течение всего обеда Клодию одолевали приступы безудержного смеха, когда она слушала описания отвратительного зрелища подрагивающей дряблой кожи, не говоря уже о поразительном разнообразии размеров и типов мужских болтающихся частей тела.

Однако откуда ему знать об этом? Поджав под себя босую ногу, девушка сменила тему.

— Вы объяснили Аннушке, почему я оказалась у вас дома?

— Конечно.

— Она вам поверила?

— Не сразу, но в конце концов даже она поняла, что я не стал бы придумывать подобную историю.

— И что сказала?

— Сначала ничего. Возможно, просто от ярости утратила дар речи. Когда я сказал, что вы отказались от предложения, ярость сменилась злорадством. Она сказала по этому поводу следующее: «Значит, тебе дали от ворот поворот, а? Так тебе и надо!» Я сказал ей, что вы занимались киссограммами на спор, — продолжал Гай. — От этого ваш рейтинг в ее глазах подскочил на пятьдесят пунктов. Мне следовало бы на этом и остановиться, но я, к сожалению, рассказал, зачем вам потребовались деньги. Вы сразу же упали в ее глазах до уровня зануды с благородными идеями.

— Может, лучше сказать ей, что мне захотелось заработать на отдых на Карибском море?

— Теперь поздно об этом говорить.

— Как она отреагирует на то, что я передумала?

— Надуется и, возможно, запрется в своей комнате. Будет часами висеть на телефоне, рассказывая своим друзьям, какой я чудовищный садист, помешанный на контроле, и о том, что она скорее умрет, чем позволит увезти себя в какое-то арабское захолустье.

Именно этот момент выбрал для своего появления на сцене Портли. Он зевнул, потянулся и издал мяуканье, означавшее «не пора ли перекусить?».

Гай взглянул на кота без особого интереса.

— Ну и ну! Чем оно питается? Анаболическими стероидами?

— Это не «оно», а «он»! Вернее, это был «он» до того, как его кастрировали. Теперь из радостей жизни у него остались только еда и сон.

— Бедняга!

Обиженная за Портли Клодия взяла кота на руки и поцеловала в рыжую шерсть на голове. Однако Портли еще не простил ей эпизод с треской. Вырвавшись, он отправился посмотреть, что за гость к ним пожаловал. Усевшись словно каменное изваяние, кот стал внимательно разглядывать Гамильтона немигающим взглядом.

Гай не оставил наглое поведение кота без внимания.

— Тебе не мешало бы посидеть на голодной диете, — сказал он, поднося к губам чашку.

Портли ничуть не обиделся. Наоборот, он решил, что на незнакомце как раз такой шерстяной свитер, в какой он давно мечтал запустить свои когти. Сделав удивительно мощный прыжок к Гамильтону на колени, кот задел чашку, из которой выплеснулся кофе. Гай вскочил на ноги, ругаясь вполголоса.

Клодия в ужасе схватилась за голову.

— Только этого не хватало! Я сейчас принесу тряпку.

Она бросилась на кухню, схватила тряпку, потом решила, что та слишком грязная, взяла из ящика чистое полотенце, смочила его, отжала и снова вернулась в гостиную.

— Извините, ради Бога. Этот кот — совершенно безмозглое животное. — Клодия принялась промокать полотенцем свитер. — Надеюсь, что пятна не останется.

— Все в порядке, — сказал Гай несколько секунд спустя.

— Глупости. Нет ничего хуже пятен от кофе...

— Достаточно, Клодия. — Гамильтон произнес это твердо и так же твердо отстранил ее руку с полотенцем, взяв за запястье.

Она остановилась и взглянула на гостя снизу вверх. Пряди волос упали на ее лицо, а нежно-розовый кашемировый свитер вздымался и опускался на груди в такт учащенному дыханию, которое объяснялось не только тем, что она трудилась над удалением пятна.

Что-то снова отозвалось внизу живота, только на этот раз не мягко и вкрадчиво, а бурно, неистово. У Клодии почему-то задрожали колени.

Гамильтон стоял так близко, что Клодия могла разглядеть крошечные золотистые искорки в его глазах и каждую черную ресницу в отдельности. Она видела едва заметную щетину на лице, ощущала запах мыла, аромат мужского одеколона, смешанный с запахом влажной шерсти.

— Я всего лишь пыталась помочь... — неуверенно пробормотала Клодия.

— Я это ценю, но теперь все в порядке. Нам нужно кое-что обсудить.

Ей каким-то образом удалось заставить себя говорить нормально.

— Одну минутку, я только протру ковер. — Клодия наклонилась и стала яростно тереть два пятнышка от кофе на ковре.

Когда она вернулась на свое место, колени у нее все еще дрожали. Клодия до сих пор ощущала его руку на своем запястье и от этого чувствовала себя несколько ошалевшей.

— Вылет около десяти часов утра в пятницу, — сказал Гай деловым тоном. — У вас есть подходящая одежда? Хоть сейчас и девяностые годы, но одежда, пригодная для пляжей Средиземноморья, совершенно исключается. Колени и плечи должны быть прикрыты; вещи, облегающие... фигуру, тоже исключаются. — Он перевел взгляд на вырез ее свитера. — То же самое относится и к слишком глубоким декольте.

У нее замерло сердце.

Боже милосердный! Он, должно быть, все-таки запустил глаза за вырез, когда я оттирала его свитер!

Собственная реакция ее очень удивила. Ну и что из того, что он заглянул за декольте? Почему это она затрепетала, словно героиня романа времен королевы Виктории?

Ах, подайте мне скорее нюхательные соли!

— И конечно, никаких джинсов в обтяжку, — продолжал Гамильтон.

— Никаких джинсов в обтяжку, — послушно повторила Клодия. В данной ситуации было очень трудно заставить себя смотреть умными глазами и внимательно слушать. С ней происходило что-то странное, причем речь шла не только об охватывавшем ее трепете. За последние годы она крайне редко вспоминала о сестре Иммакулате, но стоило помянуть всуе ее имя, как тут же появлялся ее дух, как во время спиритического сеанса. Клодия вдруг услышала голос старой монахини, как будто та находилась рядом.

«Если ты примешь это предложение, Клодия, то это должно быть обосновано достойными причинами. Во-первых, ты хочешь добыть деньги для детского лагеря, не поступаясь своими моральными принципами. А во-вторых, ты хочешь помочь этому мужчине выйти из весьма затруднительного положения. Ты не должна принимать предложение только лишь потому, что он ...гм-м... что он возбуждает у тебя определенные чувства...»

— Клодия, вы меня слушаете?

Девушка, вздрогнув, пришла в себя и увидела, что Гай, нахмурив лоб, вглядывается в ее лицо, как будто у нее не все дома.

— Слушаю. И очень внимательно.

Морщинки исчезли с его лба.

— Вам придется что-нибудь покупать? Я понимаю, что в магазинах в ноябре выбор уже невелик...

— Думаю, что я обойдусь тем, что есть.

— В таком случае я ухожу. — Он поднялся и размял колени, как это делают длинноногие мужчины. — Мне потребуется номер вашего телефона.

Вот если бы он вам понадобился для чего-нибудь другого.

Клодия записала номер в блокноте, который лежал рядом с телефоном, и оторвала листочек.

Гай сунул его в карман.

— Я позвоню завтра или послезавтра.

— Отлично. — Голос ее звучал ровно, по-деловому, но она чувствовала фальшь. — Вы хотите, чтобы я поближе познакомилась с Аннушкой до отъезда?

— Не вижу смысла. Ведь она всеми силами постарается заставить вас отказаться от поездки.

Гамильтон пошел следом за ней к входной двери. Прежде чем открыть дверь, он остановился, держа в руке ключи от машины.

— Вы не просили ничего передать мне, когда позвонили. После того как вы передумали в первый раз, вы не передумаете снова? — Он внимательно вгляделся в лицо Клодии. — Если я переусердствовал, пытаясь втянуть вас в эту авантюру, то так и скажите. Если вы сейчас пойдете на попятную, я не рассержусь. Кому, как не мне, знать, что справляться с Аннушкой — дело не из легких.

В его тоне слышалась не то усталость, не то покорность судьбе. Стоящая перед ним проблема явно не имела решения, и Гай это знал.

Такое положение не могло не удручать этого независимого человека. Клодия видела все как на ладони. Она отчетливо представляла себе, как он ловко справляется с конфликтными ситуациями, возникающими в деловой сфере, или, например, с управлением яхтой во время шторма в открытом море, однако со своей шестнадцатилетней своенравной дочерью Гай справиться не мог.

Клодии не раз доставляло удовольствие видеть, как мужчина, полагавший, что может справиться с чем угодно, начинает понимать, что он все-таки не Господь Бог. Так почему же сейчас все по-другому?

— Я не собираюсь идти на попятную. — Голос у нее слегка дрожал, она улыбнулась и пожала плечами. — Не буду рассказывать, что приготовил для меня Райан, но поверьте, мне доставит огромное удовольствие заявить ему, чтобы он убирался... куда подальше.

Гай едва заметно улыбнулся.

— Наверное, нечто такое, что заставило бы сестрицу Как-ее-там-зовут перевернуться в могиле.

— Достаточно гадкое, чтобы вызвать небольшое землетрясение. Учтите, что она всегда считала меня не поддающейся перевоспитанию.

— В таком случае у вас с Аннушкой...

Его прервал звонок в дверь. На сей раз явился Питер-Надоеда со своей самодовольной ухмылкой.

— Ну? — спросила Клодия, сдерживая раздражение.

Питер-Надоеда перевел взгляд с Гая на нее и обратно и изобразил на физиономии нечто среднее между удивлением и гаденькой понимающей усмешкой.

— Надеюсь, я ничему не помешал? — Он бросил заговорщический взгляд на Гая, как бы говоря: «Не теряйся, приятель, мы друг друга понимаем».

Клодия почти физически ощутила, как ощетинился Гай.

— Что у тебя случилось на сей раз, Питер? Опять пакетики с заваркой кончились?

— Гм-м... — Надоеда, кажется, утратил свою обычную самоуверенность, возможно, потому, что в трех футах от него стоял Гай, весьма убедительно изображая каменный монолит. — У вас не найдется двух кусочков хлеба? У меня, оказывается, не осталось...

Клодия была готова на любую жертву, лишь бы избавиться от него. С другой стороны, ей показалось, что хлеба у нее самой едва хватит на завтрак.

— Я сейчас посмотрю, но едва ли...

— Немного поздновато попрошайничать у соседей, — резко вмешался Гай. — Кстати, в полумиле отсюда есть заправочная станция, которая работает круглосуточно, а при ней круглосуточно работает магазин.

Питер-Надоеда нервно улыбнулся.

— Разве? Не знал. Наверное, недавно открылся. — Чтобы показать, что его мужское достоинство отнюдь не пострадало, он бросил на Клодию взгляд, говоривший: «Не расстраивайся. Я ведь понимаю, что ты была бы рада принять меня, если бы этот назойливый тип не встал поперек дороги». — Спокойной ночи, лепесточек!

Дверь за Питером закрыл Гай, на лице которого было написано нескрываемое удивление.

— Лепесточек?

Клодия едва сдержалась, чтобы не рассмеяться, чувствуя за собой, однако, какую-то непонятную вину.

— Он ужасно надоедливый тип, но время от времени мне его становится жаль, потому что мне кажется, что он очень одинок.

— Одинок! Как бы не так!

Пол, приятель Кейт, однажды обрисовал сложившуюся ситуацию весьма красочно:

— Этот нахал только и мечтает, как бы стащить штанишки с вас обеих. И, если будете поощрять его визиты, он вобьет себе в голову, что у него есть шанс. Пройдет немного времени, и он облапает одну из вас потными руками — и не приходите ко мне с жалобами. Я вас предупредил!

Все это можно было прочесть в глазах Гая, словно он сам произнес эти слова.

— Он совершенно безобиден, — попробовала оправдаться Клодия.

— Часто он заходит попрошайничать?

Девушка чуть было не ответила, что даже если она ежедневно раздает продукты всем нахалам, проживающим в Патни, его это не касается. Однако она почувствовала облегчение, оттого что Гамильтон без труда отделался от надоедливого соседа.

— Один или два раза в неделю. Не могу же я просто сказать ему, чтобы он отвязался?

— А почему бы и не сказать, черт возьми? От подобных типов только так и можно отделаться. — Голос Гая был по-прежнему резок и холоден, хотя глаза немного оттаяли. — Вы слишком снисходительны. — Чуть улыбнувшись, он отечески потрепал ее по плечу. — Спокойной ночи.

Ночь выдалась далеко не спокойная.

Клодия лежала в постели, укрывшись пуховым одеялом, и ругала себя за то, что неизвестно зачем упомянула о сестре Иммакулате. Дух старой монахини все время бродил рядом, как будто население юго-западного Лондона всю ночь занималось спиритизмом.

Поделом мне, сама виновата. Зачем произносила ее имя всуе?

Но мешала заснуть не только сестра Иммакулата. В течение целого часа после того как Клодия легла в постель, ее мысли занимал Гай Гамильтон. Эти мысли мало-помалу превратились в фантазии, которым она частенько предавалась в ранней юности, особенно во время нудных уроков географии.

Она представляла себе, например, как идет однажды по своей улице возле дома, а в это время совершенно случайно мимо проезжает в своей машине ее любимый певец. Тут совершенно случайно на дорогу выскакивает собака, он резко тормозит и чуть не сбивает Клодию. Она грациозно падает на тротуар. Красавец выскакивает из своего шикарного лимузина, берет ее на руки и несет в дом, а родителей совершенно случайно нет дома — уехали на целую неделю.

Он заботливо осматривает синяки и ссадины Клодии, а она, слабо, но соблазнительно улыбаясь, умоляет его не задерживаться из-за нее. Но он и слышать не хочет об отъезде, потому что опасается, нет ли у нее сотрясения мозга. К понедельнику он безнадежно влюбляется в нее, а Эмма Картрайт, которая нагло увела у нее из-под носа первого в жизни Клодии приятеля, зеленеет от зависти.

Сейчас ею овладели такие же несбыточные мечты, только роль главного героя в них играл некто другой.

Да и мечты были уже не детскими.

Глава 5

И в самый ответственный момент, как всегда, явилась сестра Иммакулата.

«Клодия Мейтленд, у тебя нечестивые мысли. Немедленно прочти пятьдесят раз молитву Богородице!»

В школе они называли ее за глаза Старый Иммак, отчасти потому, что у нее были весьма впечатляющие усы под носом. Излюбленной темой Старого Иммака — если не считать бережного отношения к хлебу насущному — всегда была нечестивость помыслов и способы избавления от нее. Некоторые из ее назиданий превратились в незабываемые классические афоризмы, например: «Девочки, вы никогда не должны садиться на колени к мужчине, если не помолвлены с ним». Они часами спорили, неужели бедная старушенция думает, что именно таким способом «делают это». «Как делают это» и «что при этом чувствуют» были излюбленными темами разговоров среди пятнадцатилетних воспитанниц монастырской школы. Одна-две девчонки вскоре узнали все на практике при содействии и подстрекательстве мальчиков из расположенной по соседству средней школы при мужском монастыре.

Клодия познала «это» позднее и испытала разочарование. Земля не перестала вращаться, фейерверки довольно быстро погасли, и она все время пребывала в ужасе оттого, что его родители могут неожиданно вернуться и застать их.

Некоторое время спустя появился Мэтью, который уже миновал в своем развитии стадию подростковой неуклюжей неумелости и приблизительно знал, на какие кнопки следует нажимать. Их отношения продолжались довольно долго и счастливо, пока оба вдруг не осознали, что это превратилось для них в удобную привычку.

Позднее был Адам, отношения с которым отнюдь нельзя назвать удобной привычкой. Он исчез из ее жизни пять месяцев тому назад.

Поэтому если уж сестре Иммакулате приспичило отругать ее за нечестивые мысли, то следовало появиться раньше, а не ждать сегодняшнего дня, когда ее фантазии вполне безобидные и не такие уж грешные.

Отправляйся-ка играть на своей арфе или чем ты там еще занимаешься! И не прерывай меня на самом интересном месте своими глупыми нравоучениями.

Как она и предполагала, Райан торжествовал.

— Я так и знал, что ты откажешься, я был уверен, что тебе слабо́.

— Я получила более интересное предложение, Райан.

— Вот как?

Клодия решила не встречаться с кузеном лично, поэтому разговаривала с ним по телефону.

— Вот так. Буду загорать на солнце, все расходы оплачены. Обещаю вспомнить о тебе, когда буду нежиться возле бассейна, потягивая через соломинку холодный коктейль с цветком гибискуса в стакане.

— Более вероятно, сидя перед телевизором с чашкой готового супчика и бутербродом с белковой пастой.

Клодия живо представила себе самодовольную ухмылку на его физиономии. *Как бы мне хотелось стереть ее!*

— Я пришлю тебе открытку.

— Откуда?

Ей очень хотелось сказать ему, но она сдержалась. Если учесть все обстоятельства, то это предложение все-таки несколько подозрительно. А если вспомнить о склонности Райана ко всяким козням, то можно было ожидать, что он позвонит своей матери и расскажет ей эту и без того странную историю с нелепыми преувеличениями и домыслами, чтобы потом *его* мама позвонила ее маме и поднялась адская шумиха. Если этим займется ее мать, то можно не сомневаться, что будет задействован Интерпол, не говоря уже о полиции нравов.

— Наберись терпения и сам увидишь, — только и сказала Клодия.

— Я так и знал, что все это чушь! Просто ты трусиха и испугалась Большого Скверного Волка, но боишься в этом признаться.

Пусть так и думает, если это радует его жабью душонку. Тем слаще будет ее победа, когда она появится вся золотистая от загара и помашет перед его носом чеком, подписанным Гамильтоном.

— Я подумала, что Глупышка Беллинда гораздо больше подходит для той роли.

— Ты, должно быть, шутишь! Я ее на милю не подпущу к такому сборищу.

— В таком случае она могла бы сыграть французскую горничную.

— Не смеши меня! У старикана случится инфаркт от возбуждения, а ее может вырвать.

— А обо мне ты подумал? Или ты решил, что мне это *нравится?*

— Конечно, нет, Клод. В том-то и дело. А знаешь что, если ты выполнишь заказ клуба регбистов, я дам тебе дополнительную премию. Там не будет никаких слюнявых стариков — сплошь мускулистые жеребцы с отличной потенцией, которые станут наперебой просить у тебя номер телефона.

— В таком случае сделай это сам, переодевшись в женскую одежду.

— Ах как смешно! Я пообещал им пикантную рыженькую с ногами, растущими прямо из задницы.

— Твои ноги тоже растут из задницы, так что побрей их и купи себе парик. Я уверена, что Большой Скверный Волк к тому времени так наберется, что едва ли заметит разницу. И я хочу получить свои деньги. Мы ведь договаривались, помнишь? За выход на две киссограммы и за несколько дней работы в офисе.

— Я что-то не помню о подобной договоренности, — произнес Райан, изображая удивление. — Насколько я помню, мы заключили пари. А если ты отказываешься выполнять условия, ни о каких деньгах не может быть речи.

Клодия ожидала этого.

— Я хочу получить свои деньги, мерзкая Жаба, а если не получу их, устрою скандал.

— О'кей, о'кей, что это ты так разбушевалась? Загляни ко мне завтра или послезавтра, и я выпишу чек.

— Заглянуть? Райан, разве тебе неизвестно, что существует такое учреждение, как почта? Надо положить чек в конверт, а конверт опустить в почтовый ящик. Это такие большие красные штуки на улице с большими отверстиями почти такого же размера, как твой рот.

* * *

Когда самолет приземлился в международном аэропорту Сиб, было уже темно, но жара сразу же окутала их, словно теплым одеялом.

Клодия ощутила, как по коже пробежали мурашки. Все вокруг не только выглядело, но и пахло и звучало по-другому. Вывески были на арабском и английском языках. Все вокруг говорили по-арабски. Было очень странно слышать, как говорят на языке, который совершенно не понимаешь. Даже находясь в Греции, она кое-что понимала.

На полицейских-женщинах в аэропорту были надеты юбки до щиколоток, полицейские-мужчины вооружены карабинами. На местных мужчинах красовались длинные белые одеяния, на головах — нечто напоминавшее тюрбаны.

Здание аэропорта было более современным, чем ожидала Клодия, но, как только толпа пассажиров с прибывшего рейса хлынула в зал, направляясь к окошечку иммиграционной службы, там сразу же стало тесновато. Образовалась длинная очередь, и Клодия настроилась на долгое ожидание.

Аннушка, недовольно надувшись, толкала ногой свою ручную кладь.

— Устала? — спросил ее Гай.

— Еще бы! Восемь часов в самолете!

— А вы как? — спросил он Клодию.

— Терпимо, — приврала девушка. Она выехала из дома одиннадцать часов назад, а накануне легла спать в два часа ночи после ужина с Кейт и Полом и еще парочкой друзей, на который отправилась вместо того, чтобы упаковывать вещи. Вернувшись в полночь, она начала торопливо гладить белье и отыскивать в ящиках вещи, которые, как ей казалось, были у нее прошлым летом, а теперь куда-то бесследно исчезли.

Клодия испытывала огромное облегчение, взойдя по трапу самолета, потому что к этому времени было уже поздно беспокоиться о том, что она что-то забыла взять с собой.

Очередь к окошечку иммиграционной службы двигалась медленно, словно многоножка с мозолями на каждой лапке. Гай хмурился, поглядывая в сторону выхода.

— Нас должны были встретить, — пробормотал он, — иначе мы рискуем застрять здесь на всю ночь.

— Мы в любом случае застрянем здесь на всю ночь, — пробурчала Аннушка. — Если только ты не знаком лично с Господом Богом, который может любезно умертвить всех, кто стоит впереди нас.

Гай не отреагировал на ее слова. Выйдя из очереди, он направился к человеку в бежевом сафари, который шел к ним.

Они обменялись сердечным рукопожатием.

— Извините меня, мистер Гамильтон, — сказал мужчина, — самолет приземлился на несколько минут раньше расписания, и...

— Все в порядке, — ответил Гай и добавил, обращаясь к Клодии: — Джозефу потребуются ваш паспорт и иммиграционная карточка.

Она протянула требуемые документы, Гай добавил к ним свои и Аннушкины. Джозеф, на лацкане которого красовалась эмблема авиакомпании, направился к началу очереди.

— Что он делает? — в замешательстве спросила Клодия. Гай подмигнул ей.

— Это наш мистер «Толкач», который все устроит.

Несколько минут спустя мистер «Толкач» жестом показал им пройти вперед, и они оказались возле конторки таможенной службы.

— Это несправедливо по отношению к другим людям, — недовольным тоном заявила Аннушка, пока они ожидали таможенного досмотра. — Проплыли сквозь толпу, словно принцесса Ди...

— Ты предпочла бы стоять в очереди еще полчаса? — спросил Гай.

— Нет, но...

— В таком случае перестань ворчать. В таких местах, как это, каждый, кто может, пользуется услугами мистера «Толкача». А тот, кто не может себе позволить...

Таможенники открывали всю ручную кладь, однако никаких замечаний не делали, так что несколько минут спустя путешественники вышли из здания аэропорта.

Снаружи тоже стояла в ожидании толпа людей, главным образом местные жители.

Пока ждали машину, внимание Клодии привлек какой-то весьма величественный человек. Поверх белоснежного балахона на нем красовалось черное, отделанное золотой тесьмой одеяние, а на поясе виднелся серебряный кинжал.

— Надеюсь, он носит оружие только в декоративных целях, — сказала она Гаю.

— Это парадная одежда. Шотландцы, например, надевая парадный килт, засовывают кинжалы в носок.

Мистер «Толкач» подогнал к ним изящный белый лимузин с затененными небьющимися стеклами.

— До отеля около сорока минут езды, — сказал Гай, когда они садились в машину. — Мы пересечем столицу через центр и выедем на противоположном конце города. В темноте вам мало что удастся разглядеть, но я постараюсь рассказывать обо всем, мимо чего будем проезжать.

Он уселся на переднем сиденье рядом с Джозефом. Аннушка сидела сзади рядом с Клодией и молчала.

Клодию поразила экзотическая красота мусульманской архитектуры и ярко освещенных мечетей, сияющих на фоне ночного неба.

— Это Муттрах Корниш, — сказал Гай, когда они свернули направо, на дорогу, которая вилась вдоль берега моря. На противоположной стороне дороги мелькали ярко освещенные витрины магазинов, открытых, несмотря на поздний час. На улице было многолюдно: казалось, все население от мала до велика вышло прогуляться вдоль берега моря.

— Мы подъезжаем к древнему городу Маскату. Сейчас вы увидите дворец султана и древние португальские крепости. — Крепости были расположены высоко на скалистом берегу, между ними возвышался дворец, а внизу плескалось море.

— Похоже на декорацию к голливудскому фильму, — сказала Клодия Аннушке, не сразу заметив, что та крепко спит или притворяется спящей.

Дорога тянулась сквозь глубокое ущелье в скалах и наконец привела их к другому дворцу, который именовался отелем.

На следующее утро, выглянув из окна своего гостиничного номера, Клодия увидела сады, террасами спускавшиеся к пляжу. В садах было множество цветущих кустов красного жасмина и целые заросли бугенвиллеи, среди которых человек в рабочем комбинезоне подстригал газон. За садами виднелись ярко-синие воды Аравийского моря, а над ними безмятежное синее небо, которое, казалось, никогда и не слышало о том, что на свете существуют тучи.

Улыбнувшись, Клодия подняла телефонную трубку. Соединили за считанные секунды.

— Привет, подружка, — сказала она, услышав голос Кейт.

— Клодия! Как у тебя дела?

— Отлично, если не считать того, что я потрясена красотой этого места. Невероятно! Ярко-синее небо, и все вокруг утопает в цветах.

— Заткнись. Здесь не переставая льет дождь. А верблюдов ты уже видела?

— Еще увижу! Кейт, помолчи минутку и выслушай меня. Я забыла предупредить тебя, что, если позвонят мои родители, ради Бога, не говори им, что я улетела на Ближний Восток с незнакомым мужчиной. Мама подумает, что он какой-нибудь торговец белыми рабынями.

— Так что мне сказать?

— Что хочешь. Например, что я уехала отдохнуть на какую-нибудь ферму, где нет телефона. Но если что-нибудь, не дай Бог, случится, позвони мне. — Клодия продиктовала номер телефона.

Кейт его повторила.

— Будет сделано. Как у тебя складываются отношения с этой соплячкой?

— Так себе. Все это время она меня практически не замечала, но дерзостей пока не допускала. Мне почему-то кажется, что Гай пригрозил ей страшными карами, если она будет плохо себя вести. Утром она не спустилась к завтраку, так что мы с ним позавтракали вдвоем.

— Дорога, наверное, вымотала тебя?

— Я ожидала худшего и немного нервничала. Здесь Гая уже ждали два сообщения, и ему пришлось сразу же уйти на какую-то встречу. Аннушка заявила, что ляжет спать, так что я заказала какую-то еду в номер, а потом быстро заснула. Не вешай трубку, кто-то стучит в дверь.

Это пришел Гамильтон.

— Подождите минутку, — торопливо сказала Клодия, — я сейчас освобожусь.

Снова схватив трубку, она сказала:

— Кейт, мне надо идти. Будь умницей. Кстати, как там Портли?

— Боюсь, что по тебе не скучает. Прошлой ночью спал у меня в спальне.

— Типичное мужское непостоянство. Он готов спать с кем угодно, но все равно поцелуй его за меня. Я тебе скоро снова позвоню.

Она торопливо положила трубку.

— Я разговаривала с Кейт, с которой мы вместе живем, — объяснила она Гаю. — Я предупрежу администрацию, чтобы оплату моих разговоров вносили в отдельный счет.

Едва заметная улыбка тронула его губы.

— Вам разрешается несколько телефонных разговоров.

— А вдруг я вздумаю каждую ночь звонить в Австралию?

— В таком случае я сам предупрежу администрацию, чтобы оплату ваших разговоров вносили в отдельный счет.

Час назад Гамильтон пришел к завтраку одетый в темно-синие спортивные брюки и белую майку. Волосы его были влажны после плавания в бассейне. Больше всего он был похож на спасателя — одного из тех типов, которые заставляют некоторых женщин покачивать бедрами и втягивать живот, когда они идут вдоль бортика бассейна. Это создавало некоторое напряжение, справиться с которым было трудновато, особенно утром.

Теперь Гай переоделся: брюки от светло-серого костюма, белая в синюю полоску сорочка с коротким рукавом и шелковый шарф на шее. Волосы его были влажны после душа.

Это по-прежнему напрягало.

— Вы уже видели Аннушку? — бодрым тоном спросила Клодия.

На его лице отразилось мрачное удовлетворение.

— Она дуется. Школа проявила неожиданную оперативность, прислав задания, так что я уже засадил ее за работу. Готовую работу я перешлю по факсу, чтобы получить оценку, и если хоть одна работа будет оценена «неудовлетворительно», ей не поздоровится.

Гай взглянул на часы.

— Зайдите ко мне в номер, я дам вам немного денег в местной валюте.

— У меня есть с собой небольшая сумма в фунтах стерлингов. Если потребуется, их можно поменять внизу у администратора.

— Не делайте глупостей, Клодия. Никогда не тратьте собственные деньги, если можно списать затраты на «текущие расходы».

Ну, если вы настаиваете.

Она прошла следом за Гамильтоном по застеленному ковровой дорожкой коридору. Его номер был меблирован с такой же сдержанной роскошью, как и ее собственный. Дверь в ванную была раскрыта, и оттуда доносился едва заметный аромат мужского одеколона.

Не успели они войти, как зазвонил телефон. Гай ответил коротким: «Гамильтон».

В номере были сдвоенные кровати: одна стояла нетронутой, другая демонстрировала явные признаки весьма беспокойного сна. На кровати валялось использованное купальное полотенце. На спинке стула висел пиджак, на кофейном столике — развернутая газета.

Нигде не было видно сброшенной пижамы, которая дожидалась бы, чтобы ее подобрала горничная.

Ну конечно, глупышка. Такие мужчины, как он, не надевают пижам. Они спят нагишом.

На какое-то мгновение взгляд Клодии задержался на кровати, и она представила себе, как мечется во сне обнаженный Гай Гамильтон.

Ради Бога, Клодия, что за мысли приходят тебе в голову? Думай о чем-нибудь другом.

Клодия подошла к окну. Вид из окна был таким же, как и из ее номера. В данный момент на спокойной глади моря кто-то катался на водных лыжах. Катался явно не мастер, от выкрутасов которых начинает кружиться голова. Этот спортсмен неуверенно проехал ярдов двадцать и шлепнулся в воду.

Закончив разговор по телефону, Гай подошел к Клодии и остановился рядом.

— Как вам нравится этот отель? — Он стоял так близко, что темные волоски на его руке соприкасались с едва заметным пушком на ее предплечье.

— Здесь неплохо, — улыбнулась Клодия. — Не совсем то, к чему я привыкла, но я не возражаю против того, чтобы ненадолго сменить обстановку и пожить в этой трущобе.

Его едва слышный смешок убедил ее в том, что шутка воспринята правильно. Гай не подозревал, что мимолетное соприкосновение их волос равносильно для нее продолжительному воздействию электрошока. Клодия хотела немного отодвинуться, но передумала: зачем отказываться от приятного возбуждения. Она довольно давно не испытывала подобных радостей жизни.

Гамильтон же, напротив, даже не обратил на это внимания.

— Море выглядит заманчиво, — задумчиво сказал он, засовывая руку в карман. — Надо будет обязательно выкроить время, чтобы походить под парусом. И разок-другой утром покататься на водных лыжах.

Могу поклясться, что ты из тех самых виртуозов, от выкрутасов которых у меня начинается морская болезнь.

— Я подумала, может быть, и мне попытаться? Я пробовала много лет назад в Испании. Меня пытался научить один мой бывший приятель.

Гай искоса взглянул на нее.

— Успешно?

— Скажем так: если бы мы были женаты, то после этого непременно развелись бы.

Лыжник снова упал и теперь беспомощно барахтался в воде.

— Надеюсь, здесь не водятся акулы, — сказала Клодия, вспомнив вдруг фильм «Челюсти». — Если водятся, то будем надеяться, что у них уже был завтрак из пяти блюд.

Гай фыркнул.

— Едва ли здесь увидишь этих тварей. Скорее можно увидеть черепах или дельфинов. Если очень повезет, то и кита.

— Правда? — Клодия с удивлением обернулась к нему.

Гай улыбнулся своей полуулыбкой, которая всякий раз так сильно действовала на нее.

— Но боюсь, что для этого надо, чтобы очень, очень сильно повезло. — Он скользнул взглядом по ее плечам. — Будьте осторожнее с солнцем. У вас такая кожа, что лучше ее чем-нибудь прикрывать.

— Через какое-то время я все-таки загораю. Не до шоколадного цвета, конечно, но эта смертельная бледность проходит.

— Просто не торопитесь загореть, вот и все. Иначе рискуете превратиться в вареную креветку, и мне придется замариновать вас в лосьоне после загара.

Его слова и тон, каким они были произнесены, заставили Клодию заглянуть Гаю в глаза. На какую-то долю секунды ей показалось, что она заметила ленивый огонек, какой появляется у мужчины, знающего, как он действует на женщин, и подумавшего: «Гм-м, вот и эта уже готова». Но огонек тут же исчез.

— Теперь о деньгах, — сказал Гай деловым тоном. Из папки, лежащей на письменном столе, он извлек пачку банкнот и отсчитал несколько штук. — Это на тот случай, если вам потребуется что-нибудь купить в магазине. Любую еду и напитки можете записывать в счет. Аннушке денег не давайте. Если она начнет закидывать удочку насчет того, что ей нужен шампунь или еще что-нибудь, купите ей сами.

Клодию снова охватили сомнения относительно ее обязанностей. Особенно когда она услышала, что Гамильтон сказал дальше.

— Она должна заниматься до часу. После ленча может на часок сходить в бассейн, после чего должна снова засесть за учебники и заниматься до пяти. Я хотел бы, чтобы вы заглядывали к ней время от времени, только не через регулярные промежутки, а неожиданно, иначе она будет смотреть какой-нибудь фильм.

— Я не хочу шпионить за ней. Она меня возненавидит.

— Аннушка знает, что вы выполняете мои указания, и возненавидит не вас, а меня. — Тон Гая немного смягчился. — А вы чем намерены заняться, пока она работает?

Клодия помолчала в нерешительности.

— Если я прогуляюсь по пляжу, это не будет считаться уклонением от служебных обязанностей?

— Разумеется, нет. Я совсем не хочу, чтобы вы круглосуточно дышали ей в затылок.

Гамильтон окинул одобрительным взглядом ее оливково-зеленую юбку из тончайшего индийского хлопка и кремовую льняную блузку с коротким рукавом, и выражение его лица при этом как бы говорило: «Подходяще. Даже привлекательно».

— Черт возьми, неужели уже столько времени? — воскликнул он, взглянув на часы. Клодия проводила его до двери, где Гай на минутку задержался. — Я действительно очень ценю ваши услуги, Клодия. И понимаю, что слишком многого требую от вас.

Его взгляд потеплел, а голос снова приобрел грубовато-мягкий оттенок прикосновения шотландского свитера.

Ей становилось все труднее спокойно относиться к его присутствию на таком близком расстоянии.

— Поторопитесь, — сказала Клодия бодрым тоном. — Здесь вам могут отрубить голову за опоздание на деловую встречу.

— Умоляю вас, не шутите так! По крайней мере при посторонних. — Говоря это, Гай улыбнулся и похлопал ее по плечу. — Вернусь около шести.

Клодия проводила его взглядом до лифта и вернулась в комнату. Увидев свое отражение в зеркале, она испытала желание запустить в него чем-нибудь. Что за отвратительная, типично английская бледность кожи только что свалившегося с самолета человека! А ведь прежде чем ее кожа приобретет хотя бы бледно-золотистый оттенок, ей еще предстоит пройти стадию противного покраснения.

«Не криви душой, Клодия, — предупреждал отвратительный тоненький внутренний голосок. — Ты была бы не прочь даже превратиться в вареную креветку, если бы он своими руками замариновал тебя в лосьоне после загара».

Разве только в несбыточных мечтах. В действительности же воспаленная красная кожа едва ли способна возбудить мужчину категории IV. И Клодия тут же решила, что хоть раз в жизни будет как священный ритуал соблюдать до минуты время пребывания на солнце. Даже прогулку по берегу в одежде нельзя сбрасывать со счетов.

Она нанесла солнцезащитный крем на каждый сантиметр открытых участков кожи, взяла шляпу и отправилась на прогулку.

Примерно полчаса она бродила по саду, время от времени срывая цветочек красного жасмина и вдыхая нежный аромат. Солнечные лучи были пока всего лишь приятно теплыми, намекая, что к полудню будет настоящее пекло.

Клодия не спеша спустилась на пляж. В этот ранний час там почти никого не было. Она сняла сандалии и с наслаждением почувствовала мелкий мягкий песок под босыми ногами. Ракушек на песке было немного, но то здесь, то там виднелись странные плоские диски с каким-то непонятным узором вроде лепестков цветка, похожим на детский рисунок. На влажном песке она нашла еще несколько таких же дисков. Они казались совершенно безжизненными, но когда Клодия попробовала перевернуть один из них ногой, то заметила множество трогательно шевелящихся ножек.

Отсортировав тех моллюсков, которые были живы, она бросила их в море. Захватив с собой парочку явно неживых дисков, она побрела дальше.

Какая красота вокруг...

Позади похожего на дворец отеля с его садами возвышались скалистые утесы, напоминающие миниатюрные горы. Залив тоже окружали скалы. Клодия увидела рыбака в длинном клетчатом саронге, вытаскивавшего сети. У него была длинная седая борода, на голове — неряшливый тюрбан. Когда она проходила мимо, он улыбнулся ей во весь беззубый рот.

— Доброе утро! — улыбнувшись в ответ, сказала Клодия.

Рыбак пробормотал что-то невнятное, но, по-видимому, доброжелательное, заставив ее устыдиться абсолютного незнания местного языка.

Клодия повернула к отелю и подошла к магазину в холле, чтобы поискать разговорник. Там продавались также путеводители, и она надолго застряла у прилавка, перелистывая их. Когда она взглянула на часы, то пришла в ужас. Клодия расслабилась, и на некоторое время ей показалось, что она приехала просто отдохнуть в эту незнакомую и захватывающе интересную страну...

Пора проверить, как там Аннушка.

Человек за конторкой администратора любезно помог ей разобраться в риалах и байзах, она расплатилась и, настроившись на деловой лад, направилась к лифту.

— Я здесь как в тюрьме. В самой настоящей пятизвездочной тюрьме, где практикуется принудительный труд.

— Не преувеличивай. Ты занималась бы тем же самым и в школе, но там у тебя не было бы чудесного бассейна под боком, куда можно нырнуть после ленча.

Аннушка лишь что-то проворчала в ответ.

— Пора сделать перерыв, — сказала Клодия. — Хочешь выпить пепси?

— Я уже выпила две банки. И съела все орешки.

Клодия попробовала сделать заход с другой стороны и показала ей похожие на цветы диски, подобранные на берегу.

Аннушка едва взглянула на них.

— Я видела тысячи таких то ли в Америке, то ли еще где-то. Их называют песочными долларами.

Клодия сдалась и положила диски назад в сумку.

— Как идет работа?

— А ты как думаешь? Мне надоело так, что рехнуться можно. — Швырнув на стол ручку, Аннушка стала раскачиваться на стуле, наклонив его под опасным углом. На ней были надеты мешковатая белая маечка и серые велосипедные шорты. Копна волос в диком беспорядке. — Я все еще не могу привыкнуть к тому, что отец притащил тебя сюда. Наверное, он решил, что так после той киссограммы будет восстановлена идеальная справедливость. Раз уж мы об этом заговорили, — продолжала она, — то должна признаться, что ты меня здорово разочаровала. Я чуть было не потребовала вернуть мне деньги.

— Да уж, поцелуй получился неважный, — призналась Клодия.

Аннушка одарила ее презрительным взглядом.

— Я имела в виду не поцелуй. Я знала, что его не проймешь поцелуем на глазах у всех. Я имела в виду другую часть киссограммы. Я хотела увидеть действительно распутную девицу с грудями, выпирающими из лифа с чашечками размера Д. А ты для этого слишком добропорядочная.

— Ну, извини, — глуповато сказала Клодия. — Он здорово разозлился на тебя потом?

— Не так сильно, как я ожидала. Думаю, отец просто не захотел доставить мне такое удовольствие. Но он вынудил меня сказать, где я это заказала. Пообещал обязательно зайти туда и задать всей компании хорошенькую взбучку.

Клодия придвинула свой стул чуточку поближе к ней.

— Ответишь мне на один вопрос?

— Смотря на какой.

— Что такое ты натворила, что тебя исключили из школы?

Аннушка заерзала на стуле.

— Ты хочешь сказать, что он тебе не сообщил?

— Не считая смутных намеков.

Девушка пожала плечами.

— Я давно пыталась вылететь из школы, но все никак не получалось. Они сообразили, что исключение — это то, чего я добиваюсь. Мне пришлось прибегнуть к совсем детской, достойной второклассницы тактике и шокировать их.

Даже если бы Клодия попыталась, то не смогла бы отнестись к этому неодобрительно. В незапамятные времена она обожала фильмы Сент-Триниана, и ей вдруг показалось, что Аннушке очень подошла бы главная роль отчаянной девчонки в его фильме.

— Что же ты сделала?

— Ничего оригинального. Был день рождения моей подруги, поэтому я принесла в школу литр виски, чтобы внести разнообразие, потому что кока-кола всем надоела. Во время обеда я угостила виски полкласса, а одну безнадежную дуреху вырвало на практических занятиях по биологии.

— И тебя, наверное, потащили на ковер к директрисе и та наорала на тебя?

— Наша старушенция не орет. Она долго и нудно отчитывала меня и сказала, что «горько разочарована» и что мой бедный отец тоже будет «горько разочарован». А потом прочла небольшую лекцию о «пагубном влиянии» крепких напитков на печень и заявила, что весь преподавательский состав «искренне обеспокоен» моим поведением и «искренне надеется», что я приложу максимум усилий, чтобы исправиться. Иными словами, несла, как всегда, всякую чушь.

— И все? — спросила озадаченная Клодия.

— Угу. Видишь ли, это самый современный психологический подход к перевоспитанию. Они обращаются к самому лучшему, что заложено в человеческой натуре. Они стараются внушить, что в каждом трудном подростке на самом деле скрывается прекрасное человеческое существо и что нужно попытаться выпустить это существо на волю.

Циничный тон Аннушки скорее позабавил, чем шокировал Клодию, и, пораженная собственной реакцией, она почувствовала себя виноватой. Вместо того чтобы возмутиться поведением Аннушки, она была всего лишь озадачена, не понимая, почему этой явно неглупой девочке, у которой есть все, так отчаянно хочется, чтобы ее выгнали из школы.

— Но из-за случая с виски тебя не исключили?

— Нет, не повезло. Мне пришлось прибегнуть к совсем уж детской тактике — посадить несколько растений в цветочном ящике под окном заместителя директрисы.

— Растений? Это еще зачем?

— Это были огурцы. Шесть крупных, похожих на мужской член огурцов, которые были куплены в супермаркете. Потом я их принарядила — надела на каждый по хорошенькому цветному презервативу. Мне показалось, что получилось очень красиво, особенно если учесть, что окно с ящиком выходит прямо на улицу.

Клодия с трудом сдержала смех.

— Шуму, наверное, было не меньше, чем от взрыва бомбы?

— Да уж, шум был такой, как будто я по крайней мере перерезала горло нашей старушенции. — Аннушка перестала раскачиваться на стуле и, задумчиво засунув в рот кончик ручки, стала внимательно вглядываться в листок с заданием по математике. — Ты умеешь решать квадратные уравнения?

— Боюсь, что забыла, как это делается.

— Я тоже не умею. — Девушка с невозмутимым видом разорвала листок и отправила его в мусорную корзинку. Та же участь постигла остальные задания. С довольной улыбкой Аннушка откинулась на спинку стула. — Ну вот. Туда им и дорога.

Хотя Клодия пришла в ужас, она понимала, что ни в коем случае не должна показать своего замешательства. Девчонка, видимо, принимает ее за доверчивую дурочку. Она умышленно усыпила ее бдительность, заставив подумать, что у них установились доверительные отношения, а теперь перешла в наступление.

— Это ты зря. Твой отец попросит, чтобы из школы передали по факсу новые задания.

— Ну и пусть. Я и их порву. — Встав из-за стола, Аннушка хлопнулась на кровать и взяла телевизионный пульт. — Я знаю, зачем он привез тебя сюда. Он думал, что ты мне понравишься. Он думал, что ты сможешь стальной рукой в бархатной перчатке заставить меня стать «хорошей девочкой». Ну так знай, что из этого ничего не выйдет, так что лучше сразу откажись от этой затеи.

Быстро сообразив, что самое лучшее теперь — разыграть скуку, Клодия, пожав плечами, сказала:

— Ну что ж, желаю тебе приятно провести время. А я, пожалуй, снова схожу на пляж. Пока.

Она была почти у двери, когда раздался голос Аннушки:

— Ты в него влюбилась, да?

Глава 6

Дерзкий понимающий тон подействовал на нее, как удар ниже пояса.

Клодия оглянулась, надеясь, что успела придать лицу слегка насмешливое выражение.

— С чего ты взяла?

Аннушка пожала плечами.

— Теория вероятностей. Все разведенные, страдающие неврозами мамаши моих подруг влюблены в него. И половина учительниц тоже. Из-за этого меня и из школы не захотели исключить. Он приехал в школу и так очаровал нашу старушенцию директрису, что у нее даже противорадикулитные теплые рейтузы стали, наверное, мокрыми.

Слава Богу, что она не обладает телепатией. И все же будь очень осторожна.

— Да, он очень привлекательный мужчина, но не в моем вкусе.

Аннушка окинула ее пристальным недоверчивым взглядом темных влажных глаз.

— А какие мужчины в твоем вкусе?

Клодия издала вздох, который, она надеялась, был мечтательным.

— Прокопченный на солнце австралийский чемпион по серфингу. С довольно длинными светлыми волосами, зачесанными назад. Весельчак. Ну, сама понимаешь.

Образ этот не был взят с потолка, потому что он довольно точно соответствовал описанию Адама.

Аннушку, кажется, это убедило.

— Все равно имей в виду, что ты ему не нравишься. — Она включила телевизор. Крошечные мультипликационные человечки запрыгали по экрану с пронзительными криками: «Синдбад! Синдбад!» — а безобразный одноглазый великан с жадностью отправлял их одного за другим в огромную пасть. — Если бы нравилась, он бы ни за что не привез тебя сюда. Когда у него возникает к кому-нибудь половое влечение, отец всегда старается держать предмет своего вожделения подальше от меня, чтобы я не изгадила все дело.

Без десяти минут четыре Клодия сидела на бортике бассейна. Жара еще не спала, так что долетавшие до нее брызги доставляли удовольствие. А брызг было немало, потому что в бассейне купались дети, резвившиеся в воде, словно детеныши дельфинов.

Можно было без труда узнать мамаш по тому, как они то и дело поглядывали на купающихся, чтобы быстренько подсчитать по головам, все ли чада в наличии. По обрывкам случайно подслушанных разговоров и на основе собственных наблюдений Клодия вскоре поняла, что большинство женщин, загорающих возле бассейна, составляли жены эмигрантов, которые пришли сюда отдохнуть и понежиться на солнце со своими детишками.

Большинство, но не все. Послушав еще немного — конечно, не специально, — она узнала, что часть присутствующих составляют экипажи самолетов, отдыхающих перед обратным рейсом.

Клодия проплыла десять раз от борта до борта бассейна, столкнувшись в воде с каким-то человеком. Теперь он уселся на бортике рядом с ней. Они разговорились, лениво болтая ногами в воде. В трех футах от них из воды неожиданно появилась темноволосая голова.

— Привет, Клодия, — сказал Гай.

Холодно кивнув ее собеседнику, он снова нырнул, проплыл под водой ярдов двадцать и, покрыв остальное расстояние непринужденным кролем, выбрался из бассейна на другом конце.

— Кто это?

— Мой, так сказать, босс. Прошу прощения.

С извиняющейся улыбкой Клодия соскользнула в воду. Можно было бы обойти бассейн по суше, но ей совсем не хотелось демонстрировать свою зимнюю белизну среди этих бронзовых от загара тел.

Гай стоял неподалеку от ее лежака и вытирался махровым полотенцем. Взяв свое полотенце, Клодия завернулась в него, изобразив нечто вроде саронга.

— Я ожидала, что вы вернетесь позднее, — сказала она.

— Жизнь полна маленьких сюрпризов. — Показав кивком головы на противоположный борт бассейна, Гамильтон спросил: — Кто это такой?

— Пилот «боинга». Он жаловался мне на свою работу и говорил, что терпеть не может подолгу находиться вдали от семьи.

— Неужели? — По насмешливому тону Гая нетрудно было догадаться, что он думает: «Наверное, просто закидывал удочку в надежде познакомиться поближе, а?»

Как бы ни тонок был его намек, Клодию рассердило, что Гамильтон считает, будто она не может отличить банальной болтовни от приставаний с дальним прицелом. Но даже если бы к ней и приставали, то разве это его касается?

Ну, может быть, в какой-то степени касается, поскольку предполагается, что она находится на дежурстве.

— Мне не хотелось бы огорчать вас, но...

— Аннушка разорвала задания, — договорил за нее Гай.

Как хорошо, что мне не пришлось самой докладывать ему об этом.

— Я первым делом зашел к ней. — Он присел на краешек соседнего лежака, напряженно уставившись на бассейн.

Клодия поморщилась, представив себе разыгравшуюся сцену:

Отец: Покажи, что ты сделала за день.

Дочь: Пожалуйста. Только достань работу из мусорной корзинки.

Сбросив с себя полотенце, девушка уселась на краю своего лежака, обхватив руками колени.

— Я не стала поднимать шум, подумав, что это лишь раззадорит ее.

— Рад, что вы это поняли.

— Вы, наверное, дали ей нагоняй?

Гамильтон цинично фыркнул.

— Я ожидал чего-то подобного и принял меры предосторожности: сделал фотокопии со всех заданий. Так что выдал ей второй комплект и приказал продолжить работу.

— А она что сказала?

— Я не дал ей возможности сказать что-либо в ответ. Вышел из комнаты и оставил корпеть над книгами.

И вне всякого сомнения, рвать на части очередной комплект заданий.

Когда Клодия решила, что в отношениях отца с дочерью «нашла коса на камень», она явно недооценила ситуацию. Здесь речь шла скорее не о косе, наткнувшейся на камень, а о противостоянии двух железобетонных блоков. Гамильтона, во всяком случае, вполне можно было сравнить с глыбой армированного бетона.

Сейчас, когда Клодия все еще слышала слова Аннушки: «Когда у него возникает к кому-нибудь половое влечение...» — она почти желала, чтобы что-нибудь ее от него отвратило.

Однако человек не в силах избежать эротических фантазий, если сидит на солнце на опасно близком расстоянии от предмета мечтаний.

На нем были темно-синие купальные трусы, как короткие шорты, а не длинные до колен «бермуды», которые Клодия терпеть не могла. Под кожей поигрывали твердые мускулы. На груди и ногах было довольно много волос, что указывало на наличие в организме большого количества мужских гормонов, не превращая его при этом в гориллу. Если даже в каком-нибудь месте и имелась унция лишнего жирка, то она этого не заметила.

Гай подозвал проходившего мимо официанта.

— Мне, пожалуйста, пива, — сказал он и, обернувшись к Клодии, спросил: — Вам что-нибудь принести?

— Я не отказалась бы от чего-нибудь холодненького.

— Здесь делают неплохой «Пиммз».

— С удовольствием выпью «Пиммз». — Клодия коснулась своих плеч, почувствовав, что на солнце стало слишком жарко.

— Надеюсь, вы не сидели здесь все время после полудня, — сказал Гай, внимательно оглядывая открытые участки ее кожи.

— А что, разве уже заметно?

Клодия окинула хмурым взглядом длинные безнадежно бледные ноги. Надо отдать им должное, они не были синими, не были покрыты «гусиной кожей», не были пористыми, но были так же бледны, как ее кремовое бикини. Оно чудесно выглядело на Клодии прошлым летом, когда ее кожа приобрела медовый оттенок под греческим солнцем.

— Если бы я просидела на солнце столько времени, то была бы похожа на персонаж из «Мести киллера Томата», а не на личинку, выползшую из-под камня.

Губы Гамильтона тронула усмешка.

— Наверное, я теперь должен сказать: «Нет, что вы, Клодия! Вы выглядите как рапсодия в кремовых тонах»?

«Прошу тебя, думай, прежде чем открыть рот», — мысленно отчитала его Клодия, а вслух сказала:

— Я не напрашивалась на комплименты.

Гай искоса взглянул на нее. Он явно забавлялся, что рассердило ее еще сильнее.

Как будто для того чтобы еще более подчеркнуть ненавистную бледность Клодии, мимо прошли две девушки, загоревшие так сильно, что она их за это возненавидела. Одна из них сказала другой:

— Эта девчонка — настоящая недотепа. В прошлом месяце я летала с ней в Найроби, так эта ленивая корова в течение всего полета красила себе ногти в туалете первого класса.

Клодии до смерти хотелось взглянуть украдкой, пожирает ли их взглядом Гай Гамильтон, и если да, то делает ли это незаметно или без зазрения совести. Но поскольку он теперь лежал на спине, она боялась, что он заметит ее взгляд.

Клодия посмотрела на часы. В соответствии с инструкцией к лосьону для загара сейчас было самое время натереться им от шеи до лодыжек и перевернуться на живот.

В связи с этим возникала небольшая проблема, придающая пикантность ежедневной процедуре, которая иначе могла бы наскучить. Если Клодия начнет втирать лосьон, а Гай действительно принадлежит к числу тех несносных мужчин, которые «видят все насквозь», то сразу же подумает, будто она надеется, что он предложит ей свои услуги. Кстати, она и сама прекрасно знает, что достать из сумки крем для загара, когда ты только что встретила возле бассейна мужчину категории IV, — это превосходный способ сломать лед в отношениях.

Когда Клодия была помоложе, то частенько пользовалась этим способом. Это было как бы частью ритуала. Сидишь себе, болтая о всяких пустяках, и мучаешься вопросом, почему этот мужчина категории IV повстречался тебе только за два дня до отъезда домой, а потом выуживаешь из сумки крем для загара и начинаешь — ну совершенно без всякого умысла — втирать его в свои плечи. И тут он говорит: «Позвольте, я помогу», — и ты замираешь в нерешительности на секунду-другую, словно такая мысль никогда не приходила тебе в голову, а потом вручаешь ему флакон и наслаждаешься приятными ощущениями.

Поскольку в данном случае речь шла не об обычном флирте, то Клодия принялась обдумывать другие возможные варианты. Первый: пойти в свой номер; второй: продолжать сидеть здесь, не смазывая кожу кремом, и загореть докрасна; третий: натереться самой и перестать мучиться по поводу всяких глупостей, а он пусть думает, что хочет.

Достав из сумки флакон, Клодия начала втирать лосьон в икры.

Гамильтон, кажется, не обратил ни малейшего внимания на ее действия, даже когда она перешла к другим частям тела. Клодия украдкой взглянула на Гая и увидела, что он все еще смотрит на бассейн, как видно, глубоко задумавшись.

— *Из-за чего, черт возьми, я так мучилась?*

— *Принимаешь желаемое за действительное, дурочка. Тебе хочется, чтобы он предложил свои услуги, и ты пытаешься обмануть себя...*

— Вы очень небрежно это делаете.

— Простите?

— Вы пропускаете некоторые участки. — Гамильтон вскочил на ноги, и от его резкого «подвиньтесь» Клодия совершенно растерялась.

От неожиданности она сразу же подчинилась и чуть передвинулась вперед.

Ему следовало бы сказать: «Позвольте, я помогу» или «Я большой знаток по части обращения с этим снадобьем», а она на это могла бы небрежно ответить: «Я тоже». Но этот несносный мужчина, видимо, и понятия не имел о том, что такое правила хорошего тона.

Хотя, по правде говоря, Клодии не на что было жаловаться. Усевшись за ее спиной, Гай взял флакон из ее рук.

— Полагаю, вы не собираетесь добиться эффекта «лоскутного одеяла»? — сказал он, выдавливая прохладную колбаску крема ей на кожу. — Чтобы как следует натереть себе спину, надо иметь руки, как у орангутанга, и глаза на затылке.

Следующая минута была почти такой, как Клодия представляла себе в мечтах, но только в сотню раз лучше. И в сотню раз хуже, потому что она была вынуждена сидеть как ни в чем не бывало, пока уверенные и, по-видимому, опытные пальцы втирали лосьон в ее плечи.

— Подберите волосы, они мешают, — приказал Гамильтон.

Ну, что дальше? Может быть, следует возмутиться его повелительным тоном и, изобразив поборницу женского равноправия, отобрать у него флакон и закончить работу самой?

Ни за что на свете!

Она послушно подобрала наверх влажную массу волос.

О Боже, какой волшебный трепет пробежал по ее телу, когда он прикоснулся пальцами к небольшому эрогенному участку на шее!

Все закончилось слишком быстро.

— Остальное сделаете сами, — сказал Гай, имея в виду относительно доступный для ее рук участок между полоской лифчика и полоской бикини, к которому, черт побери, его пальцы не прикоснулись.

Ей как-то удалось произнести небрежное «Спасибо».

— Не стоит благодарности.

— О Господи, уж не было ли в этих словах самой крошечной доли насмешки? Неужели он кончиками пальцев смог почувствовать мой внутренний трепет?

— Не смеши людей, Клодия.

— Этот официант не торопится, — задумчиво сказал Гамильтон. — Проплыву-ка я, пожалуй, еще несколько раз от борта до борта, чтобы по-настоящему почувствовать жажду.

Вот и хорошо. Исчезни с моих глаз хотя бы на пять минут, чтобы я успела взять себя в руки.

Клодия видела, как он нырнул и поплыл кролем к противоположному концу бассейна. Ему явно хотелось бы плыть быстрее, но мешали другие пловцы, тем не менее Гай выдерживал хороший темп, делая вдох через каждые четыре взмаха.

Лежа на животе, Клодия отвернулась от бассейна, чтобы не видеть Гамильтона. Только так удалось ей успокоиться, и ее мысли перекинулись на его дочь.

Почему я чувствую себя виноватой? Не моя вина, что эта избалованная девчонка предпочитает целый день сидеть у себя в номере и дуться на весь свет.

Почему у нее такой трудный характер? Может быть, в этом виноват слишком властный отец? Маловероятно. Скорее всего он был слишком снисходителен. А теперь уже поздно топать ногой и приказывать.

Почему Аннушка говорила, что он, мол, боится, чтобы я не изгадила все дело? Неужели она умышленно не позволяет отцу завязывать отношения с женщинами?

Меня, пожалуй, это не удивило бы.

Но может быть, это естественно. Никакому ребенку не понравится, если какая-нибудь женщина вздумает занять место его матери! Что же все-таки случилось с женой Гамильтона? Клодии до смерти хотелось спросить у него об этом, но ведь такой вопрос не задашь просто так, во время разговора за завтраком.

Пока она размышляла, вернулся Гай, и почти сразу же появился официант с напитками.

Все еще лежа на животе, Клодия не спеша потягивала через соломинку «Пиммз», в который были добавлены мята и свежий огурец, что было весьма кстати в такую жару.

Гай залпом выпил сразу половину порции пива.

— El hamdulillah. Это то, что мне было нужно.

— Вы сказали «ваше здоровье» по-арабски?

— Нет, это означает благодарность Господу Богу. Вам придется часто слышать здесь эти слова. — Усаживаясь на лежак, он добавил: — А еще чаще услышите «Insha'allah».

— А это что значит?

— Если того пожелает Господь. Так что, insha'allah, моя дочь все еще работает над заданием по английскому языку. Хотя, да простит меня Господь, я в этом сильно сомневаюсь.

Лежать на животе становилось неудобно. Клодии казалось, что ее «36-B» приклеились к гладильной доске. Приподнявшись на локтях, она сказала:

— Боюсь, что для этого одного желания Господа Бога будет недостаточно. Аннушка твердо намерена вести себя вызывающе. Она даже не спустилась в ресторан на ленч. Заказала обед в номер.

— Ей это скоро надоест.

Клодия не была в этом так уверена.

— Как вы поступите, если она не пожелает подчиняться?

Нетерпеливо передернув плечами, Гамильтон поставил стакан.

— Что-нибудь придумаю.

— Например? Урежете дотацию на карманные расходы?

— Это я уже делал. Когда мы дома, это бесполезно. У нее масса друзей, у которых денег куры не клюют.

— А не разрешать ей выходить из дома, видимо, бесполезно?

— Сами видели. Не могу же я запереть ее на ключ в комнате.

Клодия взглянула на часы. Положенные двадцать минут еще не истекли, но иссякло ее терпение. Она села и накинула на волосы и плечи прозрачное черное парео, потом прикрыла колени и закуталась в него полностью.

— Подражаете местным жительницам? — сказал Гай, вопросительно приподняв бровь.

— Просто проявляю осторожность. — Она немного помедлила. — Я чувствую себя ужасно виноватой, нежась здесь на солнце. Мне кажется, что я не отрабатываю свои деньги. Она думает, что вы привезли меня сюда, чтобы я повлияла на нее, и твердо решила не поддаваться этому влиянию.

— Довольно типичная для Аннушки линия поведения.

Клодия почувствовала раздражение.

— В таком случае зачем вы меня привезли? Вам не приходило в голову, что мое присутствие может лишь ухудшить ситуацию?

Гай обернулся к ней.

— А вам не приходит в голову, что, если бы вас здесь не было, она давно бы была на пляже и флиртовала с кем попало, просто напрашиваясь на неприятности? Нет, я предпочитаю, чтобы она целый день дулась у себя в комнате.

— Неприятности? — Клодия широким жестом обвела залитую солнцем террасу, мирные цветники и берег моря за ними. — Какие здесь могут быть неприятности?

— Уж поверьте моему опыту, Аннушка способна устроить неприятность где угодно. — Гамильтон допил свое пиво. — У меня еще есть кое-какие дела. Во сколько вам удобнее ужинать?

Она не ожидала, что Гай так быстро уйдет.

— В любое время до девяти вечера. — Клодия помедлила. — Но вам не обязательно ужинать со мной, я не боюсь находиться в ресторане в одиночестве.

— Вы, может быть, не боитесь, зато я этого терпеть не могу. Я постучу в вашу дверь около половины восьмого.

Он встал, потянулся и подобрал с лежака полотенце.

— Увидимся позднее. — Он на секунду задержался, окинув взглядом ее закутанную в черное фигурку. — А вы неплохо смотритесь в яшмаке. — Прежде чем он отвернулся, Клодия успела уловить, как возмутительно дрогнули уголки его губ.

Большое спасибо! И как это прикажете понимать? Что я выгляжу лучше, когда закутана в черное, словно какая-нибудь бедуинка с волосатыми ногами?!

Постаравшись выкинуть из головы печальную картину, Клодия покопалась в сумке и извлекла купленный в аэропорту в книжном киоске модный роман. Она уже пыталась его читать, но не могла сосредоточиться, а теперь не могла отыскать место, на котором остановилась.

Роман почти сплошь состоял из любовных сцен, и Клодия стала перелистывать страницы, чтобы отыскать нужное место. Насколько она помнила, там какой-то Доминик бросал похотливые обжигающие взгляды на Кару. А здесь, на странице сорок три, он буквально то же самое проделывал с Натали! Черт возьми, этот парень не теряется!

«Его томная южная картавость вызывала у нее дрожь в коленях.

— Открой мне свою грудь, Натали! Расстегни блузку».

Не смей! Этот мерзавец только что трахался с твоей сводной сестрой! И вполне возможно, с твоей мачехой, а также с твоей пышнотелой нянюшкой-пуэрториканкой!

Но Натали, конечно, не слышала. В мгновение ока она уступила подлым мольбам, и Доминик начал проделывать всякие греховные трюки с ее роскошной, налившейся и т.д. и т.п.

Причем на кухне, когда в комнате рядом находилось около дюжины очень важных гостей, а на плите требовали внимания соус по-матросски и суфле из козьего сыра. К тому же в любой момент мог войти ее супруг со словами: «Не знаешь ли, где лежит штопор, дорогая?»

Они просто нарываются на неприятности!

Продолжая читать, Клодия подивилась тому, что в книгах соски женских грудей всегда сравниваются с крупными спелыми сливами. Почему бы это? Соски размером со сливу — это все-таки, наверное, некоторое преувеличение. Правда, книга была американской, а там у них, может быть, соски имплантируют, как и многое другое. И почему это у всех непременно твердые маленькие ягодицы? Твердые маленькие ягодицы никак не соответствуют полной, налившейся груди. Это противоречит всем законам природы.

Все это недостижимое превосходство женских прелестей подействовало на нее удручающе. И зачем только она потратила почти восемь фунтов на эту бездарную халтуру?

Потому что ты обожаешь всякие пикантные эпизоды, лицемерка. В магазине ты специально перелистывала книгу, отыскивая интимные сцены, когда подошел Гай и сказал, что началась посадка. И ты схватила «Дейли телеграф» и при-

крыла газетой книгу, чтобы он не подумал, что ты сексуально озабоченная дурочка.

Правда, Гамильтон тогда даже не взглянул на ее покупку. Он расплачивался за полдюжины журналов для своей доченьки.

Однако в данный момент Клодии почему-то не хотелось смаковать пикантные сцены. Для того чтобы дать пищу своему воображению, у нее было достаточно натурального сырья.

Если уж говорить о натуральной пище для воображения, то как насчет сегодняшнего ужина?

Судя по всему, Аннушка к ним не пожелает присоединиться, и Клодия не могла решить, то ли ей радоваться этому обстоятельству, то ли огорчаться. Присутствие за столом надутой физиономии избалованной девчонки наверняка успокоило бы всякий трепет. С другой стороны...

Думай о чем-нибудь другом, Клодия. Напиши открытку Кейт. Выучи несколько слов по-арабски. Пойди к себе в комнату и закажи чашечку чая.

Пошвыряв все в сумку, она побрела к отелю, размышляя на ходу, стоит ли зайти по дороге к Суперсоплячке. Суперсоплячка, естественно, не пожелает ее видеть, но этому не следует придавать значения.

Аннушка откликнулась на стук невнятным:

— Ну, что еще?

— Можно войти?

— Если без этого нельзя обойтись.

Открыв дверь, она снова хлопнулась на кровать и взяла в руки один из множества разбросанных вокруг журналов.

Клодия присела на краешек другой кровати.

— Отец, наверное, пришел в ярость?

— Не понимаю, зачем ты спрашиваешь. Вы с ним, наверное, сидели и подробно обсуждали поведение испорченного ребенка.

— Мы вообще о тебе почти не упоминали. — Клодия сразу же подумала, что не следовало так говорить. Суперсоплячки обычно считают себя центром Вселенной. — Послушай, я понимаю, что ты не хочешь, чтобы я была здесь, но...

— Мне совершенно безразлично, есть ты здесь или тебя нет. Если отцу захотелось потратить деньги на няньку, в которой я не нуждаюсь, то это его проблема.

— Он думал, что тебе будет скучно целыми днями быть одной.

Аннушка на нее и не взглянула.

— Если ты этому поверила, то ты еще тупее, чем я думала. Он боялся, что я что-нибудь натворю, чтобы поставить его в неловкое положение.

— Я уверена, что ты этого не сделаешь.

— Откуда тебе знать, что я сделаю? — Аннушка наконец подняла взгляд на Клодию. Лицо ее выражало смертельную скуку. — Давай внесем ясность в наши отношения. Я не хочу, чтобы ты являлась сюда, словно какой-то семейный наставник. Я не хочу, чтобы ты опекала меня и пыталась «понять». Я хочу лишь, чтобы вы оба оставили меня в покое, пока мы не уедем из этой раззолоченной трущобы и не вернемся в цивилизованный мир. Ясно?

Как тебе будет угодно.

— Я не пыталась опекать тебя. — Клодия вышла из комнаты злая и расстроенная, причем злилась она на себя за то, что расстроилась. Зачем бы, черт возьми, ей расстраиваться из-за того, что какая-то избалованная девчонка ее невзлюбила?

Гай постучался к ней без двадцати минут восемь.

— Насколько я понимаю, Аннушка ужинать с нами не будет, — сказала Клодия, увидев, что он один.

— А вы как думали? Она уже поужинала у себя в номере.

— Но вы ее звали?

— Конечно, звал! — рявкнул Гай, потом опомнился и сбавил тон: — Извините за резкость, я не сдержался. Вы готовы?

— Готова.

— Тогда пойдемте. Я могу сейчас съесть верблюда средних размеров.

Гай окинул ее взглядом, но не сделал никаких замечаний. Клодия не ожидала комплиментов, но услышать ни к чему не обязывающее «Вы отлично выглядите» было бы весьма приятно.

Клодия, хотя ей не хотелось даже самой себе в этом признаться, все-таки приложила довольно большие усилия, чтобы хорошо выглядеть. Не зная наверняка, пойдут ли они в кафетерий или в ресторан, она, чтобы не ошибиться, остановила выбор на бежевых льняных брючках и строгой кремовой блузке. Единственным украшением были жемчужные клипсы.

Решив, что волна распущенных волос может показаться неуместной, она собрала волосы на затылке, заколов их черепаховой заколкой.

Пуританскую строгость прически нарушала лишь отрастающая челка, которая то и дело падала на правый глаз.

Уже в лифте, когда они спускались вниз, Клодии стало ясно, что расслабиться за ужином Гамильтон не настроен. Он был напряжен и озабочен.

Просторный холл с мраморными полами напоминал кафедральный собор или, скорее, мечеть с характерными мусульманскими синими с золотом арками. Мелодично журчащие струи фонтанов увлажняли воздух.

Пока они шли к ресторану, Гай не взял Клодию под руку и вообще не прикоснулся к ней, однако шел на достаточно близком расстоянии, чтобы до нее время от времени доносился запах мужского одеколона. На Гамильтоне были серые хлопчатобумажные брюки, легкий темно-синий пиджак из льняной ткани и светло-голубая сорочка с распахнутым воротом.

Верблюда в меню не оказалось, зато было практически все остальное. Ресторан не был переполнен посетителями. Там было тихо, уютно, горели свечи. Сделав заказ, Клодия была вынуждена сидеть напротив него при интимном мерцающем свете.

Поскольку причиной пасмурного настроения Гая была, очевидно, не Аннушка, Клодия попробовала завести разговор на другую тему.

— Удивительно, что здесь подают алкогольные напитки, — сказала она, потягивая белое вино. — Я думала, здесь сухой закон.

— Вы спутали с Саудовской Аравией. В этой стране относятся к алкоголю с большей терпимостью, хотя местные жители не могут покупать алкогольные напитки в магазинах. Иностранцы, если только они не мусульмане, могут получить разрешение на покупку алкогольных напитков.

Тема иссякла.

— Чем вы занимаетесь?

— Я работаю в одной нефтяной компании.

Вот как? Ей ужасно хотелось спросить: «Кем?» Гамильтон был явно не рассыльным в конторе. С другой стороны, хорошо, что не придется выслушивать монолог на десять минут о том, какую безумно важную работу он выполняет. Не так давно Клодия ужинала с одним мужчиной, который в течение всего ужина рассказывал ей о том, что без него может рухнуть вся государственная система, и о принадлежащем компании сверхскоростном турбо-как-там-дальше, а также о том, сколько десятков полных дебилов работают на него, сколько раз он летал на «конкорде» за счет компании и сколько часов налетал.

Она устала бороться с зевотой.

— А вы? — спросил Гай.

Поскольку мысль о старой работе ее угнетала, Клодия рассказала ему о новой.

— Компания, в которой я собираюсь работать, пока невелика, но разрастается, как сорняки на удобренной почве. Глава компании начала свою деятельность в своей гостиной, занявшись пошивом детской одежды на экспорт. Дело пошло, и теперь она экспортирует ее практически во все европейские страны, а также в Штаты и Японию. Поскольку я прилично говорю по-французски и по-немецки, она предполагает брать меня с собой на распродажи за границей. Я с нетерпением жду, когда начну там работать. Женщина, которая работала до меня, ждет близнецов, так что пару недель мы поработаем вместе, а потом она уйдет в дородовой отпуск.

— Вам придется ездить за границу?

— Да.

— Звучит заманчиво, — сказал Гай. — А чем вы занимались раньше?

А вот это уж действительно скучно. Чтобы ему не пришлось подавлять зевоту, Клодия понизила голос до заговорщического шепота и сказала:

— Не говорите никому, но я была любовницей гангстера, только он сейчас вышел из обращения, как это деликатно называют.

На губах Гамильтона промелькнула и исчезла едва заметная улыбка.

— Пришили, наверное, как это деликатно называют.

— Вы ошибаетесь! — Клодия притворилась, будто шокирована его словами. — Он сбежал с тремя чемоданами денег, и, как только Старый Билл перестанет меня преследовать, я к нему присоединюсь. Из-за этого я сюда и приехала. Чтобы совсем их запутать и сбить со следа. Вполне возможно, что они наблюдают за мной даже в данную минуту. — Она снова понизила голос. — Не позволяйте мне говорить лишнее. Не исключено, что в стол вмонтированы подслушивающие устройства.

При свете свечей она видела, как напряжение, какова бы ни была вызвавшая его причина, постепенно покидает Гая. В глубине его глаз появился намек на искорки, а губы чуть дрогнули, как будто он всеми силами сдерживал смех. Как ни странно, ей почему-то стало больно за него.

Почему ты не можешь немного расслабиться? Прежде чем мы сядем в самолет, возвращаясь домой, я заставлю тебя рассмеяться от души, даже если это будет стоить мне жизни.

— На самом деле я занималась почти тем же, только в менее перспективной фирме, и поездок за границу там не было, — продолжила Клодия уже серьезно. — Фирма быстро теряет свое место на рынке, они перевели производство на поток. Я бы все равно оттуда ушла. Руководство там слишком консервативно, не желает видеть дальше своего носа и с неохотой идет на нововведения.

— Компании, которые останавливаются в развитии, в конце концов терпят крах. Предложите свои таланты там, где их смогут оценить по достоинству.

— Ну, вот видите. — Принесли заказанные Клодией креветки под пикантным соусом, и это ненадолго отвлекло ее внимание.

Минуту-другую спустя Гамильтон сказал:

— За что ваш кузен сводит с вами счеты?

Говорить сейчас о Жабе ей хотелось меньше всего, но если она откажется говорить о нем, Гай подумает, что ей есть что скрывать.

— Все началось много лет назад, когда мы проводили вместе летние каникулы. Мы тогда были детьми, и нашим глубоко заблуждавшимся родителям казалось, что мы с ним составим друг другу хорошую компанию. У его родителей была гостиница на побережье, поэтому я всегда ездила к ним на лето, а поскольку они всегда бывали ужасно заняты, а я была на два года старше Райана, мне, естественно, приходилось исполнять роль неофициальной няньки. — Клодия скорчила гримасу. — Он был настоящим дьяволенком, вечно затевал что-нибудь глупое или опасное, а я была вынуждена следить, чтобы он не сломал себе шею. Поэтому, само собой разумеется, Райан меня терпеть не мог и всячески изводил. А моя бабушка Барбара с умилением улыбалась маленькому чудовищу, приговаривая: «Мальчики есть мальчики, дорогая». Уверена, что она им даже гордилась, хотя однажды пришлось уволить спасателя, который помогал ему отправиться на лодке в путешествие к мысу Горн.

Улыбка на лице Гая Гамильтона была теперь почти настоящей, что само по себе можно было считать достижением.

— Теперь ваша очередь, — сказала Клодия. — Расскажите мне подробно о своей растраченной впустую юности.

— Нет, увольте. Развлекать меня за ужином входит в число ваших служебных обязанностей.

— Моя мама всегда говорит, что только дурно воспитанные люди говорят о себе и до смерти утомляют окружающих.

— Я вам скажу, когда мне наскучит.

Поскольку Гамильтон явно не имел намерения раскрывать перед ней душу, проявлять настойчивость было бесполезно.

— Итак, что вы хотели бы узнать? Все подробности о днях моего заточения в монастырской школе?

Гай поморщился.

— Для меня это слишком наболевшая тема, — сказал он, откидываясь на спинку стула. — Расскажите-ка мне лучше о той, другой киссограмме. Я не прочь посмеяться.

За мой счет, естественно. И все же, если это заставит тебя по-настоящему рассмеяться...

— Это было отвратительно, — призналась Клодия. — Все происходило в шумном, битком набитом людьми пабе. Мне пришлось переодеваться в дамском туалете, и я предстала перед ними, завернутая в три квадратных дюйма колючего полиэстера под леопардовую шкуру и покрытая искусственным загаром, похожая на апельсин. Правда, юбиляру это, как ни странно, понравилось.

— Не сомневаюсь. Он, наверное, посадил вас к себе на колени и по-отечески крепко обнял?

Тот действительно так и сделал, но это было сделано скорее добродушно, чем с вожделением. Если бы не ужасный дурной запах у него изо рта...

— Он по крайней мере не смотрел на меня так, словно я отвратительный заплесневевший кусок неизвестно чего, завалившийся за холодильник, — усмехнулась Клодия. — Он не заталкивал меня в такси и не приказывал шоферу отвезти куда угодно, лишь бы подальше от него. Он поцеловал меня на прощание в щечку и сказал: «Пока, дорогуша».

В глазах Гая снова промелькнул знакомый огонек.

— Насколько я помню, я тоже поцеловал вас на прощание.

Не напоминай мне. Я была слишком ошеломлена и не успела получить удовольствия от поцелуя.

— Это был не поцелуй, — ответила Клодия, надеясь, что голос ее не дрожит при воспоминании. — Это был шок, вы хотели наказать меня.

— Позор на мою голову! — Покаянное бормотание Гамильтона не обмануло ее: она заметила, что он при этом едва сдерживает смех. — Я, должно быть, теряю форму.

Клодия вдруг рассердилась и чуть было не ушла. Развлекать его — это одно, но видеть, как он сам веселится за ее счет, — совсем другое. Она решила резко сменить тему разговора.

— Что случилось с вашей женой? — не успев подумать, спросила она и тут же пожалела об этом. Веселые искорки в глазах Гая мгновенно исчезли — словно кто-то выключил свет.

— Она умерла, когда Аннушке было семь лет.

Клодия виновато опустила глаза.

— Извините меня ради Бога.

— Ничего, бывает.

Принесли горячее. Клодия выбрала какую-то местную рыбу под сливочным соусом с рисом. Гамильтон едва взглянул в меню и заказал бараньи отбивные с печеным картофелем и зеленым салатом.

Хотя они поддерживали разговор, все изменилось. Клодия, не подумав, задала один вопрос — и веселого настроения как не бывало. Может быть, Гай все еще любит жену и верен ее памяти даже через десять лет после смерти? Или она своим вопросом напомнила ему о его нерешенных проблемах?

Если верить тому, что говорила Аннушка о «половом влечении» отца, то он едва ли продолжал тосковать по любимой. А может быть, тосковал? Ведь «половое влечение» — это не то что любовь, и мужчины редко ведут монашеский образ жизни, только разве если никто не пожелает удовлетворить их «половое влечение». Но Клодия могла бы поклясться суммой, равной выплатам в счет погашения кредита за квартиру за последующие десять лет, что Гай Гамильтон никогда не испытывал недостатка в желающих удовлетворить его «половое влечение».

Когда они допили кофе, было около девяти вечера.

— Как ни жаль, мне еще надо поработать, — сказал Гай, когда они выходили из ресторана.

— Все в порядке. Я понимаю, что вы приехали сюда не отдыхать, и не ожидаю, что вы будете развлекать меня.

На полпути к лифту он сказал:

— Пожалуй, я был бы не прочь подышать воздухом. Не хотите немного прогуляться по берегу? Минут пятнадцать.

Клодия настроилась вернуться к себе, посмотреть какой-нибудь фильм и лечь спать, как только он надоест, и была не готова к такому предложению.

— Мои туфли не очень приспособлены для прогулки по пляжу, — сказала она, с сомнением окидывая взглядом дорогие туфельки из коричневой кожи.

— Так снимите их.

Была не была!

— Мне нужно проветриться, — сказал Гамильтон, пока они спускались в лифте до выхода на пляж, — немного подышать некондиционированным воздухом, прежде чем сесть за компьютер.

Теплый воздух приятно обласкал тело.

— В ресторане было довольно прохладно, — сказала Клодия, когда они медленно побрели по саду к пляжу. — Похоже, кондиционер включили на слишком большую мощность.

— Будь сейчас лето, вы бы и не подумали на это жаловаться. Иногда температура здесь поднимается до ста тридцати по Фаренгейту.

Прежде чем ступить на мягкий песок пляжа, Клодия сняла туфельки. Море было очень спокойным и серебрилось в лунном свете. Некоторое время они шли молча по самой кромке воды. Гамильтон шагал, засунув руки в карманы, погруженный в свои мысли.

Потом, нарушив молчание, Клодия сказала:

— Гай, вы можете сказать, чтобы я не совала нос не в свое дело, но вам не кажется, что было бы лучше проводить какое-то время с Аннушкой, вместо того чтобы постоянно конфликтовать? Не могли бы вы выкроить время, чтобы покататься с ней на лодке или просто вместе полюбоваться окрестностями?

— Полюбоваться окрестностями? — Он сердито фыркнул. — Я показывал ей достопримечательности повсюду — от Брюсселя до Бангкока. Она на таких прогулках обычно послушно плетется за мной, а на физиономии выражение смертельной скуки.

— Насколько помню, я в ее возрасте вела себя так же, — призналась Клодия. — Однажды родители взяли меня в поездку по Уэльсу, а мне очень не хотелось ехать. Я сидела в машине на заднем сиденье, читала журналы и умышленно не желала замечать никаких красот пейзажа. Мне хотелось поскорее вернуться к своим друзьям и к оглушительному шуму дискотек.

— Знакомая картина, можете не продолжать.

Клодия заметила на горизонте огни большого судна.

— Это нефтяной танкер?

Гай кивнул.

— На этом участке их множество. — Он помедлил, потом указал жестом налево. — Там находятся Абу-Даби и Бахрейн, а прямо — Иран. Эта часть акватории называется Аравийским морем, но если обогнуть мыс, там уже...

— Индийский океан, — закончила Клодия. — Перед отъездом я заглянула в географический атлас, Гай. Я достаточно хорошо ориентируюсь на местности.

— Я и не думал, что вы не знаете, где находитесь. — Тон его голоса стал мягче, словно подтаял по краям, как шоколад на солнце. — Вы ершисты, но не беспомощны.

О Боже! На губах его снова появилась эта убийственная полуулыбка, а если учесть еще шепот волн и лунный свет...

Пропадаю!

— Обычно я не бываю ершистой, — дрожащим голосом сказала она. — Только в чрезвычайных... — И вдруг осеклась, вздрогнув, и метнулась в сторону.

— В чем дело?

— Что-то пробежало по моей ноге! — Стоя на цыпочках, Клодия испуганно осматривала песок под ногами. — Ой! Это таракан!

Клодия отскочила еще дальше и, все еще дрожа, торопливо надела туфли.

— Какое мерзкое существо!

— Не такое уж мерзкое. — Гамильтон поднял с песка «существо». — Это совсем не таракан, посмотрите.

Откинув назад падающую на лицо челку, Клодия неуверенно шагнула в его сторону.

— Это просто ракушка!

— Наберитесь терпения. — Она почувствовала насмешливую нотку в его голосе.

Гай подошел ближе и остановился совсем рядом, держа раковину на раскрытой ладони. Секунд двадцать она лежала неподвижно. Потом слегка приподнялась, и из нее неуверенно показались крошечные лапки.

— Это всего-навсего рак-отшельник, — сказал Гай. — Шел себе по своим делишкам.

Клодия с облегчением вздохнула. Рак осторожно пополз по ладони и снова остановился.

— Извини, я тебя оскорбила, — сказала она. — Но мне действительно показалось, что ты таракан.

Гай положил рака на песок. Когда он выпрямился, на лице его была уже не полуулыбка, а скорее улыбка в три четверти.

— Не стесняйтесь, — сказала Клодия задиристо, — посмейтесь надо мной как следует.

Улыбка сразу же исчезла.

— Я не смеялся над вами.

Гамильтон посмотрел на нее сверху вниз, и сердце ее ушло в пятки. Когда Гай заговорил, тембр его голоса снова стал похож на прикосновение старого шотландского свитера.

— Сделайте же что-нибудь со своими волосами. Эта прядь постоянно падает вам на лицо.

— Это остатки моей челки, — неуверенным голосом сказала Клодия, откидывая назад непослушную прядь. — Я ее снова отращиваю.

Налетевший ветерок почти сразу же вернул челку на место.

— Она меня сводит с ума, — сказал Гай все тем же нежно-хрипловатым тоном.

Второй раз за день Клодия подумала, что одна из ее фантазий воплощается в реальность. Неужели это происходит наяву? Неужели он действительно откидывает со лба ее ненавистную челку своими изящными пальцами? Он делал это как при замедленной съемке, и пальцы его прикасались к ее волосам, как морской ветерок. А глаза у него были темные и бездонные, как море.

Клодия видела его приближение, как человек видит машину, под колеса которой вот-вот попадет. Она могла бы еще отступить в сторону, сказать что-нибудь смешное и разрушить волшебство.

И лишить себя навсегда того, что неотвратимо надвигалось.

Глава 7

Это было всего лишь мимолетное прикосновение губ, но оно подействовало на Клодию, как электрический разряд. Она была настолько потрясена, что, когда Гай отстранился, ей захотелось воскликнуть: «Неужели такое бывает?»

Потом он снова поцеловал ее.

Может быть, я умерла и попала на небеса?

Она понимала, что это ей не снится. Во сне мужчина, которого она целовала, неожиданно превращался в Питера-Надоеду, и она просыпалась в холодном поту.

А этот мужчина знал свое дело. Если определять воздействие поцелуев по шкале Рихтера, то его поцелуй тянул на десять баллов. Дрожь и трепет и горячие влажные волны беспорядочно пробегали по телу Клодии. Когда Гамильтон по-хозяйски овладел ее губами, что-то в ней, перемещаясь, перестраиваясь, потянулось к нему, как к магниту.

Пусть хоть земной шар перестанет вращаться, я могла бы заниматься этим всю ночь!

Даже когда они оторвались друг от друга, чтобы перевести дух, трепет не прекратился. Его губы скользнули по ее волосам, а пальцы прикоснулись к особенно чувствительному местечку на шее.

О Боже! Откуда ему известно именно это местечко, почему он знает, как именно следует прикоснуться к нему, чтобы заставить меня затрепетать от возбуждения, как никогда прежде? Может быть, он был моим любовником в какой-то предыдущей жизни?

Если это так, то Клодия, должно быть, умерла тогда счастливой.

Последующие поцелуи были даже лучше предыдущих. Приподнявшись на цыпочки, она обвила руками его шею. Во всех ее фантазиях это было прелюдией к следующей волшебной стадии. Его взору открывается соблазнительно приподнятая грудь, его руки мучительно медленно скользят по тонкому шелку блузки и замирают в каком-то миллиметре от нежной округлости груди.

От трепета ожидания зашкаливает все внутренние измерительные приборы. Ей хочется крикнуть: «Продолжай!»

Сейчас именно так все и происходило наяву. От ожидания следующего прикосновения сладко замерло сердце и отозвались трепетом какие-то безымянные внутренние органы.

И, как всегда, как только Клодия получила то, что хотела, ею сразу овладела неуверенность: действительно ли она хотела этого?

Почувствовав, что Клодия пытается высвободиться из его рук, Гай лишь еще крепче обнял ее. Интересно, как развернутся события дальше, подумала она. Наверное, последует напряженное молчание, а потом он скажет что-нибудь вроде: «Я сделал что-нибудь не так?»

Море, плескавшееся всего в нескольких метрах от них, сразу же подсказало ей весьма уместную реплику:

— Вам не кажется, что эта сцена напоминает фильм «Челюсти»? Я имею в виду эпизод в самом начале, когда девушка входит в воду, а барабаны музыкального сопровождения выбивают тревожную дробь, и от этого замирает сердце.

Сердце Клодии тоже выбивало дробь, но Гаю об этом знать не следовало. Однако ей удалось разрядить атмосферу.

— Пожалуй, не напоминает, — сказал Гамильтон с холодной сдержанностью, которую такие, как он, мужчины приберегают для подобных случаев.

Клодия взглянула на часы.

— По-моему, пора возвращаться?

Последовало недолгое напряженное молчание, во время которого она точно знала, о чем думает Гай.

Но он сказал только:

— К чему такая спешка?

— Вы сами сказали, что хотите пробыть на воздухе около пятнадцати минут.

Было мучительно видеть его вопросительный взгляд, и она, повернувшись, легкой походкой пошла по направлению к отелю.

Когда они подошли к цветнику, Гай вдруг сказал:

— Выкладывайте, в чем дело, Клодия.

— Если вам непременно хочется знать, то мне нужно в туалет. — Она понимала, что он ей не поверил, но и опровергнуть это не мог.

— Я знаю, о чем вы подумали, — сказал он.

— Едва ли, Гай.

— В таком случае, может быть, скажете мне сами? — Гамильтон неожиданно остановился. — Это был всего лишь поцелуй. Я не понимаю, почему вы спасаетесь бегством, как будто за вами гонится полдюжины крокодилов.

Допустим, что это был всего лишь поцелуй. Но есть просто поцелуи и поцелуи, за которыми скрывается нечто большее — только позволь! Но сейчас, конечно, это не тот случай.

Сейчас, когда сила потрясения пошла на убыль, Клодия отчетливо поняла, что заставило ее прервать волшебную сказку.

— Вам следовало сейчас быть с дочерью, а не со мной. Она сидит в одиночестве в своей комнате. Аннушка пробыла одна почти весь день.

— Что вы предлагаете мне сделать? Уложить ее в постельку? Почитать сказку на сон грядущий?

Его слова только подлили масла в огонь.

— Вы могли бы по крайней мере поговорить с ней!

— Она не станет разговаривать. Разве что скажет, что не слушает меня.

— Неудивительно, если вы... — Клодия остановилась на дорожке, беспомощно подыскивая слова. — Хотите знать, что я думаю? Я думаю, что вам дороже всего собственное спокойствие. Что вы скорее предпочтете развлекаться со мной, чем попытаетесь приложить усилия, чтобы наладить отношения с собственной дочерью. И знаете, что еще я думаю? — резко продолжала она, глядя прямо в его лицо, хранившее непроницаемое выражение. — Я думаю, что вы даете ей слишком много того, что можно купить за деньги, но слишком мало того, что за деньги купить нельзя. Например, вашего времени и внимания. Она отчаянно нуждается во внимании. Неужели вы этого не видите?

На какое-то мгновение ей показалось, что Гай отреагирует саркастическим замечанием или даже разозлится. Она чувствовала, как он борется с самим собой.

— Прекрасно, — только и сказал Гамильтон, но с таким выражением, словно ему на рану выдавили каплю лимонного сока. — Я ценю ваш совет. А теперь, может быть, войдем в отель?

Клодия восприняла его слова как пощечину.

— Я, пожалуй, немного побуду на воздухе.

— Нет уж, я хочу, чтобы вы вошли в помещение.

— Мне не хочется.

С трудом сдерживая себя, Гай сказал:

— Я не намерен спорить с вами. Не забудьте, что вы сейчас не дома.

Она окинула взглядом безлюдный сад, где тишину нарушало лишь жужжание насекомых, кружащихся возле фонаря.

— Но здесь никого нет!

— Это не имеет значения. Дело в том, что это мусульманская страна, где женщина, которая в полном одиночестве бродит ночью, может быть понята неправильно.

Ладно, ты прав. Кому надо, чтобы какой-нибудь любопытный служащий отеля доложил администрации о том, что неприкаянная иностранка бродит одна по ночному саду?

В напряженном молчании они вошли в отель и направились к лифту, стояли рядом, пока лифт поднимался наверх, потом шли по коридору.

— К вашему сведению, — холодно сказал Гамильтон, — я сыт по горло благочестивыми советами любителя-психолога, который объясняет мне, где я совершил ошибку. А если я неправильно истолковал язык вашего тела, то прошу меня извинить. Может быть, мой толковый словарь устарел и надо приобрести новый. Спокойной ночи.

Клодия едва нашла силы произнести в ответ: «Спокойной ночи», — и, войдя к себе в номер, бросилась на кровать. Она не плакала, но слезы были близко. Первый поцелуй и первая ссора — и всего за десять минут! Причем можно не сомневаться, что больше ни того ни другого не будет.

Боже мой, с каким сарказмом он произнес: «...если я неправильно истолковал язык вашего тела»!

Клодию захлестнула жаркая волна стыда. Не надо обладать богатым воображением, чтобы представить себе, что сказал бы в этой ситуации менее деликатный мужчина: «Ты сама напрашивалась на это, а я лишь дал тебе то, что ты выпрашивала. Так какого черта ты жалуешься?»

Какого черта я жалуюсь? Неужели я действительно выставила себя на посмешище?

Если бы они были коллегами по работе и находились здесь по делам фирмы, Клодия просто не придала бы значения подобному эпизоду. Правда, она никогда не оказывалась в подобной ситуации с коллегами по работе, которые обычно бывали женаты и имели по трое детишек. А если были не женаты, то как две капли воды походили на Питера-Надоеду, который полагал, что дружеская беседа за ужином уже является приглашением заняться сексом до завтрака. Вроде того неряшливого менеджера, с которым ее однажды послали в деловую поездку.

Но у того по крайней мере не было поблизости дочери с кучей проблем.

Наверное, Гай прав в том, что Аннушку бесполезно пытаться чем-нибудь заинтересовать, но ведь дело не в этом. Клодия не могла равнодушно оставаться в стороне. Гамильтон платил ей за то, что она присматривает за его дочерью, которая, по его словам, вызывает у него немалое беспокойство.

Она вдруг с удивлением поняла, что Гай ее разочаровал. Даже в чем-то обманул. Она не могла бы, пожалуй, назвать его поведение вульгарным или заслуживающим презрения, — просто не ожидала, что он это сделает.

— *Что сделает? Поцелует тебя?*

— *Это был не просто поцелуй. В том-то все и дело. Если бы я не нажала на тормоза, он перешел бы в нечто значительно большее.*

Но Гай не планировал это заранее — в этом Клодия была уверена. За весь вечер он не сказал и не сделал ничего, что заставило бы ее ожидать от него столь решительных действий.

Гамильтон не сказал ей, что она великолепно выглядит или чудесно пахнет, не прикоснулся как бы случайно под столом к ее бедру. Он не взял ее под руку и не положил руку на талию якобы для того, чтобы помочь, когда они входили в лифт или в ресторан.

Гай не бросал на Клодию томных взглядов через стол. Он довольно часто смотрел ей прямо в глаза, но это был прямой, открытый взгляд. В его голосе не появилась хрипотца, та самая сексапильная хрипотца, которая появляется у мужчин, когда им кажется, что у них есть шанс. Он даже не похлопал ее якобы невзначай по заду, хотя это первое, что делают мужчины, когда им кажется, будто они нравятся женщине.

Адам был большим мастером похлопывать по заду. Приняв привычное горизонтальное положение на диване, он обычно произносил своеобразным австралийским говорком: «Черт возьми, какая попочка!» — и звонко шлепал Клодию, когда она проходила мимо. Выпив немного больше, чем нужно, пива в пивной «Ньют и Феррет», Адам однажды поведал внимавшей ему аудитории, что всегда считал себя поклонником сисек, пока зад Клодии не заставил его переменить пристрастие.

Однако на него невозможно было ни обидеться, ни разозлиться. Адама все любили. Он вошел в ее жизнь как теплый, соблазнительный лучик австралийского солнца. Он умел ее рассмешить и беззастенчиво жил за ее счет, но она не возражала. Клодия жила одним днем, зная, что в конце концов он ее покинет.

Однажды Адам упаковал свой рюкзак, достал из холодильника последнюю банку холодного пива и, сказав: «Будь здорова, любовь моя. Приезжай ко мне в гости в Аделаиду», — отправился преодолевать следующий этап своего кругосветного путешествия.

Клодии еще долго казалось, что солнце закатилось навсегда, но прошло время, и теперь она изредка вспоминала об Адаме с теплым ностальгическим чувством. И она знала, кого ей следует благодарить за это.

Чем больше Клодия думала, тем больше убеждалась в том, что Гай действовал импульсивно. Он понимал, что́ она чувствует, — одно маленькое замечание во время ужина выдало его с головой. Пусть даже в глазах его при этом поблескивал озорной огонек.

Да, Гамильтон знал, можно было не сомневаться. Но что он при этом думал? «Гм-м, неплохо». И тут же: «Но я не так увлечен, чтобы предпринять что-нибудь такое, что может осложнить жизнь».

Клодия стояла там, словно блюдо, поданное на стол и украшенное сверху веточкой петрушки — готовенькая, горяченькая, — предлагая себя. И Гай подумал: «Пропади все пропадом! Почему бы мне не доставить ей незабываемое удовольствие, чтобы хоть немного скрасить ее серенькую жизнь?» И поцеловал ее, а ей понравилось, поэтому он поцеловал еще разок. И, поскольку ничто человеческое ему не чуждо, подумал: «А не попробовать ли? Чем черт не шутит!»

Надо отдать ему должное, Гай сделал все деликатно. Всего лишь нежное прикосновение, как будто говорившее: «Если хочешь, можно продолжить...»

При одном воспоминании об этом у Клодии снова что-то шевельнулось и оборвалось внутри. Что за несносный орган выдает такую реакцию? Почему о нем ничего не сказано в учебниках по биологии для приготовительного класса школы? Даже Старый Иммак давала такое объяснение: «Это орган вожделения, о котором хорошим девочкам не следует ничего знать до замужества. Откройте, пожалуйста, учебники на странице шестьдесят четыре и посмотрите на рисунок, на котором изображена человеческая почка...»

Было еще рано, но организм Клодии все еще жил по времени Соединенного Королевства, и она почти сразу заснула. Проснулась она после полуночи в холодном поту.

О Боже, как хорошо, что это всего лишь сон. Кошмар во сне после только что пережитого кошмара наяву — это уж слишком! Но видимо, даже этого было недостаточно, потому что в памяти начал снова проигрываться весь эпизод, а Клодия как будто забыла, на какую кнопку следует нажать, чтобы остановить пленку...

...Одетая так, как она обычно одевалась вечером, Клодия была на пляже с Гаем, но все происходило средь бела дня, и вокруг было множество народа.

Гамильтон стоял в нескольких футах от нее в темном костюме, который был на нем в тот памятный вечер во французском ресторане, и от взгляда глаз цвета холодного северного моря у нее по спине пробегали мурашки. Гай сказал повелительным тоном:

— Сними блузку, Клодия. Для того, чтобы я смог проделать всякие грешные манипуляции с твоими соблазнительными прелестями, ты должна снять блузку.

— Не могу, — прошептала она. — Люди смотрят!

— Не лги мне, я знаю, что тебе этого хочется. Я принадлежу к числу тех мужчин, которые это знают.

Ее пальцы стали медленно расстегивать пуговицы блузки.

В нескольких метрах от них стояла Аннушка и говорила с торжествующим видом:

— Вот видите! Я же говорила, что она в него влюблена!

На песке у ног Аннушки растянулся Адам с банкой пива в руке. Он улыбался.

— Если ты думаешь, что красотка холодна как лед, приятель, подожди, пока не почувствуешь ее зад под своей рукой, тогда ты убедишься, что ошибался.

Этот несносный любовный роман заслуживает того, чтобы его выбросили в мусорную корзинку!

Не в состоянии заснуть, Клодия лежала, перебирая в памяти события вечера.

Ты во всем винишь его, а как насчет собственного поведения? Ты ни за что не приехала бы сюда, если бы не влюбилась в него как ненормальная. А теперь тебе хочется, чтобы его дочь оказалась за тысячу миль отсюда, чтобы ты могла с чистой совестью любить его. Если бы не она, ты бы вообще здесь не оказалась. Если бы не она, ты бы даже никогда не встретила его. Ты лицемерная корова, и если тебе сейчас плохо, то так тебе и надо.

В 7.30 утра, когда Клодия только что вышла из-под душа, в дверь резко постучали.

— Кто там? — крикнула она, запахивая махровый халат.

— Гай.

Помогите!

— Я не одета!

— Так накиньте на себя что-нибудь. — В его напряженном голосе чувствовалось нетерпение.

Клодия обернула влажные волосы полотенцем, затянула пояс халата и взглянула на себя в зеркало. По лицу было заметно, что она плохо спала.

Держи себя в руках, Клодия. Будь сдержанной, вежливой и холодной, как тебе следовало бы быть вчера вечером, если бы у тебя была хоть капля здравого смысла.

На Гамильтоне были серые шорты, белая спортивная майка, на ногах — кроссовки. Майка взмокла от пота, волосы растрепались, лицо раскраснелось от физических упражнений.

— Нет никакой необходимости напускать на себя такой чопорный вид, — сказал Гай, взглянув на ее физиономию. — Я не собираюсь входить. Я зашел, чтобы предупредить, что уезжаю через полчаса, — продолжал он ледяным тоном. — Сегодня мне предстоит довольно дальняя поездка на разработки, так что вернусь не раньше десяти часов вечера.

Ну что ж, слава Богу. Едва ли будет приятно сидеть сегодня напротив него за столом в ресторане.

— Понятно, — холодно произнесла Клодия. — Вы увидитесь с Аннушкой перед отъездом?

— Разумеется. Что бы вы обо мне ни думали, но я не пренебрегаю умышленно своей дочерью. — Гамильтон помедлил. — Вас, возможно, обрадует, что я решил последовать вашему мудрому совету. В пятницу я намерен взять ее в поездку, чтобы посмотреть страну.

От тона, каким это было сказано, Клодия едва сдержалась.

— Нет необходимости говорить об этом с таким сарказмом. Я уверена, что ей это понравится.

На его губах появилась сардоническая усмешка.

— Почему бы вам не поехать с нами? Вы могли бы сами убедиться.

— Неужели вы ожидаете, что поездка может понравиться ей, если сами к этому так относитесь?

— Я вовсе не отношусь к этому как-то по-особенному, просто у меня есть опыт, причем значительно больший, чем у вас, хотя вы вчера и давали мне благочестивые советы.

Ситуация грозила превратиться в еще один кошмар. Очевидно, вчера, сама того не подозревая, Клодия посыпала соль на открытую рану.

Уже уходя, Гай заговорил снова:

— Для вашего сведения, то, что произошло на пляже вчера вечером, не было прелюдией к гимнастическим упражнениям в горизонтальном положении. У меня больше чем нужно возможностей потратить избыток энергии. Мне нужен хороший сон. А если потребуется дать телу нагрузку до пота... — он опустил глаза на свою взмокшую майку, — то, как видите, есть и более простые методы. Увидимся завтра.

Его слова прозвучали так, словно он наотмашь ударил ее по лицу.

— Желаю удачи, — сказала Клодия сквозь зубы и закрыла дверь.

Жаль, что Кейт нет рядом. Ей отчаянно захотелось поговорить с ней, но воскресным утром она, наверное, еще нежится в постели. С Полом.

Все равно для того, чтобы объяснить все, что происходит, потребовалась бы целая вечность. Пришлось бы признаться Кейт, что беспардонно врала ей и что Гамильтон вызывает у нее безумный трепет практически с того самого момента, как она его впервые увидела.

К тому же за такой разговор пришлось бы выложить кучу денег. А если отель еще сделает надбавку за услуги, как они имеют обыкновение делать, то разговор обойдется в такую сумму, что на это можно было бы прокормить целую семью в течение двух недель.

По пути в кафетерий на завтрак Клодия постучала в дверь комнаты Аннушки, но никто не отозвался. Возвращаясь после завтрака, она снова постучала в дверь, и на этот раз дверь слегка приоткрылась.

— Что тебе надо? — нелюбезно спросила Аннушка. — Мне надоело, что меня без конца будят.

Испытывая к ней больше жалости, чем накануне, Клодия решила попробовать еще раз начать все сначала.

— Ты придешь в бассейн? Мне вчера было скучно сидеть там одной.

Приоткрыв дверь чуточку шире, Аннушка окинула Клодию сердитым взглядом заспанных глаз.

— Мне еще надо сделать кое-какие задания. Папа предпринял массированное наступление на меня.

— Но ты не должна работать целый день, не так ли?

— Мне нужно написать реферат по английской литературе о книжке, которую я даже не читала. Так что придется потратить на это кучу времени.

Интересно, что он такое сказал, чтобы заставить дочь сесть за работу?

— Что за книга?

— Какое-то там дурацкое аббатство.

— Неужели «Нортангерское аббатство»? Джейн Остен?

Аннушка кивнула.

— Это о какой-то глупой девчонке, которая думает, что кто-то кого-то убил или что-то в этом роде, и выставляет себя полной кретинкой. — В голове Клодии родилась одна идея. — Мне тоже пришлось это делать в школе.

Аннушка сложила на груди руки.

— Ты, наверное, собираешься рассказать мне, что *была от этого в полном восторге?*

Клодия с сочувствием вспомнила бедную старенькую сестру Бернадетту, которая изо всех сил старалась привить им любовь к литературе. «Это очень увлекательно, девочки, если вы преодолеете в себе предубеждение против старомодного языка девятнадцатого века», — говорила она.

— Не сразу, — призналась Клодия. — Сначала я считала чтение не более увлекательным занятием, чем наблюдение за варкой яиц.

— Но в конце концов тебе понравилось читать.

У тебя такой тон, потому что ты находишься по другую сторону высоченного барьера, отделяющего тех, кто еще учится в школе, от счастливчиков, которые уже покинули ее стены.

Клодия до сих пор помнила, когда начала получать удовольствие от чтения книг. Отрицательная героиня в романе вдруг отчетливо напомнила ей Эмму Картрайт, эту корову, которая увела у нее мальчика.

— Ну, не совсем так, — солгала Клодия, — но этот роман я отлично помню. Хочешь, я тебе помогу?

Она понимала, что происходило в голове девушки. «Я ведь так и знала, что она захочет подмазаться ко мне, но в этой дыре, кроме нее, никто другой не предлагает мне помощи».

Аннушка приоткрыла дверь еще шире.

— Входи ненадолго.

— Спасибо, — сказала Клодия, входя в комнату. На Аннушке была надета только огромных размеров черная майка с надписью на груди: СЕРФЕРЫ ДЕЛАЮТ ЭТО СТОЯ, а ниже: АНТИГУА, ВЕСТ-ИНДИЯ.

Заметив взгляд Клодии, Аннушка пояснила:

— Знаю, что это безвкусица. Я купила ее только для того, чтобы позлить отца, когда мне было тринадцать лет и предполагалось, что я не понимаю, в чем соль надписи.

Комната могла бы соперничать по беспорядку с комнатой Райана, причем сходство не ограничивалось разбросанными по полу предметами одежды. В самых неожиданных местах стояли подносы, грязные тарелки, чашки, стаканы с остатками по меньшей мере четырех обедов и ужинов.

С привычной ловкостью Аннушка сгребла всю посуду на подносы и выставила за дверь.

Покончив с этим, она подняла телефонную трубку.

— Обслуживание номеров, пожалуйста. Я хотела бы заказать завтрак в номер. Нет, не из меню. Мне нужны рисовые хлопья... и два яблока... и диетическое пепси, а еще горячий шоколад со взбитыми сливками двойной жирности. У вас это имеется? Shukran.

Клодия удивилась:

— Где ты это выучила?

— В школе со мной учится девочка из Ливана. — Аннушка взглянула на Клодию. — Если уж тебе действительно так скучно, можешь сделать мое задание по истории.

Клодия, примостившаяся на краешке соседней кровати, скорчила гримаску:

— Ты рискуешь получить за работу «неуд» с минусом. А какая тема?

— Возникновение фашизма.

— Нет уж, уволь, благодарю покорно.

Аннушка перекатилась на спину и подложила под голову подушку.

— Ну, написать о фашистах мне пара пустяков. Ко мне тут недавно заходил один, вышагивал по комнате туда-сюда, словно гусь, и орал на меня, как будто Адольф Гитлер, который вошел в раж.

Всего сутки назад Клодия, услышав это, давилась бы от смеха. Но сегодня, еще не оправившись от язвительных замечаний Гая, лишь приподняла бровь.

Аннушка, видимо, уже проснулась.

— Вы с ним поругались?

Помогите!

— Почему ты так думаешь?

— Видно по твоему лицу. И по его гнусному настроению сегодня утром.

Осторожнее, Клодия, ты ступаешь по тонкому льду.

— Мы с ним немного не сошлись во мнениях.

— О чем вы спорили? — В тоне девушки чувствовалась явная насмешка.

Думай, Клодия. По какому поводу людям случается спорить?

— О политике.

Лицо Аннушки разочарованно вытянулось.

— Какая скукотища! — Мгновение помолчав, она добавила: — Я была уверена, что он полностью приручит тебя еще до нашего возвращения домой. Он большой мастер очаровывать людей. Когда это ему нужно.

Язвительные нотки в голосе девушки были настолько явственными, что Клодия пристально взглянула на нее. Аннушка не заметила ее взгляда, потому что кто-то постучал в дверь и она отправилась открывать.

— Сделать уборку требуется? — нерешительно спросил кто-то.

— Благодарю, не надо, я люблю беспорядок. — Прежде чем закрыть дверь, она вывесила снаружи табличку с надписью: «Просьба не беспокоить».

— Если ты оставишь на дверях табличку, они не постучат, когда принесут завтрак, — заметила Клодия.

— Верно. Лучше повешу потом.

Клодия встала:

— Пойду прогуляюсь по пляжу. Если хочешь, я вернусь через часок и посмотрю, смогу ли помочь тебе с рефератом.

— Ладно.

— Нельзя сказать, что я гений в области английской литературы, — торопливо добавила она, — но можно попытаться.

— О'кей.

Не проявляй слишком большого энтузиазма, Клодия.

Однако, гуляя по пляжу, она порадовалась тому, что у нее есть чем заняться, пусть даже это будет школьный реферат. Сидеть возле бассейна в полном одиночестве было скучно, особенно когда приходится все время поглядывать на часы, чтобы успеть вовремя нырнуть в тень. Вот если бы здесь была Кейт, уж они бы не скучали.

Уж они обсудили бы каждого в пределах видимости, делая самые невероятные предположения относительно их частной жизни. Кейт, например, сказала бы: «Видишь вон того мужчину? Мне кажется, он по вечерам одевается суперменом, привязывает жену к кровати и спрыгивает на нее с гардероба». Клодия взглянула бы на этого мужчину и увидела застенчивого человека средних лет — из тех, которые вечно опасаются, что сделают что-нибудь «не так», и кажутся немного ненормальными.

Чтобы преодолеть какую-то непонятную тревогу, она нырнула в бассейн и в хорошем темпе проплыла двадцать раз от борта до борта. Почувствовав себя лучше, она вернулась в комнату Аннушки.

Та наконец оделась. На ней были велосипедные шорты и другая, огромного размера майка. Волосы были влажны после душа, но по крайней мере причесаны.

— Рехнуться можно, — проворчала она, шлепаясь на стул возле письменного стола, заваленного учебниками и листами бумаги. — Кому это надо?

Клодия взяла в руки задание: «Сравнить образы Катерины и Изабеллы и показать, как они влияют на развитие сюжета».

— Я не знаю, с чего начать, — простонала Аннушка. — Я даже не знаю, за что уцепиться в их дурацких характерах!

Клодия придвинула к столу стул.

— Наверное, у вас в школе есть девочки, похожие на Катерину и Изабеллу?

Аннушка укоризненно взглянула на нее, словно хотела сказать: «Ну, началось!»

— Уверена, что есть. Если бы ты сегодня их встретила, то могла бы сказать, например, что Катерина печальна, а Изабелла — настоящая мерзавка.

После этого дело пошло легче. Полчаса спустя, когда они совместными усилиями написали все, что нужно, Аннушка, искоса поглядывая на Клодию, сказала:

— Ну, давай, спрашивай меня.

— О чем спрашивать?

— О том, о чем тебе до смерти хотелось спросить с тех пор, как ты вошла.

Клодия была бы не прочь задать несколько вопросов, например, часто ли у ее отца возникает «половое влечение» и к кому именно. Она даже представила себе предмет его вожделения: стройную гибкую блондинку с рекламы «БМВ», обладательницу экзотических высоких скул и не менее экзотического акцента, и сразу же возненавидела ее лютой ненавистью.

— Боюсь, что я тебя не понимаю, — сказала она.

Аннушка положила ручку на стол.

— Тебе до смерти хочется спросить, почему я сегодня занимаюсь, хотя вчера разорвала задания.

Ах, это...

— Я думала об этом. Наверное, он припугнул тебя смертной казнью?

— Хуже.

Клодия лихорадочно соображала, что может быть хуже.

— Пригрозил отправить тебя в какой-нибудь интернат в глуши Шотландии? В такой, где искренне верят, что овсянка по утрам и масса физических упражнений — это все, что требуется девушке?

— Я бы оттуда сбежала.

Ну, в этом я не сомневаюсь.

— Что же в таком случае?

— Он пригрозил, что не позволит мне поехать на Рождество кататься на лыжах!

Ах ты бедняжка. Клодии вспомнились бледные мордашки детей из Бруин-Вуда, для которых провести несколько дней в Нью-Форресте было все равно что побывать в раю. Однако не Аннушка виновата в том, что ее так избаловали.

— Ты думаешь, он может исполнить угрозу?

— Угу. — Девушка склонилась над листком бумаги, и упавшие волосы совсем скрыли ее лицо.

— Он и раньше угрожал тебе?

— Почти никогда, но я знаю, что на этот раз он говорил серьезно. Кататься на лыжах в Швейцарии я люблю больше всего на свете, и он это знает.

— Ты хочешь сказать, что ездишь туда каждое Рождество?

Аннушка кивнула.

— И каждую Пасху тоже. С тех пор, как стала жить с ним.

Клодии потребовалось несколько секунд, чтобы осмыслить сказанное.

— Что ты имеешь в виду? Разве ты не всегда жила с ним?

Бросив на нее быстрый взгляд, Аннушка пожала плечами.

— Значит, он тебе не рассказал?

— Нет. Он сказал, что твоя мать умерла, когда ты была маленькой, и я предположила...

— Ну конечно. Уверена, что он тебе еще много чего не рассказал.

Кажется, я начинаю понимать это.

— Давно ли ты живешь с ним?

— Три с половиной года. Три с половиной года мы изображаем трогательную маленькую семью в солнечном Южном Кенсингтоне. Любящий отец и ненаглядная маленькая доченька, не считая, конечно, Пирс, этой фрау Железные Панталоны, этого преданного коменданта лагеря.

В жизни Клодии редко бывали случаи, когда она лишалась дара речи, и сейчас был один из них.

— Где ты жила до этого?

— Почему бы тебе не спросить у него?

Когда Аннушка наконец подняла голову, свойственное ей непроницаемое выражение лица, исчезнувшее было за последний час, вернулось вновь.

— Спасибо за то, что помогла мне, но дальше, с твоего позволения, я справлюсь с этим вонючим рефератом самостоятельно.

Глава 8

Оставшуюся часть дня голова Клодии гудела, как пчелиный улей. Ее ничуть не удивило, что Аннушка так резко оборвала разговор. Такого вызывающего поведения следовало ожидать. «Я догадываюсь, чтó тебе до смерти хочется узнать, поэтому не стану ничего рассказывать».

Ситуация, видимо, была более сложной, чем предполагала Клодия.

— *Неудивительно, что он так разозлился на тебя за «благочестивые советы». Ты не знала обо всех обстоятельствах и потому не имела права лезть к нему со своими ханжескими поучениями.*

— *Согласна, возможно. Но он все равно не должен был вести себя на пляже подобным образом, разжигая меня своими отработанными приемчиками завзятого обольстителя. Он был обязан думать совсем о другом.*

— *Сказать по правде, тебя в тот момент отнюдь не занимали его мысли, а интересовала совсем другая часть его организма.*

— *Не будь таким вульгарным.*

— *Ах, извините, пожалуйста! Чья бы корова мычала, а твоя бы молчала!*

Препирательства с внутренним голосом продолжались до тех пор, пока она, чтобы отвлечься, не купила дорогую книжку в мягкой обложке — какой-то лихо закрученный детектив, в котором совсем не было никаких пикантных сцен.

Поужинав в одиночестве в кафетерии и приняв ванну, Клодия написала открытку Кейт и понесла ее вниз, в почтовый ящик на конторке администратора.

И кто же, как вы думаете, брал там ключ от номера?

О Боже!

Она повернула бы назад, но, поскольку Гай ее увидел, подошла как ни в чем не бывало к конторке, как ни в чем не бывало поприветствовала его, отдала открытку регистратору и повернула назад.

— Клодия!

Тон его не допускал возражений, что заставило ее замереть на месте.

— Да?

— Задержитесь на минутку. — Он забрал у регистратора оставленные для него сообщения и ключ.

Решительным жестом взяв ее за руку выше локтя, он отвел ее в сторонку, чтобы их не слышали окружающие.

— Я плачу вам немалые деньги за то, чтобы вы присматривали за моей дочерью, и мне не нравится, что вы ведете себя как капризная секретарша, которая воображает, что ее «обидели».

Его слова, произнесенные отчетливо и решительно, сразу же доходили до сознания. Гай Гамильтон был не из тех, кто мямлит. Он выражал свои мысли четко и понятно.

— Я не капризничаю, — как можно спокойнее произнесла Клодия, стараясь не обращать внимания на свои вспыхнувшие щеки. — Но после нашего утреннего разговора едва ли можно ожидать от меня лучезарных улыбок и приятной болтовни.

— Мне не нужны ни лучезарные улыбки, ни приятная болтовня. Я всего лишь хотел бы получить от вас краткий отчет о том, как моя дочь провела день.

Не успела она осознать, что это вполне законное требование, как он поразил ее еще больше.

— Извините меня, — сказал он, сердито взъерошив пальцами волосы. — У меня был очень тяжелый день.

Это было заметно. Сорочка помялась, узел галстука приспущен. Напряжение, в котором он пребывал, мало-помалу спадало. Ей показалось, что он напоминает туго сжатую пружину.

— Пойдемте присядем, — сказал он уже не таким резким тоном.

В холле были расставлены кресла, и они уселись в ближайшие.

Все существо Клодии словно разрывалось надвое. Одна половина все еще была обижена и желала уйти, но сквозь обиду уже пробивался ручеек сочувствия, а другая ее половина... Ей чуть ли не захотелось принести ему холодного пивка и помассировать плечи, чтобы снять напряжение.

Но это, конечно, только теоретически. Но не на практике — нет уж, увольте! Тем более после вчерашнего вечера.

— Извините, — сказала она небрежным тоном, — мне не следовало убегать подобным образом, но я не хотела... повторения...

— Чего?

— Повторения утреннего разговора. — Не дав ему ответить, она продолжала: — Сегодня день прошел хорошо. Аннушка утром начала работу над заданием по английской литературе, в обеденный перерыв сходила в бассейн и вернулась к себе около двух часов.

По ее словам получалось, что между ними все идет хорошо, тогда как на самом деле к Аннушке снова вернулось ее брюзгливое настроение, граничащее с неприкрытой грубостью.

— Я зашла за ней еще раз около семи часов, чтобы спросить, пойдет ли она на ужин, но ваша дочь уже заказала гамбургер и чипсы в номер. Короче говоря, все прошло прекрасно. — Улыбнувшись приветливо, но по-деловому, Клодия поднялась с кресла. — Отчет закончен. Спокойной ночи.

С этими словами она быстро направилась к лифту.

«Поторопись, — безмолвно умоляла она лифт, который не спеша поднимался на третий этаж. — Поторопись, иначе он...»

Она не ошиблась. Он подошел к лифту. Они молча стояли, пока на табло высвечивались цифры и лифт наконец остановился.

Не отрывая взгляда от табло, Клодия раздраженно думала, почему это люди так медленно входят в лифт и выходят из него. Такое же раздражение вызывали у нее пассажиры самолета, которые надолго занимали туалет, не обращая ни малейшего внимания на выстроившуюся очередь, похожую на гусеницу со скрещенными ногами, которая вытянулась чуть ли не до салона туристского класса. Все уж начинали думать, что закрывшийся в туалете пассажир либо страдает неудержимым поносом, либо просто решил принять ванну и вымыть волосы в крошечной раковине.

Когда дверцы наконец раскрылись, из лифта вышли двое мужчин лет под пятьдесят, разговаривая между собой по-немецки.

Нажав на кнопку, Гай встал в сторонке и наблюдал за ней. Даже не глядя на него, она чувствовала на себе его взгляд.

Лифт двинулся вверх. Он спросил:

— Наверное, вы поужинали?

— Конечно. А вы?

— Нет.

Ей пришлось взглянуть на него.

— В таком случае почему бы вам не пойти прямо в ресторан?

— Я хочу сначала принять душ и переодеться.

У номера дочери он остановился. На дверях висела табличка: «Просьба не беспокоить».

— Табличка висит здесь почти целый день, — сказала Клодия. — Чтобы отпугивать уборщиков. — Пожелав ему спокойной ночи, она пошла дальше.

Она услышала, как Гай постучал в дверь, и, уже вставив ключ в замочную скважину, оглянулась. Аннушка, очевидно, либо спала, либо не пожелала отвечать. Взглянув на часы, он устало вздохнул, оставил свою попытку достучаться и отправился в свой номер.

Клодия закрыла дверь и улеглась в кровать с детективным романом, но, прочитав несколько страниц, поняла, что он не более увлекателен, чем древнеегипетская рукопись. Отложив книгу, она улеглась на спину, заложив руки за голову.

— Боже правый! А ведь мне его жаль. У него был длинный напряженный день, его дочь не желает с ним разговаривать, а вдобавок ко всему ему еще придется и ужинать в одиночестве. Я, как последняя негодяйка, отказалась составить ему компанию.

— На тебя похоже.

— Может быть, следует позвонить ему и сказать, что я передумала?

— Если у тебя хватит смелости поднять телефонную трубку.

Дальнейшего развития эта мысль не получила.

Она взглянула на часы. С момента возвращения в номер прошло не менее двадцати минут. Он, наверное, уже ушел, а может быть, вообще раздумал идти. Или, может быть, он решил заказать ужин в номер? Она выглядела бы настоящей дурочкой, если бы позвонила и сказала, что передумала, а он ответил бы: «Слишком поздно, благодарю».

Чтобы немного успокоиться, Клодия написала еще одну открытку, пригладила щеткой волосы и вгляделась в свое лицо. Кожа уже начала приобретать едва заметный медовый оттенок. Ограничив макияж мазком абрикосового блеска для губ, она окинула себя критическим взглядом. Синие льняные брючки почти не помялись, когда она лежала на кровати, но она все равно не стала бы переодеваться. Она натянула белый хлопчатобумажный свитер пониже, чтобы прикрыть бедра, и взяла ключ.

В лифте у нее было такое ощущение, как будто внутри трепещет крылышками целый рой бабочек. Поскольку ресторан к этому времени, наверное, уже закрылся, она направилась в кафетерий, почти уверенная, что там его тоже нет.

В кафетерии было значительно больше посетителей, чем вчера вечером в ресторане. Слышалось звяканье посуды, приглушенные голоса и смех.

Она остановилась на пороге, отыскивая глазами одинокую мужскую фигуру.

Одиноких мужчин там не было. А потом, когда Клодия уже решила уйти, она увидела его.

И Гай заметил ее.

В мгновение ока она снова очутилась в лифте. Ей чуть не стало дурно от злости на себя.

Он был не один. И вовсе не выглядел удрученным. Напротив, он был оживлен и весел — и неудивительно! За столом напротив него сидела одна из этих шоколадных от загара стюардесс, которая глупо хихикала от удовольствия, слушая то, что он ей говорил.

Вернувшись в номер, Клодия в ярости сорвала с себя одежду, надела верхнюю часть старенькой пижамы «бэби-долл», потом умылась, расчесала волосы и почистила зубы.

— *Ну почему я такая глупая?*

— *Да потому что глупая. Когда ты влюбляешься в кого-нибудь, как сейчас в него, твой мозг отключается. Зачем, черт возьми, ты убежала из кафетерия? Потому что он сидел с другой женщиной? После вчерашнего вечера он вправе считать тебя собакой на сене. Вернее, сучкой на сене, если уж называть вещи своими именами, которая и сама не будет есть это сено, но и других к нему не подпустит.*

— *Я знаю. И чувствую себя теперь как куча дерьма.*

Она подняла телефонную трубку и набрала код международной связи и свой домашний номер.

О Кейт, умоляю тебя, будь дома.

Прождав около минуты, она положила трубку и почувствовала себя такой одинокой, что даже Райана, окажись он сейчас рядом, встретила бы с распростертыми объятиями.

Нервы у нее были настолько взвинчены, что от резкого стука в дверь она буквально подпрыгнула на месте.

— Кто там?

— Гай.

О Боже! Пытаясь придать голосу легкое раздражение, как будто ее оторвали от захватывающего детектива, она крикнула:

— Минутку!

Скорее. Халатик. Эта дурацкая «бэби-долл» вообще ничего не прикрывает, а на тебе даже трусы не надеты.

Накинув халат и затянув поясок, она открыла дверь. Опершись рукой о косяк двери и скрестив ноги в щиколотках, он выглядел так, словно заглянул к ней мимоходом. Единственное, что не вязалось с его равнодушным видом, это явно недовольное выражение лица.

— Сегодня вы второй раз убегаете от меня. Может быть, вас не устраивает запах моего мыла?

Распрямив плечи и приготовившись дать отпор, Клодия обнаружила, что до сих пор не соблюдала одного мудрого житейского правила, а именно: когда собираешься дать отпор мужчине, который вызывает у тебя бурю самых разнообразных эмоций, предпочтительнее быть одетой.

Она пожала плечами, надеясь, что это выглядело убедительно.

— Я шла к почтовому ящику, чтобы опустить очередную открытку, и подумала, не зайти ли в кафетерий, чтобы все-таки составить вам компанию. Но поскольку вы ужинали не в одиночестве, эта необходимость отпала.

В его глазах можно было прочесть: «Я не вчера родился на свет», — но он сказал:

— Кафе было переполнено, и я сел на первое попавшееся свободное место.

Допустим. Но почему, черт возьми, ты выглядел при этом таким довольным?

— Вы могли бы войти и присоединиться к нам, — добавил он.

В первый раз ей удалось весьма убедительно пожать плечами, потому она повторила этот жест.

— Возможно, но я оторвалась на самом интересном месте от весьма увлекательного детектива. — Она кивком головы указала на кровать, где лежала книга. — Молодого любовника стареющей дамы обвиняют в убийстве трех богатых женщин, но, по-моему, это все-таки дело рук хирурга, который делает пластические операции. В детстве мать одевала его в платья с оборочками и запирала в шкафу. Подозреваю, что имплантированные силиконовые груди тоже не были случайностью.

Лихо закручено! Как ловко я лгу! Может быть, мне следовало бы подумать о политической карьере?

Однако она совсем не была уверена, что ей удалось убедить его. Выражение его лица не то чтобы говорило прямо: «Кого ты пытаешься обмануть?» — но что-то близкое к этому.

— В таком случае не буду вас отвлекать. — Но уже повернувшись, чтобы уйти, Гай сказал: — Я собираюсь завтра утром перед завтраком покататься на водных лыжах. Может быть, хотите составить мне компанию? Чтобы попробовать еще разок.

Ей вспомнились отчаянные попытки овладеть тонким искусством скольжения на водных лыжах, когда Мэтью орал на нее, давая указания. Инстинкт самосохранения подсказывал ей: «Откажись! Не получится!» С другой стороны...

— Я подумаю. В какое время?

— Около восьми.

Клодия помедлила в нерешительности.

— Если утром я найду в себе силы, то встретимся на пляже.

— Договорились.

Ей на мгновение показалось, что он хочет что-то добавить. Его глаза снова напомнили ей шотландские озера, поверхности которых коснулся лучик солнца. Но он, очевидно, передумал.

— Прежде чем выходить на пляж, взгляните на море. Если не будет полного штиля, то не стоит ходить, — сказал он своим обычным деловым тоном.

— Хорошо.

Интересно, что он собирался сказать?

Холодный, деловой тон потеплел настолько, что уголки губ тронула улыбка.

— Ну, в таком случае спокойной ночи.

Уж лучше бы он так не улыбался!

— Спокойной ночи. Сладких сновидений, — ответила она приятным полусонным голосом и закрыла за ним дверь.

— *Что, черт возьми, хотел он сказать?*

— *Одному Богу известно.*

Наверное, что-нибудь такое, что могло бы показаться ей оскорбительным, что-нибудь вроде: «Послушайте, я вчера вечером немного увлекся. Мне показалось, что вы были бы не прочь...»

Нет, черт возьми!

Нет, она недвусмысленно дала ему понять, что не является объектом для ни к чему не обязывающего секса на скорую руку ради снятия стресса.

Он сам сказал, что не рассчитывал на последующие гимнастические упражнения в горизонтальном положении.

Будь реалисткой, Клодия! Какой мужчина откажется от физических упражнений в горизонтальном положении, если решит, что у него есть такой шанс? Неужели ты думаешь, что он сам прошлым вечером включил бы на светофоре красный свет, если бы ты не нажала на тормоза? Вы были далеко от отеля, а вокруг ни души. Наверное, вчера могла бы реализоваться одна из твоих самых сокровенных фантазий. Нечто утонченное, страстное, запретное...

При одной мысли об этом безумно активизировался где-то внутри «орган вожделения».

— *Черт возьми, даже дух захватывает...*

— *Песок попал бы во все места...*

— *Но разве в этом дело?*

— *Однако, представь себе, что было бы потом. Ты бы чувствовала себя ужасно и ломала бы себе голову, размышляя, не подумал ли он, что ты из тех, кто регулярно практикует ни к чему не обязывающий секс на скорую руку.*

Но когда Клодия улеглась наконец в постель, она не могла не пожалеть, что не принадлежит к числу тех, кто наслаждается ни к чему не обязывающим сексом на скорую руку. Она была почти уверена, что от воспоминаний даже о сексе на скорую руку с Гаем Гамильтоном ей было бы тепло и уютно долгими зимними ночами.

Но это все в теории. Тогда как на практике побочные эффекты таких отношений сделали бы ее жизнь невыносимой. Во-первых, она сломя голову бросалась бы к телефону всякий раз, когда раздастся звонок, а во-вторых, она извелась бы от ревности, представляя себе его вместе с какой-нибудь изящной, худенькой, сексапильной и ненавистной сучкой.

Беда твоя в том, что ты не можешь безоглядно поддаться половому влечению, не любя. А такое животное, как мужчина, как нам всем хорошо известно, подчиняется в своих действиях инстинктам. Поступками мужчины руководит не сердце, а некие другие части его тела. Увы, таким уж сотворила его мать-природа.

Утром на море был полный штиль, но Клодия долго пребывала в нерешительности и чуть не опоздала. Накинув поверх бикини черное парео, она спустилась вниз. Он уже выбирал водные лыжи и спасательный жилет, а водитель возился возле катера.

Гай слегка удивился, увидев ее.

— Я уж потерял надежду, мы сейчас выезжаем.

Все сомнения относительно правильности поступка сразу же улетучились. Настроение у него было деловое. Это было заметно по тому, как он четким движением застегнул пряжку жилета и натянул на руки перчатки пугающего вида.

— Я должна сесть в катер?

— Если не предпочтете подождать меня на берегу.

Она не предпочла. Да и кому захочется сидеть на пляже, если можно лететь на полной скорости на катере, когда ветер свистит в ушах? Водитель подвел катер к берегу. Подобрав повыше парео, Клодия вошла в воду. У берега было глубже, чем казалось, и, когда она добралась до катера, вода доходила ей до пояса.

В подобных обстоятельствах Мэтью моментально оказался бы рядом с ней, исполняя роль Большого Сильного Мужчины, и поднял бы на руки, как шестилетнего ребенка.

Она ожидала, что Гай поступит так же. Она ждала, что его руки вот-вот окажутся на ее талии и легко, словно пробку, вытащат ее из воды. Она даже заготовила на этот случай холодное: «Я прекрасно справлюсь сама».

Все напрасно. Ей пришлось подтянуться, ухватившись за борт, и перелезть через него. Оказавшись на катере, она оглянулась на Гая: а вдруг он видел, как неэлегантно она перевалилась через борт. Судя по всему, он этого не видел. Гай возился с креплениями водных лыж.

Как ни парадоксально, ей стало обидно. Он должен был помочь ей взобраться на борт катера, хотя бы для того чтобы не пропала даром ее заранее заготовленная холодная реплика. Это доставило бы ей некоторое моральное удовлетворение.

Наверное, именно поэтому он и не стал этого делать, глупышка. Если ты до сих пор не догадалась, так знай, что в этих маленьких играх он участвует отнюдь не на любительском, а скорее на профессиональном уровне.

Очевидно, и водными лыжами он владел не на любительском уровне. Вместо того чтобы войти в воду и стартовать оттуда, он встал в трех дюймах от кромки воды, подняв вокруг маленькие волны.

Она с любопытством ждала, что будет дальше, потому что имела возможность неоднократно наблюдать, как Мэтью пытался «взять старт с берега», что в девяти случаях из десяти заканчивалось падением в воду.

Водитель бросил ему трос и завел мотор катера. Гай поймал трос, приподнялся на лыжах и крикнул:

— Пошел!

Сила, с которой катер рванул с места, вдавила ее в спинку сиденья. Увы, Гай не барахтался на мелководье, ругаясь на чем свет стоит. Он не только удержался в вертикальном положении, но и скользил, рассыпая вокруг облако водяных брызг, способное сравниться разве что с Ниагарским водопадом.

Мэтью о таком и мечтать не мог.

Она некоторое время наблюдала, как он, скользя в кильватере, разрезает волновую струю за кормой то влево, то вправо. Его акробатические трюки выглядели так, словно все это легко и просто, даже когда одна его рука и плечо практически чертили по поверхности воды.

Она никак не могла решить, продолжать ли наблюдать за ним или отвернуться. Ей не хотелось, чтобы он думал, что производит на нее слишком большое впечатление; к тому же, если он заметит, что она продолжает наблюдать за ним, он может попытаться выкинуть какой-нибудь действительно опасный трюк и свалиться в воду.

В конце концов ее сомнения решили волосы. Когда она смотрела назад, ветер задувал их на лицо, а когда смотрела вперед, зализывал их назад, по крайней мере в нужном направлении.

После трех кругов по заливу катер затормозил и водитель выключил мотор.

Гай передал лыжи и сам перевалился через борт в катер. Она старалась не смотреть, как он расстегивает пряжки жилета.

Он находился слишком близко, и она почувствовала беспокойство. Разве можно спокойно наблюдать с такого близкого расстояния, как играют под кожей его мускулы, особенно если на них капельки воды, в которых отражается солнце?

— Ваша очередь, — сказал он.

О Боже, может быть, не стоит этого делать? В памяти пронеслись яркие воспоминания об уроках, которые давал ей Мэтью; о бесконечных повторных попытках, во время которых она досыта наглоталась средиземноморской воды и без конца шлепалась в воду на все мыслимые точки своего тела; и, конечно, о том, как покатывались со смеху их друзья, наблюдавшие за всем этим с берега.

— Пожалуй, я подожду, — сказала Клодия равнодушным тоном, приглаживая волосы. — Сначала надо позавтракать.

— Глупости. Такого моря, как сейчас, век не бывало. Поверхность гладкая, словно стекло.

Поверхность едва ли можно было назвать гладкой, как стекло. Она скорее напоминала синее желе, покрытое рябью. То что надо. Она знала, что позднее море может немного раскачаться, и все же...

— Дайте ей жилет, — сказал он водителю.

— *Решайся, Клодия. Не будь мокрой курицей, сделай это, а там — будь что будет.*

— *Ну, если так, надо решаться.*

— Надеюсь, это поможет мне нагулять аппетит перед завтраком.

Водитель подал ей толстый желтый спасательный пояс.

— Вы не наденете жилет? — нахмурился Гай.

— Достаточно пояса, — сказала она. — У меня точно такой же был в Испании. Он меня прекрасно удерживал на поверхности.

Он отобрал у нее пояс и заменил его жилетом, как две капли воды похожим на тот, который только что снял.

— В нем будет надежнее.

Жилет выглядел громоздким и сковывал движения.

— Нет, благодарю, я предпочитаю пояс.

— Как хотите. — Она сняла парео, и его глаза скользнули по округлостям, которые лифчик бикини даже не пытался скрыть. — Но должен предупредить, что, как только вы подниметесь на ноги, если, конечно, это вам удастся, ваш лифчик окажется у вас на талии. Если вы желаете выставить на всеобщее обозрение свои прелести, то это ваше дело.

— В Испании этого никогда не случалось!

— Возможно, потому, что вам не удавалось принять вертикальное положение. Или, может быть, потому, что вы в то время носили более подходящий купальный костюм.

Лихорадочно порывшись в памяти, она вспомнила. Черт побери, он прав! В то лето она немного располнела, и ей пришлось носить цельный купальный костюм.

— Хорошо, я надену жилет.

К тому времени как она спустилась на воду и стала надевать лыжи, в ее желудке творилось нечто невообразимое.

— *Уверена, что шлепнусь в воду, и он будет надо мной смеяться.*

— *Что за пораженческие настроения, Клодия? Ты сделаешь это с первой попытки и торжествующе поднимешь вверх два пальца в ознаменование победы.*

В отличие от Мэтью, который обожал изображать из себя опытного инструктора, Гай уступил водителю право отдавать ей команды. Колени полусогнуты, плечи распрямить...

Да, да, да, я знаю, что мне следует делать!

Проблема в том, чтобы действительно сделать это, что особенно трудно, если из катера с заднего сиденья за каждым твоим движением наблюдает Гай!

После двух неудачных попыток, когда ноги и лыжи словно завязались в узел, а лифчик под жилетом съехал с положенного места, Гай начал подавать реплики.

Наклонившись через борт, он сказал с возмутительным мужским терпением:

— Клодия, вы слишком стараетесь. Вам нужно лишь встать на ноги.

— А что, черт возьми, по-вашему, я пытаюсь сделать? — огрызнулась она, изо всех сил стараясь встать на вторую лыжу.

— Бранью делу не поможете.

— Вы это называете бранью? Подождите, пока я разойдусь по-настоящему!

На третий раз повезет, сказала она себе, и попыталась не слишком усердствовать. Это тоже не дало результатов, и, пока она неэлегантно распутывала очередной узел из ног и лыж, он снова наклонился через борт.

— Вы слишком торопитесь принять вертикальное положение.

— Отцепись ты, — пробормотала она сквозь зубы.

— Я не совсем понял.

— Я сказала... — Опасаясь шокировать водителя, она повторила одними губами, но весьма выразительно. — Теперь дошло, а?

Он протянул руку и придержал за нос лыжу, которую она пыталась надеть.

— Если хотите прекратить попытки, то так и скажите.

— Я не хочу прекращать попытки!

— В таком случае успокойтесь.

Почему, когда мужчина говорит, чтобы ты успокоилась, тебе хочется чем-нибудь запустить в него?

Будь он немного поближе и не будь она занята водворением на место сползающих трусов, она бы, наверное, так и сделала.

— Поднимайтесь медленно, — сказал он, бросая ей трос. — Наблюдайте за мной и не пытайтесь подняться, пока я не скомандую.

Это переполнило чашу ее терпения.

— Причина моей неудачи, мистер Спесивый Гамильтон, заключается в том, что я слишком напряжена. А напряжена я потому, что вы слишком зорко наблюдаете за мной, словно ястреб за добычей. Не сделаете ли мне огромное одолжение и не переключите ли свое внимание на что-нибудь другое?

Его терпение наконец иссякло.

— Причина вашей неудачи, мисс Строптивая Мейтленд, заключается в том, что вы не делаете так, как, черт возьми, вам говорят.

Не желая, чтобы ее услышал водитель, она понизила голос до шипящего шепота:

— Почему бы вам не найти колючую верхушку ананаса и не засунуть ее себе в задницу?

К ее немалому удивлению, это принесло желаемый результат. Всем своим видом показывая, что терпение у него лопнуло, он перебрался вперед и уселся рядом с водителем.

El hamdulillah.

— Готовы? — крикнул невозмутимый водитель.

— Конечно.

Клодия выскочила из воды, как пробка из бутылки шампанского. О сладкий миг победы! Как только она поднялась на ноги, все стало легко и просто. Любой дурак сможет это сделать!

Увидев, что Гай на нее смотрит, она хотела было поднять руку и показать два раздвинутых пальца, означающих победу, но решила не рисковать.

После одного круга по заливу она почувствовала невероятную уверенность в своих силах. Даже срезать углы на поворотах казалось детской забавой. Только когда она поняла, что они уже не делают круги по заливу, ей стало не по себе. Господи, неужели они направляются прямо в открытое море?

В голову сразу же полезли мысли о морских глубинах и всяких чудовищах, которые там скрываются.

— Поворачивайте! — крикнула она, но из-за шума мотора они ее не услышали. Конечно, можно было бы отпустить трос и упасть в воду, но такой вариант ее не устраивал. Кто знает, кто там притаился в глубине и ждет, плотоядно облизывая губы?

От непривычного напряжения у нее устали руки, и, почувствовав, что не сможет долго продержаться, она по-настоящему запаниковала. В этот момент она заметила примерно в пятидесяти метрах от себя несколько темных плавников, разрезающих морскую гладь.

— Назад! — взвизгнула она.

Вместо этого водитель остановился, и, когда она погрузилась в воду, катер, словно бумеранг, вернулся, чтобы подобрать ее.

— Вы хотели, чтобы я погибла? — с трудом переводя дыхание, сказала она, когда Гай схватил ее за предплечье. — Море кишмя кишит...

— Это дельфины, Клодия. Водитель подумал, что нам будет интересно посмотреть на них вблизи.

— Мне безразлично, кто они такие, вытащите меня!

— Повернитесь спиной. — Подхватив ее под мышки, он втащил ее в катер.

— Их нечего бояться, мадам, — улыбнулся водитель. — Дельфины добрые и очень дружелюбные животные.

Боже, какое облегчение! Теперь она и сама видела, что это дельфины, грациозно рассекающие морскую гладь.

Их было, видимо, несколько десятков. Они выскакивали из воды, извивались в воздухе спиралью и снова погружались в воду, как будто хотели порадовать своим мастерством благодарную зрительскую аудиторию.

Но представление продолжалось недолго. Несколько минут спустя вся стая скрылась из виду.

На обратном пути Клодия сидела позади Гая.

— У меня чуть сердце не остановилось, — ворчливо сказала она. — Если бы я была американкой, то привлекла бы вас обоих к суду за нанесение травмы моей нервной системе. У меня до сих пор в глазах эти плавники! Плавники акул!

— Вы одержимы акулами!

— Ничуть!

— Для человека неодержимого вы слишком часто о них вспоминаете.

Клодия отлично поняла, что он имеет в виду.

— Но я все-таки добилась своего! Как только вы перестали смотреть на меня.

— Вы большая мастерица усложнять самые простые задачи. — Он повернулся и взглянул на нее. — Вне всякого сомнения, вы самая строптивая женщина из всех, которых я имел счастье знать.

— Благодарю, — вежливо сказала она. — Это лучший комплимент за целый год.

— Не стоит благодарности.

Когда они были почти у берега, он снова повернулся к ней.

— Позвольте полюбопытствовать, долго ли продолжались хорошие отношения с вашим бывшим другом после того, как он учил вас кататься на водных лыжах?

— Около трех месяцев, — подумав, ответила она.

— Я не удивился бы, если бы они не продлились и трех минут. Я бы, например, вас задушил или хорошенько отшлепал.

— Типичное высказывание доисторического пещерного жителя, — сказала она любезным тоном. — Наверное, трудно приспособить свои понятия к концу двадцатого века? Я только недавно поняла, что вы, оказывается, принадлежите к подвиду «свинтус шовинистикус».

— А я, напротив, давно понял, что вы принадлежите к подвиду чертовых «неуклюжикус».

— Надеюсь, вы не обидитесь, если я поправлю вас: в женском роде окончание должно быть не «-кус», а «-а».

Его взбешенный взгляд недвусмысленно предостерегал: «Не перегибай палку!»

Нос катера почти уткнулся в песок. Весьма довольная своими достижениями, Клодия встала и расстегнула пряжки жилета, слишком поздно вспомнив о том, в каком состоянии мог оказаться лифчик после всех ее упражнений.

Гай уже спрыгнул с катера и удерживал его борт, чтобы не раскачивался, и уж конечно, от его взгляда не ускользнула мимолетная демонстрация ее прелестей, пока она не водворила лифчик на место.

— Ведите себя прилично, Клодия, — тихо сказал он. — Здесь за публичную демонстрацию обнаженного тела вы можете схлопотать десять лет тюремного заключения.

Если бы он притворился, что ничего не заметил, она могла бы ответить с привычным апломбом: «Ну и что?» Но теперь...

И уж совсем неожиданно этот непредсказуемый человек помог ей спрыгнуть с катера.

— А вы еще называете меня первобытным, — пробормотал он. — Я-то думал, что способность краснеть вышла из моды одновременно с увлечением хулахупами.

Ладно. Пятьдесят очков в твою пользу. Самое время сравнивать счет.

— Я не сразу поняла, на что вы так вылупили глаза. Если вы никогда раньше не видели бюст размера 36-В, то в вашем образовании, видимо, существуют пробелы.

Она энергичным шагом направилась по пляжу в сторону отеля. Она могла бы поклясться, что на губах у него появилась возмутительная усмешка. А если это так, то она не хотела ее видеть.

Глава 9

Утомительные физические упражнения перед завтраком были весьма добродетельным занятием, но едва ли достигали своей цели, если после этого разыгрывался аппетит как у ломовой лошади. Стоя под душем, Клодия почувствовала, что голодна как волк. Даже не просушив как следует волосы феном, она заколола их на затылке, натянула белые джинсы, надела широкий светло-розовый блузон и спустилась вниз.

О-о, какой богатый выбор чудесной еды! Овсянка, фрукты, сыр, йогурт — и ничего вареного или жареного. Щедро наполнив едой тарелку, она нашла свободный столик и уселась.

Над столом нависла чья-то тень.

— Можно к вам присоединиться? — насмешливо спросил Гай. — Или, может быть, вы предложите мне убраться в какое-нибудь еще более живописное место, куда втыкают ананасы?

Теперь, когда критическая ситуация миновала, Клодия и сама подумывала о том, что, возможно, хватила через край.

— Обещаю не упоминать об ананасах. Только разве в контексте еды, — добавила она, указав кивком головы на два аппетитных ломтика свежего ананаса на тарелке.

— Очень мило с вашей стороны. — Как он ни старался, ему не удалось скрыть мимолетное подергивание уголка губ.

Она с облегчением констатировала, что чувство юмора у него, пусть даже не искрометное, существует и даже зримо проявляется в подергивании уголков губ. Хотя, с другой стороны, если бы он вел себя как тоскливая старая задница (они с Кейт называли таких сокращенно ТСЗ), то она быстренько охладела бы к нему, что, откровенно говоря, было бы неплохо.

Мужчина, пусть даже он купается в деньгах, хорош собой, внимателен к пожилым леди и целуется на десять баллов по шкале Рихтера, но который не обладает чувством юмора, так же не нужен Клодии, как лифчик размера 32-А.

В данных обстоятельствах, возможно, не помешает немного раскаяния.

— Извините, я вам нагрубила, — сказала она.

— Мне приходилось слышать и кое-что похлеще, — сказал Гай со смиренной полуулыбкой.

Уж лучше бы он был ТСЗ. ТСЗ по крайней мере не вызывал бы у нее внутреннего трепета.

— Уж поверьте, это не идет ни в какое сравнение с тем, что приходилось выслушивать от меня Мэтью.

— Я вам верю. — Он оторвал взгляд от наполненной до краев тарелки. — Но и вы должны поверить, что я всего лишь пытался вам помочь.

О Боже, теперь вдобавок к трепету она почувствовала неловкость.

— Я знаю. Но я сама так старалась, что мне показалось, будто вы оказываете на меня давление. Я не могла расслабиться.

Подошел официант, налил ему кофе и долил кофе в ее чашку. Она продолжала есть, стараясь не смотреть на него. Трепет, который он вызывал, никак не желал уняться. Наоборот, он был готов усилиться от любого пустяка. И не нужно было для этого ни прикосновения, ни взгляда глаза в глаза, затянувшегося на несколько секунд. Легкого запаха его лосьона после бритья да еще вида его красивых и сильных рук на фоне белоснежной сорочки было вполне достаточно.

— Вы уже немного загорели, — сказал он. — Вам это идет.

— Спасибо. — Ей пришлось улыбнуться и посмотреть ему в глаза, иначе он мог подумать, что она избегает его взгляда. Он тоже загорел, хотя, конечно, специально не добивался этого. Смуглость его лица и рук усилилась и превратилась в загар, из-за чего его глаза по контрасту казались еще синее. Теперь они уже напоминали ей не холодные озера, а синеву теплого моря, омывающего греческие острова.

«Ну почему в тебе нет ничего такого, что заставило бы меня охладеть к тебе?» — в отчаянии подумала она. Для этого надо совсем немного. Стоит, например, увидеть, как мужчина неопрятно ест, жует с открытым ртом, и увлечение как рукой снимет.

— Эта прядь волос снова падает вам на лицо.

Зачем ему вновь затрагивать эту тему? Если бы не падающая на лицо челка...

— Она мне действует на нервы, — пробормотала Клодия, отбрасывая челку назад. — Может быть, стоит обрезать покороче все волосы?

— Здесь многие хвалят парикмахера при гостинице, — тихо сказал он.

— *А ты чего ожидала? Что он воскликнет: «Как? Остричь ваши прекрасные волосы? Не смейте и думать об этом!»*

— *Но это было бы любезно.*

— *Возможно, именно поэтому он этого и не сделал. Помнишь, что он говорил о маленьких играх?*

Когда они оба утолили первый голод, он сказал:

— Извините, если вам показалось, что вы неожиданно очутились в центре событий, о которых рассказывается в фильме «Челюсти». Это водитель заметил дельфинов. Он побоялся, что, если мы задержимся, поднимая вас на катер, дельфины могут уплыть.

Если он это придумал нарочно, чтобы она не испытывала неловкости, то она виновата вдвойне.

— Если бы я не была в таком состоянии, то, возможно, поплавала бы с ними вместе. — Вспомнив о милых «флипперах», она пожалела, что была слишком взвинчена и не смогла по-настоящему насладиться этим зрелищем. — Как жаль, что их не видела Аннушка.

Сожаление промелькнуло на какой-то миг и на его лице.

— Пожалуй. Думаю, это зрелище она не отнесла бы к категории «смертельно скучных».

— Вы ее приглашали покататься на водных лыжах?

— Вчера вечером я сунул ей под дверь записку, а сегодня утром позвонил, но в ответ получил полусонную отповедь за то, что разбудил ее.

Ей показалось, что настал подходящий момент, чтобы задать давно интересующие ее вопросы, не выглядя при этом назойливо любопытной.

— Аннушка сказала мне, что живет вместе с вами всего три с половиной года.

— Правда. До этого она жила у дедушки с бабушкой в Женеве.

Пока Клодия формулировала следующий вопрос, стараясь, чтобы он звучал как можно деликатнее, он сам продолжил пояснения.

— Ее бабушка заболела, с ней случился удар, и, естественно, она больше не смогла заниматься внучкой. Поэтому Аннушка приехала ко мне.

Она тактично молчала. Если ему захочется рассказать ей что-нибудь еще, он сам сделает это. А если он этого не пожелает, то никакие наводящие вопросы не заставят его говорить.

Когда он встретился с ней взглядом, никаких особых эмоций в его глазах она не заметила.

— Мы с ее матерью разошлись, когда она была совсем маленькой, поэтому переезжать ко мне ей совсем не хотелось. И, как вы, наверное, поняли, с тех пор она делает все возможное, чтобы я об этом не забывал.

Клодия не сразу нашлась, что на это сказать.

А тут еще ты со своими ханжескими нравоучениями! Теперь вот чувствуешь себя как куча дерьма. Так тебе и надо.

Она облизала пересохшие губы.

— Гай, я действительно сожалею обо всем, что вам вчера наговорила. Но я ни о чем не знала.

— Вы и не могли знать.

Такая снисходительность заставила ее почувствовать себя еще хуже.

— Жаль, что вы мне раньше не рассказали.

Он приподнял бровь, как бы желая сказать: «Теперь поздно говорить об этом».

— Как говорит ваша матушка, неприлично до смерти утомлять людей разговорами о своих проблемах.

Она чуть было не сказала: «Меня бы это не утомило», — но он ее опередил.

— Как я уже говорил, в пятницу я намерен взять ее с собой, чтобы показать страну. Пятница по местным понятиям означает воскресенье. Она, конечно, не пожелает ехать, но я намерен показать ей, что в этой стране, кроме четырех стен гостиничного номера и бассейна, есть и еще кое-что.

Гай помедлил.

— Я помню, что вы мне сказали насчет необходимости уделять ей больше внимания, и вы, наверное, правы, но атмосфера не была бы такой напряженной в присутствии третьей стороны. Поэтому, если вы пожелаете присоединиться к нам...

Клодия не стала долго раздумывать. Ей и раньше приходилось разряжать атмосферу, когда время от времени у ее мамы возникали разногласия с собственной матерью: «Если я не поеду, дорогая, она рассердится еще больше, но в твоем присутствии нам будет легче все уладить».

— Спасибо. С удовольствием.

— Отлично. — Гай сказал это деловым тоном, словно решил какую-то проблему и вычеркнул ее из списка дел, отложенных на сегодня.

Допив кофе, он добавил:

— Мне, пожалуй, пора ехать. Наверное, я вернусь поздно, так что не ждите меня к ужину.

— Хорошо. Вы зайдете к ней перед отъездом?

— Непременно зайду. Задания, которые она уже сделала, необходимо передать по факсу в школу.

Он поднялся из-за стола.

— Вас не удивляет, что она все-таки начала заниматься? — спросила Клодия.

— Не очень. Ей стало скучно. Знаете, ведь Аннушка очень неглупа. Если бы было по-другому, я не стал бы проявлять настойчивость. Я не хочу, чтобы она бросила школу и превратилась в одну из никчемных девчонок-пустышек, предел мечтаний которых — упоминание их имени в колонке светской хроники. — Едва прикасаясь к ней пальцами, он похлопал ее по плечу. — Всего хорошего.

— До свидания.

«Уж лучше бы он этого не делал», — подумала она, глядя ему вслед.

— *Дружеское похлопывание по плечу не воспринимается как дружеский жест, когда вы безумно влюблены в того, кто это делает. Если предполагается, что наши отношения будут исключительно деловыми, то ему надо строго придерживаться определенных правил. А это значит — никаких прикосновений. Как, черт возьми, мне удастся держать в узде свой трепет, если он все время норовит прикоснуться ко мне?*

— *На что ты жалуешься? Сама ведь знаешь, что тебе это нравится.*

— *Мне бы это нравилось значительно больше, если бы у этого было продолжение. Мне бы нравилось значительно больше, если бы он, например, сказал: «Послушайте, пока мы здесь, наши отношения должны строиться на сугубо деловой основе. Но когда мы вернемся домой...»*

— *Может быть, заткнешься? Заканчивай свой завтрак и думай о чем-нибудь другом.*

Это было легче сказать, чем сделать. Она помешивала ложечкой третью чашку кофе, и мысли ее так же лениво кружились в голове, как кофе в чашке.

— *Интересно, давно ли он последний раз испытывал «половое влечение»? Говорят, мужчины думают о сексе каждые две секунды, а если у него давно никого не было...*

— *Если уж на то пошло, то и у тебя тоже. И если уж говорить начистоту, то мысли о сексе не так уж редко посещали тебя. Нет, дело не только в нем. У тебя налицо все признаки старой как мир тоски от затянувшегося вынужденного воздержания, многократно усиленные близким соседством с мужчиной категории IV. Может быть, тебе пора обзавестись вибратором?*

— *Замолчи.*

— *По крайней мере после этого ты не будешь в агонии бросаться к телефону в ожидании звонка от этой штуковины.*

— *Уж лучше пусть будет агония.*

Размышления о вибраторах наконец отвлекли ее мысли от Гая Гамильтона. Однажды их с Кейт пригласили на презентацию в узком кругу особого рода изделий, которые обычно реализуются через секс-шопы. Кейт заказала себе «игрушку» длиной десять дюймов черного цвета. Когда ее наконец доставили, они обе намочили штанишки от смеха, решив, что ею, наверное, хорошо прочищать засорившуюся кухонную раковину, и окрестили Вантузом.

При воспоминании о Вантузе у нее затряслись от смеха плечи, и два немца, которые вчера вышли из лифта, когда они его ждали, а теперь сидели за соседним столиком, стали как-то странно поглядывать на нее.

Около десяти утра она зашла к Аннушке.

— Как дела?

— Если хочешь знать, я, наверное, умру от скуки в этой дыре. Тут даже приличного радио нет. Я привыкла, чтобы у меня вовсю гремела музыка. — Она смерила Клодию взглядом с ног до головы. — Ты каталась утром с отцом на водных лыжах, да?

В ее тоне улавливалась некоторая враждебность, как будто Клодия переспала с врагом.

— Да. Он рассказал тебе о дельфинах?

Враждебность заметно увеличилась.

— О каких еще дельфинах?

— Мы видели целую стаю дельфинов, они выскакивали из воды и резвились, как Флиппер.

— Он мне ничего не рассказывал. Я смотрела в окно и увидела, как вы возвращаетесь вдвоем.

Было заметно, что она сожалеет, что не видела дельфинов, хотя ни за что не призналась бы в этом.

— Они быстро уплыли, так что не особенно огорчайся.

Аннушка снова уселась за письменный стол, искоса поглядывая на нее.

— Он, наверное, выхвалялся вовсю, чтобы произвести на тебя впечатление?

— Он пытался помочь мне, — сказала Клодия. — Я и раньше пыталась научиться, но у меня ничего не вышло.

Аннушка снова искоса взглянула на нее.

— А теперь, конечно, его блестящее мастерство помогло тебе?

— По правде говоря, нет. Он пытался помочь, но чем больше старался, тем хуже у меня получалось. Я разозлилась и, боюсь, наговорила ему грубостей.

Как она и ожидала, это сразу же вызвало интерес.

— Каких, например?

— Не могу повторить.

— Да ладно тебе, давай.

Что ж, если мне удастся ее развеселить...

— Наговорила много всякого, в том числе сказала, чтобы он нашел колючую верхушку ананаса и засунул ее себе в задницу.

На лице Аннушки впервые после сцены во французском ресторане появилось выражение веселого злорадства.

— Не слабо! Жаль, что меня там не было. А он что сказал?

— Он сделал вид, что ничего не слышал.

— На него похоже. — Она откинулась на спинку стула. — Уверена, что он очень удивился, что ты не стала глупо хихикать и во всем ему поддакивать. Меня бесит, когда женщины ходят перед ним на задних лапках.

Почему это меня совсем не удивляет? Она будет терпеть мое присутствие, пока думает, что я не пляшу перед ним на задних лапках. Я, наверное, сошла с ума, когда захотела вдруг, чтобы он произнес что-нибудь вроде «но когда мы вернемся домой»...

С другой стороны, она не могла не посочувствовать девочке, не только потерявшей мать, но и вынужденной в трудном возрасте переехать в страну, которая, наверное, казалась ей чужой.

Ей хотелось как-нибудь деликатно направить беседу в это русло, но тогда Аннушка сразу догадается, что у них с Гаем состоялся доверительный разговор о ней.

— Могу я помочь тебе с каким-нибудь заданием?

— Нет, если только не хочешь сделать за меня математику.

Клодия скорчила гримаску.

— Нет уж, покорно благодарю. Ты придешь в бассейн в обеденный перерыв?

— Возможно.

— В таком случае до встречи.

Клодия вернулась в свой номер, собрала кое-какие вещи, чтобы отдать в стирку, и написала длинное письмо одной приятельнице, которая жила сейчас в Канаде. После этого она отправилась в бассейн, двадцать раз проплыла от борта до борта, посидела в тени с детективом в руках, но чтение быстро наскучило, и она почувствовала смутное беспокойство.

В обеденный перерыв пришла Аннушка, они утолили голод сандвичами, и Клодии все-таки удалось повернуть разговор в желаемом направлении.

— С катанием на обычных лыжах у меня никогда не возникало подобных проблем. На них по крайней мере стартуешь в вертикальном положении.

Аннушка сидела рядом с ней в черном купальном костюме. Невооруженным взглядом было видно, что он стоит кучу денег. Костюм отличался простотой покроя, держится на одной бретельке, спина вырезана очень низко, бедра открыты очень высоко. Она выглядела гораздо старше своих шестнадцати лет благодаря хорошо сформировавшейся фигуре, которая выгодно отличалась от изможденных плоских фигур супермоделей.

— У меня никогда не было проблем ни с теми ни с другими лыжами, — пожав плечами, ответила Аннушка. — Я даже не помню, когда начала кататься. Наверное, лет с трех.

— Тебе повезло. Наверное, хорошо учиться всему этому, когда ты еще слишком мал, чтобы стесняться и бояться выставить себя на посмешище. — Клодия помедлила. — Ты, наверное, могла кататься даже у порога дома, если в раннем детстве жила в Швейцарии.

— Тебе отец рассказал об этом?

— Он упомянул об этом вскользь.

— Да. Когда они разбежались, мама уехала к своим родителям в Женеву. Я тогда была грудным младенцем. А когда мама умерла, я стала жить с бабушкой.

Клодия помолчала.

— Твоя мама была швейцаркой?

— У нее мама англичанка, а отец — бразилец, но он много лет работал в Европе, и они постоянно жили в Швейцарии.

Наконец что-то стало проясняться. Экзотическая смуглость Аннушки объяснялась наличием бразильских предков.

Когда-то у Клодии была подружка, похожая на Аннушку, которая благодаря итальянскому происхождению в свои тринадцать лет выглядела как женщина, тогда как ее сверстницы были еще детьми. Однажды она подслушала, как бабушка презрительно говорила маме: «Я бы на твоем месте запретила Клодии водить с ней дружбу. Девочкам в ее возрасте неприлично выглядеть подобным образом. Помяни мое слово, она попадет в беду». Лишь позднее Клодия поняла, о чем шла речь. Сэйра излучала сексуальность и обладала врожденной чувственностью, а у людей строгих правил, вроде ее бабушки, это вызывало недоверие с первого взгляда.

Аннушка выглядела так же. Кошмарный сон для родителей. Особенно для отца. Особенно для такого отца, который не так уж давно сам был молодым парнем.

— Тебе, наверное, было нелегко переехать в Англию? — спросила она.

— Я ее сразу же возненавидела. Лондон показался мне настоящей забытой Богом дырой.

— Разве ты не бывала там раньше? Ведь ты, наверное, виделась с отцом все эти годы?

— Время от времени. — Она передернула плечами и взяла в руки журнал, всем своим видом показывая, что разговор окончен.

В течение последующих двух дней Клодия почти не виделась с Гаем. Он уезжал рано, возвращался поздно, и их разговоры были краткими и носили сугубо деловой характер. В четверг к вечеру он подошел к ней у бассейна.

— Аннушки нет в комнате, — сказал он.

Клодия в полудреме лежала на солнце и совсем не ожидала его появления. Она села и надела солнцезащитные очки.

— Она пошла прогуляться по пляжу.

— Прогуляться? Она чем-нибудь расстроена?

— Наверное, ей просто стало скучно. Страдает от отсутствия радио.

— Понятно. — Он поднял журнал, который Аннушка оставила на лежаке, и уселся. — Почему она читает эту чушь? — пробормотал он, бросая беглый взгляд на обложку журнала. На обложке крупным шрифтом было написано: НАУЧИ СВОЕГО МУЖЧИНУ НАХОДИТЬ ТВОИ ЭРОГЕННЫЕ ТОЧКИ.

Появись он на пляже на двадцать минут раньше, застал бы Клодию за чтением этой самой статьи, к которой она приступила после гороскопа, не сулившего ей ничего интересного.

— А что, по-вашему, она должна читать в шестнадцатилетнем возрасте? Советы по домоводству? «Экономист»?

— Нет, наверное.

На нем снова были темно-синие шорты и удобная голубая рубашка с коротким рукавом, которая была не застегнута и распахнулась, когда он сел.

Она старалась не замечать волосы на груди, дорожкой сбегавшие по животу и исчезавшие под шортами.

— Почему бы вам не поискать ее?

— Потому что я сначала хотел поговорить с вами. — Он искоса взглянул на нее. — Надо внести ясность в характер ваших служебных обязанностей, которые вы, очевидно, не вполне правильно поняли.

О Боже!

— Например?

— Например, я плачу вам не за то, чтобы вы выполняли за Аннушку ее домашние задания. А точнее, я плачу вам не за то, чтобы вы писали за нее рефераты по английской литературе.

— Что? — Почувствовав облегчение, она сразу же возмутилась: — Я не писала реферат за нее.

— Но вы ей помогали?

— Немного. Что в этом плохого?

— По ее словам, вы сделали больше чем «немного».

Клодия подумала, что надо будет поговорить с Аннушкой. Из-за чего эта буря в стакане воды?

— Да, я ей помогала. Она не знала, с чего начать, а я по чистой случайности прочитала еще в школе именно этот роман Остен.

— Ладно, не ершитесь. Вижу, что вы не относитесь к числу ярых поклонников классики.

Черт побери! Его взгляд упал на любовный роман, валявшийся между лежаками. Книга раскрылась на том месте, где она остановилась, заложив страницу своим посадочным билетом на самолет, и где подробно описывались самые невообразимые манипуляции Доминика с Натали и остальной компанией.

Она надеялась, что Гай, взглянув на книгу, отложит ее в сторону с каким-нибудь ехидным замечанием относительно «макулатуры», что позволило бы ей пробормотать что-нибудь не менее язвительное о «литературных снобах».

Вместо этого он секунд двадцать внимательно читал текст.

Как ни смешно это звучит, но она почувствовала смущение. Не потому, что он читал об акробатических трюках, которые проделывал Доминик с Натали, а потому, что он, наверное, представлял себе, как *она* читает эти бредни и млеет от возбуждения.

На самом деле это ее не возбуждало, потому что самые, казалось бы, пикантные сцены были на редкость неэротичны и возбуждали не более чем чтение главы о том, как починить водопроводный кран своими руками, из справочника «Сделай сам».

— Иисусе Христе, — пробормотал он наконец. — Но это невозможно с чисто анатомической точки зрения.

Ей уже удалось взять себя в руки.

— Не обязательно.

Гай бросил на нее насмешливый взгляд.

— Вы говорите это, основываясь на собственном опыте?

Какое счастье, что на ней были солнцезащитные очки, хотя, по правде говоря, она все равно не смотрела ему в глаза.

— Отказываюсь отвечать, поскольку ответ может изобличить меня. Но, если хотите знать, Натали была олимпийской чемпионкой по гимнастике.

Гай насмешливо фыркнул.

— Не сомневаюсь, потому что иначе ей такое не удалось бы осуществить.

Разговор принимал опасное направление.

— Наверное, вам следует поискать свою дочь. А я пока поплаваю.

Она почти бегом направилась к бассейну и нырнула. Вода напоминала скорее теплую ванну, чем холодный душ, но это было лучше, чем ничего. Черт побери, ее безумно возбуждала даже мысль о том, что Гай подумал, будто она млеет от желания.

Проплыв три раза от борта до борта, она достаточно охладилась и, остановившись на глубоком конце бассейна, увидела, как он шагает по направлению к пляжу.

Желаю удачи. Она представила себе сцену, которая совсем не напоминала встречу с отцом радостно улыбающейся доченьки, которая бежит к нему навстречу со словами: «Привет, папочка! Как прошел у тебя день?»

Но он все-таки предпринимает попытки наладить отношения. Она проплыла еще кружок, продираясь сквозь плескавшуюся в бассейне детвору, и снова остановилась передохнуть на глубоком конце бассейна.

Отдыхая, она вытянула руки по борту бассейна и стала делать упражнения для укрепления бедер. Он подошел сзади. Рядом с ним шла Аннушка с недовольной физиономией.

Они подошли к лежакам, Аннушка собрала свои пожитки, и он что-то сказал ей. Отвечая ему, Аннушка старалась не смотреть на него, и он сказал ей что-то еще. Коротко ответив, Аннушка побрела по направлению к отелю.

Клодия не слышала, что сказал Гай, но по выражению его лица было не похоже, что он ее отчитывал. Клодии вдруг захотелось догнать Аннушку и хорошенько встряхнуть ее. Неужели она не может хоть изредка быть любезной по отношению к отцу? Что с ней такое?

Она еще совсем ребенок — и в этом все дело.

Гай с минуту глядел в спину удаляющейся дочери, потом повернул к бассейну, снял рубашку и нырнул.

Клодия была уверена, что он направляется к ней, и не ошиблась. Почти весь путь он проплыл под водой, вынырнув на поверхность совсем рядом с ней. Тряхнув головой и отфыркавшись, он приблизился и ухватился за поручни около нее.

— Кажется, Аннушка не в лучшем настроении, — сказала Клодия.

— Разве она бывает когда-нибудь в хорошем?

Смахнув с лица капли воды, Гай отвернулся. Они теперь смотрели в противоположных направлениях, но, поскольку он был рядом, она хорошо видела его лицо, выражавшее крайнее раздражение.

— На каждый вопрос она односложно огрызается. Не хочет ли она покататься на водных лыжах? Нет. Не хочет ли пить? Нет. Не хочет ли поплавать? Нет. — Он замолчал и сердито вздохнул. — Я сыт по горло ее поведением. — Не успела она ответить, как он продолжил: — Боюсь, сегодня вечером мне снова придется задержаться. Меня пригласил на ужин знакомый из одного министерства, а я не предупредил его, что приехал не один. Таким людям как-то не принято говорить, что привезли с собой дочь, потому что ее исключили из школы.

— Понятно.

— Надеюсь, вам не слишком наскучило целыми днями безотлучно находиться в отеле?

— Нет-нет, — из вежливости солгала она. — Тем более что завтра утром нам предстоит поездка. Я с нетерпением ее жду.

— Приятно, что хоть кто-то радуется этой поездке. Когда я сказал об этом Аннушке, она отреагировала так, как будто я предложил ей съездить полюбоваться на публичную казнь.

О Господи!

— Но здесь их не бывает, не так ли?

— Вы снова путаете с Саудовской Аравией. Там нет. А здесь бывают. Бывают, по утрам каждую пятницу на Чоп-сквер.

Она даже вздрогнула.

— В котором часу мы завтра выезжаем?

— Между 9.30 и 10 утра. Трудно точно сказать, сколько времени потребуется ее светлости, чтобы пробудиться и позволить привести себя в хорошее настроение.

Неподалеку от них несколько ребятишек весело «бомбардировали» бассейн, прыгая с борта и стараясь поднять как можно больше брызг. Когда нырнул очередной прыгун, Клодия отвернулась, чтобы не попасть под душ.

— Хоть кто-то здесь развлекается, — сухо сказал он, когда раздался радостный визг. — Аннушка когда-то была такой же, можете себе представить?

— Она перерастет нынешнюю трудную стадию, — сказала Клодия, придав голосу уверенность, которой отнюдь не чувствовала. — Это просто трудный переходный возраст.

— Все твердят мне это с тех самых пор, как она переехала ко мне. Все говорят: «Это возраст! Это гормоны! Это нормальная подростковая непокорность!» — Он криво усмехнулся. — Вы, наверное, не смогли бы мне подсказать, сколько потребуется времени, чтобы девочка переросла все эти проблемы с гормонами и непокорностью?

— Я не уверена, что у меня все это было.

Он едва заметно усмехнулся уголком губ, не сознавая, что у нее все переворачивается внутри от этой его улыбки.

— Ладно, я вам верю. Ну, а чисто теоретически?

Ну, если тебе нужна теория вместо горькой правды...

— Дайте ей еще год-другой, — сказала она. — К восемнадцати годам, я уверена, она превратится в очаровательную, разумную взрослую женщину.

— Вы так думаете? — Дети продолжали свои забавы, прыгали в воду в каких-нибудь трех футах от него, и он придвинулся к ней. — Иногда мне начинает казаться, что виноваты в этом не только проблемы с гормонами и подростковый мятежный дух.

— А что же еще?

Гай почти прикасался к ней под водой, и пока Клодия раздумывала, отодвинуться ли от него или насладиться этой близостью по полной программе, сзади на нее с размаху налетел какой-то мальчишка верхом на надувном крокодиле.

Она, в свою очередь, налетела на Гая, прикоснувшись к нему грудью и бедрами. На какую-то секунду ее ожег жар его тела.

— Извините, — сказала она дрожащим голосом и отодвинулась, стараясь не встречаться с ним взглядом и не отводя глаз от мальчишки, уплывавшего на своем крокодиле. — Так что же, по-вашему, виновато в этом, если не гормоны и не непокорность?

— Я думаю, что виноват я.

Ей пришлось взглянуть на него.

— Что вы имеете в виду?

На какое-то мгновение, пока он не отвел глаза в сторону, в них промелькнула тоскливая безнадежность.

— Если хотите знать... — Он помедлил в нерешительности. — Иногда мне кажется, что она меня ненавидит.

Какой бы там орган внутри ее тела ни отзывался на его близость, сейчас ей показалось, что именно в это место ей всадили ржавый нож.

— Почему?

— Не знаю.

Ей вдруг захотелось обнять его и сказать, чтобы он не говорил глупости. Если бы они не находились на глубоком конце бассейна, она, возможно, поддалась бы этому желанию. Но в данных обстоятельствах было бы трудновато удерживаться на воде и одновременно обнимать его.

Не успел остыть порыв утешить его, как ей вспомнилось нечто другое. Та злополучная киссограмма.

Стараясь, чтобы не дрожал голос, она сказала:

— Гай, можно спросить вас еще кое о чем?

— Валяйте. Но не обещаю, что отвечу на ваш вопрос.

Она чуть было не отказалась от своего намерения. Ведь если он не ответит, она пожалеет, что задала вопрос.

— Скажите, когда вы расходились с матерью Аннушки, это было по вашей инициативе?

Он помедлил с ответом, и за эти несколько секунд она успела пожалеть, что раскрыла рот.

— А-а, кажется, я начинаю понимать, к чему вы клоните, — насмешливо сказал он. — Вы подумали, что причина ненависти ко мне у моей дочери может заключаться в том, что я бросил ее мать?

С трудом сглотнув комок, образовавшийся в горле, она посмотрела ему в глаза.

— Вы действительно ее бросили?

— По правде говоря, это она меня бросила.

Зачем я его об этом спросила?

— Я совсем не хотела сказать, что вы это сделали.

— Но вы так подумали. — Не дав ей возразить, он продолжил резким тоном: — Какая разница, кто был инициатором? Извините, меня ждет работа.

В тот вечер Клодия была в отвратительном настроении, хотя Аннушка снизошла до того, что составила ей компанию за ужином и даже немного поболтала с ней.

Мысль о завтрашней поездке совсем ее не радовала. В присутствии отца Аннушка будет дуться и не пожелает разговаривать, а Гай после их сегодняшнего разговора будет похож на комок нервов, и она окажется между ними, как между молотом и наковальней, и будет из кожи вон лезть, чтобы разрядить обстановку.

Короче говоря, веселее не бывает.

Клодия рано улеглась в постель, но была настолько выведена из равновесия, что не могла заснуть.

Зачем я вообще сюда приехала? Даже Райан и его проклятые киссограммы были бы, возможно, лучше, чем это. По крайней мере там я знала, что можно ожидать от этого дьявола в лице Райана.

Уж если говорить о дьяволах, то интересно было бы узнать, почему жена Гая ушла от него. Почему вообще жены бросают своих мужей?

— *Может, он с ней плохо обращался?*

— *Не похоже.*

— *Может, изменял ей?*

— *Вполне возможно.*

— *Может, каждый вечер пропадал в пивной с приятелями?*

— *Не тот тип.*

— *Может быть, у него была очень властная мать, которая заставила его сделать это?*

— *Он бы такого не допустил. Кстати, он никогда не упоминал о своей матери. И об отце тоже.*

— *В чем же в таком случае заключалась причина?*

Пока она искала ответ на этот вопрос, зазвонил телефон.

Помогите! А что, если это Гай, решивший извиниться за то, что говорил с ней неподобающим тоном, и предлагающий еще разок прогуляться по пляжу?

— Алло, — сказала она дрожащим голосом.

— Клодия? Я тебя не разбудила?

— Кейт! Слава Богу, что ты позвонила, мне до смерти хотелось поговорить с тобой! Ты меня не разбудила, я не могу заснуть.

— Я не стала бы звонить так поздно, но...

Когда до нее дошло, что обычно жизнерадостный, бодрый голос Кейт звучит как-то странно, она услышала голос Пола:

— Скажи ей прямо, Кейт.

В трубке зашуршало, потом она снова услышала голос Кейт и почувствовала, что та плачет.

— Не могу. Скажи сам.

Клодия похолодела от страха. В голове пронеслось: «родители», «несчастный случай», «смертельный исход»... Потом она снова услышала голос Пола:

— Кейт немного расстроена. Из-за Портли. Его сбила машина и...

— Дай мне скорее трубку! — послышался голос Кейт, перемежающийся всхлипываниями. — Он жив, но в тяжелом состоянии. Это произошло примерно час тому назад. Он не явился ужинать, и я начала беспокоиться, а потом позвонили соседи и сказали, что нашли его в палисаднике перед домом. Пол сразу же отвез его в ветеринарную лечебницу, и сейчас его там оперируют, но у них мало надежды. — Голос у нее прервался. — Извини, Клодия, я чувствую себя очень виноватой.

— Ты не виновата, Кейт. — Голос у Клодии тоже дрожал от сдерживаемых слез. — Ты ни в чем не виновата, успокойся.

— Не могу. Мне его жалко. Бедненький Портли. — Она снова всхлипнула. — Пол сказал, чтобы я тебя не беспокоила, пока не будет известно, как закончилась операция. Но я подумала, что тебе нужно знать, чтобы ты могла мысленно поддержать его и пообещать кормить его вкусными обедами, если он поправится.

С большим трудом ей все-таки удалось придать бодрость своему голосу.

— Я это сделаю, не сомневайся. Пообещаю цыплячью печенку и сливки двойной жирности.

— Я знала, что надо было рассказать тебе об этом. — Потом, заметно изменив тон, она обратилась к Полу: — А я тебе что говорила, дурень? Я говорила, что надо ей сообщить!

— Да, дорогая. Ты права, дорогая. Как скажешь, дорогая.

Несмотря на жалость к бедняге Портли, Клодия не могла удержаться от улыбки. Всякий раз, когда Кейт его отчитывала, невозмутимый Пол неизменно соглашался с ней голосом заклеванного супругой муженька-подкаблучника.

— Я позвоню тебе завтра, как только мы узнаем о его состоянии, — продолжала Кейт.

Черт бы побрал эту проклятую поездку!

— Не надо, я тебе сама позвоню. Мы завтра, наверное, уедем из города, не думаю, что мне удастся отвертеться от этой поездки. Если тебе позволят взглянуть на Портли, поцелуй его за меня.

Засыпая, она мысленно подбадривала Портли: «Ты получишь целую банку трески в сливочном соусе в полное свое распоряжение, и я обещаю забыть о том, что ветеринар запретил давать тебе молоко, только не смей умирать».

Глава 10

Еще до того, как они тронулись в путь, поездка не предвещала ничего хорошего.

За завтраком Гай насмешливо сказал:

— Я ожидал, что во время поездки в Низву меня будет сопровождать всего одна хмурая физиономия, а не две.

Клодия воздержалась от замечания по поводу того, что сам он за последнее время отнюдь не выглядел радостным лучиком солнца среди хмурых туч. Они завтракали втроем почти в полном молчании. Гай нервничал, Аннушка, как и следовало ожидать, дулась, а сама она была расстроена мыслями о Портли, но помалкивала, потому что, если начать говорить о Портли, можно расплакаться, а, насколько она понимала, мужчины вроде Гая сочли бы слезы из-за какого-то кота излишней сентиментальностью.

— А ты как думал? — набросилась на отца Аннушка, отрываясь на минуту от колы, которую шумно втягивала через соломинку. — Ей, наверное, не больше, чем мне, хочется, чтобы ее тащили в какую-то пустыню!

Гай нахмурился еще больше.

— Может быть, ты перестанешь хлюпать? И неужели обязательно пить на завтрак эту дрянь?

— Я не люблю ни чай, ни кофе.

— В таком случае выпей апельсинового соку!

— Я-не-люблю-апельсиновый-сок!

У Клодии не было настроения разряжать атмосферу.

— Вы оба намерены продолжать в том же духе? Если так, то скажите сейчас, и я останусь здесь. Мне совсем не хочется целый день находиться в эпицентре третьей мировой войны!

Ее резкий тон ошеломил их обоих.

— Извините, — пробормотал Гай, бросив выразительный взгляд на дочь.

Аннушка ничего не сказала, но по ее лицу было видно, что нелицеприятные высказывания Клодии были для нее большой неожиданностью.

Может быть, им обоим и нужно говорить правду в глаза? Может быть, их следует взять за шиворот и стукнуть лбами?

Голубой «рейнджровер» ждал их перед входом, и тут снова разгорелся спор.

— Ты сядешь впереди, — сказала Клодия, когда они с Аннушкой обе подошли к задней дверце.

— Я хочу сидеть на заднем сиденье.

Гай, который уже сидел в машине, их не слышал.

— Ради Бога, иди и сядь рядом со своим отцом, — прошипела Клодия сквозь зубы.

— Садись с ним сама! Как я смогу спать на переднем сиденье?

Ну, как тебе будет угодно.

Когда они отъехали от отеля, Клодия почувствовала, что Гай время от времени искоса на нее поглядывает.

Наверное, удивляется, что я в таком отвратительном настроении. Ну и пусть. Они меня оба достали.

Бедный Портли. Возможно, он уже умер и его выбросили в специальный контейнер для дохлых животных, как того требуют санитарно-гигиенические правила.

— Клодия, вы не заболели?

Его голос вернул ее к реальности.

— Нет.

Он снова взглянул на нее.

— Тогда в чем дело?

— Ни в чем! — Ответ прозвучал раздраженно, хотя она этого не хотела. — Со мной все в порядке, — добавила она, стараясь придать голосу бодрое звучание. — Очень приятно уехать из города и ознакомиться со страной.

— Говори за себя, — раздался с заднего сиденья недовольный голос Аннушки. — Здесь ландшафт похож на поверхность луны.

«Все зависит от того, как на него посмотреть, — подумала Клодия. — Если ты из тех, кто любит нежные, радующие глаз красоты природы, то здесь тебя ждет разочарование».

Они уже находились довольно далеко от столицы с ее ухоженными газонами и цветниками, на обильное орошение которых затрачивались огромные деньги.

В пустынной каменистой местности, по которой они проезжали теперь, лишь изредка встречались низкорослые деревца, по виду которых можно было сказать, что они годами испытывали нехватку воды.

— Нигде ни травинки, — продолжала жаловаться Аннушка.

Правда. Но ландшафт был красив суровой, трогательной в своей простоте красотой. На горизонте виднелись темные пурпурно-серые горы на фоне ярко-синего неба.

— Никогда в жизни не видывала такого противного места, — продолжала Аннушка.

— Если ты будешь продолжать свои причитания, я отвезу тебя прямиком в Низву и обменяю на полдюжины коз.

— Меня бы это не удивило.

— Замолчите! — потеряв терпение, взмолилась Клодия. — Перестаньте цапаться, оба! Я пытаюсь получить удовольствие от поездки.

— Считайте, что мы перестали. — Гай снял с себя солнцезащитные очки и передал ей. — Протрите их, пожалуйста, я, черт возьми, ничего не могу разглядеть.

Она протерла очки бумажной салфеткой. Когда она передавала очки назад, он попытался взять их, не отрывая взгляда от дороги, и их пальцы соприкоснулись.

Поскольку она была расстроена из-за Портли, прикосновение не вызвало почти никакого трепета.

Может быть, Портли тут ни при чем? Может быть, твоя влюбленность постепенно сходит на нет?

Если бы. Она-то знала, что трепет отступил только из-за мысли о контейнерах с дохлыми кошками. Еще вчера она бы одним глазом любовалась ландшафтом, а другой бы не спускала с его красиво загоревшего предплечья, с его руки на рычаге переключения скоростей и с железобетонного бедра, обтянутого бежевыми хлопчатобумажными брюками. Она бы мечтала о том, чтобы на дороге встретились глубокие рытвины, от тряски по которым она могла бы очутиться у него на коленях. Но поскольку никаких ухабов не было, а сама она была пристегнута ремнем безопасности, то сочла бы, что ей не повезло.

Но сегодня она в оба глаза смотрела на открывающийся ландшафт, и в машине надолго воцарилось молчание. Наконец, когда они свернули налево, на дорогу, поднимающуюся вверх по склону холма, он сказал:

— Вон там, наверху, Низва. — Вдали, словно одинокая свеча среди сухого каменистого пространства, виднелась широкая зеленая полоса.

— Боже мой, да ведь это оазис! — воскликнула Клодия. — Я всегда думала, что оазис — это несколько пальм среди песков.

— Здесь есть довольно большие оазисы. Вода поступает с Хаджарских гор. — Он указал рукой на гряду неровных скалистых гор, которые по мере приближения к ним выглядели все более недоступными. — Отсюда до Низвы рукой подать.

Клодия заметно оживилась и сказала через плечо:

— Разве тебе не интересно, Аннушка, своими глазами увидеть настоящий оазис?

Не получив ответа, она оглянулась и сказала с сожалением:

— Она спит.

— Ну, по крайней мере не ноет, — печально ответил он.

Низва представляла собой еще более крупный оазис, который издали казался затерявшимся среди сухого коричневого моря островом, покрытым пальмовым лесом.

— Этот форт был сооружен около трехсот лет тому назад, — сказал Гай, когда они проезжали мимо массивного сооружения из саманного кирпича с высокой круглой башней. — Местные строили его для защиты от португальских колонизаторов.

Аннушка, видимо, проснулась.

— Эти португальцы, должно быть, были с приветом. Кому нужна эта вонючая дыра?

— А в другой крепости неподалеку отсюда, — продолжал Гай, — имеется специальная темница, на которой написано «Женское исправительное заведение», куда обычно сажают всех строптивых шестнадцатилетних девчонок, чтобы они там поразмыслили на досуге над своими возрастными проблемами.

— Ах, как смешно!

— Думаешь, я шучу? — Он бросил на нее угрожающий взгляд в зеркало заднего вида. — Я, может быть, нанесу визит местному вали и спрошу, нельзя ли арендовать там местечко на полгодика.

— Что еще за «вали»?

— Вали здесь главный начальник. Что-то вроде мэра.

— Иди, иди, нанеси ему визит. Уверена, что он будет в восторге от такой чести и, возможно, даже угостит тебя чашечкой прокисшего козьего молока с печеньем из овечьих глаз.

Оставив без внимания ее слова, Гай припарковал машину на городской площади. В тени большого дерева сидели несколько бородатых мужчин, которые, несомненно, обсуждали достоинства коз, пасущихся здесь же. Транспортный поток на улицах составляли самые разнообразные средства передвижения: от запыленных, нагруженных овцами пикапов «тойота» и старых «мерседесов» до осла с седоком на спине.

После охлажденного кондиционером воздуха в машине Клодию словно накрыло жаркой волной.

— Сейчас мы зайдем в местный торговый центр «саук», — сказал Гай, направляясь к большому зданию из саманного кирпича с массивными деревянными резными дверями. Внутри здания было прохладно и немного темновато после яркого солнечного света.

Клодия сняла темные очки и оглянулась. Они находились в нешироком коридоре, по обеим сторонам которого располагались крошечные, открытые на улицу лавки, торговавшие всем — от алюминиевых кастрюль до цветастых ситцев.

— Господи, какая вонь! — воскликнула Аннушка, наморщив носик.

— Это запах специй. Мне, например, он нравится, — сказала Клодия, останавливаясь перед лавчонкой, где позади раскрытых мешков сидел старик с длинной седой бородой. — Смотрите, это черный перец горошком.

Старик улыбнулся ей беззубым ртом и сказал что-то такое, чего не было в ее разговорнике.

— Что он сказал? — спросила она у стоявшего в сторонке Гая.

— Это примерно соответствует «Как поживаете?». Ответьте ему просто: *Tayyib, shukran*.

Ее усилия были вознаграждены потоком слов по-арабски, обращенных главным образом к Гаю.

Аннушке обмен любезностями быстро наскучил.

— Он, наверное, спрашивает, не являемся ли мы второсортными женами из твоего гарема?

— Хватит, Аннушка! — Ответив что-то старику, он взял из раскрытого мешка горстку вещества, напоминающего карамельный сахар, и поднес к носу Клодии. — Угадайте-ка, что это такое?

Запах был теплый, ароматный.

— Наверное, это используют в парфюмерии?

— Неплохо. — Он поднес вещество Аннушке. — А ты как думаешь, Ану?

Аннушка с отвращением сморщилась.

— Ради Бога, убери это от меня! А вдруг это сушеная верблюжья моча или еще что-нибудь в этом роде?

Гай, с трудом сдержавшись, снова повернулся к Клодии.

— Это настоящий ладан.

— Ладан? Целый мешок?

— Его здесь производят. Это смола одного местного дерева, которое произрастает на юге.

— В таком случае я непременно должна купить немного на Рождество. — Она насыпала на ладонь пару столовых ложек вещества. — Спросите, пожалуйста, сколько это стоит.

Обменявшись с продавцом несколькими словами, Гай сказал:

— Он говорит, что это «бакшиш». Подарок. Потому что вы гостья.

— Но это, наверное, слишком дорогой подарок?

— Едва ли. Обычно они его продают на килограммы.

— Но я тоже должна что-нибудь подарить ему! Иначе я буду чувствовать себя неловко.

— Вы можете его обидеть.

— В таком случае я куплю у него что-нибудь еще. Побольше черного перца горошком, например. Крошечные пакетики, которые покупаешь в супермаркете, моментально заканчиваются. К тому же здесь он, наверное, свежее.

Они побрели дальше, разглядывая по дороге разнообразные товары — от палок для погонщиков верблюдов и заводных игрушек до медной кухонной утвари. В узких переходах было многолюдно и шумно от арабской музыки, звучавшей из десятков радиоприемников.

Гай то и дело раздраженно оглядывался через плечо.

— Аннушка, не отставай! — Несмотря на все его старания доставить ей удовольствие, она едва плелась позади, ни к чему не проявляя ни малейшего интереса.

Когда они в полутьме переходов свернули налево, он тронул Клодию за локоть.

— Посмотрите-ка. Они ловят их тоннами и сушат прямо на берегу. — Гай указал на целый мешок крошечных сухих рыбешек. — Из них приготавливают местное блюдо с луком и лаймами, но не могу сказать, что я от него в восторге.

Клодия взглянула на рыбешек, и глаза ее увлажнились. Они напомнили ей кошачье лакомство, которым она иногда баловала Портли. Он их безумно любил и иногда, учуяв, даже пытался самостоятельно открыть кухонный шкаф. Поскольку солнцезащитные очки она сняла, было непросто скрыть навернувшиеся слезы. Она поспешила отвернуться, но Гай успел их заметить.

— Что случилось? — озадаченно спросил он.

— Ничего. — Повернувшись к нему спиной, она утерла слезы кончиками пальцев.

— Понятно. Неожиданно потек кран. — Он не попытался повернуть ее к себе лицом, но находился так близко за спиной, что она чувствовала на волосах его дыхание. — Может, позвать водопроводчика?

— Не стоит беспокоиться. Я уже справилась сама. — Обернувшись к нему, она попыталась улыбнуться. — Извините, это из-за моего кота. Вчера вечером он попал под машину, и мне сказали, что надежды на то, что он останется в живых, мало. А эта рыбешка напомнила мне о нем.

— Почему вы не сказали об этом?

Втянув носом воздух, она пожала плечами.

— Не знаю. Наверное, подумала, что вы сочтете глупостью беспокойство из-за какого-то жирного кота.

Он приподнял и опустил брови.

— Ну, спасибо. Приятно узнать, что мои человеческие качества не остались незамеченными.

Ну вот, теперь еще я его расстроила.

— Не в этом дело. Мне не хотелось быть в поездке унылым компаньоном с глазами на мокром месте.

— Унылый компаньон у нас уже имеется, а одним больше, одним меньше — какая разница? Бодритесь. — Он легонько похлопал ее по талии. — Пойдемте поищем что-нибудь более радостное, чем сушеная рыбешка. Например, изделия из серебра.

«Хорошо, что он не переусердствовал с сочувствием, — подумала она. — Иначе я могла бы по-настоящему разреветься. А что, если он похож на одного бывшего приятеля Кейт, с которым она пробыла всего три месяца? Как бишь его звали? Ах да, Эйдан».

Эйдан посещал вечерние курсы по теме «Познай собственные эмоции». Он обожал участливо заглянуть тебе в глаза и сказать что-нибудь вроде: «Хочу, чтобы ты знала, что я всегда рядом и готов помочь тебе, я разделю твою боль».

Ее стошнило бы, если бы Гай вздумал вести себя подобным образом. С другой стороны, она бы не возражала, если бы он обнял ее за талию и разок-другой пожал ее.

— *И ты снова затрепетала бы. А ведь сама хотела, чтобы он играл по правилам!*

— *Да, хотела, но не до такой же степени.*

— Где, черт возьми, Аннушка? — Он нахмурился, оглядываясь вокруг.

Она тоже оглянулась. Среди самых разнообразных одеяний, мелькавших в толпе, девушки в красной майке не было видно.

— Очень на нее похоже, — пробормотал он. — Единственная цель в жизни — доставлять всем беспокойство!

Клодия почувствовала себя виноватой. Ведь пока они стояли возле мешка с рыбой, она ни разу не вспомнила об Аннушке. Уверена, что и он тоже.

— Может быть, она вернулась к машине?

— Зачем? Ей не открыть дверцу без ключей.

Они вернулись назад, снова прошли мимо медных кастрюль и заводных игрушек и вновь оказались возле лавки торговца специями.

— Она, наверное, заблудилась, — сказала Клодия. — Она не запомнила дорогу, потому что не смотрела ни на что вокруг.

— Заблудилась, как бы не так! Это один из ее способов вывести из себя папашу. Нам надо вернуться, — сказал он, и они повернули назад, с трудом пробираясь в толпе.

Время от времени он останавливался и спрашивал, не видел ли ее кто-нибудь. Иногда в ответ отрицательно качали головами, иногда жестами указывали направление. Они искали ее минут десять, и наконец Клодия заметила мелькнувшую вдали красную майку. Она схватила Гая за локоть.

— Вон она!

Они почти бегом бросились за ней.

— Аннушка! — крикнул Гай.

Когда обладательница красной майки обернулась, Клодия испытала небольшое потрясение. Вместо задиристого выражения на ее лице, говорящего: «В чем дело? Что это вы всполошились?» — она увидела испуганный взгляд потерявшегося ребенка.

— Где вы были? — произнесла Аннушка дрожащим голосом. — Я искала вас повсюду и...

— Все в порядке, Ану, — изменившимся голосом произнес Гай. Его воинственного настроения как не бывало, что поразило Клодию еще больше, чем выражение лица его дочери.

Мгновение спустя испуганный ребенок исчез, словно по мановению волшебной палочки. Аннушка стряхнула с плеча его руку и холодно произнесла:

— Тебе, как видно, все равно, если бы меня куда-нибудь утащили или даже убили! Ты был так занят болтовней с этой чертовой Мери Поппинс, что даже не заметил моего отсутствия! А в это время какой-то страшный мужик пытался... — Она замолчала. — Вот он! — Она указала рукой на мужчину лет тридцати в длинной белой хламиде, который приближался к ним с виноватым выражением на лице.

— Меня зовут Саид, — сказал он по-английски с сильным акцентом и протянул руку Гаю. — Боюсь, что я напугал вашу дочь. Я заметил, что она заблудилась, и предложил ей подождать вас возле магазина моего дядюшки и выпить какой-нибудь прохладительный напиток. Я подумал, что это лучше, чем ходить и разыскивать вас.

— Гай Гамильтон, — назвал себя Гай, с благодарностью пожимая протянутую руку. — Вы очень любезны. Мы приехали из Лондона, а в Лондоне, к сожалению, очень много плохих людей. Она не поняла ваших намерений.

— Извините, — пробормотала Аннушка.

Мужчина улыбнулся.

— Я понимаю. Везде слишком много плохих людей, но не в Низве. Извините, что причинил вам беспокойство.

— Не извиняйтесь, это было очень любезно с вашей стороны, — сказал Гай. — *Shukran*.

— *Afwan*. Желаю приятно провести время в Низве. *Salaam alaykeet*.

— Откуда мне было знать? — задиристо сказала Аннушка, когда он удалился.

— Конечно, ты не могла знать, — терпеливо сказал Гай. — Но, к твоему сведению, здесь ты, наверное, в большей безопасности, чем в любом английском городе.

— Если бы я была в Англии, то не боялась бы заблудиться. Я бы, черт возьми...

— Довольно!

Они все вместе двинулись в направлении «серебряных рядов», где лавки были просторнее и элегантнее. Здесь была настоящая пещера Аладдина с самым широким выбором ножных браслетов, наручных браслетов, тяжелых ожерелий, изогнутых кинжалов, серебряных дау, флаконов для благовоний и множеством других вещиц, назначения которых Клодия даже не знала.

Аннушка впервые проявила к чему-то интерес. Наконец-то! Пока она разглядывала пояса из перевитых серебряных нитей,

Клодия вертела в пальцах приглянувшуюся ей маленькую шкатулку, хитроумно изготовленную из индийских рупий времен Эдуарда VII. Стоя рядом с ней, Гай рассматривал изогнутый кинжал в серебряных ножнах тонкой ювелирной работы.

— Вы собираетесь его купить? — спросила она.

— Нет. На вывоз из страны старинного оружия нужно получить специальное разрешение. — Он положил кинжал на место, засунул руки в карманы и взглянул на дочь, которая находилась в другом конце лавки. — Иногда я забываю о том, что она еще ребенок. Бог знает, что она подумала о намерениях этого бедного парня. Наверное, она решила, что он собирается угостить ее лимонадом, в который что-нибудь добавлено.

— Ее нельзя винить, — заметила Клодия. — Мне рассказывали, что одна женщина выпила на базаре чашку кофе, пока выбирала циновки. Ее приятелю наскучило ждать, и он куда-то отошел. Когда он вернулся, хозяин сказал, что она ушла. Он ее долго искал, пока наконец не обнаружил лежащей без сознания в задней комнате лавки.

— Бывает, конечно, и такое. Но я бы удивился, если бы это произошло здесь.

Клодия взглянула на Аннушку, которая примеряла пояса.

— Она была похожа на маленькую девочку, которую я однажды нашла в универмаге «Селфриджес». Потерявшуюся в море незнакомых людей, охваченную паникой.

— Но вы видели, как она отреагировала, когда я попытался ее успокоить? Всегда нарываешься либо на ледяной презрительный взгляд, либо на грубость. А чаще всего на то и другое одновременно.

Ей захотелось обнять его и сказать: «Перестань, на самом деле у нее нет к тебе ненависти!» Она едва удержалась от этого порыва.

— Она, наверное, почувствовала себя глупо из-за того, что так испугалась.

— Вы думаете? — Гай пристально посмотрел ей в глаза, как будто желая убедиться, что она говорит это не только для того, чтобы его утешить.

Но этот взгляд наповал убивал все нежные порывы. Прямым попаданием синевы двойной убойной силы. Было отчего пасть духом.

— Папа, можно я это куплю?

Они оба повернулись с небольшим опозданием. Лицо Аннушки успело принять неприязненное выражение, как только она уловила напряженность их взглядов.

Гай подошел к ней и сказал бодрым голосом:

— Ну-ка, посмотрим!

Клодия осталась на месте, сделав вид, что снова разглядывает маленькую шкатулочку.

— *И нужно же ей было уловить именно тот момент, когда я уставилась на него как последняя идиотка! Теперь она будет думать, что я танцую перед ним на задних лапках.*

— *Ну и пусть думает! Она ему дочь, а не жена.*

— *Она ревнует. Это написано на ее лице.*

— *Ревнует к чему? Она сама отвергает любую его попытку к сближению. Даже в эту поездку ехать не хотела.*

Клодия посмотрела в их сторону. Гай торговался, что было здесь принято и считалось в порядке вещей. Аннушка переключила внимание на какую-то другую вещицу, и ей было не видно выражение лица девушки.

— Слава Богу, мы выбрались из этой вонючей дыры, — сказала Аннушка, когда они наконец покинули торговые ряды.

— Тебе, наверное, будет приятно узнать, что этим торговым рядам осталось недолго жить, — сказал Гай, с трудом сдерживая раздражение. — Здесь собираются построить современный торговый центр. Так что если тебе когда-нибудь придется снова побывать в этих местах, ты найдешь здесь что-то вроде Хай-стрит в местном варианте. Тебе, наверное, приятно было бы увидеть, что здесь все точь-в-точь как в Лондоне.

— Сарказм обычно говорит о самом низком уровне развития интеллекта, — огрызнулась дочь. — Кстати, на Хай-стрит полно магазинов, где продается ширпотреб. Я в таких магазинах никогда не покупаю. Только мамаши покупают своим отпрыскам вещи на занюханной Хай-стрит.

Пора немного разрядить обстановку, подумала Клодия. А может быть, не нужно?

— Знаете что? — бодрым голосом сказала она. — До сих пор я полагала, что, окажись я на необитаемом острове вместе с кем-нибудь, я бы меньше всего на свете захотела, чтобы этим человеком был мой кузен Райан. Но теперь я думаю, что пальму первенства следовало бы присудить вам двоим. А сама я в такой ситуации повесилась бы на первой попавшейся пальме.

— Если бы я оказалась на необитаемом острове, я повесилась бы в любом случае, — парировала Аннушка. — Я повесилась бы и здесь, только веревку заленилась искать.

— Полезай-ка лучше в машину, Аннушка, — коротко приказал Гай. — А говорить, кстати, следует не «заленилась», а «поленилась».

— Я знаю. И говорю так только для того, чтобы доставить тебе удовольствие поправить меня.

«Я сейчас закричу», — подумала Клодия. Солнце палило нещадно, и ей вдруг до смерти захотелось пить и в туалет.

Пока Гай открывал дверцу с противоположной стороны, Аннушка сказала:

— Теперь моя очередь сидеть на переднем сиденье.

— Садись, — коротко сказала Клодия.

— Но мне не хотелось бы лишать тебя удовольствия, — издевательски-любезным полушепотом продолжала Аннушка. — Я ведь видела трогательную сценку в лавке серебряных изделий и сразу поняла, что ты перед ним растаяла.

О Боже.

— Я рассказывала ему про своего кота, если тебя это интересует. Он вчера попал под машину, но мне не хотелось бы говорить с тобой о грустном.

На лице Аннушки появилось виноватое выражение.

— Извини, я не знала. С ним все обошлось?

— Конечно, не обошлось. Ему вчера сделали серьезную операцию. Пока мы не вернемся, я не буду знать ее исхода. Ну как, сядешь впереди рядом с отцом?

Не сказав больше ни слова, Аннушка забралась в машину.

«По крайней мере она не совсем бесчувственное бревно», — подумала Клодия.

Но разве в этом дело? Как могла ты прикрывать бедня-гой Портли свою явную ложь? Вот теперь он наверняка умрет. Так тебе и надо.

Совсем расстроившись, она глядела сквозь окно. У нее заболела голова, безумно хотелось пить, но еще больше хотелось забежать в туалет.

— Куда мы теперь поедем? — спросила Аннушка. — Предупреждаю, что прежде чем мы тронемся с места, мне нужно выпить чего-нибудь холодненького и забежать в туалет. Уверена, что здесь на сотню миль в округе не сыщется ни одного приличного туалета.

— Конечно, не сыщется, — сказал Гай. — Но не бойся, я найду для тебя какой-нибудь подходящий колючий куст, где за тобой будут наблюдать всего полдюжины пастухов.

— Что?!

— Перестань дергаться. Тебе время от времени было бы полезно бывать в нецивилизованной обстановке.

«О Боже, только не под кустиком, — подумала Клодия. — Ну почему я не родилась мужчиной?»

Он обернулся через плечо.

— Вот Клодия, наверное, не боится нецивилизованной обстановки, а? — Взглянув на ее испуганное лицо, он заговорщически подмигнул.

Гай свернул к мотелю, где имелись оборудованные по последнему слову туалеты. Пока Клодия расчесывала щеткой волосы перед зеркалом, подошла Аннушка, чтобы вымыть руки.

— Отец такой негодяй, — проворчала она. — Я ему сначала поверила.

Зная, как ты хнычешь по всякому поводу, я его не виню за это.

— Типичное мальчишество.

— Ах, как трогательно!

Клодия воздержалась от продолжения разговора о трогательном мальчишестве.

— Может быть, пойдем? Я проголодалась.

Несмотря на утренние инциденты, за обедом было немного веселее, чем во время завтрака.

— Если вам не терпится узнать о состоянии здоровья вашего кота, вы могли бы позвонить домой отсюда, — сказал Гай.

Клодия покачала головой.

— Если он, бедняга, расстался с земным существованием, то чем позднее я узнаю об этом, тем лучше.

Расправившись с порцией курицы под соусом карри, Гай сказал:

— Года два тому назад у Аннушки были два котенка: Кит и Кэт.

— И оба в течение шести месяцев погибли под колёсами машин, — добавила Аннушка.

— Ужасная гибель, — посочувствовала Клодия.

— У них полностью отсутствовал страх перед дорожным транспортом, — сказал Гай. — Очень милые существа, но абсолютно безмозглые.

— Миссис Пирс совсем не считала их милыми, — угрюмо заявила Аннушка. — Я почти уверена, что это она попросила своего придурковатого сына приехать и задавить их машиной.

— Ты говоришь глупости, — терпеливо сказал Гай.

— Я бы так не сказала. Она злобная старая ведьма, и я её ненавижу. Я не удивилась бы, если бы узнала, что у себя в комнате она спит в гробу. Я как-нибудь обязательно осеню её распятием, чтобы узнать, испугается ли она.

Сидевший напротив дочери Гай закрыл глаза, словно говоря: «Господи, дай мне терпения».

Больше до конца обеда Аннушка почти не разговаривала, продолжая молчать и во время часовой послеобеденной прогулки по роще финиковых пальм. Она держалась от них в сторонке, всем своим видом показывая, что не желает иметь «с ними» ничего общего.

Если дочь капризничала, не скрывая ностальгии по цивилизованному миру, то и Гай пребывал не в самом радостном настроении. Пока они бродили по раскалённым дорожкам в пальмовой роще, он время от времени что-то говорил, указывая то на гроздья фиников, то на зелёного попугая, пролетевшего над головами, и переполнявшее его напряжение постепенно спадало. Она его не винила. Эта девчонка, наверное, даже сестру Иммакулату вывела бы из себя и заставила ругаться последними словами.

И все это время он строго соблюдал правила игры. Даже когда тропинка сужалась, они не соприкасались локтями и, уступая ей дорогу, он ни разу не прикоснулся к ее талии. Похоже, что он провел между ними черту, через которую не разрешал себе переступать.

— *Разве не этого тебе хотелось?*

— *Только не сейчас.*

Воздух был теплый, пьянящий, вокруг стрекотали кузнечики, и после более обильного, чем нужно, обеда и двух бокалов вина она унеслась мыслями в мир фантазий.

Теплый, томный летний вечер. Поле, заросшее травой, в которой пестрят маргаритки, но нет опасности наткнуться на коровью лепешку или остатки чьего-нибудь пикника, а рядом с ней Сами-знаете-кто. Они только что открыли вторую бутылку «Моэ-э-Шандон» — желательно розового, — и она лежит на спине в траве. Он лежит рядом с ней, приподнявшись на локте, и, пощекотав ей подбородок лютиком, кормит ее клубникой. Они смеются, потом не спеша, как в замедленной съемке, поедание клубники переходит в нечто большее...

Ей даже стало жарко от этих мыслей, и она вздрогнула от наслаждения.

— Что случилось? — озабоченно спросил он.

— Ничего.

— Но вы вздрогнули.

Проклятие! Неужели он все-таки наблюдает за ней, прикрывшись своими темными очками?

— Я просто подумала кое о чем.

— О чем?

Ты явно не обладаешь телепатией, иначе не стал бы спрашивать.

— О скорпионах, — сказала она первое, что пришло в голову. — Однажды в Греции я обнаружила скорпиона, когда принимала душ. Надеюсь, здесь они не водятся?

— Конечно, водятся. Скорпионы, змеи, верблюжьи пауки. Верблюжьи пауки размером с блюдце. Они выходят охотиться по ночам, заползают на свою жертву, вводят анестезирующую жидкость, а потом ужинают, откусывая по кусочку. Но в пятизвездочном отеле их едва ли можно обнаружить в душе.

— И на том спасибо, — сказала Клодия, снова вздрогнув, но уже по другой причине.

Если подумать, то обнаружить огромного паука в своем душе — прекрасный предлог для того, чтобы изобразить из себя беспомощную испуганную глупышку. Однажды она уже прибегала к подобной тактике: вбежала, едва прикрывшись купальным полотенцем, к одному мужчине категории IV, занимавшему номер через две двери от нее, и изобразила истерику. Только его не оказалось в это время дома, а его сосед категории II, объяснив, что Чейз находится в баре, предложил ей взамен свои услуги.

— Видно, так мне на роду написано. Вот я здесь рядом с мужчиной категории IV, которому все, кто был у меня до сих пор, и в подметки не годятся, а он ведет себя так, словно я пользуюсь неподходящим дезодорантом.

— А что, черт возьми, ты ожидала? Ведь ты сама его отпугнула.

— На меня нашло временное помрачение рассудка.

Однако после разговора о скорпионах он, судя по всему, решил несколько сократить ширину разделявшей их «нейтральной полосы».

Теперь ее обоняние улавливало теплый запах мужского тела и лосьона после бритья, и трепет овладел ею с новой силой.

Было очень соблазнительно притвориться, что закружилась голова или что она нечаянно споткнулась о камень, и создать условия для захватывающего соприкосновения тел.

— *Даже не думай об этом. Он сразу же раскусит твои хитрости. И его доченька тоже. Тебе не удастся снова провести ее.*

— *Какое мне дело до того, что она подумает? Она вечно всем недовольна и просто несносна.*

Аннушка шла далеко впереди и ни на что вокруг, кроме разве тропинки под ногами, не смотрела. Всем своим видом она говорила: «Мне все до смерти надоело. Не пора ли нам ехать?»

— Не следовало брать ее в поездку, — тихо сказал Гай, как будто прочитав ее мысли. — Пусть бы изнывала от скуки в отеле.

— На самом деле вы так не думаете.

— Это еще почему?

— Мне показалось, что вы затеяли эту поездку, чтобы показать ей страну.

В сандалию ей попал камешек. Она остановилась и, стоя на одной ноге, стала вытряхивать его.

В этот момент он нарушил границу «нейтральной полосы». Пока она вытряхивала камешек, подпрыгивая на одной ноге, он, чтобы поддержать, взял ее под локоть, хотя в этом не было никакой необходимости.

— А что, если я затеял эту поездку с совсем другой целью?

В голосе его появилась хрипотца, и если до этого Клодия не нуждалась в поддержке, то сейчас она ей явно потребовалась. Она вдруг поняла, что причиной его напряжения были не только натянутые отношения с дочерью.

— Вы согласились бы поехать вдвоем со мной? — очень тихо спросил он.

Боже мой, неужели я забыла свой здравый смысл в аэропорту Хитроу?

Оба они были похожи на две плотно закрытые крышками кастрюли, в которых что-то долго варилось, а теперь кто-то разом снял с них крышки. Вырвавшийся жар чуть не сбил ее с ног, и она была не готова к этому. Разве можно разговаривать на эту тему сейчас, здесь, когда его дочь может в любой момент оглянуться?

— Гай, ради Бога... — сказала она дрожащим голосом.

— Что — ради Бога?

Ради Бога, отпусти меня, пока у меня не подкосились ноги.

— Ради Бога, я могу стоять без посторонней помощи.

Она стряхнула с себя его руку и дрожащими пальцами водворила сандалию на место.

— *Зачем, черт возьми, ты это сделала? Разве не тебе последние полчаса до смерти хотелось испытать дрожь от этого волшебного прикосновения?*

— Да, но я не предполагала, что такое произойдет. Особенно здесь...

Она бросила виноватый взгляд на мелькавшую в двадцати ярдах впереди красную майку.

Хрипотца в его голосе усилилась.

— Ну так как? Вы согласились бы?

Черт побери! Что я должна делать? Заглянуть ему в глаза и пролепетать: «Да! О да!» — точно в сцене из какого-то сентиментального старого фильма?

— Я не думаю, что было бы правильно оставить ее в полном одиночестве, — сказала она, пытаясь унять дрожь в голосе.

— Она сама не хотела ехать.

Это не имеет значения. Девочка, конечно, не подарок, но она во многом запуталась и поэтому несчастна. Оставлять ее одну — не решение вопроса.

— Она подумала бы, что не нужна нам.

Не успела она сказать это, как тут же пожалела, что сказала. Ей не хотелось, чтобы ее иллюзии рассеялись каким-нибудь ответом вроде: «Мне совершенно безразлично, что она подумает». Она поспешила предупредить его ответ одним из своих глупых вопросов в качестве отвлекающего маневра.

— Хотите мятный леденец? — бодрым голосом спросила она, запуская руку в сумочку. — У меня были и фруктовые, но я их все съела.

На какое-то мгновение ситуация напомнила ей недавнюю сцену на пляже, когда она отпустила глупейшее замечание относительно фильма «Челюсти». Напряжение покидало его, как пар из открытой кастрюли. Он с недоумением смотрел на нее, словно пытаясь спросить: «Зачем вы это делаете?»

Она отогнула фольгу с упаковки мятных леденцов, но пачка открылась недостаточно широко, и, пока они пытались совместными усилиями открыть ее, их пальцы соприкоснулись.

Господи, помоги мне. Наверное, для меня дело приняло серьезный оборот, если я даже конфетами не могу угостить его без трепета.

Он не спеша взял леденец, и она порадовалась тому, что на ней надеты темные очки. Это ставни на окнах души. Которые по крайней мере скрывают расширение зрачков.

Не дав ему продолжить разговор, она торопливо пошла вперед. Дорожка свернула налево вдоль стены из саманного кирпича, и, когда Клодия завернула за угол, ее ждала еще одна неожиданность. Она увидела совсем другую Аннушку. В кои-то веки она выглядела как любая нормальная девочка, которая радуется простым радостям жизни.

Пока Клодия за ней наблюдала, ее нагнал Гай.

— *El hamdulillah*, — холодно произнес он. — Сегодня она второй раз проявляет к чему-то интерес. Сначала это были серебряные пояса, а теперь осел.

К дереву был привязан старый сонный осел, и Аннушка гладила его голову.

— Может быть, она бы меня больше любила, будь у меня четыре ноги и хвост, — продолжал Гай.

В его насмешливом тоне она уловила отголосок того, что он сказал в бассейне, и сердце у нее защемило. По крайней мере ей показалось, что это было сердце. Что бы это ни было, она почувствовала отклик в «органе вожделения». Может быть, эти органы каким-то образом связаны друг с другом?

— Большинство девочек в этом возрасте любят животных, — сказала Клодия, пытаясь придать голосу ободряющую нотку. — Более того, большинство из них относятся к людям старше двадцати пяти лет как к особям другого вида. Жаль, что у нас нет с собой морковки. Интересно, понравится ли ему мятный леденец.

Она подошла к Аннушке и протянула ей пакетик с леденцами.

— Угости его конфеткой. Лошади, например, обожают мятные леденцы. Думаю, что осел тоже не будет возражать.

Ослу мятные леденцы очень понравились. Он с наслаждением хрустел леденцом, шумно причмокивал, а потом требовательно тыкался носом в ладонь Аннушки в надежде получить еще. Не прошло и двух минут, как леденцы были съедены.

Когда они пошли дальше, Клодия умышленно держалась рядом с Аннушкой. Ей даже удалось немного поговорить об ослах и рассказать о заповеднике, где она за определенную плату «усыновила» одного ослика.

Гай нагнал их.

— Здесь, пожалуй, больше нечего смотреть. Может быть, сходим в крепость?

Аннушка в ответ пожала плечами, словно хотела сказать: «Ну, если это обязательно, то придется подчиниться».

Они пошли дальше, мимо домиков из саманного кирпича, рядом с которыми стояли улыбающиеся ребятишки и приветственно махали им руками. Мальчишки были одеты, как и их отцы, в короткие пыльные рубахи, девочки, как и их матери, носили яркие цветастые платья поверх шаровар, а их лица до глаз закрывали душные чадры.

По узким каменным каналам текла вода, то исчезая под землей, то снова появляясь на поверхности. Там, где была тень, вдоль каменного русла росла какая-то зелень.

— Это адиантум! — воскликнула Клодия, наклоняясь, чтобы как следует рассмотреть растения. — Всякий раз, когда я покупаю адиантум, он вянет, не продержавшись и недели.

В прозрачной проточной воде резвились рыбки.

— Посмотри, Аннушка, сколько здесь плавает рыбешек.

— Это рыба фаладж, — сказал Гай. — И каналы называются фаладжи. Их соорудили персы около тысячи лет назад.

Не дослушав его, Аннушка пошла дальше.

— Вы видели? — раздраженно сказал он, глядя ей вслед. — Стоит мне упомянуть страшное слово «история», как она убегает. — Он заметил, как Клодия нахмурилась.

Приложив ко рту руки рупором, он крикнул:

— Аннушка! Мы идем в крепость.

Она оглянулась со страдальческим выражением лица.

— Надеюсь, мы не будем бродить там целую вечность, потому что я действительно...

— Хорошо, будь по-твоему, — сказал Гай, у которого, видимо, лопнуло терпение. — Мы туда не пойдем.

Она сделала вид, что обиделась.

— Не надо на меня злиться. Я ведь не сказала...

— Я сказал, что мы туда не пойдем. Я не хочу тянуть тебя туда, как на казнь, не хочу, чтобы ты без конца жаловалась, что тебе скучно, что там вонючая дыра, потому что не сомневаюсь, что именно это ты будешь делать.

Лицо Аннушки замкнулось, словно она снова натянула маску. Не говоря ни слова, девушка повернулась и отошла в сторону.

Клодия в отчаянии переводила взгляд с одного на другую.

— Гай, разве обязательно было это говорить?

— А почему бы не сказать? — резко спросил он. — Это правда. Она испортила весь день.

— Мне она день не испортила.

— Прошу вас, не пытайтесь сглаживать острые углы.

Они в молчании возвратились к машине.

Аннушка ждала их, стоя около задней дверцы, но не сказала ни слова.

В сложившихся обстоятельствах Клодия не стала предлагать ей сесть на переднее сиденье.

Когда они уселись, Гай обернулся к дочери.

— Пристегнись ремнем безопасности.

— Я не смогу лечь, если пристегнусь.

— В таком случае не ложись! — рявкнул он.

— Ладно, не рви на себе волосы. К твоему сведению, стресс очень плохо отражается на потенции пожилых мужчин.

Он ничего не ответил, но в этом не было необходимости. Закрывая машину, он не то чтобы сильно, но сильнее, чем обычно, хлопнул дверцей. Он не то чтобы выехал со стоянки, как маньяк, дорвавшийся до руля, но действовал при этом достаточно агрессивно, так что у Клодии не осталось сомнений относительно его состояния.

Тут речь шла уже не о кипящих кастрюлях. Он был похож на вулкан, который может в любой момент начать извергаться.

Глава 11

В сложившихся обстоятельствах это ее ни капельки не удивило.

Целый день рядом с ним в машине находились два источника напряжения. Один располагался сзади, и ему хотелось придушить его собственными руками. Что касается другого...

— Как зовут твоего кота?

Услышав нормальный вопрос от Аннушки, она вздрогнула от удивления.

— Пока он был котеночком, его звали Пусси. Когда он подрос, стал называться Пусс. Потом его кастрировали, и он начал толстеть. Его стали называть Портли Пусс. А теперь этого толстяка зовут просто Портли.

— Надеюсь, с ним все в порядке, — сказала Аннушка.

— Спасибо. — Она оглянулась через плечо и улыбнулась. — Я тоже надеюсь. — Ей не терпелось добраться до отеля и позвонить Кейт.

Некоторое время спустя она снова оглянулась через плечо и увидела, что Аннушка заснула. В машине надолго воцарилось молчание.

Молчание становилось все более и более напряженным, и Клодия подумала, что Гай, возможно, обиделся из-за того, что она на сей раз не поддалась воздействию его одурманивающей тактики.

Наконец он искоса взглянул на нее.

— Ваши волосы сегодня ни разу не упали на лицо. Что вы с ними сделали? Приклеили «суперцементом»?

Резкий, отрывистый тон вопроса вызвал ответ в том же духе.

— Вы почти угадали. Я вылила на них полбаллона лака для волос.

— Мне, пожалуй, больше нравилось, когда эта прядь падала на лицо.

Такое типично мужское своенравие немедленно заставило ее ощетиниться.

— Я сделала это не ради вас. Меня эта прядь безумно раздражала. Да и вы, как мне показалось, жаловались, что она вас сводит с ума.

— Так оно и было. Вы без конца закидывали ее назад, словно на какой-то дурацкой рекламе шампуня.

О Господи, он со мной уже совсем не церемонится.

— В таком случае вам следовало бы обрадоваться, что я ее наконец приклеила на место, — неожиданно сказала она, — чтобы вы не обезумели от раздражения еще больше, чем сейчас. Судя по тому, как вы вели машину, вполне можно было ожидать, что до места мы доберемся в мешках для перевозки трупов.

— В том, как я веду машину, нет ничего такого, что составляло бы угрозу для жизни, а если сегодня я нахожусь в состоянии временного помешательства, то причина этого вам хорошо известна.

— Конечно, известна. И она спит. Не могли бы вы немного убавить мощность кондиционера? Мне стало холодно.

Он нажал кнопку переключателя, и поток холодного воздуха заметно убавился.

— Я имею в виду не ее. И если вы снова начнете угощать меня леденцами, — добавил он, увидев, что она демонстративно отвернулась и смотрит в окно, — то я за свои действия не отвечаю.

— У меня больше нет леденцов. Их скормили ослу.

Она почти услышала гул приближающегося извержения.

— Вы действительно хотите меня завести?

Она понимала, что игра принимает опасный оборот. Разговор стал походить на финты на футбольном поле: этакие словесные обманные движения и ложные выпады. Если бы они находились не в машине, он сказал бы, наверное, что она ведет нечестную игру и что ее губы, вместо того чтобы высказывать всякие дурацкие замечания, могли бы найти совсем другое применение. Все это лишь усугубляло и без того напряженную обстановку. Правда, это на некоторое время отвлекло ее мысли от бедного Портли.

— Если бы я действительно пыталась завести вас, вы бы узнали об этом первым.

— На вашем месте я не стал бы пытаться. Можете нарваться на большую неожиданность.

— Это угроза или обещание?

Осторожнее, Клодия. Постарайся, чтобы тебя не заносило.

Гай искоса взглянул на нее.

— Может быть, было бы лучше оставить вас заниматься киссограммами под бдительным оком вашего кузена?

— Я начинаю сожалеть о том, что вы этого не сделали. По сравнению с тем, что происходит сейчас, это было бы детской забавой. И, прошу вас, следите за дорогой.

Гай презрительно фыркнул.

— Вы бы все равно не выиграли пари.

— Это вы так думаете.

— Вы даже отдаленно не напоминаете девушку из киссограммы. Вы выглядите как бывшая ученица монастырской школы, нарядившаяся в шелковую как-ее-там-называют и старающаяся быть соблазнительной.

Если он старается завести ее, было бы стыдно его разочаровывать.

— Извините, — произнесла она, притворно обиженным тоном. — Этот костюм, прежде чем выходить в нем на вызовы, я проверяла на приятеле Кейт. И одном его друге. Оба они в один голос заверили меня, что я в нем достаточно соблазнительна, чтобы исполнять роль первосортной французской девки. Если добавить чуть больше соблазна, меня могли бы арестовать.

— Перед кем еще вы демонстрировали свой костюм? — насмешливо спросил он. — Не перед тем ли дебилом-попрошайкой, который живет этажом выше?

— Нет, тот костюм я ему не показывала. Но вот другой, для предыдущей киссограммы... Он зашел, чтобы занять немного стирального порошка, ну я его и спросила, что он думает о костюме Джейн из джунглей.

Она понимала, что Гай не верит ни единому слову, но не могла удержаться от искушения подразнить его.

— К вашему сведению, эта шелковая рубашечка на бретелях, в которой я пришла на ваш день рождения, стоит бешеных денег.

— Значит, вы зря потратили свои деньги. Я предпочел бы черный цвет.

— Денег я зря не тратила, потому что рубашечка принадлежала Кейт. А вы предпочли бы, чтобы я вовсе не делала этого. Вы пришли в замешательство.

— Я не-пришел-в-замешательство!

Когда Гай резко сбросил скорость, чтобы обогнать гружен-
ный козами пикап, она подумала, что, пожалуй, достаточно сильно
завела его и что следовало бы ненадолго остановиться.

Клодия стала смотреть в окно. Лучи предзакатного солнца
окрасили в пурпурные тона коричневые скалы, которые выглядели теперь совсем не так, как утром. То там, то здесь бродили
козы, приподнимаясь на задние ноги, чтобы ухватить хотя бы
несколько листочков с немногочисленных невысоких деревьев,
ветви которых казались совсем голыми.

— Интересно, чем они здесь питаются, — произнесла она.

— Они подбирают все, что попадется: мешки из-под цемента, использованные пакетики для заварки чая, коробки из-под
сигарет. Что угодно.

На заднем сиденье шевельнулась и громко зевнула Аннушка.

— Долго еще? Я умираю с голоду.

— Минут двадцать, — сказал он.

Остальную часть пути все они молчали. Когда, добравшись
до отеля, они разбирали у конторки регистратора ключи от своих
номеров, Гай отрывисто произнес:

— Кто-нибудь мне составит компанию сегодня за ужином?

— Я поужинаю в номере, — заявила Аннушка.

— Ах, какой сюрприз! Не знаю, чем здесь будет заниматься обслуживание номеров, когда ты уедешь, — сказал Гай и,
обернувшись к Клодии, вопросительно поднял бровь. — Можете не отвечать. Вы, конечно, тоже намерены поужинать в номере. «И трусливо спрятаться, — сказали его глаза. — Ведь ты
можешь в свое удовольствие упражняться в остроумии и драз-
нить меня, пока уверена, что мои руки заняты, а как только дело
доходит до ужина с глазу на глаз, вдвоем...»

Она подсознательно ожидала такого поворота событий, поэтому была готова.

— Я не люблю есть в номере, так что, если не возражаете, присоединюсь к вам.

В его глазах промелькнула едва заметная искорка.

— В таком случае я позвоню вам примерно через час.

— Договорились.

— Надеюсь, новости будут хорошие. О вашем коте, — помедлив, добавил он.

Для обмена колкостями момент был неподходящий.

— Спасибо, — поблагодарила она.

Он размеренным шагом направился к лифту, Клодия с Аннушкой, несколько поотстав, последовали за ним.

— Ни за что не стала бы ужинать с ним сегодня, — проворчала Аннушка, пока они ожидали лифта. — Он в ужасном настроении.

— Ты за все время почти ни разу не ела с ним за одним столом. И если он в ужасном настроении, то, если вспомнить, как ты вела себя целый день, это меня не удивляет.

— Нечего винить меня! Я вообще не хотела ехать! Я предупреждала его, что не хочу ехать!

Не трать слова попусту, Клодия.

— Ну теперь, когда мы вернулись, можешь лентяйничать сколько твоей душе угодно.

Они вошли в лифт, и Аннушка сердито ткнула пальцем в кнопку. Боже мой, а ведь Гай был прав. Следовало оставить ее бездельничать в одиночестве. Ее надутая физиономия и страдальческий вид испортили все удовольствие. Без нее они могли бы прекрасно провести этот день. Без нее они бы...

— Наверное, это из-за тебя он в таком плохом настроении, — продолжала Аннушка. — Обычно он так сильно не злится. Ты, наверное, с ним поругалась?

— Из-за чего бы мне с ним ругаться?

Аннушка сердито передернула плечами.

— Из-за меня, конечно. Он обычно по-настоящему приходит в ярость, когда миссис Пирс ругается с ним из-за меня.

— Уверена, что ты умышленно стараешься разозлить миссис Пирс.

— А как же? Она меня ненавидит. И считает меня испорченной девчонкой.

Только ничего не говори. Что бы ты ни сказала, это ударит другим концом по тебе, и она не простит тебе этого до конца вашего пребывания здесь.

Дверь лифта раскрылась, и они вышли в коридор.

— До завтра, — сказала она Аннушке, когда они дошли до ее двери.

— Пока.

Боже, что за день! А теперь еще предстоит позвонить домой насчет Портли.

Она всячески оттягивала этот момент: приняла душ, выпила чашку чая, заказав ее в номер, и наконец взяла себя в руки.

— Кейт, это я.

— О, слава Богу! С ним все в порядке. Не то чтобы все совсем в порядке, но он жив. Ветеринар посвятил меня во все ужасные подробности, но я уж лучше не стану пересказывать их тебе. Его придется оставить там еще на несколько дней, так что боюсь, ты получишь огромный счет. Ветеринар спрашивал, есть ли у тебя страховка.

Клодия почувствовала такое облегчение, что никакие огромные счета сейчас не могли ее встревожить.

— Нет, но это не имеет значения. Огромное тебе спасибо, Кейт, за то, что позаботилась о нем. Должно быть, все это было нелегко.

— Должна признаться, на него было страшно смотреть. Мы завернули его в джемпер Пола. Джемпер, конечно, пришел в полную негодность, его придется выбросить. Как у тебя дела?

Поскольку Кейт была на работе, на подробные разговоры у них не было времени.

— Хорошо, — солгала Клодия. — Теперь, когда я узнала хорошие новости о Портли, стало еще лучше. Передай Полу, что я куплю ему новый джемпер.

— Не стоит беспокоиться. Он все равно был ему маловат.

Закончив разговор, Клодия легла на кровать, почувствовав такое облегчение, словно гора свалилась с плеч. А потом всплыли в памяти дальнейшие пункты повестки дня. Скоро позвонит Гай. *Как ей вести себя с ним? И как одеться? Может быть, надеть черное платье с весьма соблазнительным декольте? Или милое простенькое платьице в цветочек, в котором нет и намека на сексуальность?*

В данном случае все это напрасные хлопоты.

Она слипающимися глазами взглянула на часы, стоявшие на столике.

Боже! Я проспала! Уже двадцать минут десятого!

Он не позвонил. Если бы позвонил, она бы проснулась.

— Что он еще затеял?

— *Не задавай глупых вопросов, позвони ему сама.*

— Ни за что.

Как ни странно, она приуныла, как будто ее обманули. Заказав в номер сандвичи и кофе, она поела и почувствовала, что сон как рукой сняло. Любовный роман и детектив она уже прочитала, ей стало скучно и как-то беспокойно. Раздвинув шторы, она взглянула в окно на серебристую поверхность моря.

Десять минут спустя она уже была на пляже. Вокруг не было ни души. Было тепло, тихо и красиво, только слабый плеск волн нарушал безмолвие. Немного прогулявшись по берегу, она уселась на мягкий песок и стала смотреть на море.

— *Интересно, хватит ли у меня смелости войти в воду?*

— *Только не нагишом. А вдруг кто-нибудь увидит?*

— *А если в трусах и лифчике?*

— *У тебя даже нет с собой полотенца.*

— *Кому оно нужно?*

Не прошло и нескольких секунд, как она стянула с себя одежду и торопливо вошла в воду. Она заплыла примерно на десять ярдов и перевернулась на спину. Тихо покачиваясь в теплой, шелковистой воде, она полюбовалась яркими, как бриллианты, звездами, высыпавшими на черном бархате неба.

Вода как будто смыла с нее напряжение. Она проплыла еще немного параллельно берегу, пока не почувствовала, как ног коснулась более холодная струя, заставившая ее вздрогнуть. Медленным брассом она вернулась к тому месту на пляже, где оставила свою одежду.

Рядом с одеждой кто-то сидел.

— *О Боже! Что, черт возьми, он здесь делает?*

— *Очевидно, он искал тебя. Хорошо еще, что ты не рискнула купаться нагишом.*

— Клодия! — окликнул он.

Господи, неужели он намерен дать мне нагоняй? Я и сама понимаю, что купаться ночью одной — не самый разумный поступок. Но именно поэтому я это и сделала. Чтобы получить тайное, запретное маленькое удовольствие.

Она какое-то мгновение размышляла, не притвориться ли ей абсолютной глупышкой, помахать ручкой и хихикнуть, а потом сказать: «Приветик, Гайси! Не хочешь ли искупаться?» — но решила, что это было бы уж слишком.

— Но забавно.

— Не до забав теперь. Теперь тебе надо выйти из воды в нижнем белье.

— Ну и что? Чем трусы и лифчик отличаются от бикини?

Но отличие, разумеется, было, как бы она ни старалась сделать вид, что его не существует. Выйдя на берег и отжимая воду из волос, она мысленно поблагодарила судьбу, что надетые на ней предметы одежды изготовлены не из прозрачного белого материала, который, намокая, становится практически невидимым, а из черного и поэтому непрозрачного шелка.

Он, сложив на груди руки, стоял возле ее одежды.

— Вам действительно кажется, что это разумный поступок?

Его относительно мягкий тон даже разочаровал ее. Она ожидала услышать суровую нотацию и приготовилась ответить в том же ключе. Все-таки он в какой-то мере обманул ее.

— Вы выбрали самое подходящее время, чтобы появиться на горизонте, — сердито сказала она.

— Мне казалось, что у вас больше здравого смысла, — ответил он, когда она подошла. — А что, если бы у вас свело ногу?

— Ради Бога, не надо. Вы говорите совсем как мой отец. — Подобрав с песка майку, она воспользовалась ею как полотенцем и временным прикрытием, прижимая к груди, словно промокательную бумагу. — Я пробыла в воде не более пяти минут, а судорог у меня не бывало никогда в жизни. К тому же судороги, как правило, случаются в холодной воде после сытного обеда. А я, к вашему сведению, почти совсем не ела, потому что человек, с которым должна была ужинать, не изволил позвонить.

— Могли бы сами позвонить мне.

Она начала натягивать майку.

— Нет, не могла, сообразительный вы мой. Я заснула.

— Я тоже.

— Неужели? — От неожиданности она застыла с майкой в руках, которая по-прежнему прикрывала участок тела от груди до бедер.

— Я заснул. Вырубился. Выбыл из состязания, как боксер после отсчета десяти секунд.

Как мне это, черт возьми, не пришло в голову? Ведь я и сама не заметила, как заснула, хотя даже не вела машину.

— В таком случае я рада, что не позвонила и не разбудила вас. Вам, несомненно, был нужен отдых.

— Мне нужно было завести будильник, — сказал он, и в голосе его больше не чувствовалось раздражения. Резкие нотки смягчились, как будто подтаяв, словно шоколад на солнце. — Хотите, чтобы я извинился в письменной форме или достаточно пасть ниц и виновато поскулить?

Свои слова он сопроводил полуулыбкой, от которой любой растаял бы. Она не составила исключения и тоже немедленно растаяла. Или, возможно, правильнее было бы сказать — затрепетала.

— Ползать на животе и скулить не обязательно, — бодрым тоном сказала она. — День выдался действительно утомительный.

— Во многих отношениях.

— Мы много ходили пешком.

— А сколько потребовалось терпения?

— Да, терпения потребовалось немало.

На несколько мгновений словесный пинг-понг прекратился. Говорили только их глаза.

— Как ваш кот?

— Пока жив. Но едва дышит.

— Я рад. — Тон его голоса снова приобрел мягкую шероховатость шотландского свитера, только на сей раз свитер как будто обработали средством для смягчения тканей.

— Я тоже, — ответила она, сдерживая дрожь в голосе.

— Никогда бы не подумал, что вы осмелитесь войти в воду. После всех этих разговоров об акулах мне казалось, что вы на милю не подойдете к воде.

— Время от времени человека тянет совершить рискованный поступок, — беспечным тоном заявила она. — Чтобы получить выброс адреналина в кровь.

Легкий ветерок нежно коснулся кожи, охлаждая ее, но она этого даже не заметила, потому что ее внутреннее «центральное отопление» было включено на полную мощность. Ей показалось, что последних нескольких дней как не бывало, и они снова были на пляже, и снова вернулись те мгновения мучительного предвкушения...

— Не знаю, как насчет адреналина, но гусиную кожу вы получили, — сказал он, окидывая взглядом то, что мог разглядеть. — Вы не собираетесь одеться?

— Конечно, оденусь. Неужели вы думаете, что я вернусь в отель в таком виде?

Молодец, Клодия. Сказано с отменным безразличием. Ему никогда не догадаться, что ты чувствуешь себя обманутой.

— И все-таки вам не следовало поступать так безрассудно, — сказал он, пока она с трудом натягивала на себя влажную майку. — Нельзя плавать в одиночку. Особенно ночью.

Он стоял так близко, что это было подобно пытке. Как бы ни назывался лосьон после бритья, которым он пользовался, но в нем, несомненно, присутствовал какой-то волшебный ингредиент, возбуждающий женщин, и его производство следовало бы запретить.

— Мне стало скучно, — сказала она, прикрывая раздражительностью дрожь в голосе. — Безумно скучно, если хотите знать. Я уже выспалась, и мне нечего было почитать. Что, по-вашему, делать человеку в такой ситуации? — Она натянула леггинсы. — Кстати, как вы догадались, что я здесь?

— Выстроил цепь умозаключений. Телефон у вас не отвечал, в кафетерии вас не оказалось. Поскольку я предупредил, чтобы вы не разгуливали в одиночестве по пляжу по ночам, то я сделал вывод, что именно там я вас и найду. — Он помедлил. — Вы поели?

— Конечно, поела. Я заказала сандвич... О Боже!

— Что такое?

— Ключ от номера! — Она наклонилась, осматривая песок под ногами. — Он лежал поверх моей одежды!

Она в отчаянии обыскивала взглядом песок вокруг, но в темноте было трудно что-нибудь разглядеть. Тогда она опустилась на колени и начала обшаривать песок руками.

Ключ должен быть где-то здесь! Но теперь, когда она оделась, было трудно точно припомнить место, где лежала одежда. А что, если она втоптала ключ в песок? А что, если ключ втоптал он своими огромными ботинками-«вездеходами»!

— Не помогайте мне, прошу вас, — сердито сказала она. — И не можете ли вы сдвинуть с места свои ножищи? Вы, наверное, уже втоптали ключ в песок!

— Никуда я его не втоптал. Посмотрите!

Как только он наклонился, чтобы поднять ключ, она сразу же его увидела и моментально протянула руку. Их пальцы соприкоснулись.

Он отдернул руку. Как только она взяла пальцами ключ, он, взяв ее за локоть, поставил на ноги.

— Вы меня удивляете. Купаетесь в одиночестве, теряете ключи... — Он все еще держал ее за локоть. — Может быть, мне следовало бы вызвать сюда миссис Пирс, чтобы присматривать за вами обеими?

Несмотря на насмешливый тон, она уловила в его голосе нечто другое, что заставило мучительно затрепетать «орган вожделения».

— Мне казалось, что вам и без нее хлопот хватает.

— Вы правы как никогда. — Глаза у него потемнели, на лбу прорезалась глубокая морщина. В воздухе чувствовалось напряжение, как перед грозой.

— *Если он не сделает этого сейчас же, я умру. Ну пожалуйста, прошу тебя...*

— *Сделай это сама. Возьми инициативу в свои руки. Когда женщина сама делает первый шаг, это их безумно возбуждает. Протяни руку, прикоснись к щеке, потом обними за шею и...*

— Не знаю, зачем мы теряем здесь время, — сказал он, отпуская ее руки, и довольно ощутимо шлепнул ее по заду. — Вы, возможно, утолили голод, а я нет.

Мерзавец! Не смей так делать!

Дрожа от разочарования, она изо всех сил шлепнула его по тому же месту.

— Как вам это понравится?

Он помедлил, очевидно, размышляя.

— У меня нет серьезных возражений, поскольку это едва ли представляет собой акт агрессии или политически некорректное поведение, если вы это имели в виду.

В довершение всего он еще насмехается над ней! И конечно, делает это в своей возмутительной гамильтоновской манере.

— Он хочет, чтобы ты тоже испытала на себе воздействие «убивающего возбуждение препарата». Он хочет, чтобы ты узнала, как чувствует себя человек после обработки этим препаратом.

— Тем более мерзавец!

— Сама во всем виновата. Тебе следовало взять инициативу в свои руки, а ты струсила. Трусихи не заслуживают захватывающих ощущений!

В полном молчании они дошли до лифта, и он нажал кнопку третьего этажа.

Она взглянула на него.

— Вы, кажется, сказали, что не ужинали?

— Не ужинал.

— В таком случае почему бы не пойти прямо в кафетерий?

— У меня нет времени. Я проспал почти три часа, а надо было работать. Закажу что-нибудь через обслуживание номеров. Утром ранним рейсом я вылетаю в Абу-Даби.

— В Абу-Даби?

Он кивнул.

— Это ненадолго.

Идиотка! Как ты могла подумать, что он умышленно убивает возбуждение, чтобы отомстить тебе? У него есть дела поважнее. Он не намерен позволять отвлекать его от дела всякими глупостями. Особенно если думает, что ты снова будешь отпускать дурацкие замечания и ускользнешь в самый ответственный момент. Если хочешь знать, он уже составил о тебе определенное мнение. Он решил, что ты всего-навсего глупая ничтожная обманщица.

Господи, какой ужас!

Она отвернулась и, глядя в зеркало, скорчила гримаску.

— Ну и вид! — не очень твердым голосом сказала она, поглядев на мокрые волосы, торчащие вокруг лица. — Я похожа на вещь, с которой долго забавлялся Портли.

— Ну, это, пожалуй, преувеличение. Вы появились из воды, словно какая-то мифическая морская нимфа.

Что-о? Он насмехается надо мной?

Она встретилась с ним взглядом в зеркале.

Он видел, что она смотрит на него, и в его взгляде промелькнул насмешливый огонек.

— Одна из тех, кто заманивает бедолаг-мужчин, заставляя их покориться неизбежному, — добавил он тоном обреченного человека.

«Что я тебе говорил? — назойливо твердил внутренний голос. — Если это не вежливый способ сказать, что ты «обманщица», то как это еще назвать?»

— Ну что же, спасибо и на том, — сказала она немного дрожащим голосом, когда дверцы лифта раскрылись и они вышли в коридор. — Но мне никогда не приходило в голову, что морские нимфы заманивают мужчин, будучи одетыми в белье, купленное в универмаге.

Даже не глядя на него, она чувствовала на себе его задумчивый взгляд.

— Может быть, это и так, — медленно произнес он. — Возможно, в данном случае больше подошла бы парочка пучков водорослей, прикрывающих стратегические места.

В сложившихся обстоятельствах разговор принимал опасный оборот.

— Спокойной ночи, — сказала она, когда они дошли до его комнаты. — Желаю вам завтра удачной поездки. Когда вы вернетесь?

— Наверное, к вечеру. — Он окинул взглядом ее лицо. — Если вам нечего читать, то у меня есть кое-какие книги. Обычно я беру с собой пару книжонок, но редко нахожу время, чтобы прочесть их. Правда, я не уверен, что они в вашем вкусе.

О Боже, он вспомнил о любовном романе!

— Я читаю все, что под руку попадет. Все, что угодно.

— В таком случае зайдите и взгляните сами.

Она вошла следом за ним в его комнату и подумала, что, даже если бы у нее были завязаны глаза, она сразу же поняла бы — комната принадлежит мужчине. Как и он сам, комната пахла чистыми сорочками и косметикой для бритья. На одной из кроватей лежало купальное полотенце, а покрывало было смято. Она точно знала, что здесь произошло. Как и она, он вернулся в свою комнату напряженный и измученный. Принял душ и вырубился.

— Вот, — сказал он, подавая ей пару книг в мягких обложках, которые лежали на столике у кровати. — Одна — роман Грэма Грина, а другая — «Африканские приключения» Уилбура Смита.

— Эту я читала, — сказала она, указывая на Грэма Грина, — но очень давно, так что с удовольствием прочту снова. А Уилбура Смита читать не приходилось.

— Возьмите обе, — сказал он.

— Спасибо. С удовольствием. Не переутомляйтесь, хорошо? — И чтобы не наговорить еще каких-нибудь глупостей, она направилась к оставленной открытой двери.

— Увидимся завтра, — сказал он. — Ведите себя хорошо.

Ирония в его голосе была почти незаметна, она даже не могла бы с уверенностью сказать, присутствовала ли она вообще.

— Вы тоже, — сказала она бодрым голосом. — Спокойной ночи.

— Спокойной ночи, — ответил он и закрыл за ней двери.

* * *

На следующий вечер Клодия снова позвонила Кейт.

— Перезвони мне, — попросила она, как только Кейт ответила. — Отсюда звонить безумно дорого, а если я сию же минуту не поговорю с кем-нибудь, то сойду с ума.

Возможно, счет за этот телефонный разговор станет впоследствии причиной инфаркта, но сейчас ей это было безразлично.

— Что случилось? — спросила Кейт две минуты спустя.

— Скажи сначала, как там Портли?

— Говорят, идет на поправку, как и следовало ожидать. Они дают «осторожно оптимистичный» прогноз на будущее.

— Слава Богу. — Клодия набрала побольше воздуху. — Можешь уделить мне пятнадцать минут?

Ей не пришлось долго объяснять Кейт ситуацию. Кейт все понимала с полуслова и лишь изредка вставляла: «Жуть!» и «Ты, тихоня, почему не рассказала мне обо всем раньше?»

— Прошлой ночью я почти не сомкнула глаз, — продолжала Клодия страдальческим тоном. — И целый день только и думала о том, когда увижу его снова, а когда вернулась с пляжа, мне передали сообщение о том, что он заночует в Абу-Даби и вернется только завтра. И теперь у меня такое состояние, какое было, когда мне исполнилось шесть лет и пришлось отложить мой день рождения, потому что я заболела ветрянкой. Ничего подобного я не испытывала с тех пор, как мне было пятнадцать лет и я была по уши влюблена в одного мальчишку с нашей улицы.

— Подожди минутку. Пол тут строит мне умоляющие гримасы. — Потом Кейт сказала, отвернувшись в сторону от телефонной трубки: — Не суйся не в свое дело! Пойди и приготовь чашку кофе или займись еще чем-нибудь. Бесполезно! — сказала она, снова обращаясь к Клодии. — Он умирает от любопытства. Можно, я ему расскажу?

— Как хочешь. — Она знала, что Кейт все равно обо всем расскажет Полу, как только повесит трубку, но не возражала против этого, потому что Пол был ей очень симпатичен. Под его шутливой покорностью скрывался более проницательный ум, чем мог заподозрить случайный наблюдатель. Он выполнял работу в Сити, которая, хотя и хорошо оплачивалась, нередко приводила к язвенной болезни, однако он справлялся со стрессами несложным, но весьма результативным методом: напрочь забывал о работе, как только уходил из офиса.

Тем не менее Клодия поморщилась, когда Кейт в нескольких словах ввела его в курс дела, называя по своему обыкновению вещи своими именами.

— Она безумно хочет этого Гая. Он делал попытки раза два, но она сама нажала на тормоза, потому что считала, что этого нельзя делать, так как она приехала туда, чтобы присматривать за этой несносной Суперсоплячкой, его дочерью, а не трахаться с ее отцом. А теперь жалеет, что сделала это. Я имею в виду, что нажала на тормоза. И теперь ей кажется, что он считает ее динамисткой.

— Господи Иисусе, — послышался голос Пола. — Похоже, она попала в патовую ситуацию.

— Он говорит, что ты попала в затруднительное положение, — сказала Кейт в трубку.

— Да, я слышала. — Пола было так хорошо слышно, что он, казалось, сидел на диване, вплотную прижавшись к Кейт. — Это и без него понятно.

— Она говорит, что это и без тебя понятно, — сказала Кейт Полу. — От тебя никакой пользы.

— А что, по-твоему, я должен был сказать? — явно обиженным тоном произнес Пол. — Почему бы ей прямо не сказать ему, по какой причине она нажала на тормоза?

— Потому что это само собой разумеется, — сказала Клодия. После того как Кейт передала ее слова Полу, тот сказал:

— А если все не так? Ведь если он тоже хочет ее, то, возможно, не видит очевидного. Мы, мужики, иногда из-за этого превращаемся в полных тупиц.

— Не смей говорить мне о том, что ты не видишь очевидного, — язвительно заявила Кейт. — Разве не ты однажды разбил машину, потому что загляделся на какую-то девчонку в микроюбке, из-под которой виднелись трусы?

— На ней не было трусов. По крайней мере мне так показалось. Но, возможно, была надета какая-нибудь полоска ткани. Именно над этим я и задумался, когда врезался в стену.

— Ты это слышала? — сказала Кейт в трубку. — Иногда мужики бывают просто омерзительны!

— Я слышала, — сказала Клодия, удивляясь тому, что вообще затеяла этот разговор. Разговор явно не давал результата.

— Ты уже знала, что он хочет тебя, когда поехала туда? — спросила Кейт.

— Кейт, я терпеть не могу это слово. Оно звучит так вульгарно.

— Ну тогда, что он «неравнодушен» к тебе?

Уже лучше. Только чем слово «неравнодушен» лучше слова «хочет», она не могла бы объяснить.

— Не думаю, что он прогнал бы меня пинками, окажись я в его постели, но не думаю также, что тут было что-либо большее, чем это.

— А потом атмосфера начала накаляться?

— Да. — Клодия помедлила. — У меня такое впечатление, что это я сама начала нагнетать атмосферу. Он принадлежит к числу тех мужчин, которые за версту чуют, когда женщина к ним неравнодушна, и я не могу избавиться от мысли, что ему просто показалось, что у него есть шанс и что было бы глупо им не воспользоваться.

— А теперь он думает, что у него нет шанса, поэтому нет смысла пытаться, — сказала Кейт.

— Вроде того. Я не уверена.

— Что она говорит? — послышался голос Пола. — Расскажи все дядюшке Полу, Клодия. Он что, животное и наглец, которому только одно и нужно, как говаривала твоя бабушка? — Пол перешел на дребезжащую стариковскую интонацию, которая неизменно доводила их обеих до истерического хохота. — Нынешняя молодежь ни о чем, кроме этого, и думать не желает. Лично я во всем виню телевидение.

— Прекрати немедленно! — завопила хихикающая Кейт. — Все это слишком серьезно!

— Да, дорогая. Извини, дорогая. Как скажешь, дорогая.

— Клодия думает, что он, возможно, раньше не обращал на нее особого внимания, — объяснила Кейт, — но когда понял, что она по нему с ума сходит, это его завело.

— Еще бы не завело, — сказал Пол.

— И она думает, что он, возможно, считал, что у него был шанс, а поэтому можно было попытать счастья.

— Едва ли он стал бы пытаться, если бы не думал, что у него есть шанс.

— Пол, ты не помогаешь!

— О'кей. Дай мне самому поговорить с ней.

Послышалось шуршание, пока передавалась телефонная трубка.

— Похоже, что ты немного запуталась, моя дорогая, — сказал он Клодии. — Хочешь совет из вражеского стана?

— Да, пожалуйста.

— Тогда слушай: не горячись, будь очень хладнокровна. Изобрази Снежную королеву. Ты, черт возьми, здорово умеешь изображать Снежную королеву. Вспомни, как ты это проделывала с моим приятелем, который попытался было взять тебя кавалерийским наскоком, когда мы ходили в «Новый Бомбей» есть карри.

— Это объяснялось тем, что он выпил около десяти пинт пива и без конца терся под столом ногой о мою ногу.

— Ах он вонючий извращенец! Кто бы мог подумать?

— Он был твоим другом, и я не хотела устраивать скандал.

— Забудь о нем, дорогая. Если честно, то я не знаю, как следует обойтись с этим твоим мужиком. Ведь я с ним даже не знаком. Но если ты хочешь услышать одну прописную истину от представителя вражеского лагеря...

— Хочу.

— Я не хотел бы, чтобы у тебя закружилась твоя рыженькая головка, но, признаюсь по чести, ты для большинства парней являешься идеалом сексапильной девчонки. А если парню взбредет в голову, что у него есть хоть малейший шанс заполучить сексапильную девчонку, то он этим шансом, будьте уверены, воспользуется.

— Ах ты нахал! — завопила Кейт и отобрала у него трубку. — Мне он ни разу не говорил, что я сексапильная девчонка.

— Конечно, ты сексапильная. Почему бы иначе я выбрал тебя, если уж на то пошло?

Клодия снова подумала, что зря, черт возьми, начала этот разговор. Ей, конечно, хотелось бы, чтобы Кейт сказала: «Действуй, дорогая! Я уверена, что он уже по уши влюблен в тебя!» — и Пол тоже сказал бы что-нибудь в этом роде. Но как могли они это сказать, если даже не знали его?

Она и сама толком не разобралась в своих чувствах. Может быть, происходит какая-то неуправляемая химическая реакция? Как, например, мгновенно взрываются помещенные в одну пробирку два вещества, которые по отдельности совершенно безопасны? Если так, то что останется после взрыва? Грязная серая масса, которую сливают в унитаз?

— Извини, дорогая, но мне надо идти, — сказала Кейт. — Я поставила в духовку баранину на ребрышках, которая, судя по запаху, готова превратиться в обгоревшие останки принесенного в жертву ягненка. Не изводи себя. Если тебе кажется, что так лучше, то сделай это, не сомневайся. Если нет, то ложись спать пораньше с какой-нибудь хорошей книжкой.

Повесив трубку, Клодия вдруг почувствовала себя одинокой и чуть не расплакалась. Она представляла себе Кейт и Пола, которые наслаждаются ребрышками и бутылкой красного столового вина, без конца болтают обо всем, что придет в голову, и, как всегда, смеются. Последнее время Пол практически постоянно проживал у них, и из спальни Кейт всегда доносился сдавленный смех, не считая других звуков, к которым она старалась не прислушиваться, свернувшись в одиночестве под пуховым одеялом.

Если говорить точнее, то не в полном одиночестве, потому что рядом с ней обычно спал, свернувшись клубочком, Портли, который, если ночью было слишком холодно, забирался иногда даже под пуховое одеяло.

Пребывать в удрученном состоянии в гостиничном номере означает чувствовать себя вдвойне несчастной. У тебя даже нет возможности сделать набег на холодильник, чтобы утешить себя чем-нибудь вкусненьким.

Поскольку Аннушка снизошла до того, чтобы выпить вместе с ней чаю со льдом, остальная часть вечера прошла не так уныло, хотя ни о чем серьезном они не говорили. Аннушка была почти любезной. Почти как любое нормальное человеческое существо.

И тебе известно, почему она так себя ведет. Она думает, что ты не увлечена ее отцом. И поэтому с тобой можно общаться как с человеком. А что произойдет, если у тебя с ним что-нибудь будет и ты попытаешься продолжить отношения после возвращения домой?

Она легла в постель с одной из книг, позаимствованных у Гая, и усилием воли постаралась отодвинуть проблему, связанную с ним, в самый дальний уголок сознания, где она и варилась понемногу на медленном огне, так что к утру решение было полностью готово.

Какое удивительное облегчение чувствует человек, принявший наконец трудное решение! Бродя по магазинчику сувениров в холле, Клодия чувствовала, что довольна собой. Она купила серебряный браслет местного производства для Кейт — от имени Портли — и газету, доставленную авиапочтой, которую решила почитать за чаем.

Выйдя из магазинчика, Клодия направилась в ту часть холла, где подавали чай. На полпути она остановилась, увидев, как в дверь главного входа вошел Гай и направился к конторке регистратора.

Вот он, подходящий случай проверить, насколько она контролирует себя.

— Для меня есть почта? — спросил он, кладя в карман ключ.

— Да, сэр. Одну минутку.

— Привет, Гай, — сказала она у него за спиной. — Поездка была удачной?

Он обернулся.

Было очень приятно видеть, что он растерялся от неожиданности.

— Боже мой, — сказал он, — что вы с собой сделали?

— Остригла волосы.

Он рассеянно сунул пару факсов в свой «дипломат».

— Я бы не отказался что-нибудь выпить. Не хотите составить мне компанию в баре?

Не забудь, что ты теперь контролируешь ситуацию.

— Нет, спасибо. Я как раз шла, чтобы выпить чаю.

— О'кей, в таком случае выпьем чаю. Никогда бы не подумал, что вы на это решитесь, — сказал он, когда они уселись за столик.

Она пожала плечами.

— Мне захотелось что-нибудь изменить.

Это был самый решительный поступок за всю ее жизнь, позволивший чудесным образом отодвинуть все другие проблемы на задний план. Длинные волосы она носила с семилетнего возраста, а поэтому, когда первые медно-золотистые пряди упали на пол, она чуть не заплакала.

Однако потом, когда мучительная процедура закончилась, она почувствовала себя так, словно заново родилась. Казалось, короткая, элегантная стрижка обрамляет лицо другого человека. Человека собранного, повзрослевшего и полностью контролирующего свои поступки. Возможно, почувствовать себя наконец взрослым человеком в возрасте двадцати девяти лет было несколько поздновато, но именно так она себя почувствовала.

Он долго не сводил с нее глаз.

— Вам идет.

— Спасибо. Дайте нам, пожалуйста, два чая, — сказала Клодия, обращаясь к подошедшему официанту.

— Сию минуту, мадам.

Поразительно, какое самообладание и холодная сдержанность появляются у человека с короткой стрижкой, даже если всего в трех футах от него сидит мужчина категории IV. Ты в состоянии сидеть, полностью владея собой, не суетясь и не закидывая без конца назад падающую на глаза челку.

— Как прошла ваша поездка?

— Отлично. Как вела себя Аннушка?

— Очень хорошо. Весьма прилежно занималась, но после полудня часика на два приходила в бассейн. — Она не добавила, что Аннушка примерно в 2.30 чуть не довела ее до инфаркта. Зачем ему знать об этом?

Когда принесли чай, она с полным самообладанием разлила его в чашки. Допивая вторую чашку, он взглянул на часы.

— Я хотел покататься на водных лыжах, пока не стемнело. Вы, наверное, не захотите присоединиться ко мне? Это могло бы испортить вашу прическу.

— Именно для этого я и сделала короткую стрижку. Чтобы было легче справляться с волосами. Так что, если желаете, я к вам присоединюсь.

Они вошли в лифт, и пока не вышли на третьем этаже, она была образцом самообладания, даже несмотря на то что он не отрывал от нее взгляда. Она все еще абсолютно владела собой, пока они шли по коридору.

Перед дверью Аннушкиной комнаты они задержались.

— Она предупредила, что хочет вздремнуть, — сказала Клодия, заметив на двери табличку с надписью: ПРОСЬБА

НЕ БЕСПОКОИТЬ. — Вчера вечером она засиделась допоздна, заканчивая задание по математике.

— В таком случае я зайду к ней позднее. Я быстро приму душ и через десять минут постучу к вам в дверь.

— Отлично, — сдержанно сказала она.

Клодия надела изумрудно-зеленого цвета бикини, которые здесь еще ни разу не надевала, потому что для них требовался загар. Теперь она загорела, и, хотя загар всего лишь позолотил кожу, этого было достаточно. Надев поверх бикини такого же цвета парео, она застегнула его под мышками.

Он постучал в дверь примерно через пятнадцать минут. На нем были синие шорты и белая рубашка «поло», волосы были влажны после душа.

— Придется сегодня отказаться от водных лыж, — сказал он, появляясь в проеме раскрытой двери, и кивком указал на окно: — Взгляните на море.

Она подошла к окну.

— Поднялся ветер, — сказал он, засовывая руки в карманы. — На море зыбь.

Он прав. Широкие кроны пальм танцевали под порывами ветра, купальщики вереницей потянулись от бассейна, а на поверхности моря появились неприветливые белые барашки.

— Жаль, — сказала она.

— Такое иногда случается. Откуда ни возьмись неожиданно налетает горячий ветер и в мгновение ока взбаламучивает гладкую как стекло поверхность моря.

— Так просто?

— Так просто.

И так же просто донесшаяся до нее теплая волна аромата чистого белья и лосьона только что побрившегося мужчины категории IV в мгновение ока растопила, словно леденец на солнце, ее холодную сдержанность. А уж когда он взглянул на нее сверху вниз и она ощутила воздействие морской синевы его глаз...

— Мы могли бы заняться чем-нибудь другим.

— Например? — дрожащим голосом спросила она.

— Прогуляться по берегу в ветреную погоду? Или сыграть в карты?

— Я захватила с собой дорожный «скраббл»*, — сказала она, моля Бога, чтобы он не заметил, как дрожит у нее голос. — Я очень азартно играю в «скраббл» и обычно больше всех набираю очков за трехсложные слова.

Убийственная полуулыбка тронула его губы.

— Уверен, что вы жульничаете напропалую.

— Нет! Только разве в том случае, если мой противник начинает жульничать первым. Я играю по правилам.

— По общепринятым правилам? Или по вашим собственным?

— По общепринятым. Я не придумываю собственных правил.

— Может быть, для игры в «скраббл» и не придумываете. — Улыбка неожиданно исчезла, сменившись чем-то другим. Чем-то еще более убийственным, чем улыбка. — Но насчет других маленьких игр я в этом вполне уверен.

Его слова отозвались где-то внутри щемящим трепетом.

— Мы иногда придумываем свои правила, когда играем в «скраббл», — дрожащим голосом сказала она. — Например, для вариантов грубых слов. Можно использовать иностранные ругательства, но только если они действительно непечатные, так что такие словечки, как *merde***, не считаются. Правда, приходится подтверждать их существование по словарю, а это не все-

---

* Фирменное название настольной игры в слова, которые составляются из кубиков с буквами. — *Примеч. пер.*

** дерьмо *(фр.)*.

гда получается, потому что если это, например, греческое смач-
ное ругательство, мы обычно...

— Клодия...

От хрипотцы, появившейся в его голосе, у нее подогнулись
колени.

— Да?

— Вы слишком много говорите.

И когда он положил руки на ее теплые оголенные плечи и
прижал к себе, а его губы овладели ее губами, оставалось соблюсти единственное правило: прежде чем начинать игру, следует
запереть дверь.

Глава 12

Все было не так, как прежде. Не было мучительных прикосновений, а была лишь неистовая нежность, как будто ожидание придало остроту и накал его желанию. И не только его желанию.

Когда наконец оба они остановились, чтобы перевести дыхание, от его голоса, такого теплого, такого интимного, у нее затрепетало сердце — и не только сердце, но и «орган вожделения» тоже.

— Вы хоть немного понимаете, что делаете со мной? — спросил он.

Удивляясь тому, что еще способна говорить, Клодия с трудом произнесла:

— Это не идет ни в какое сравнение с тем, что вы делаете со мной.

— Не я включал красный свет. — Гай немного отстранился от нее и провел по щеке кончиками пальцев. — Акулы, и леденцы, и этот чертов «скраббл»...

— Я не виновата. — Голос ее дрожал, отказываясь подчиняться. — Во всем виноват ваш несносный лосьон после бритья. Я от него теряю голову и перестаю что-либо соображать.

— В таком случае я его вышвырну.

Мегаватты морской синевы, казалось, прожигали ее насквозь, воздействуя на каждое нервное окончание в ее организме.

— У вас необыкновенно красивые глаза.

О Господи, я, кажется, сейчас совсем растаю.

— Уверена, что вы говорите это всем женщинам, — запинаясь сказала она. — Сестра Иммакулата предупреждала нас относительно таких мужчин, как...

Гай заставил ее замолчать самым эффектным из всех существующих способом. Когда они снова оторвались друг от друга, чтобы перевести дыхание, он уже смотрел не на ее глаза. Взъерошив кончиками пальцев ее стриженые волосы, он сказал:

— Зачем вы это сделали?

От неожиданности Клодия даже отпрянула от него.

— Но мне показалось, будто вы сказали, что вам...

— Я солгал.

Как только их губы снова слились, она ощутила, как в нем нарастает напряжение. Она ощущала кончиками пальцев, как напряглись, словно сжатая пружина, даже его плечи.

Как и в прошлый раз, его руки медленно скользнули вверх, замерев на том месте, где начинались окружности груди. И как и в прошлый раз, ей захотелось крикнуть: «Продолжай!» Однако вместо этого она обняла его за шею, без слов сказав этим жестом, что включила зеленый свет.

От его первого прикосновения Клодия непроизвольно вздрогнула всем телом. Мучительно медленно он обвел округлости груди кончиками пальцев.

Продолжай! В безмолвной мольбе она поцеловала его еще крепче, и он ответил ей. При этом его пальцы постепенно продвигались по тонкому хлопку парео и туго натянутой лайкре изумрудно-зеленого лифчика, пока не добрались до сосков. Осторожными круговыми движениями больших пальцев он с наслаждением помассировал их.

Никогда еще за всю свою женскую жизнь она не испытывала такого трепета. Она почувствовала себя героиней старого черно-белого фильма, которая мгновенно тает от одного лишь взгляда великолепного шейха.

Я твоя, о мой повелитель. Неси меня в свой шатер, сорви с меня одежды и насладись мною.

Его рука взялась за узел, удерживающий парео на груди, и развязала его. Как только парео оказалось на полу, его руки скользнули ей за спину и стали расстегивать лифчик бикини.

Несколько секунд, в течение которых он возился с застежкой, были наполнены мучительным предвкушением дальнейшего.

— Как эта штука расстегивается? — хрипло прошептал он.

Не успела она ни ответить, ни помочь ему, как застежка расстегнулась. Лифчик из эластичной лайкры упал на пол следом за парео.

— Боже мой, дверь открыта, — в ужасе охнула она и прикрыла ладонями груди.

Дверь была открыта не настежь, а лишь приоткрыта, и он моментально запер ее, а ей вдруг стало стыдно, что она стоит посередине комнаты в одних трусах, прикрыв груди ладонями, и выглядит, наверное, как стыдливая девица, опасающаяся за свою невинность.

— А если бы кто-нибудь вошел сюда? — нетвердым голосом сказала Клодия, когда он вернулся.

— Но ведь никто не вошел, — тихо ответил он, не отрывая взгляда от ее лица. Потом он осторожно, но решительно взял ее за запястья и отвел руки от груди.

О Господи! Если я ощущаю такое, когда он просто смотрит на меня, то что же будет, когда он прикоснется?

Очень скоро она это поняла.

Он отлично знал, как заставить ее потерять голову. Знал, как легчайшим пощипыванием превратить ее соски в чрезвычайно чувствительные точки, в которых сосредоточиваются окончания нервов, передающих настойчивые пульсирующие волны во все прочие, скрытые от глаз нервные центры тела.

Я умру от восторга.

Пока длился поцелуй, его руки скользнули по спине ниже талии к прикрытым полоской лайкры ягодицам и крепко прижали ее к себе.

И только тут она по-настоящему поняла, в каком состоянии был он сам. Его страстное желание, которое передалось и ей, было всепоглощающим и каким-то первобытным, чем-то таким, что существовало между мужчиной и женщиной с сотворения мира.

Ты нашла свою пару, и он хочет тебя. Чего же ты ждешь?

Она ответила на его поцелуй, жадно прижавшись губами к его губам со страстью, которая все сказала без слов.

Когда они оторвались друг от друга, чтобы перевести дыхание, он прошептал, уткнувшись в ее волосы: «Клодия...»

Голос был низкий, хрипловатый, и она знала точно, что он собирается сказать. Только не «Ты уверена, что хочешь этого?», потому что в этом едва ли можно было сомневаться.

— У меня ничего нет с собой, — прошептал он. — Можно?..

— Все в порядке, — прошептала она в ответ. — Все хорошо.

И с этого мгновения все движения и действия подчинялись только настоятельной потребности друг в друге: его губы, обласкав соски, проделали поцелуями горячую дорожку от груди вниз, к бедрам. Он спустил до щиколоток ее бикини, и, когда его язык на мгновение прикоснулся к сокровенному местечку между бедрами, ее охватила дрожь восторга.

Потом они оказались в постели, и ее пальцы неистово заметались, помогая ему снять сорочку. Но когда Клодия стала торопливо нащупывать застежку на его шортах, Гай остановил ее:

— Не спеши. — Он взял ее за запястья, удерживая руки, хотя его прерывистый шепот выдавал с трудом подавляемое желание. — Подожди немного.

Это было равносильно тому, чтобы просить ее не дышать, но он все-таки заставил ее замедлить темп. Гай подверг ее пытке ожидания, возбуждая языком и губами все мыслимые эрогенные зоны: от сосков до чувствительного местечка за ухом, от пупка до источника пульсирующего жара между бедрами.

Она вскрикнула, прогнула спину, в безмолвной мольбе приподнимая бедра, и он наконец не выдержал.

Но даже первого момента их слияния он заставил ее подождать.

— О Господи, — прошептал он, замерев на мгновение, как будто пытаясь сохранить подольше невыносимо сладкое ощущение.

Она не могла больше сдерживать себя. А он, как только страсть взяла над ним верх, начал все глубже погружаться в ее плоть. Она почувствовала, как нарастающая волна острого наслаждения уносит ее все выше. И каждый раз, когда ей казалось, что наслаждение достигло высшей точки, волна подхватывала ее и уносила еще выше.

Когда наконец наивысшая точка была пройдена и Клодия начала медленно возвращаться с небес на землю, Гай покрыл ее лицо поцелуями. Открыв глаза, она проговорила слабым голосом:

— Неужели это я подняла такой шум?

Он вздрогнул всем телом.

— Ты не могла бы ненадолго отложить разговоры?

— Извини, — прошептала она, сосредоточившись на том, чтобы дать ему то, что он только что дал ей. Для этого не потребовалось много времени, потому что он, очевидно, едва сдерживал себя.

Потом они лежали рядом, ожидая, пока успокоится сердцебиение. Уютно устроившись на сгибе его руки и положив голову ему на грудь, она размышляла: «Интересно, что он думает?» Может быть, его разочаровала ее неспособность сдерживать себя, чтобы продлить удовольствие?

Гай избавил ее от необходимости теряться в догадках. Прижав к себе покрепче, он нежно поцеловал ее в волосы.

— Клодия, ты настоящее чудо.

— Кто бы говорил. — Вздохнув, она еще теснее прижалась к нему. — К тебе должно прилагаться предупреждение: «Передозировка опасна для жизни».

— Ко мне? — Грудь его колыхнулась от сдерживаемого смеха. — Кто бы говорил...

Она и сама не могла удержаться от смеха.

— Надеюсь, что я хотя бы лучше, чем «скраббл».

Грудь его снова затряслась от смеха.

— Значительно лучше. Правда, шуму от тебя гораздо больше.

— Извини, я немного забылась.

— Я на это, в общем, и рассчитывал.

Теперь, когда лихорадочный жар пошел на убыль, ей стало холодно лежать поверх покрывала.

— Ты озябла? — прошептал он, уткнувшись ей в волосы. — Это из-за кондиционера. Приподнимись... — Подсунув под нее руки, он выдернул покрывало, и они укрылись им вместе. Оказавшись в тепле, он задышал ровнее и вскоре задремал.

Было заманчиво заснуть рядом с ним, но ведь, заснув, она не смогла бы в полной мере насладиться сознанием того, что лежит рядом с ним. Она долго лежала, не двигаясь, и в голове ее, лениво цепляясь одна за другую, поплыли мысли.

— *Ты набралась храбрости и сделала это.*

— *Разве не так? И не жалею, потому что наслаждалась каждым новым мгновением.*

— *Если говорить о половом влечении, то тебя за всю твою жизнь никогда и ни к кому так не влекло.*

Правда, так оно и было. Во всяком случае, никогда еще она не испытывала такой настоятельной потребности, такой страсти.

— *Может быть, во всем виноват твой возраст? Говорят, что женщины достигают пика сексуальной активности в возрасте тридцати — тридцати пяти лет, так что пока ты все еще на подъеме. А у мужчин этот пик приходится примерно на двадцать лет, а потом половая активность медленно идет на убыль.*

— *Если его активность сейчас идет на убыль, то хотела бы я увидеть, как это выглядело, когда он был на подъеме.*

— *Ты только что видела это.*

Она подавила смех, боясь разбудить его.

Клодия легонько провела кончиками пальцев по его груди, с наслаждением впитывая тепло его кожи. Очень осторожно поцеловала. Он шевельнулся, и его рука еще крепче обняла ее.

— *О-ох, как приятно!*

— *Давненько уже не прижималась ты к мужскому телу. Ты изголодалась, причем, как тебе самой хорошо известно, не столько по физической близости, сколько по теплу и ласке.*

Едва прикасаясь, она провела пальцем по его груди и животу и там смущенно остановилась.

— *Любопытно, какой он на ощупь в таком состоянии, как сейчас?*

— *А ты потрогай осторожненько, ведь он спит.*

— *Не могу!*

— *Почему? Он не узнает.*

Ее пальцы, едва касаясь кожи, прокрались ниже. И осторожно коснулись вялого нежного объекта, который, казалось, спал так же крепко, как и его хозяин.

Мягкий, как нос ягненка. Как матери-природе пришло в голову сотворить подобное? Ведь наверняка сначала были опробованы опытные образцы, в любое мгновение готовые к действию, от которых, наверное, пришлось отказаться из-за того, что они мешали человеку.

Очень нежно Клодия снова погладила его.

— Проверяешь, на месте ли он? — сонно пробормотал Гай.

Она испуганно вздрогнула.

— Я думала, что ты спишь.

— Я спал.

Клодия приподнялась на локте.

— Ты давно проснулся?

Гай открыл глаза и усмехнулся уголками губ.

— Довольно давно.

— Мне просто захотелось потрогать его, — сказала она, уютно примостившись рядом с ним.

Хохотнув, он нежно поцеловал ее в волосы.

— Я начинаю подозревать, что ты очень испорченная девочка. Трудно себе представить, что сказала бы, узнав об этом, твоя старая сестра Как-ее-там-звали.

Клодия заметила происшедшую в нем перемену. Он был спокоен, напряжения как не бывало.

Ну, понятно. Всем известно, что секс снимает стрессы.

— Сестра Иммакулата ничуть не удивилась бы, — вздохнув, сказала она. — В том, что касается воспитания, я всегда была безнадежной. Ведь я даже не католичка. Мама отдала меня в монастырскую школу только из-за того, что девочки там выглядели такими опрятными маленькими леди в своих юбочках в складку и беретиках, и это произвело на нее очень хорошее впечатление.

Некоторое время они молча лежали рядом, потом настал момент, которого она ждала с ужасом. Взглянув на часы, стоявшие на прикроватном столике, он сказал:

— Черт возьми, ты только взгляни, сколько времени!

Было почти семь часов.

— Надо поскорее вставать, надо зайти к Аннушке.

У него изменился голос. Исчез теплый, неторопливый тон сбросившего напряжение человека, и снова появилась решительная деловая нотка. Выпустив ее из объятий, он откинул покрывало и встал с постели.

Клодия чуть не заплакала, наблюдая, как он одевается и приглаживает рукой взъерошенные волосы.

— Можешь воспользоваться моей щеткой, — предложила она.

— Спасибо. — К тому времени как Гай тремя взмахами щетки привел в порядок волосы, никому и в голову не пришло бы, что он только что спал, не говоря уже о причине, по которой оказался в постели.

Но прежде чем уйти, Гай на какое-то мгновение снова стал прежним. Он подошел, присел на краешек кровати и, наклонившись, легонько поцеловал ее в губы.

— В какое время тебе удобнее пойти поужинать?

— В любое.

— Устроит, если я зайду за тобой примерно через час?

— Вполне.

— Ты не заснешь снова?

— Нет. — Она улыбнулась. — С меня достаточно одного пропущенного ужина.

Гай наклонился, поцеловал ее в лоб, и не успела она понять, что происходит, как он стянул с нее покрывало и всю осыпал поцелуями.

— Уж лучше мне уйти поскорее, — с туманным намеком сказал он, снова закрывая ее покрывалом, — а то, чего доброго, опять забудусь.

При взгляде на его лицо у нее замерло сердце.

Я хотела бы, чтобы ты забылся. Я хотела бы, чтобы ты остался здесь, и мы заказали бы двухквартовую бутылку шампанского и ужин из четырех блюд в номер, и повторили бы все еще раз, и провели бы всю ночь вместе, и повторили бы все еще раз утром. В ванне.

Но ей все-таки удалось улыбнуться, хотя улыбка едва ли сказала все, что она думала.

— Беги, не то я действительно стану испорченной девчонкой и заставлю тебя изменить планы.

На какое-то мгновение ей показалось, что он заколебался. Губы у него дрогнули, глаза заблестели, и, заглянув ей в лицо, Гай спросил:

— Ты бываешь и более испорченной?

— Намного, — беспечно созналась она. — Я могу быть невероятно испорченной. Такой испорченной, что...

Гай снова сорвал с нее покрывало, и она рассмеялась, но смех тут же перешел в повизгивание, потому что он пощекотал ей живот и под мышками, а когда Клодия, спасаясь, перевернулась на живот, завершил свое нападение звонким шлепком по заду.

— Ах ты, наглец! — Подавляя смех, Клодия перевернулась на спину.

— А ты бессовестная соблазнительница. — Гай смеялся, не ограничиваясь обычной полуулыбкой. — Я с тобой потом разберусь. — С этими словами он вышел из комнаты.

Она перекатилась на то место, где он только что спал, и зарылась лицом в подушку, еще хранившую его запах, но без него ей стало холодно.

И пока Клодия лежала в одиночестве, чувство полной удовлетворенности постепенно утрачивало свою остроту, а в голове зароились невеселые мысли.

— *Почему ты сказала ему, что все в порядке и что можно, не опасаясь, заниматься сексом? Ведь прошло уже несколько месяцев с тех пор, как ты бросила принимать противозачаточные таблетки.*

— *Но если бы я этого не сказала, он бы остановился и я бы умерла. Все равно возможность забеременеть минимальная. Некоторые пары годами не могут обзавестись ребенком.*

— *Но у других они появляются с первого раза. Иным женщинам стоит только посмотреть на пирожное с кремом, как они тут же прибавляют два фунта в весе.*

— *Не смеши. В любом случае тебе было бы неприятно, если бы он начал лихорадочно шарить по карманам в поисках маленького пакетика. И я бы сразу же поняла, что он лишь ждал удобного случая, чтобы воспользоваться своим шансом.*

— *Какая же ты глупая! Ты ничем не отличаешься от девчонок, доводящих до инфаркта своих тетушек, спрашивая их в письмах, можно ли забеременеть, если заниматься сексом стоя.*

— *Заткнись!*

Расстроенная и несчастная, Клодия прошла в душ, где горячая вода и розовый гель с запахом грейпфрута вернули ей жизнерадостное настроение.

Я увижу его через полчаса, и мы мило поужинаем вместе.

Уделив макияжу больше внимания, чем обычно, она завершила туалет двумя щедрыми струйками «Амариджа» и принялась ждать.

И ждать.

В 8.20 она решила, что пора действовать. А вдруг Гай снова заснул?

Клодия набрала его номер, но телефон не отвечал.

Что дальше?

Не столько обеспокоенная, сколько рассерженная, она уселась в кресло и включила телевизор. Естественно, все передачи шли на арабском языке, так что пришлось его снова выключить.

Что, черт возьми, он делает? Подожду еще пять минут, а потом пойду в кафетерий.

Пять минут превратились в десять.

Ну, хватит.

Клодия взяла сумочку и направилась к двери. Не успела она открыть ее, как кто-то постучал.

Вопрос «Где вы были?» замер у нее на губах. Он все еще был в шортах, и Клодия сразу же поняла, что что-то случилось.

— Что произошло?

— Аннушка, — коротко ответил Гай. — Можно войти?

— Зачем спрашивать? — Он вошел, и Клодия закрыла за ним дверь. — Что, черт возьми...

— Ты давала ей деньги?

Его грубоватый тон возмутил ее.

— Нет!

— Ты уверена? Она не закидывала удочку насчет того, что ей, мол, нужно купить в магазине шампунь или еще что-нибудь?

— Я не давала ей ни пенни! Да она и не просила!

Его напряженные плечи чуть заметно расслабились.

— Извини, но я был вынужден спросить. Ее нет в отеле.

— Что?

Гай взъерошил волосы пальцами.

— Когда я ушел от тебя, на ее двери по-прежнему висела табличка, но я подумал, что она вряд ли все еще спит. Я постучал, но никто не ответил, поэтому я вернулся к себе и позвонил. На звонок тоже никто не ответил, и я начал беспокоиться. Я подумал, а вдруг она поскользнулась в душе или случилось еще что-нибудь подобное, поэтому позвонил вниз и попросил прислать кого-нибудь с ключом.

— Но ее не оказалось в номере?

— Не оказалось. — Засунув руки в карманы, Гай подошел к окну. Шторы все еще были раздвинуты, и, прежде чем обернуться, он некоторое время смотрел в окно. — Я искал ее повсюду: в кафетерии, в бассейне, я даже заглянул на пляж, хотя там темно, как в преисподней, и ветрено. В конце концов я снова вернулся к ней в номер, чтобы посмотреть, не пришла ли она, пока я ее искал.

— Но Аннушка не вернулась?

— Нет. — Гай помедлил. — Я спустился к конторке ргистратора, чтобы посмотреть, там ли ее ключ. Мне сказали, что она ушла из отеля около трех часов дня.

— Что? Откуда они знают?

— Регистратор за конторкой запомнил ее, потому что она была в радостном возбуждении. Он поинтересовался, не собралась ли она повеселиться в каком-нибудь приятном местечке. И Аннушка ответила: «Уж будьте уверены, да!»

Клодии стало не по себе. Чтобы скрыть замешательство, она наклонилась, подобрала с пола туфли и убрала их в шкаф.

«Придется сказать ему, — подумала она. — Возможно, не о чем беспокоиться».

— Куда, черт возьми, она могла уехать без гроша в кармане? — воскликнул Гай.

Почувствовав, что подгибаются колени, Клодия уселась на краешек кровати.

— Гай, я думаю, что она, возможно, уехала с кем-нибудь.

— Что? — заорал Гамильтон, всплеснув руками. — С кем?

— Я не уверена, — торопливо продолжала Клодия. — Я не знаю, кто этот человек, но в обеденный перерыв она с кем-то разговаривала в бассейне и... — Она помедлила. — Он не выглядел подозрительным, иначе я подошла бы и вмешалась в разговор. Они сидели на бортике бассейна и болтали.

— И что дальше?

Клодия беспомощно пожала плечами.

— Ничего. Некоторое время я не выпускала ее из поля зрения, но ничего не происходило. Я имею в виду, она не флиртовала с ним, а он не вел себя нагло и вообще не допускал ничего предосудительного, а через некоторое время...

— Ну?

Господи, помоги мне.

— Я заснула.

— Ты заснула? — Он не добавил язвительного «Превосходно!», но в этом не было необходимости. Все и так было ясно.

Клодия почувствовала себя виноватой.

— Это не то, о чем ты подумал. Я дремала минут двадцать, а когда проснулась, их обоих уже не было. Я сразу же побежала в ее комнату, но оказалось, что я зря ударилась в панику. Она... Она только что вышла из-под душа.

Именно это и должно было меня насторожить. Что делает девушка, прежде чем пойти на свидание? Принимает душ.

Клодия беспомощно развела руками.

— Я не стала говорить тебе, потому что не придала этому значения — ничего не произошло. Она сказала, что займется заданием по биологии, а потом поспит.

В последовавшем молчании ей почудился раздраженный упрек.

Тебя провели как дурочку, казалось, говорил он. *Вот уж воистину, дураков не сеют, не жнут, сами родятся.*

— Мне не следовало забывать, что она способна выкинуть что-нибудь подобное, — пробормотал Гай, шагая из угла в угол. — Неудивительно, что она «была в радостном возбуждении». Еще бы! — Гамильтон посмотрел на Клодию. — Как он выглядел?

— Молодой. Я не очень внимательно разглядывала его, но на вид ему лет двадцать.

— Какой национальности?

— Откуда, черт возьми, мне знать?

— Ладно, не кипятись. Ну хоть приблизительно? Европеец? Или местный житель?

— На англичанина он, пожалуй, не похож. Возможно, местный, но разве можно сказать с уверенностью, если на человеке надеты только плавки? Возможно, испанец или итальянец.

Гай снова повернулся к ней спиной, глядя в окно.

Клодия нерешительно подошла к нему и остановилась за спиной.

— Гай, я уверена, что для беспокойства нет повода. Ей стало скучно, она встретила парнишку, и тот пригласил ее куда-нибудь. Уверена, что этим все и ограничится.

К ее удивлению, напряженные плечи расслабились.

— Будем надеяться, что ты права.

Клодия вспомнила еще кое-что.

— Она особенно упирала на то, что устала и что после занятий обязательно ляжет поспать. Должно быть, думала, что это прикроет ее исчезновение на часок-другой.

— Она ушла пять часов назад!

— Ты сам знаешь, как это бывает в таком возрасте, когда выходишь куда-нибудь повеселиться. Говоришь себе, что пора возвращаться, но никак не можешь заставить себя уйти, и тебе в тот момент совершенно безразлично, что за это влетит.

— Ну, когда я с ней разберусь, ей это будет совсем не безразлично.

Клодия, теряя терпение, вздохнула.

— Гай, она несколько дней просидела в четырех стенах! Разве можно винить девочку за то, что ей захотелось выйти и поразвлечься?

— Не сказав никому ни слова?

— А ты разрешил бы ей, если бы она попросилась?

— Разумеется, не разрешил бы. Предполагается, что она отбывает наказание.

— Вот в том-то и дело. Аннушка знала, что ты ответишь отказом, поэтому и не спрашивала.

— А что, по-твоему, я должен делать? Она сама виновата, что сидит в четырех стенах. Сама виновата, что ее исключили из школы — за это она и отбывает наказание.

— Гай, я знаю, как ты беспокоишься, но уверена, что для этого нет причин.

— Я не беспокоюсь — я в ярости.

Клодия ему не верила.

— Она не пропадет. Если Аннушка привыкла тусоваться в лондонских клубах, то и здесь не растеряется. Наверное, она скоро крадучись проберется к себе в номер, моля Бога, чтобы ты не узнал об отлучке.

Этот аргумент, похоже, сработал.

— Наверное, ты права. И будет придумывать по дороге правдоподобные объяснения.

— Вероятнее всего. Я помню, как сама поступала точно так же. Я обиженным тоном говорила отцу, что не виновата в том, что кто-то стащил мои деньги на проезд в автобусе, и что мне пришлось идти домой пешком. Хотя на самом деле Том Фаулер только что подвез меня до поворота к дому на своем разваливающемся на ходу мотоцикле, садиться на который мне было строжайшим образом запрещено.

Впервые с тех пор, как Гай пришел, у него заблестели глаза.

— Боже мой, да ты испорчена сильнее, чем я предполагал.

— Я тебя предупреждала, — нетвердым голосом ответила она.

— Я помню. — Его глаза сказали ей, что все, что бы там ни происходило с мужским «органом вожделения», в тот момент происходило особенно бурно. — Ты, наверное, ругала меня последними словами, когда я не явился вовремя?

— Не особенно. Во всяком случае, об ананасах я не упоминала.

— Лгунья. — Гай легонько поцеловал ее в губы. — Я не могу допустить, чтобы ты приоделась и приготовилась пойти поужинать, но осталась дома. Мы с тобой поужинаем где-нибудь за пределами отеля. Я зайду за тобой через двадцать минут.

Потрепав ее рукой по талии, Гай ушел.

— *Ну, что я тебе говорил о законе подлости? Следовало бы заранее приготовиться к тому, что Аннушка все испортит.*

— *Но она этого не сделала.*

— *Разве? Она с успехом отвлекла его мысли от тебя. И теперь он чувствует себя виноватым из-за того, что добивался тебя, вместо того чтобы думать о своей дочери. Если она не вернется в ближайшие несколько минут, Гай будет весь вечер думать только о ней.*

Когда они уходили из отеля, Аннушка еще не вернулась, но Гай, казалось, немного успокоился.

— В городе есть закусочные, где продают гамбургеры, и там обычно собираются подростки, — сказал он, когда они подошли к лифту. — Там даже каток имеется. Возможно, ее пригласили туда.

Он поразительно спокойно говорит об этом.

— Возможно, она по-настоящему веселится. Обещай, что не станешь свирепствовать, когда девочка вернется.

— Постараюсь. Мы возьмем такси, — добавил он, когда они вышли из отеля. — Сегодня я едва ли ограничусь половиной стакана вина.

Они отправились в ресторан в Матрахе. Дорога вилась вдоль берега залива. Движение транспорта сильно замедляли бесчисленные пешеходы, пересекавшие дорогу в самых неожиданных местах. По берегу моря гуляли люди, наслаждаясь вечерней прохладой. Несмотря на поздний час, магазины на другой стороне дороги были открыты и на улице было весьма оживленно.

Из ресторана открывался вид на море, там было немноголюдно, уютно и спокойно, так что Гай расслабился и даже ударился в воспоминания.

— Когда она была совсем маленькой, мы с ней хорошо ладили, — сказал он Клодии, когда подали горячее. — После смерти Анны я очень хотел, чтобы дочь жила со мной, и хотя это означало присутствие в доме нянюшки, все можно было организовать без проблем. Но мать Анны и слышать не хотела о том, чтобы расстаться с внучкой, а поскольку она только что потеряла дочь, я не счел возможным настаивать. К тому же Аннушка привыкла там жить. У нее были друзья, школа, и мы решили, что для своих семи лет ребенок и без того испытал слишком много потрясений.

— Вы были разведены? — спросила Клодия.

Он покачал головой.

— В процессе развода. Мы долгие годы откладывали это. Никто из нас не собирался повторно вступать в брак, и до развода у нас как-то не доходили руки. Только за несколько месяцев до смерти Анна сказала мне, что пора ускорить бракоразводные формальности. К тому времени она кого-то встретила и хотела обрести свободу.

— Что с ней случилось? — немного помедлив, спросила Клодия.

— Автомобильная катастрофа. Мгновенная смерть.

— Как ужасно.

— Да, это было страшно. Как тебе нравится хамоор?

— Вкусно. — Это была местная рыба, запеченная на решетке с лаймами. — Имена Анна и Аннушка очень похожи. Путаницы не возникало?

— Да нет. Анне давно нравилось имя Аннушка, а когда она узнала, что это ласкательное русское имя, которое означает «маленькая Анна», она ни о каком другом имени для дочери и слышать не желала.

Сквозь окно было видно море и несколько одномачтовых суденышек.

— Это дау, — пояснил Гай, проследив за ее взглядом. — Теперь их не часто увидишь, а раньше на них осуществлялись все каботажные перевозки по Индийскому океану и вся торговля с Индией и восточноафриканским побережьем. Отсюда везли финики и ладан, а назад привозили рабов и слоновую кость.

— Интересно, что на них перевозят теперь?

— Телевизоры, — ответил он, — кондиционеры, возможно, видеоаппаратуру. Однажды я увидел дау, которая на всех парусах шла вдоль побережья. Мне показалось, что дау похожа на военное судно финикийцев, но иллюзия рассеялась, когда я, позаимствовав у кого-то бинокль, разглядел груз.

— Что это было?

Он криво ухмыльнулся.

— Пара «тойот». Проза жизни вдребезги разбила мои иллюзии.

Клодия осторожно перевела разговор на интересующую ее тему.

— Ты, должно быть, очень рано женился?

— Слишком рано, — ответил он. — Я тогда был студентом и по лучшим студенческим традициям не имел ни гроша в кармане. Анна была на год моложе. Ее прислали в Англию учиться. Когда мы встретились, шла всего лишь вторая неделя ее пребывания в Англии, а два месяца спустя мы жили вместе.

Клодия, сама того не желая, почувствовала укол ревности.

— Она была не похожа ни на кого, — продолжал Гай. — Она напоминала ртуть — такая же изменчивая и неуловимая.

Клодии вспомнилась фотография в его гостиной, лицо женщины в форме сердечка и ее огромные темные глаза, и она снова почувствовала укол ревности.

Как можно быть такой мерзавкой! Ведь бедняжки уже нет на белом свете!

— Я, наверное, потерял голову, — продолжал он, — но о женитьбе я в то время не думал. Женитьба — это что-то такое, что относилось к будущему, как и заботы о выплате ипотечного кредита и детях.

Клодия заранее знала, что он скажет дальше: «Когда обнаружилось, что у нас будет ребенок, это было полной неожиданностью. Анна боялась сказать отцу, тот в подобных вопросах придерживался старомодных взглядов, и поэтому она не могла заставить себя рассказать обо всем родителям. Анна не настаивала на том, чтобы мы поженились, но я знал, что именно этого ей хотелось».

У нее уже сложилась в голове вся ситуация.

— Она сказала родителям только после того, как все произошло, — продолжал он. — Мы сходили в мэрию, зарегистрировали брак и устроили дома вечеринку. Она была так счастлива, что я не сомневался, что поступил правильно. А через несколько недель, когда навестить нас приехали ее родители, разгорелись страсти.

Он отхлебнул глоток «Мутон кадет» и скорчил гримасу.

— Ее отец был в ярости. Думаю, ему хотелось нанять отряд головорезов и избить меня до полусмерти. Он увидел перед собой студента без гроша в кармане и без перспективы получить наследство. Их семья не принадлежала к когорте богатых, но они были людьми весьма состоятельными, и он решил, что я умышленно заставил ее забеременеть в расчете на деньги.

— Что было дальше?

Гай приподнял брови.

— Он требовал, чтобы я немедленно исчез с горизонта. Анна должна была уехать с ними, а потом предполагалось сразу же устроить развод.

— Но она не захотела?

Гай покачал головой.

— Я был немало удивлен, увидев, как решительно она выступила против отца. Думаю, что его это тоже удивило. Анна никогда не была непокорной, как Аннушка, но упрямства ей хватало, и оно проявилось в то время, как никогда раньше. — Он кивком головы указал на тарелку: — Еда остынет.

— Твоя тоже.

Положив в рот кусочек-другой рыбы, Гай продолжал:

— Ее отец был диктатором. Он не любил, когда ему противоречили, а поэтому решил пустить в ход козырную карту. Если, мол, она останется со мной, то ей нечего рассчитывать на финансовую помощь родителей.

Официант унес тарелки, и Гай снова наполнил бокалы.

— Она отнеслась к угрозе с полным безразличием, — продолжал он. — А после всего, что ее отец наговорил мне, я тем более не желал его денег.

— А ее мать? Ей ты тоже не понравился?

— Думаю, я ей понравился. Она по крайней мере не считала меня охотником за богатыми наследницами, но и она полагала, что мы оба слишком молоды для брака.

Сначала все шло неплохо. Анна нашла работу в одном модном магазине, где была занята половину рабочего дня, а я стал подрабатывать в баре, и нам удавалось сводить концы с концами. После рождения Аннушки стало труднее. Я привык к трудностям и жег свою жизнь с обоих концов и посередине тоже, но Анна не могла к этому привыкнуть. Ребенок подорвал ее силы.

— Могу себе представить.

— Ее родители приезжали, когда родилась Аннушка, а потом приехали еще раз шесть недель спустя. Отношение ее отца в корне изменилось, что вполне естественно, потому что это была его первая внучка, и он вдруг стал проявлять необычайную щедрость. Он даже ко мне стал относиться более или менее сносно. Он решил снова выплачивать дочери пособие, причем значительно увеличив сумму.

— Наверное, Анна не возражала?

— Она и не могла возражать. Я ненавидел себя за то, что принимаю деньги, но и отказаться не мог. Ситуация была весьма затруднительной. Я пытался учиться и подрабатывать на двух работах, а Анна совсем обессилела. Она кое-как научилась ухаживать за собой, но на ребенка у нее не хватало сил. Дома ей не позволяли и пальчиком шевельнуть, так как у них практически все делали слуги. Мне пришлось самому обучать ее простейшим вещам, например, тому, как постирать свитер или приготовить спагетти с мясным соусом.

Снова подошел официант.

— Желаете десерт, сэр?

Они прервали разговор, заказывая десерт, и Гай снова наполнил бокалы.

— Если я тебя утомил, скажи прямо.

Не могла же она сказать ему, что впитывает, как губка, каждое слово.

— Ничуть.

— Мы начали ссориться, — продолжал Гай. — Не думаю, что Аннушка была, как говорится, трудным ребенком, но нам, как и всем родителям, пришлось пережить трудные моменты, когда, например, резались зубки и тому подобное. Но когда требовалось, по ночам к ребенку вставал я. Анна была слишком измучена. В то время я еще не понимал, что Анна и сама все еще остается ребенком. Ей хотелось, чтобы с ней нянчились. Сначала я так и делал: готовил пищу, ухаживал за ней, когда она простужалась. Но мне предстояло сдавать выпускные экзамены, и все заботы о ребенке лежали на мне, так что я не мог уделять ей столько внимания, сколько раньше.

Принесли десерт — пышное сооружение из тропических плодов и взбитых сливок.

— Из-за этого она и уехала? — спросила Клодия. — Потому что ей было нужно, чтобы за ней кто-нибудь ухаживал?

— Примерно так и было. Эта мысль пришла ей в голову, когда Аннушке исполнилось десять месяцев. Она заболела, у нее в это время резались зубки, так что она все время орала. Анна не вынесла — уложила чемоданы и сказала, что забирает ребенка и возвращается к родителям, чтобы отдохнуть. Всего на несколько недель. Но больше она не вернулась.

Клодия пристально посмотрела на него.

— Ты, конечно, не согласился с этим?

— Сначала я и впрямь думал, что она уехала лишь на несколько недель. Кажется, она тоже в это верила. Но когда один месяц обернулся двумя, а потом двумя с половиной, я купил билет со студенческой скидкой и поехал их навестить. И наверное, только тогда я все понял. Ее родители ворковали над внучкой, а Анна снова стала девочкой-подростком. Она могла уходить когда вздумается, потому что для малышки наняли постоянную няню. Думаю, у нее просто не хватило духу возвратиться назад. Правда, она этого не говорила, но я понял без слов. Анна продолжала твердить, что вернется через неделю или две, но я знал, что это не так. А однажды она сказала, что очень сожалеет, но думает, что больше не любит меня и что мы оба, наверное, совершили ошибку и нам лучше расстаться.

Клодию потрясло, что Гай говорит об этом таким равнодушным тоном, но потом она поняла причину.

— Я чувствовал себя опустошенным, но постепенно понял, что скучаю по своей дочери гораздо больше, чем по жене.

— Все-таки очень печально, когда разрыв между родителями затрагивает интересы ребенка. Ты часто виделся с дочерью?

— Как только мог. Слава Богу, что мы с Анной, расставшись, не стали врагами. Мы даже несколько раз отдыхали одной компанией. У меня была приятельница, ребенок которой был ровесником Аннушки, а у Анны — приятель-итальянец, и мы вместе отдыхали на одной вилле в Греции. Дети подружились и веселились, и все мы с удовольствием провели там время.

Если бы я была твоей приятельницей, то едва ли с удовольствием провела бы этот отпуск. Я измучилась бы, наблюдая, не разгорится ли на старом пепелище пламя.

Он взглянул на нее через стол и усмехнулся.

— У тебя крем на верхней губе.

— Правда? — Она кончиком языка слизнула крем. — Все?

— Нет, немного осталось.

Клодия повторила попытку, но Гай, покачав головой, рассмеялся.

— Сиди спокойно, — сказал он и, протянув руку, кончиком салфетки вытер ей губы.

Тарелки унесли и подали кофе.

— Самое забавное заключалось в том, — продолжал Гай, — что родители Анны в конце концов сами расстроились из-за нашего разрыва. Как только я сдал экзамены и получил работу, ее отец начал понимать, что я все-таки не такая уж плохая партия. — Гамильтон криво усмехнулся. — Он всегда после обеда наливал мне лучшего коньяку. И уж если мы заговорили о коньяке, то... — Он жестом подозвал официанта. — У вас есть «Реми Мартэн»?

— Да, сэр.

— А ты что выпьешь? — спросил он Клодию.

— Я с удовольствием выпью «Куантро», без льда.

За кофе они болтали о разных пустяках, и Клодия подумала, что Гай наконец расслабился.

Может быть, ему требовалось выговориться? Она догадывалась, что это ему нечасто удавалось.

Во время ужина Гай ни разу не упомянул о выходке Аннушки, но, когда принесли счет, ей показалось, что напряжение снова овладело им. Доставая из бумажника золотую кредитную карточку, Гай посмотрел на часы.

Клодия точно знала, о чем он думает, потому что и сама думала о том же.

Без четверти одиннадцать! Она, должно быть, вернулась. А если не вернулась? Я изведусь, пока мы это выясним. Конечно, она вернется. И Гай отреагирует так, как отреагировал бы любой папаша в подобных обстоятельствах. Он устроит грандиозную выволочку, втайне благодаря Бога, что заблудшее дитя цело и невредимо.

Клодия предпочла бы стать свидетельницей грандиозного скандала, который он закатит дочери, чем столкнуться с другим вариантом, если ее все еще нет дома.

Глава 13

Клодия ждала, что Гай схватит первое попавшееся такси, но он, судя по всему, не слишком торопился.

Они прошлись пешком. Было по-прежнему ветрено, и лодки покачивались на поверхности покрытого рябью моря.

— Их сшивают веревками, — сказал Гай, указывая на традиционные деревянные дау, — а щели замазывают овечьим салом.

— Могу себе представить, как от них воняет! — ответила Клодия, наморщив носик.

— Да уж, не без этого, — согласился он. — Кто-то несколько лет назад сделал точную копию старинной дау — с овечьим салом и всем прочим — и отправился на ней в Китай. Как это, кажется, сделал много веков назад Синдбад-Мореход.

— Я думала, что это сказочный персонаж, вроде Аладдина!

— Некоторые считают, что он жил на самом деле — мореход, путешественник, родом из Омана. Говорят, это он проложил шелковый путь в Китай. И если уж мы заговорили о путешествиях, то я подумал, не совершить ли нам еще одно до нашего отъезда.

— Правда? А куда?

— В глубь страны. На юге есть один пляж, на котором откладывают яйца черепахи. Ехать туда долго, так что придется заночевать на берегу, разбив палатку, если, конечно, мне удастся раздобыть оборудование.

Клодия обрадовалась:

— Вот здорово! Я бы с удовольствием поехала.

— Там придется обходиться без удобств, — предупредил Гай, взяв ее под локоть, чтобы посторониться, когда кто-то торопливо прошел мимо них. — Я не могу гарантировать даже кустики. Возможно, там придется обойтись камнями для укрытия.

Клодия рассмеялась.

— Я не возражаю.

— Зато Аннушке не понравится. Но даже если она всю дорогу будет стонать и жаловаться, эта поездка запомнится ей навсегда.

Упоминание об Аннушке повернуло мысли Клодии в другом направлении. Как Гай может так спокойно относиться к ее отсутствию? Может быть, он к этому привык? Может быть, она в Лондоне отсутствует до полуночи, проводя время в компании людей, которых почти не знает.

В шестнадцать лет?

Не забудь, что именно так и поступают шестнадцатилетние. Именно поэтому у них и возникают конфликты с родителями.

Когда они наконец остановили такси, Гамильтон, казалось, был абсолютно спокоен. И чем более уравновешенным он казался, тем сильнее хотелось Клодии поторопить водителя.

Почему Аннушка оставила в регистратуре свой ключ? Ведь это доказательство того, что она ушла. Почему не взяла его с собой?

Может быть, боялась потерять?

Не обманывай себя. Она намеревалась вернуться. А значит, кто-то или что-то воспрепятствовало ее возвращению.

Когда они наконец добрались до отеля, Клодия уже с ума сходила от тревоги. Взяв у портье ключи, Гай спросил:

— Моя дочь не вернулась? — Говорил он поразительно спокойным и равнодушным тоном.

Портье проверил ключи.

— Нет, сэр, ключ еще здесь.

— Будьте любезны позвонить мне, как только она появится. Мне необходимо поговорить с ней, прежде чем она ляжет спать.

— Разумеется, сэр.

— Спасибо.

По пути к лифту Гай не проронил ни слова, но как только они вошли внутрь, оба перестали скрывать тревогу.

— Я чувствую себя ужасно, — призналась Клодия с дрожью в голосе. — Мне следовало догадаться о том, что она затевает.

— Ты не ясновидящая. — Его резкий тон лишь усугубил у нее чувство собственной вины.

— Я действительно очень сожалею.

— Я сказал, что это не твоя вина, — произнес Гай еще более резким тоном, как будто предпочитая сказать: «Ради всего святого, помолчи немного».

Ей даже захотелось, чтобы он произнес это вслух. Если он взбешен, то пусть уж лучше выплеснет злость наружу, а не держит ее внутри.

Пока они, выйдя из лифта, шли по коридору, Гай не произнес ни слова. Остановившись перед дверью своего номера, он сказал:

— Мне еще нужно поработать, так что я, пожалуй, не буду ложиться, пока она не появится.

Иными словами: «Сгинь, Клодия, не путайся под ногами».

— Ты позвонишь мне, когда она вернется?

— Нет никакого смысла будить тебя, если Аннушка вернется поздно.

— Я предпочла бы знать.

Он пожал плечами.

— Как хочешь.

— Спасибо за ужин. Все было чудесно.

— Это тебе спасибо.

Как будто для того, чтобы она поняла наконец, что пора уходить, Гай наклонился и легонько прикоснулся губами к ее щеке.

— Спокойной ночи.

Так он мог поцеловать свою тетушку, а после интимных отношений, возникших между ними сегодня, такой поцелуй воспринимался как пощечина.

— Спокойной ночи.

Клодия, не оглядываясь, быстро прошла в свой номер и бросилась на кровать, едва сдерживая слезы.

А чего ты, интересно, ожидала? Что он попросит тебя зайти, чтобы разделить его тревоги? Что бы Гай ни говорил, он считает тебя виноватой.

Но чем больше Клодия размышляла, тем меньше понимала, что происходит.

Гай и себя винит. За то, что утешался с тобой в то самое время, когда дочь куда-то сбежала с парнем, который может оказаться кем угодно.

Но он не показался ей безумно встревоженным.

Но конечно же, Гай встревожен. Тот факт, что он не грызет от волнения ногти, еще ни о чем не говорит. Если ты сама обязательно должна с кем-нибудь поделиться своими тревогами, то Гамильтон не из таких.

Клодия улеглась в постель и почти сразу же заснула. Она проснулась в 1.30.

Он не позвонил.

Может быть, побоялся разбудить меня?

Ей очень хотелось позвонить ему, но, если он заснул, а Аннушка еще не вернулась, Гай подумает, что ему звонит портье, чтобы сообщить о ее появлении.

Клодия представила его себе двадцатилетним, когда он допоздна засиживался за учебниками. Она представила маленькую квартирку, стол, заваленный книгами, остывающую чашку кофе и орущего младенца. Она представила, как он ходит из угла в угол, держа на плече головку ребенка, и шепчет ей какие-то успокаивающие слова. Она представила, как он далеко за полночь подогревает бутылочки с молоком, пока жена спит. Интересно, завидовал он друзьям, не обремененным столь тяжкими обязанностями? Хотелось ему снова стать свободным, как они, имеющим возможность пойти, если захочется, выпить пива или пофлиртовать со студенточками?

Любил ли он это крошечное орущее создание? Или он злился на него? Возможно ли, что его дочь по прошествии стольких лет все еще чувствует его недовольство?

Клодия снова задремала и проснулась от какого-то звука. Нет, это не телефон. Она взглянула на часы: 5.47. Потом снова услышала стук в дверь.

Она мгновенно вскочила.

— Кто там?

— Гай.

Видно было, что он не сомкнул глаз. Ее поразило его побледневшее, измученное лицо.

— Извини, что разбудил, — коротко сказал он.

— Ну что ты, Гай. Я немного вздремнула. Входи.

На нем был синий спортивный костюм, он стоял босиком, как будто только что вскочил с постели и натянул на себя первое, что попалось под руку. Гай подошел к окну, держа одну руку в кармане, а другой рукой провел по небритому лицу.

— Она отсутствует уже пятнадцать часов. Если не вернется в ближайшее время, придется звонить в полицию.

Ощущая свою полную беспомощность, Клодия лихорадочно думала, чем бы его утешить.

— Этот парень не выглядел неприятным. Я уверена, что Аннушка не пошла бы с подозрительным типом. Она не глупа.

— Не глупа, но бесшабашна. Она настолько бесшабашна, что способна совершить глупость только для того, чтобы досадить мне. Аннушка думает, что знает все, — продолжал Гай. — Если она попадет в какую-нибудь неприятную ситуацию, с которой не сможет справиться, то, будьте уверены, только для того, чтобы досадить мне... — Он сердито засунул руки в карманы, но в глазах его отражались все невысказанные страхи.

Все картины, которые мучили его воображение, отчетливо представлялись и ей, но Клодия сказала:

— Она делает это не для того, чтобы досадить тебе, Гай. Ей просто захотелось развлечься.

— Развлечься? Какого, по-твоему, развлечения ищет этот парень? — Он провел рукой по волосам. — Ты сама видишь, как она выглядит. Что, глядя на нее, может подумать мужчина? Она моя дочь, но я тоже это вижу. Она провоцирует, соблазняет. Не тем, как одевается или ведет себя, но есть в ней что-то вызывающее. А когда Аннушка флиртует, то это ее свойство проявляется в пятьдесят раз сильнее. И если она флиртовала с этим парнем...

— Она не флиртовала, по крайней мере открыто. Она не хихикала, как дурочка, как это делают все девчонки в ее возрасте.

— Ей этого и не надо делать. — Гай отвернулся, раздвинул шторы и выглянул в окно. — Она еще никогда не бывала в подобных местах. Она не понимает, что здесь другие обычаи. Здесь, если девушка позволяет незнакомому парню увести себя куда-нибудь, все сочтут, что она сама напросилась на все, что бы с ней ни произошло.

О Боже. Ей хотелось обнять его, но Клодия понимала, что сейчас это может вызвать у него лишь раздражение. Единственное, что могло его сейчас успокоить, это возвращение дочери.

От кондиционера Клодии стало холодно. На ней была надета пикантная ночная сорочка из атласа, но даже если бы на ней красовался мешок из-под цемента, Гай бы этого не заметил. Она накинула махровый халат, не обращая внимания на то, что он был на целый фут короче сорочки и выглядел довольно несуразно. В ванной Клодия ополоснула лицо холодной водой и вытерлась полотенцем.

Когда она вышла из ванной, Гай все еще стоял у окна.

— Извини, — сказал он, — мне не следовало приходить сюда. Это не твоя забота.

— Ох, Гай! — Клодия, поддавшись порыву, подошла к нему и обняла. — Я рада, что ты пришел, я тоже почти не спала.

Гамильтон не высвободился из ее рук, хотя она этого ожидала. Его тело сначала напряглось, как будто он испугался, что сочувствие заставит его сломаться, но потом его руки медленно обняли ее, и он погладил рыжие волосы слегка дрожащими пальцами.

— Я, черт возьми, чувствую себя абсолютно беспомощным. — Голос его дрожал от сдерживаемого гнева, который, Клодия была уверена, лишь прикрывал его страхи. — Я хотел пойти поискать ее, но не знаю, с чего начать.

Больше всего ему нужно сейчас выспаться, но говорить об этом бесполезно. Она будет похожа на заботливую мамашу, и Гай отмахнется от нее со словами: «Как, черт возьми, я могу сейчас спать?» Что же делать? Очевидно, надо отвлечь его внимание, но как?

Оторвавшись от него, Клодия взяла телефонную трубку и, позвонив в обслуживание номеров, заказала две чашки горячего шоколада и сандвичи с цыпленком.

— Не знаю, как ты, — сказала она, — но я, когда нервничаю, должна что-нибудь съесть, так что давай поедим.

Он как-то умудрился изобразить на лице подобие улыбки — жалкое, надо сказать, подобие.

— Боюсь, тебе придется есть одной. Я в такие моменты сожалею о том, что бросил курить, потому что сейчас выкурил бы целую пачку самых длинных сигарет.

Учитывая его состояние, она не собиралась высказывать неодобрения по этому поводу.

— Если тебе очень хочется, то мы могли бы заказать еще и пачку сигарет.

— Я могу выкурить всю пачку, и в твоей комнате нечем будет дышать.

— При сложившихся обстоятельствах я не стану возражать.

Он покачал головой.

— Нет, я слишком долго не курил, так что поздно начинать снова.

Она сидела в кресле, стараясь прогнать беспокойство, от которого щемило сердце.

— Гай, не буду повторять это дважды и не пытаюсь просто утешить тебя, но вполне возможно, что они пошли куда-нибудь с этим пареньком и что-нибудь помешало им вернуться вовремя.

Они могли пойти на какую-нибудь вечеринку, где он мог выпить лишнего и не смог вовремя доставить ее назад на машине. Можно назвать сколько угодно совершенно безобидных причин, объясняющих, почему Аннушка до сих пор не вернулась.

— Да, хождение из угла в угол едва ли принесет пользу, — пробормотал Гай, взъерошивая рукой волосы, и с тяжелым вздохом опустился в другое кресло.

У него был такой измученный вид, что Клодии стало безумно жалко его. Ей хотелось уложить Гая в постель рядом с собой, обнять и убаюкать, чтобы он заснул, но она понимала, что Гай сейчас ни за что не позволит ей это сделать.

— Расскажи мне о раннем детстве Аннушки. Какая она была?

На губах его промелькнула ностальгическая улыбка.

— Она могла быть настоящим маленьким чертенком, но умела очаровать любого. Она... — Гамильтон замолчал. — Позвоню-ка я регистратору и скажу, чтобы перевели звонок сюда.

Взяв трубку, он сказал:

— Я просил позвонить мне, как только вернется моя дочь, но не хочу, чтобы меня беспокоили. Не могли бы вы передать сообщение через коллегу из номера триста девять? Это очень важно. — Гай сделал паузу. — Нет, все в порядке, спасибо. Они, должно быть, ломают голову, не понимая, что происходит, — пробормотал он, снова усаживаясь в кресло. — Удивляются, наверное, почему я просто не подсуну ей под дверь записку.

— А мог бы.

— Она сделает вид, что не заметила ее.

— Ну, ладно. А теперь продолжай, — сказала Клодия. — Ты начал рассказывать об очаровательном маленьком чертенке. Она действительно была очень озорной?

— Временами могла кого угодно довести до белого каления, но, наверное, все дети таковы. — Гай помедлил. — Забавно, какие мелочи сохраняются в памяти. У нее была книга детских стишков, которую мы без конца перечитывали. Некоторые стихи ее очень расстраивали, особенно стишок о старой голодной собаке Матушки Хабборт. В конце концов мне пришлось нарисовать в книге две косточки и приписать без позволения автора другую концовку.

— Что это был за стишок?

— Я теперь не помню.

Враль.

— Постарайся вспомнить. Я напомню начало.

> Старая Матушка Хабборт
> заглянула в кухонный шкаф,
> где хранилась косточка для бедной собачки.
> Но как ни грустно,
> в шкафу было пусто,
> и осталась голодной собачка.

Она взглянула на него, ожидая продолжения. Смущенно улыбнувшись, Гай продолжил:

> В магазин сходила Матушка Хабборт
> и купила свиные котлетки.
> Угостила собачку,
> а собачка вильнула хвостом
> и сказала: «Ох, как вкусненько».

Клодия рассмеялась.

— Литературным шедевром это, конечно, не назовешь, но цель была достигнута: Аннушка успокоилась, — продолжал он. — Правда, после этого она усвоила, что позволительно что угодно писать и рисовать в книгах.

Важно было начать, а потом его уже не нужно понукать. Он рассказал ей о том, как они отдыхали у моря, где он учил Аннушку плавать; о том, как он учил ее кататься на лыжах и как она его поначалу оскандалила.

Принесли шоколад и сандвичи, и Гай, хотя и утверждал, что не хочет есть, съел гораздо больше, чем она. Однако он по-прежнему время от времени посматривал на часы.

Клодия молила Бога, чтобы Гаю удалось поспать и хотя бы на короткое время позабыть о своих страхах. Если бы он сейчас просто закрыл глаза...

В конце концов она пустилась на маленькую хитрость.

— Мне надо в туалет, — сказала она и, тихо закрыв за собой дверь, несколько минут сидела на краешке ванны. Потом спустила воду, на минуту открыла кран и очень осторожно вернулась в комнату.

Ее уловка сработала. Гай спал.

Она потихоньку, чтобы не разбудить его, прилегла на кровать. Часы показывали 6.40.

О Боже, пусть она вернется поскорее. Пусть с ней все будет в порядке. Пусть с ней не случится ничего хуже головной боли с похмелья.

Она не собиралась засыпать, но удерживать открытыми отяжелевшие веки становилось все труднее. Когда наконец зазвонил телефон, Клодия сразу же проснулась.

— Да?

Гай тоже проснулся и насторожился.

— Большое спасибо, — сказала она в трубку, почувствовав безмерное облегчение. — Да, я передам ему. Аннушка поднимается на третий этаж, — сказала она, обращаясь к Гаю.

Он на секунду закрыл глаза, как будто без слов возблагодарил небо, хотя едва ли умел делать это. Потом метнулся к двери.

— Я ее убью!

— Гай!

Бесполезно. Он выскочил в коридор, оставив дверь нараспашку, а Клодия в напряженном ожидании осталась сидеть на кровати.

Не прошло и секунды, как она услышала его голос:

— Кто это такой, черт возьми? Где ты была?

Неужели? Клодия подкралась ближе к двери. Он стоял возле самой двери, откуда-то из глубины коридора послышался жалобный голосок:

— Папа, прошу тебя...

— Прошу прощения, сэр, — послышался чей-то голос с заметным американским акцентом. Тон был явно извиняющимся. — Она не предупредила меня, что ей не разрешили выходить. Мы были в яхт-клубе. Мои друзья собрались прогуляться на лодках вдоль побережья и пригласили нас. Мы должны были вернуться вчера к восьми часам вечера, но погода испортилась. Мы пытались выйти в море, но были вынуждены вернуться. Для легких катеров волна была слишком высокой. Нам всем пришлось заночевать на берегу. Я еще раз приношу свои извинения, сэр. — Последовала короткая пауза. — Я пришел сюда с ней, чтобы все объяснить. Она боялась, что вы очень сильно рассердитесь.

В этом он был прав.

Гай заговорил более спокойным тоном:

— Не смотрите на меня с таким испугом, я не собираюсь драться. Вы хорошо поступили, что пришли объясниться, а теперь вам лучше исчезнуть.

— Понял, сэр, — с явным облегчением отозвался паренек. — Увидимся, Аннушка.

— Пока, Сэмми.

Последовало короткое молчание, пока Сэмми вызывал лифт, благодаря Всевышнего, что удалось убраться подобру-поздорову от разъяренного папаши, потом Гай произнес:

— Ну?

— Ради Бога, не начинай. — Теперь, когда худшее осталось позади, жалобная интонация напрочь исчезла из тона Аннушки. — Я почти не спала всю ночь, устала, и мне нужно поскорее принять душ. Разве обязательно было разговаривать с ним подобным тоном? Его отец — большая шишка в Ливане, а он в следующем году поступает в школу бизнеса в Гарварде.

— Да пусть он будет хоть сам Ага Хан, мне безразлично, — заорал Гай. — Ты понятия не имеешь о том, как я беспокоился! Думаешь, я спал?

— Нет, потому что ты сам задаешь этот вопрос. Но могу догадаться, чем ты занимался, потому что вышел сам знаешь из чьей комнаты.

Последовала пауза, во время которой Клодия чуть не лишилась чувств.

Он заговорил, и каждое его слово падало как удар хлыста.

— Мне наплевать на твой возраст, и если ты через три секунды не уберешься в свою комнату, то получишь первую в твоей жизни трепку, поняла?

Как ни странно, обычного дерзкого ответа не последовало. Несколько секунд спустя чуть дальше по коридору, громко хлопнув, закрылась дверь.

Клодия, чувствуя, как ее от волнения бьет дрожь, опустилась на краешек кровати.

Гай вернулся, кипя от негодования.

— Если она будет продолжать в том же духе, то, клянусь Богом, я...

Он замолчал на полуслове, заметив выражение лица Клодии.

— Что с тобой?

— Что со мной? А как ты думаешь, черт возьми?

Когда до него дошло, в чем дело, выражение его лица резко изменилось.

— Клодия, она нас прощупывает.

Клодия едва верила своим ушам.

— Что ты хочешь этим сказать? Твоя дочь не блефует, она знает наверняка. Возможно, он не угадала точно время, но знает, что произошло. — Голос у нее задрожал. — Посмотри на себя! Босиком, в тренировочном костюме, как будто второпях натянул на себя то, что попало под руку, ты выходишь из моей комнаты, небритый перед завтраком!

— Она блефовала! — Гай сел рядом с ней и нежно обнял за плечи. — Поверь мне, ты все не так поняла. Аннушка увидела в этом лишь возможность увести разговор в сторону. Она так всегда поступает, когда дело принимает для нее опасный оборот. Она всегда ищет, чем отвлечь внимание, чтобы спустить пары. А тут я сам преподнес ей такую возможность на тарелочке.

— Но она, должно быть, подумала...

— Ничего она не подумала. А если и подумала, так только разве то, что я зашел к тебе сказать, что она еще не вернулась.

Клодию его слова не убедили.

— Откуда такая уверенность?

— Просто я ее знаю. И знаю, черт возьми, гораздо лучше, чем ты. Если бы Аннушка действительно думала, что между нами что-то есть, то, будь уверена, уже давно высказала бы какие-нибудь язвительные замечания по этому поводу. Не тебе, а мне.

Клодии очень хотелось ему верить.

— Надеюсь, ты прав. Если твоя дочь подумала, что мы занимались этим, как какие-то кролики, когда она, возможно, была...

— Перестань. — Гай легонько встряхнул ее. — Или я за себя не отвечаю. — Давненько он не смотрел на нее таким взглядом. В его глазах снова появился хотя и тускловатый, но огонек. — А если ты еще раз сравнишь меня с кроликом, то пеняй на себя.

— Ты однажды тоже сравнил меня с кроликом, — сказала Клодия дрожащим голосом. — В итальянском ресторане, помнишь?

— Помню. — Огонек погас быстрее, чем вспыхнул, и Гай ее отпустил. — Я должен идти, у меня назначена встреча.

— Но ты почти не спал!

— Ничего не поделаешь.

— Ты зайдешь к ней перед уходом?

Гай взглянул на часы.

— У меня нет времени. Да и дверь она все равно не откроет. — Он легонько поцеловал ее в губы. — Поспи немного. Увидимся позднее.

Она очень боялась встречи с Аннушкой.

После часу дня Клодия постучала в ее комнату, и Аннушка открыла дверь с недовольным выражением лица.

— Что тебе нужно?

— Ты хорошо поспала?

— Нормально. — На ней была надета мешковатая майка, которая, видимо, служила ей ночной рубашкой.

— Наверное, было не очень уютно спать на берегу?

— Все бы ничего, если бы я не думала все время о том, что отец взорвется, как ракета, когда я вернусь.

Клодия помедлила.

— Он очень беспокоился о тебе.

— Как бы не так!

— Беспокоился. Если хочешь знать, то и я тоже.

Аннушка откинула с лица спутанные волосы, и недовольное выражение вдруг исчезло с ее лица.

— Я сказала это только для того, чтобы он заткнулся. Ну, о нем и о тебе... Он завелся и мог продолжать без конца, а я устала. Не моя вина, что я не смогла вернуться вовремя. Сэмми сказал, что мы вернемся не позднее восьми. Если бы море не разбушевалось, отец бы никогда ничего не узнал.

Слава Богу, Гай был прав.

— Он все равно бы узнал. Отец начал искать тебя задолго до восьми часов.

— На него похоже. Он просто не выносит, когда мне весело.

Терпение Клодии было на пределе.

— Он беспокоился! Он думал, что ты, может быть, поскользнулась и упала в душе или еще что-нибудь! Он чуть с ума не сошел от беспокойства и не спал всю ночь!

— Да уж, не сомневаюсь. Беспокоился, что нарушится его драгоценный распорядок дня, если ему придется отлучиться утром с работы для опознания моего трупа в морге.

Клодия была так возмущена, что на мгновение утратила дар речи.

— Как ты можешь говорить такие вещи?

— Много ты знаешь! — с неожиданной злостью выпалила Аннушка. — Лучше уйди отсюда и оставь меня в покое.

Если бы в коридоре не появилась какая-то дама, с любопытством взглянувшая на них, проходя мимо, Клодия не сдержалась бы и тут же наорала на девчонку. Но теперь ей пришлось почти силой затолкнуть Аннушку в комнату и закрыть дверь.

— Твой отец всю ночь места себе не находил, а тебе все равно, не так ли? — Глаза у нее сверкали. — Ты грубая, эгоистичная, бесчувственная соплячка! Как он тебя терпит, ума не приложу. Ему за это следует медаль выдать! К лику святых причислить!

Ее слова резали воздух, как удары хлыста.

Аннушка, ссутулившись, молча смотрела в сторону.

Такой реакции Клодия от нее не ожидала. Ей вдруг стало не по себе.

— С тобой все в порядке?

Ответом было лишь всхлипывание, предвещавшее потоки слез.

Клодия пробыла у нее более часа. Остальную часть дня она с нетерпением ждала возвращения Гая.

Он позвонил в пять.

— Я только что вернулся и очень устал. Хочу поспать часика два перед ужином.

— Хорошо. Я к тому времени буду готова.

— Как вела себя Аннушка?

Не сейчас, отложи разговор.

— Она устала и большую часть дня проспала.

— Я так и думал. Я постучал, когда проходил мимо ее комнаты, но не получил ответа. — Гай помолчал, голос его утратил свою деловитость. — А как ты себя чувствуешь после всех этих драматических событий?

— Хорошо.

— Ты, кажется, немного напряжена?

— Нет, все в порядке.

— В таком случае до встречи вечером. Если я не появлюсь в 7.30, позвони мне.

— Договорились. Приятного сна.

Он явился вовремя, свежий, только что из-под душа, выглядевший так, словно ночью проспал не менее шести часов. Гай поцеловал ее и сказал, что она выглядит прекрасно и что он изменил свое мнение относительно ее стрижки — просто ему потребовалось время, чтобы привыкнуть.

— Ты видел Аннушку? — спросила Клодия, входя в лифт. Он покачал головой.

— Я хотел это сделать, но, учитывая обстоятельства, решил воздержаться. — Что-то среднее между гневом и отчаянием промелькнуло на его лице. — Это только вызвало бы очередную стычку. Я бы вышел из себя, она бы, как всегда, надерзила мне, после чего я бы вообще потерял контроль над собой.

Клодия испытала огромное облегчение, узнав, что он не виделся с Аннушкой. Еще одна ссора могла все испортить.

— Я сунул под дверь ее комнаты записку, — продолжал Гай. — Ни слова о прошлой ночи. У меня неожиданно сорвались две встречи, назначенные на завтра, так что я подумал, что мы можем завтра отправиться на Черепаший берег.

Они поужинали в кафетерии, который едва ли можно было бы назвать подходящим местом для серьезного разговора.

— Мы выедем завтра не раньше полудня, — сказал Гай, когда принесли заказ. — Мне придется сначала сходить и подобрать оборудование. Один парень, который живет здесь с тех пор, как свергли с престола старого султана, пообещал одолжить нам спальные мешки, портативные холодильники и прочее. Я попросил, чтобы в отеле нам приготовили с собой продукты.

— Звучит заманчиво, — бодро откликнулась Клодия.

Он насторожился.

— С тобой все в порядке?

— Все хорошо. Нет, не все хорошо. Мне надо поговорить с тобой. Об Аннушке.

Лиха беда начало. Дальше пошло проще.

— Когда я зашла к ней в обеденный перерыв, она начала говорить мне ужасные вещи, и я потеряла контроль над собой. И тоже наговорила ей в ответ массу неприятного. — Клодия с трудом сглотнула, так как в горле у нее пересохло от волнения. — Действительно неприятных вещей. И Аннушка расплакалась. Не притворилась, а по-настоящему расплакалась. И тут обнаружилось кое-что нехорошее.

— Что именно?

Она оглянулась вокруг.

— Мне не хочется разговаривать об этом здесь.

Взгляд его стал острым, как стальной клинок.

— Что-нибудь произошло прошлой ночью?

— Речь совсем не об этом. О прошлой ночи в разговоре даже не упоминалось.

У него немного расслабились напрягшиеся плечи, но взгляд был по-прежнему настороженным.

— Что-нибудь в школе?

— Нет, речь о другом. — Она нетерпеливо оглянулась. — Попроси принести счет. Мы не можем обсуждать это здесь.

Жестом подозвав официанта, Гай потребовал счет, подписал его, и они сразу же вышли из кафетерия.

— Пойдем на пляж, — предложил он, — там сейчас ни души.

Пляж был самым подходящим местом. Ей не хотелось идти в номер, а в баре было слишком многолюдно.

Ветер, бушевавший прошлой ночью, стих. Море было темным, спокойным и серебрилось в лунном свете. Они уселись на мягкий песок чуть поодаль друг от друга.

— Ну, выкладывай.

Обхватив руками колени, Клодия продолжила рассказ:

— Она была в ужасном состоянии. Я давненько не видела, чтобы кто-нибудь так горько плакал.

Некоторое время оба молчали.

— Это из-за меня, не так ли? Она думает, что я не хотел, чтобы она жила вместе со мной.

Его слова выбили у нее почву из-под ног.

— А это правда?

— Нет. К тому же все не так просто. — Гай поднял камешек и швырнул в воду. — Она сама не хотела приезжать, потому что приходилось оставлять там друзей, и школу, и все, к чему она привыкла. — Он бросил в воду еще один камешек, на сей раз подальше. — Аннушка не глупая девочка. Даже в свои тринадцать лет она понимала, что мне придется изменить весь свой уклад жизни, чтобы приспособиться к ней. И я это сделал. Приспособил свои часы работы, изменил устоявшиеся привычки... Она думала, что я из-за этого злюсь на нее.

Его проницательность обескуражила Клодию.

— А ты действительно злился?

— Не могу сказать, что для меня это было удовольствием, особенно поначалу. Если бы она переехала ко мне на год раньше, возможно, все было бы по-другому. Но за этот год она сильно изменилась, стала капризной, не желала разговаривать.

— Это называется проблемами переходного возраста.

— Я знаю, и произошло это в самое неудачное время. Я понимал, что она думала. Аннушка была несчастна и пыталась убедить себя, что в этом виноват я, потому что я, мол, не хотел, чтобы она жила у меня. Так ей было проще.

Клодия ощутила теплую волну сочувствия к нему.

Как я могла подумать, что он об этом не знает?

— Я говорил ей, что рад тому, что она живет со мной, — продолжал Гай, — но видел, что она мне не верит. Ей казалось, что я говорю одно, а думаю другое. Поэтому я перестал твердить об этом. Теперь, оглядываясь назад, я вижу, что был слишком снисходителен, ей сходили с рук дерзости и грубые выходки. Я думал, что она злит меня нарочно, чтобы я вышел из себя и наорал на нее, и тогда она получила бы подтверждение того, что я не хочу, чтобы она жила рядом.

Клодия отчетливо представляла себе эту ситуацию: его сдерживаемое раздражение и ее постоянное вызывающее поведение...

— Аннушка говорила что-то о женщине, которая в то время была твоей подружкой. Она считает, что разлучила вас.

Гай нетерпеливо покачал головой.

— Все было не так. Камилла не любила детей. Ей не нравилось, что из-за них приходится менять свои привычки. Ей не нравилось приспосабливать свой отдых к тому, что хочется детям. Ее возмущало, что она не могла больше оставаться у меня на ночь. Когда я сказал ей об этом, она решила, что я над ней издеваюсь.

Клодия почувствовала укол ревности.

— У нас были хорошие отношения, — продолжал Гай, словно прочитав ее мысли. — Она была веселая, умная и забавная, но все вокруг должно было идти так, как хочет она. Все вокруг должно было приспосабливаться к ее образу жизни, к ее карьере. Если что-нибудь ее не устраивало, Камилла просто от этого отказывалась.

— И она от тебя отказалась?

Гай взглянул на нее с печальной улыбкой.

— Можно и так сказать. Меня, как говорится, бросили. Но я не долго ронял слезы в пивную кружку. Мы все равно рано или поздно устали бы друг от друга.

— Аннушке кажется, что это она разлучила вас. Девочка считает, что ты злишься на нее еще и из-за этого.

— Я так и думал. Я пытался объясниться с ней, но она не пожелала слушать. Что бы я ни говорил, Аннушка упорно не желала ничему верить.

— Могу себе представить, — сказала Клодия. Теплый ветерок играл подолом ее юбки. Она немного расслабилась, но ее тревожило то, что предстояло ему сказать. Клодия пока не знала, как это сделать. А он продолжал:

— Потом жизнь понемногу стала налаживаться. Не могу сказать, что между нами все шло гладко, но мне показалось, что она начала привыкать и успокаиваться. А потом мне пришлось уехать на несколько дней как раз в то время, когда начались школьные каникулы, а у миссис Пирс заболела сестра, и ей пришлось уехать, чтобы ухаживать за ней. Аннушке в то время едва исполнилось пятнадцать лет, и я не мог оставить ее совсем одну. Он помедлил. — Не спросив моего разрешения, она договорилась погостить у своей школьной подруги, и я впервые жестко отказал. У ее подружки родители тоже были в отъезде, а ее старшие братья и сестры не внушали мне доверия. Один из них получил предупреждение полиции за хранение анаши. Мне не хотелось оставлять ее на три дня в подобной компании.

— Поэтому ты оставил ее у своих друзей, где-то в сельской местности.

Он с удивлением взглянул на нее.

— Это она тебе рассказала?

— А как, по-твоему, я могла узнать? Она бывала там и раньше, не так ли?

— Она и теперь время от времени там бывает. Я и сейчас попросил бы их приютить ее, но они затеяли капитальный ремонт. Майк и Дженни — мои старые друзья со студенческих времен. У них четверо детей и беспорядочный старый дом, где столько домашних животных, что хватило бы на целый зоопарк, где повсюду собачья шерсть и никто не обращает на это внимания. Аннушка, когда была поменьше, очень любила у них бывать. У них есть дочь на год ее моложе, и они с Аннушкой хорошо ладили друг с другом. Они любили забираться на сеновал и могли болтать там часами.

— Она мне рассказывала. Девочку, кажется, зовут Луиза?

Видимо, Гай только сейчас начал понимать, что за этим разговором кроется нечто более серьезное.

— Клодия, в чем дело? Если ты хочешь о чем-то рассказать, то не тяни, выкладывай.

Клодия, стараясь не смотреть ему в глаза, продолжала:

— Они не забирались на сеновал. Прячась от младших, они забирались на чердак. Прихватив с собой пару банок сидра и пачку сигарет, они курили там, выпуская дым через слуховое окно, и болтали о мальчиках. Аннушка рассказала Луизе о своей подружке, к которой ты не захотел ее отпустить, и о том, как та «занималась этим» с одним мальчиком в Корнуолле. Она начала жаловаться Луизе, что ты не отпустил ее туда, что ты страшный зануда и не желаешь, чтобы она развлекалась, и что ты вообще не хотел, чтобы она жила вместе с тобой.

Клодия сделала передышку, собираясь с духом.

— Ну, а дальше?

— И тут Луиза сказала ей: «Если поклянешься, что не выдашь меня, я тебе кое-что скажу». Аннушка, конечно, спросила: «О чем?» — а Луиза сказала: «Сначала поклянись». Аннушка поклялась, а Луиза вдруг передумала, потому что побоялась, что мать ее убьет. Аннушка, естественно, сказала, что мать никогда ничего не узнает, потому что она ни за что не выдаст Луизу. И Луиза сказала ей, что ты даже не хотел, чтобы она родилась. Она сказала, что ты хотел, чтобы ее мать сделала аборт.

Глава 14

— О Господи, — пробормотал Гай, вскочил на ноги, подошел к кромке воды и остановился там, засунув руки в карманы.

Трудно представить себе, что он, должно быть, чувствовал в тот момент. Переждав минуту-другую, Клодия продолжала:

— Я ей сказала, что это неправда. Я не знала, что еще сказать.

Он молчал. Его молчание было красноречивее любых слов.

— Я не осуждаю тебя, Гай. То, что ты сделал, было вполне естественно. Вы оба были слишком молоды...

— Но я этого не делал! — резко, со злостью выпалил он. — Я никогда не предлагал этого Анне! — Он довольно долго молчал. — Но я об этом думал.

Как ни странно, Клодия почувствовала огромное облегчение. Ведь ему ничего не стоило солгать.

— В таком случае каким, черт возьми, образом...

— Понятия не имею.

Оба они какое-то время молчали, и слышался лишь тихий плеск волн, набегавших на берег. С глубоким вздохом он провел рукой по голове, взъерошив волосы.

— Майк и тогда был моим закадычным другом. Когда я сказал ему, что Анна беременна, он, не раздумывая, предложил простейший выход. И не успел я что-нибудь добавить, как он заговорил о необходимости подыскать подходящую клинику. Друзья в один голос поддержали его и обещали помочь, скинувшись по десятке. Они все продумали и предусмотрели.

— А что сказал ты?

— Я, кажется, ничего не говорил. Наверное, еще не оправился от потрясения.

— Но они подумали, что ты этого хочешь?

Гай продолжал смотреть на море.

— А как же еще? Когда тебе девятнадцать, такое решение кажется естественным.

— Что ты сказал Анне, когда та сообщила тебе о беременности?

— Сначала ничего не сказал, я был слишком потрясен. Она плакала. Сама она знала о беременности уже несколько дней, но боялась сказать мне. Несколько раз случалось, что она забывала принять противозачаточные пилюли, но ей и в голову не приходило... и так далее и тому подобное. Она была очень расстроена и все беспокоилась о том, что скажет ее отец, когда узнает.

Гай взял Клодию за руку, и они немного прошлись по пляжу.

— Никогда не забуду этот день. Мы договорились встретиться в обеденный перерыв в кафе. И вот посередине обеда она вдруг сообщила мне новость. У нас даже не было времени поговорить об этом. Сразу же после обеда у нее была назначена встреча с каким-то консультантом. Анна помчалась на встречу, а я был так ошеломлен, что забыл расплатиться по счету: встал из-за стола и пошел к выходу, где меня и перехватили. Кажется, даже полицию хотели вызвать.

— Только этого не хватало! Чем же все закончилось?

— В конце концов мне поверили. Не обошлось, конечно, без ехидных замечаний по поводу того, что молодые парни сами не соображают, в какую беду могут попасть, потом меня отпустили. Именно в тот день я и рассказал обо всем Майку. Мы с ним зашли после лекций выпить пива, и мне было необходимо с кем-нибудь поделиться. Я вернулся домой, не зная, что предпринять. Анна была дома. Она побывала в книжном магазине и купила книгу, в которой было множество фотографий с изображением человеческого эмбриона длиной в два дюйма, но уже с крошечными пальчиками. По лицу Анны было заметно, что она долго плакала. Она сказала, что понимает, что должна избавиться от ребенка, но не может этого сделать, и добавила, что не обижается на меня за то, что я хочу от него избавиться.

Гай долго молчал, потом продолжил:

— После этого я ни разу не обсуждал этот вопрос ни с кем из друзей. Я лишь сказал им, что Анна хочет сохранить беременность. Знаю, что все они считали нас сумасшедшими, но открыто этого никто не говорил. А Майк, возможно, подумал, что я нашел какой-то другой выход.

Он повернул и снова повел ее к тому месту, где они только что сидели, и они снова сели на песок.

— В то время Майк и Дженни уже составляли единое целое. Очевидно, он в конце концов рассказал ей обо всем. Он сделал свои предположения и передал их ей. Но как она могла рассказать об этом дочери? — Голос его зазвенел от ярости. — Вот уж воистину правда, что женский язык за зубами не держится. Ведь Луиза совсем ребенок! Как она могла все рассказать ей...

— Она и не говорила.

— Тогда как, черт возьми...

— Луиза подслушала разговор матери с какой-то приятельницей. В то время Аннушка как раз гостила у них. Дженни сказала приятельнице, что ей очень жаль твою жену, и упомянула... кое-какие подробности.

— Разве можно было доверять ей? — Он нетерпеливо взъерошил волосы. — Дженни никогда не умела хранить секреты. Пойми меня правильно, — добавил он, — она не из тех мерзавок, которые умышленно нашептывают о людях гадости. Дженни — добрейшее существо, но абсолютно безмозглое. Так было всегда, а уж после рюмочки от нее можно было ждать самых возмутительных откровений. — Он вздохнул — то ли печально, то ли сердито. — Она бы умерла, если бы узнала, что Луиза подслушала разговор, особенно что передала его Аннушке. Дженни забеременела Луизой вскоре после того, как родилась Аннушка. И Майк, вместо того чтобы листать в справочнике «желтые страницы»* в поисках подходящей клиники, ходил с таким довольным выражением лица, словно был первым на земле парнем, которому удалось совершить такое чудо. Они собирались пожениться, и было решено устроить настоящую «белую» свадьбу с кучей гостей и фейерверками. Я тогда еще спросил его: «Ты, кажется, в корне изменил свое мнение, приятель?» А Майк глупо ухмыльнулся и ответил, что, мол, когда речь идет о своем собственном ребенке, то все предстает в ином свете и что они с Дженни столько раз бывали небрежны, что он начал подумывать, уж не бесплоден ли один из них. Но они все равно поженились бы. Уж очень подходили друг другу.

Последовала долгая пауза. Это была предыстория, а сам вопрос: «Как исправить положение?» — ждал решения.

---

* Раздел в конце телефонной книги, где абоненты сгруппированы по роду деятельности: например, врачи, адвокаты и т.п. Напечатан на желтой бумаге. — *Примеч. пер.*

— Бедная девочка, — сказал он наконец. — Ей и без того хватало проблем. А эта, наверное, с тех пор отравляет ей душу.

— Тебе необходимо поговорить с ней. Объясни, что все было не так.

Снова последовала пауза. И когда Гай заговорил, голос его дрожал от переживаний.

— Больше всего мне хочется посмотреть ей прямо в глаза и сказать, что я никогда даже и не думал об этом. Но ведь я думал. И никому, кроме меня самого, неизвестно, каким виноватым я себя считал после этого.

Клодии хотелось обнять его, взять за руку, но она этого не сделала. Она боялась, что слово или жест спугнут его и он снова замкнется в себе.

— Пока она не родилась, я почти не испытывал никаких чувств, — продолжал Гай. — Это у Анны что-то росло внутри и время от времени шевелилось, а я лишь смутно понимал, что в конце концов это должно увидеть свет, что потом предстоят пеленки и бессонные ночи и что на долгие недели нам придется забыть о сексуальной близости. Ради Анны я притворялся, что с радостью жду этого события. Но когда она родилась... — Он помедлил. — Я почему-то считал, что родить ребенка не сложнее, чем вылущить гороховый стручок. И я был абсолютно не готов к тому, что Анне пришлось мучиться несколько часов, в течение которых я чувствовал себя таким беспомощным и бесполезным, как никогда в жизни. Я терроризировал медицинский персонал, требуя, чтобы ей дали что-нибудь, чтобы облегчить боль. В конце концов меня оттуда выставили, и я превратился в классический образец отца, ожидающего рождения ребенка. Когда меня пустили к ней снова, все было кончено. Анна заснула. Она была такая бледная и измученная, что я почувствовал себя последним негодяем. А потом сестрица подала мне маленький сверток: «Хотите подержать ее?» Аннушка была такая крошечная, что я оцепенел от страха. Глазенки у нее были открыты и смотрели на меня, но взгляд еще не мог как следует сфокусироваться, словно она была не вполне уверена, чего ожидать от этой большой обезьяны, которая того и гляди уронит ее на пол... — Гай неожиданно снова перешел на деловой тон и, подав руку, помог Клодии подняться на ноги. — Я начинаю ощущать последствия бессонной ночи. Идем.

Ее и так удивило, что он долго рассказывал о себе. Но его воспоминания отличались мужской сдержанностью, Гай ни разу не позволил себе пошлых сентиментальных высказываний, как это делал бывший приятель Кейт, Эйдан, который наверняка сказал бы что-нибудь вроде: «И тут я понял, что значит быть отцом. Я повзрослел в ту ночь, Клодия. Я осознал, что такое настоящая любовь».

Гай озабоченно нахмурил лоб.

— Разговаривать с ней и раньше было непросто.

— Может быть, отложить разговор до завтра, когда приедем на Черепаший берег? — неуверенно предложила Клодия. — Может быть, мне лучше не ехать с вами? Тогда вы побудете вдвоем...

Он покачал головой.

— Без тебя я не поеду. Черепаший берег — место безлюдное. Случись что-нибудь, например, я подверну ногу и не смогу вести машину, она окажется в трудном положении.

Они зашли в бар, и Клодия почувствовала, что бессонная ночь и ей дает о себе знать. Когда Гай предложил выпить что-нибудь, она отказалась.

— Тебе нужно поскорее лечь спать. Не забудь, что завтра придется долго быть за рулем.

В лифте кроме них никого не оказалось. Как только закрылись дверцы, Гай сказал:

— После всего, что произошло за последние сутки, ты, наверное, пожалела, что согласилась приехать сюда?

Он заглянул ей в глаза. Морская синева поутратила свою мощь, но и того, что осталось, было вполне достаточно, чтобы вызвать у нее трепет.

— Странно, что ты сейчас заговорил об этом, — сказала Клодия. — Я как раз думала о том, что предпочла бы провести дождливый уик-энд со своим пошлым кузеном Райаном. Только я из вежливости не сказала об этом вслух.

Гай какое-то время молчал, и в глазах его вспыхнул весьма опасный огонек.

— Ты пронзила мое сердце, — признался он тихо. — Нет ли какой-нибудь возможности заставить тебя передумать?

Он тут же нашел такую возможность, однако поцелуй закончился, едва успев начаться, потому что звякнул звоночек лифта и дверцы распахнулись. Сохранив полное самообладание, Гай нажал кнопку нижнего этажа, и лифт снова пополз вниз.

К тому времени как лифт остановился внизу, у Клодии кружилась голова и путались мысли. Возле лифта стояла пожилая пара.

— Вы не выходите? — спросил мужчина, судя по акценту, не то голландец, не то немец.

— Нет, — ответил Гай с обворожительной улыбкой. — Мы нажали не на ту кнопку.

Супружеская пара вошла в лифт, причем дама бросала на Клодию весьма подозрительные взгляды.

«Неудивительно, — подумала она. — Когда все тело пронизывает жар, словно в вену ввели наркотик, это, несомненно, как-то проявляется».

Гай озабоченно посмотрел на нее.

— Ты что-то раскраснелась, дорогая. Надеюсь, что это не приступ малярии?

Она умудрилась не рассмеяться, пока супружеская пара не вышла на своем этаже, но затряслась от смеха, как только лифт двинулся дальше.

— Ты испорченный тип, — хихикнув, сказала она, когда они вышли из лифта.

— Я? — Гай уже взял себя в руки, хотя все еще смеялся. — Кто бы говорил, а ты бы помалкивала.

Перед дверью в свою комнату он остановился, зорко посмотрел в обе стороны коридора и, не обнаружив никого, обнял ее за талию и привлек к себе.

— Мне бы очень хотелось, чтобы ты пошла ко мне и убаюкала меня, — сказал он тихо, погладив ее по щеке, — но сейчас я не в состоянии вознаградить тебя. — Гай замолчал, и в глазах его появилось беспокойство. — У меня сейчас голова забита другими мыслями.

— Я знаю.

Клодии хотелось сказать ему, что ей все равно, в каком он состоянии, что она с радостью просто примостится рядом с ним и заснет, но она не решилась.

— В таком случае я ухожу, — бодро сказала Клодия и, приподнявшись на цыпочки, поцеловала его в губы поцелуем престарелой тетушки. — Перезаряди свои батареи и будь бодр и весел к утру. — Чуть помедлив, она добавила: — Мне хочется, чтобы ты зашел к ней и пожелал спокойной ночи.

— Неужели ты подумала, что я не зайду? Я каждый вечер или захожу, или звоню по телефону. Правда, обычно получаю в ответ лишь недовольное ворчание, но я все же делаю это.

— Тогда спокойной ночи. Приятного сна.

Клодия долго не могла заснуть. Лежала и думала, как, черт возьми, ему удастся затронуть такую щекотливую тему в разговоре с девочкой, которая не желала слышать даже об обычных вещах.

Наверное, он тоже не спит и думает о том же.

— *Как бы мне хотелось лежать рядом с ним.*

— *Он не хотел, чтобы ты была рядом. Он ни за что не поверил бы, что ты просто хочешь спать рядом. Он подумал бы, что ты снова рассчитываешь испытать на себе воздействие его несомненных мужских достоинств.*

— *После того как я вела себя вчера, когда буквально сорвала с него одежду, он, возможно, думает, что мне только и нужна демонстрация мужской силы. Он, возможно, думает, что я свихнувшаяся нимфоманка.*

— *Не будь дурочкой. Если бы ты была свихнувшейся нимфоманкой, то не упустила бы своего в первый же вечер.*

— *А вдруг он думает, что я свихнувшаяся нимфоманка, которая притворяется, что таковой не является, только ради того, чтобы соблюсти приличия?*

Она стала думать о том, каким был Гай в ранней молодости. Думать о большой обезьяне, которая до смерти боялась уронить крошечное существо, созданное им самим. Сколько ему тогда было лет? Не больше двадцати?

Клодия переложила голову на подушку, пытаясь уловить его запах, но за это время постельное белье успели сменить, и оно пахло лишь чистотой и свежестью.

С тяжелым сердцем она наконец заснула.

Клодия, нахмурив брови, с недоумением смотрела на листок бумаги в руке. «Держать курс на гору Столешницу, — прочла она вслух, — потом возле скалы с малиновыми прожилками не пропустить поворот направо». Она вопросительно взглянула на Гая.

— Ты уверен, что это правильный маршрут? Эти названия звучат так, словно нас кто-то разыгрывает.

— Мы заблудимся, — раздался с заднего сиденья недовольный голос Аннушки. Это были первые слова, которые она произнесла с тех пор, как они отправились в путь. — За несколько часов нам не попалось навстречу ни одной машины. Мы здесь погибнем, и наши выбеленные солнцем кости найдут не раньше чем через несколько сотен лет.

— Мы не заблудимся, — терпеливо ответил Гай.

— А вдруг? — За обычной скучающей интонацией улавливалось неподдельное беспокойство. — У нас достаточно воды?

— Дюжина литров минеральной воды. А кока-колы столько, что в ней можно искупаться. — Он взглянул в зеркало заднего вида. — Теперь довольна?

— Возможно.

Гай взглянул на Клодию.

— Это не шутка. Названия очень меткие, сама убедишься, когда доберемся. Судя по счетчику, — он взглянул на приборную доску, — нам осталось проехать еще около шести километров.

Клодия впервые оказалась на дороге, где не было дорожных указателей, исключавших возможность заблудиться. В этой негостеприимной местности отсутствовали не только дорожные указатели, но также люди и животные. Вокруг расстилалась сухая коричневая земля, на которой не было видно даже обглоданного козами низкорослого деревца или крошечного островка зелени.

— Устала? — спросил Гай, взглянув на нее. — Путь неблизкий.

— Не очень, — солгала она.

Они находились в пути несколько часов, и у нее, не выспавшейся ночью, слипались глаза. Клодия боролась со сном, зная, что он тоже не выспался, но ведет машину. Большую часть пути они тихо разговаривали между собой, потому что Аннушка спала на заднем сиденье. В разговоре затрагивались самые нейтральные темы на тот случай, если она все-таки не спит.

Клодию начала утомлять необходимость притворяться, что между ними ничего не произошло. Они не договаривались, но делали это по молчаливому согласию.

— *Но почему, черт возьми?*

— *Сама знаешь, почему. Даже если бы Аннушка была беспроблемным ребенком, вы не стали бы афишировать свои отношения. Вот когда вернетесь домой, все будет по-другому. Тогда он получит полное право позвонить тебе и спросить: «Ты не занята в пятницу вечером?»*

— *А если не позвонит?*

От беседы с внутренним голосом ее оторвал Гай.

— Слава Богу, вот и до горы Столешницы добрались. Я бы с удовольствием выпил пивка.

Гора была скорее похожа на невысокий холм, с которого какой-то великан срезал вершину, чтобы устроить стол для пикника.

Немного поодаль можно было безошибочно угадать другой ориентир: скалу с малиновыми прожилками, очень напоминавшую фруктовое мороженое.

Свернув направо, «рейнджровер» бойко запрыгал по камням и рытвинам и наконец выехал на широкую прибрежную полосу, о которую разбивались волны Индийского океана. Пляж был со всех сторон окружен скалами, и на нем не было ни души.

Аннушка вышла из машины и огляделась вокруг.

— А где же черепахи?

— Имей терпение, Ану, — сказал Гай, выгружая взятые напрокат складные стол и стулья и портативные холодильники с едой и питьем.

Пока Клодия раскладывала стулья, он открыл холодильник.

— Держи, Ану. — Он передал ей бутылку, которую та взяла, не сказав ни слова. Клодии он дал жестяную банку и пластмассовый стакан. — Попробуй, как на твой вкус?

В холодной банке, только что со льда, был готовый коктейль из джина с тоником.

— О-ох, как хорошо. То что надо, — сказала она, переливая жидкость в пластмассовый стакан.

Гай открыл за кольцо банку с пивом для себя.

— Маловато, этим едва горло промочишь.

Рядом стояли разложенные стулья, но после многочасовой езды в машине сидеть никому не хотелось.

— Еще полчаса, и мы могли бы пропустить поворот, — сказал он. — Солнце здесь садится очень быстро.

Аннушка побрела по пляжу и остановилась метрах в двадцати, разглядывая что-то на песке. Потом бегом вернулась к ним.

— Я там нашла целое гнездо маленьких черепашат, но они все мертвые!

— Покажи-ка мне. — Гай поднялся на ноги и пошел следом за ней. Клодия со стаканом в руке немного отстала.

Аннушка указала на углубление в песке:

— Видите?

Они заглянули в углубление. Крошечные, на вид безжизненные тельца были едва видны внутри панцирей.

— Они не мертвые. — Он положил руку на плечо дочери. — Они запрограммированы, как компьютер, и ждут наступления темноты, чтобы только тогда двинуться к морю.

— Откуда ты знаешь? И куда, интересно, мне сходить в туалет?

— За камешек, Ану. Их здесь предостаточно.

Когда Аннушка удалилась к скалам в дальнем конце пляжа, он обернулся к Клодии.

— Мне кажется, что шансы завести с ней серьезный разговор равны нулю.

— Кто знает, — сказала Клодия.

Когда спустились сумерки, они открыли второй портативный холодильник и поужинали холодным цыпленком, говядиной и салатом. Аннушка сидела между ними и уплетала за обе щеки.

— Могу поклясться, что они мертвые. Могу поклясться, что мы за всю ночь не увидим здесь ни одной черепахи.

— Я, конечно, не могу ничего гарантировать, — сказал Гай, — но когда я был здесь в прошлый раз, то черепах было множество.

— Когда это было? — спросила Клодия.

— Много лет назад, когда я впервые приезжал сюда. А нынешняя поездка, возможно, последняя, — добавил он. — Я слышал, что правительство собирается запретить туристам въезд на эти пляжи. Сюда на выходные дни приезжает слишком много народу. Это может плохо отразиться на экологии.

— Тогда почему мы сюда приехали? — задиристо спросила Аннушка. — Значит, нам можно приезжать, а другим нельзя?

— Успокойся, возможно, мы никаких черепах и не увидим, — сказал он подчеркнуто спокойным тоном. — В таком случае мы вернемся с чистой совестью, не нарушив экологии.

— Это будет означать, что мы приезжали напрасно. Кто-нибудь претендует на последний кусочек цыпленка или я могу его съесть?

— Ешь на здоровье. — Гай вдруг насторожился, поглядывая в сторону моря. — Кажется, я вижу там какое-то движение.

В нескольких ярдах от кромки воды приподнялась, словно обследуя пляж, темная голова. Следующей волной черепаху выбросило на песок. Это была крупная самка, которая сразу же принялась карабкаться по влажному песку на берег.

Они сидели тихо, не шевелясь, и наблюдали. Вскоре из воды появилась еще одна голова, за ней другая, и черепахи одна за другой поползли вверх по пологому песчаному склону. Когда первая черепаха добралась до сухого песка, Гай тихо сказал Аннушке:

— Можешь подойти поближе, Ану. Только не делай резких движений.

Аннушка, как ни странно, без ядовитых замечаний, соскользнула со стула и, подойдя поближе, стала наблюдать, как первая черепаха начала выкапывать веслообразными лапками углубление в песке.

Через минуту к ней подошли Клодия и Гай. Черепаха не замечала ничего вокруг. Как только норка была готова, она одно за другим отложила туда яйца, похожие на шарики для пинг-понга.

Вышла луна, посеребрив поверхность моря. Не успели они оглянуться, как на берегу уже трудилось с полдюжины черепах. Аннушка на цыпочках переходила от одной к другой.

Поглядев ей вслед, Гай с удивлением произнес:

— За последний час она ни разу не пожаловалась. Это следует записать в Книгу рекордов Гиннесса.

— Она надолго запомнит этот день, — шепотом ответила Клодия. — Я, например, запомню.

Но Аннушка уже звала их к себе громким возбужденным шепотом:

— Смотрите, смотрите!

Они осторожно приблизились к ней. Из сухого песка, как пробки из бутылки, выскакивали маленькие черепашки, которые, работая, словно заводные игрушки, крошечными лапками, начали свое шествие к морю.

— Откуда они знают, в какую сторону надо идти? — прошептала Аннушка.

— Трудно сказать, — ответил Гай. — Может быть, они ориентируются на луну или на запах моря. Матушка Природа что-то придумала, чтобы указать им путь.

Но Аннушка уже смотрела куда-то вдаль.

— Смотрите! Вон там еще одна партия.

Повсюду вокруг них из песка на некотором расстоянии друг от друга десятками появлялись маленькие черепашки.

Они долго наблюдали за удивительным процессом, наконец Гай и Клодия вернулись к месту своей стоянки.

— Когда подумаешь, что все это регулярно происходит здесь многие тысячи лет, начинаешь чувствовать себя ничтожной песчинкой в грандиозной картине мироздания.

— Да, матушка Природа — старушка мудрая. — Гай достал из холодильника еще одну банку пива. — Хочешь еще джина с тоником?

Клодия уже выпила два стаканчика.

— Пожалуй, я лучше выпью лимонаду.

Вокруг было очень тихо, слышался лишь плеск волн, набегающих на берег. Аннушка все еще не могла оторваться от черепашек. Время от времени она помогала то одной, то другой, если какая-нибудь вдруг отправлялась не в ту сторону, и наблюдала, как они с трудом преодолевают на своем пути преграды в виде небольших песчаных кучек.

Клодия осторожно прикоснулась к руке Гая.

— Я ненадолго удалюсь, а ты иди к ней. Поговори о ново-
рожденных черепашках и, выбрав удобный момент, расскажи ей
о новорожденной девочке и о большой обезьяне, которая до
смерти боялась уронить ее. — Она не видела в темноте выражения его лица, но поняла, что Гай думал о том же. Не дожидаясь
ответа, она проворно поднялась на ноги. — Иди, — прошептала
Клодия. — Желаю удачи.

— Удача мне потребуется, — прошептал он в ответ и пожал
ей руку. — Может быть, поговоришь со своей старой монахиней
Как-ее-там-звали? Скажи, что мне нужна помощь в заранее
обреченном на провал деле.

— Пока еще не все потеряно, — успокоила его Клодия. —
Но я с ней посоветуюсь.

Увидев, что он подошел к Аннушке и уселся рядом на песок,
Клодия отправилась в дальний конец пляжа, где они не могли ее
видеть. Сев на камень, она стала смотреть на волны, накатыва-
ющиеся на берег, потом перевела взгляд на луну, сияющую на
темно-синем бархате неба.

*Не знаю, слышишь ли ты меня, но, если слышишь, то
знай, что я очень сожалею, что мы смеялись тогда над
твоими усами. И хочу попросить тебя, если найдешь минутку, то замолви словечко Сама-знаешь-перед-кем и Сама-
знаешь-за-кого.*

Когда они снова остались наедине с Гаем, было уже почти
десять часов. Сидя на песке, Клодия наблюдала, как черепаха-
мать, энергично действуя задними лапками, засыпает песком от-
ложенные яйца.

Гай тихо подошел к ней и уселся рядом, обхватив руками
колени.

— Как прошла беседа? — спросила она.

— Как и следовало ожидать. — Голос его звучал устало и раздраженно. — Сначала мне показалось, что есть какие-то успехи. По крайней мере она не сбежала от меня после первой фразы. И я приободрился и решил продолжать. — Он подобрал с песка камешек и бросил в сторону скал. — Я, очевидно, проявил большую, чем надо, эмоциональность.

— И она ушла?

— Не совсем так.

— А как?

— Не спрашивай. — Гай отправил вслед за первым еще один камешек: — Скажем так: похвастать мне нечем.

— Может быть, что-нибудь этому помешало?

— Сомневаюсь. — В его тоне появилась сардоническая нотка. — Твою старую Как-ее-там надо уволить. От нее пользы, как... от монахини на разгульной вечеринке.

Она понимала, что за этими словами скрывается глубокая обида. Ей хотелось взять его за руку или обнять за плечи, но Клодия понимала, что за ними, возможно, наблюдает Аннушка.

— Минуту назад я видела какое-то животное, — сказала она. — Размером с кошку. Оно появилось, словно призрак, там, среди скал.

— Наверное, это лиса. Как только где-нибудь появляется пища, сразу же появляются хищники.

— Аннушка легла спать?

— Она взяла спальный мешок в машину. Намучившись прошлой ночью на берегу, она не захотела провести еще одну ночь на песке. — Чуть помедлив, Гай добавил: — Я бы, пожалуй, последовал ее примеру. Не знаю, как ты, а я безумно устал.

Уже? Как ты можешь сейчас лечь спать? Когда еще у меня будет подобная ночь, да еще в твоей компании?

Клодия пожала плечами, старательно скрывая свое разочарование.

— Ты долго вел машину и, естественно, очень устал.

Гай ушел не сразу, а какое-то время молча сидел рядом с ней, потом сказал:

— Я знаю, о чем ты думаешь.

— Вот как?

— Если бы все было по-другому, — он провел кончиками пальцев по внутренней стороне ее предплечья, — если бы мы здесь были только вдвоем...

Прикосновение подействовало на нее, как электрический разряд.

— Но мы не одни.

— Не одни, — очень тихо повторил он. — Мне хотелось бы посидеть здесь с тобой или искупаться вместе, но, учитывая обстоятельства, я думаю, это не самая удачная мысль.

— Возможно, — дрожащим голосом сказала Клодия. — Учитывая обстоятельства.

— Я, пожалуй, пойду. — Гай наклонился и прикоснулся к ее губам с грубоватой нежностью, которая лишь подсказала ей, как сильно ему хочется большего. Если бы поцелуй был чуточку крепче, подумала она, у них обоих отказали бы тормоза и остановиться было бы уже невозможно.

— Уходи. Не хочешь же ты на горьком опыте убедиться, насколько испорченной я могу быть, если пожелаю?

На какое-то мгновение ей показалось, что, несмотря ни на что, он останется. Взгляд его потеплел. Она почувствовала, как он борется с собой.

— Ах ты, соблазнительница! Как, по-твоему, я теперь засну?

— Считай овечек, — отводя взгляд, посоветовала она. — Или черепах. И слушай плеск волн.

— Ты останешься здесь?

— Да. Посижу еще немного.

— Тебе, надеюсь, не придет в голову безумная идея искупаться в одиночестве?

Клодия обернулась к нему.

— Почему «безумная»? Ведь я и раньше купалась одна.

— Сейчас темно и море неспокойно.

— Но ты сам сказал, что здесь неопасно.

— Мне хотелось бы искупаться вместе.

— Значит, вместе можно? — Она понимала, что мучает его, но ей это было безразлично. Если уж им приходится лицемерить, так пусть он делает это как следует, по правилам, без всяких этих прикосновений, из-за которых ее бросает в дрожь от желания. Уж не думает ли он, что она, как машина, может то включаться, то выключаться? — Я довольно хорошо плаваю. Так что если тебе кажется, что мне во время купания обязательно нужен большой сильный мужчина рядом, то ты рассуждаешь, как зеленый юнец...

— Прошу тебя, — в голосе его послышалось раздражение, — я не собираюсь с тобой спорить. Просто не смей купаться одна, вот и все. Спокойной ночи.

Небрежно похлопав ее по плечу, он ушел.

Клодия просидела еще полчаса, потом, осторожно ступая по песку босыми ногами, прокралась в свой спящий лагерь. Их спальные мешки лежали на расстоянии пяти метров друг от друга, а посередине должен был лежать мешок Аннушки. Сейчас его там не было. Гай оставил гореть большую лампу на батарейках, но луна светила так ярко, что свет лампы был не нужен. Гай лежал лицом к ней с закрытыми глазами, но трудно было сказать, спал он или нет.

Пошарив в сумке, Клодия нашла зубную щетку, взяла со столика бутылку минеральной воды и отошла в сторону, чтобы почистить зубы.

Поднялся ветерок, и стало прохладно. Чуть дрожа, Клодия сняла с себя хлопчатобумажные брючки, оставшись в одной майке. Забравшись в спальный мешок, она несколько минут лежала, наблюдая за Гаем.

Затем повернулась на другой бок и постаралась заснуть.

Клодия проснулась неотдохнувшей, с затекшими руками и ногами и не сразу сообразила, где находится. Плеск волн вернул ее к действительности, однако слышался еще какой-то невнятный звук. Слабое жужжание, словно слетелась туча голодных мух.

Она испуганно села. Начался отлив, и на влажном песке, там, где черепахи торопились назад, в воду, виднелись дорожки, словно проложенные колесами маленького трактора.

Жужжание исходило от Гая. Он стоял в десяти ярдах от нее и брился бритвой на батарейках, отбрасывая ногой что-то находившееся на песке.

Она выбралась из мешка и с любопытством подошла к нему, натягивая на бедра майку.

— Что ты делаешь?

Он не заметил, как она подошла, и вздрогнул от неожиданности, потом выключил бритву.

— Надеюсь, я не разбудил тебя? Я совсем зарос.

Вид у него был не очень радостный, но, похоже, их вчерашняя маленькая размолвка была забыта.

— Как тебе спалось? — спросил он.

— Не очень хорошо, — призналась она. — А ты как спал?

— Хуже некуда. — Он кивком головы указал на песок. — Я хороню трупы, пока их не увидела Аннушка.

Она поморщилась, увидев возле ног обезглавленных, растерзанных черепашьих детенышей.

— Наверное, лиса порезвилась?

— Похоже. — Он закопал ногой останки черепашонка в песок. — Немало этих загадок природы не дошло до пункта назначения.

— Бедняжки. Каждому понятно, что происходит естественный отбор, но все равно жалко.

— В таком случае не смотри на них. Пойди и поищи, чем бы нам позавтракать, а я поработаю могильщиком.

В этот момент они услышали, как хлопнула дверца машины. Появилась Аннушка в длинной черной майке. Не взглянув на них, она направилась к скалам в дальнем конце пляжа.

Гай взглянул на Клодию.

— Будем надеяться, что она слишком занята удовлетворением естественных потребностей и ничего больше не заметит.

Не тут-то было. Аннушка неожиданно замерла на месте, глядя себе под ноги.

Сунув бритву в руку Клодии, Гай подошел к дочери.

— Какая жестокость, — всхлипывая, проговорила Аннушка. — Бедные малышки едва успели появиться на свет!

— Это закон природы, Ану. Наверное, это сделала лиса, у которой полна нора голодных лисят.

— Это ужасно! Лучше бы мы сюда не приезжали! — воскликнула Аннушка и чуть не бегом бросилась к дальним скалам.

— Сдаюсь, — пробормотал Гай, возвращаясь к Клодии. — Давай что-нибудь поедим.

На завтрак у них были апельсиновый сок, мягкие булочки, нарезанный ломтиками сыр и шоколадные круассаны, но Клодии до смерти хотелось чашку чая или кофе. Гай был напряжен, Аннушка дулась и молчала, атмосфера за столом никак не способствовала пищеварению.

Но Гай старался.

— Не хочешь искупаться после завтрака? — спросил он у дочери. — Перед дорогой?

Та даже не взглянула на него.

— Здесь негде принять душ, — капризно заявила она. — Разве я смогу соленая несколько часов трястись в машине?

— Как угодно. — Гай обернулся к Клодии. — А ты?

Стало жарко, и Клодия чувствовала себя липкой и грязной.

— Я сначала приведу здесь все в порядок. Иди, я присоединюсь к тебе позже.

Гай кивком головы указал на крутую скалу позади них.

— Говорят, в этих скалах множество окаменелостей. Почему бы тебе не сходить и не поискать? — спросил он, обращаясь к дочери.

— С какой стати я буду выискивать дурацкие окаменелости?

У него наконец лопнуло терпение.

— Ох, делай что хочешь! Я иду купаться.

Глядя в спину удаляющемуся Гаю, Клодия вдруг безумно разозлилась на Аннушку. Она вскочила на ноги и начала собирать в мешок для мусора бумажные тарелки и пластмассовые стаканы. Резкими движениями, едва сдерживая ярость, она сложила стулья и стол и погрузила их в «рейнджровер». Судя по виноватому выражению лица Аннушки, девочка отлично понимала причину ее ярости.

Ладно.

Она сложила пустые контейнеры в портативный холодильник и с раздражением туго скатала свой спальный мешок.

Клодия принялась скатывать мешок Гая и тут увидела, что Аннушка куда-то ушла, что возмутило ее еще сильнее. Несносная девчонка и пальцем не пошевелила, чтобы помочь ей. Она вдруг в негодовании отшвырнула спальный мешок и помчалась за ней следом.

Склон оказался не очень крутым, ногам было за что уцепиться, а на высоте примерно тридцати футов располагалось довольно ровное плато.

Аннушка сидела нахохлившись и бросала в песок камешки. Клодия накинулась на нее, словно ангел мести:

— Ты действительно ненавидишь его или просто решила до скончания века играть роль избалованной соплячки?

Аннушка ничего не сказала, даже не пошевелилась. А выражение ее глаз Клодия не могла разглядеть за солнцезащитными очками.

— Что с тобой такое? — строго спросила она, едва подавляя желание закатить девчонке затрещину. — Вчера вечером он пытался поговорить с тобой, но ты не пожелала слушать. Все, что рассказала тебе Луиза, сплошная чушь, но ты не желаешь знать правду, не так ли? Тебе просто хочется иметь причину ненавидеть его!

Когда она замолчала, чтобы перевести дыхание, из-под темных очков скатилась слеза, и Аннушка кончиком дрожащего пальца смахнула ее.

— Я его не ненавижу. — Голос ее дрожал еще сильнее, чем пальцы. — Просто я больше не умею хорошо относиться к нему. Внутри меня как будто есть какая-то стена, которую я не могу... — Голос девочки сломался, и злость Клодии немедленно улетучилась. Она опустилась на камень рядом с Аннушкой. — Я ничего не могу поделать. — Аннушка снова смахнула слезу. — Вчера я совсем не хотела его мучить. Он стал рассказывать мне о том, как я была маленькой, и я знаю, что он говорил правду, но я смутилась и уже не могла сдержаться. Так уж получилось. — Голос у нее совсем осип. — Лучше бы я тебе ничего не рассказывала. Ведь когда Луиза сообщила мне, я не слишком удивилась. Правда. Я была уже не маленькая и могла понять, что мое появление на свет было ошибкой. Я знаю, что он был тогда слишком молод. Оба они были слишком молоды. У меня в школе есть друзья, которые тоже появились на свет по ошибке. Только иногда, когда у меня бывало действительно плохое настроение, я начинала задумываться об этом и... — Голос у нее окончательно сел, и Клодия почувствовала себя совершенно беспомощной. Она не знала, что сказать, чтобы это не прозвучало банально или покровительственно.

— Не плачь, пожалуйста, — попросила она, обнимая Аннушку за плечи. — Мне не следовало так набрасываться на тебя. — Клодия легонько пожала ей плечи. — Почему бы тебе не искупаться? Он бы обрадовался. Может быть, пойдем вместе?

Аннушка хлюпнула носом и покачала головой.

— Иди одна. Смотри, он машет тебе рукой.

Клодия взглянула на море, прикрыв рукой глаза от солнца. Солнцезащитные очки она оставила в сумке, и яркие лучи слепили глаза. Гай заплыл за волнорез, и большая волна ласково покачивала его на гребне.

— Он машет нам обеим. Без тебя я не пойду. — Взяв Аннушку за локоть, она поставила ее на ноги. — Знаю, что потом мы будем все соленые, но какое удовольствие побыть в воде!

Гай перестал им махать. Он поплыл дальше, разрезая воду мощными гребками.

Потом он остановился и снова сделал приглашающий жест рукой. Клодия помахала в ответ.

— Мы идем! — крикнула она, понимая, что он не услышит.

Аннушка вдруг замерла и насторожилась.

— Уходи! — взвизгнула она, отчаянно размахивая руками. — Уходи скорее!

Клодия в недоумении уставилась на нее.

— Что, черт возьми...

— Разве не видишь? — Аннушка сорвала с себя очки и протянула ей. — Посмотри! Там, в воде!

Клодия похолодела от ужаса. Без очков она бы ни за что не разглядела этого, но, прикрыв глаза солнцезащитными стеклами, отчетливо увидела то, что напугало Аннушку.

Их было примерно полдюжины. Темные, коварные, эти твари ходили вокруг него кругами.

Там, где есть пища, всегда появляются хищники.

На этот раз Клодия точно знала, что это не дельфины.

Глава 15

Трудно себе представить, что пришло ему в голову, когда Гай увидел, как они обе отчаянно размахивают руками и что-то кричат.

Он оглянулся, но не увидел плавников, рассекавших поверхность воды.

Аннушка, чуть не рыдая, сказала:

— Он думает, что мы шутим!

Нет, он так не думает. Он все понял.

Сказать это вслух Клодия не могла, потому что перехватило горло.

На мгновение Гай замер, не двигаясь. Волна подняла его на гребень, и он стал медленно продвигаться к берегу брассом, как будто ему некуда спешить.

Не говоря ни слова, они стали, не разбирая дороги, спускаться со скалы вниз.

Ему еще оставалось проплыть около тридцати метров, и казалось, это будет длиться целую вечность. Клодия и Аннушка стояли на линии прибоя, застыв в ожидании.

— Почему он не торопится? — спросила Аннушка дрожащим от страха голосом.

— Он не хочет бить по воде ногами. Хищников привлекает движение.

— Он погибнет, — в отчаянии бормотала Аннушка. — Вчера я мерзко вела себя с ним. Я его оттолкнула, а теперь он погибнет.

— Не погибнет, — стиснув зубы, сказала Клодия, стараясь отогнать страшные картины. — Они очень редко нападают на человека.

Они кружат вокруг жертвы, прежде чем напасть. Он ничего не увидит, даже крикнуть не успеет. Он просто исчезнет.

Клодия запретила себе думать об этом. Ей вспомнились иллюстрации из одной отвратительной книги, которую в детстве обожал Райан. Он со злорадством совал ей под нос иллюстрации в надежде, что она, как положено девчонке, станет визжать от ужаса. Клодия никогда не доставляла ему такого удовольствия, хотя изображения на цветных фотографиях заставляли замирать от страха: искромсанные части человеческого тела, откушенные конечности, извлеченные из желудка тигровой акулы.

Что мне делать, если его выбросит на берег истекающего кровью? Она лихорадочно рылась в памяти, вспоминая давнишние уроки по оказанию первой помощи: при артериальном кровотечении наложите жгут...

— Я его вчера оттолкнула, а теперь он умрет, — бормотала прерывающимся голосом побледневшая Аннушка.

— Он не умрет, — как заклинание, твердила Клодия, до боли сжав ее руку. — Ну же, Гай, — шепотом подгоняла она его. — Давай, давай.

Господи, сделай так, чтобы он остался цел и невредим, и я больше никогда в жизни ни о чем не попрошу.

Последние несколько секунд тянулись особенно долго. Каждое движение его рук казалось ей последним. В любую секунду он мог вскрикнуть и исчезнуть под водой навсегда, а они так и останутся стоять на берегу, не в силах помочь ему.

Ей хотелось зажмурить глаза, но почему-то казалось, что отвести взгляд было бы предательством по отношению к нему.

Все происходило словно при замедленной съемке. За его спиной вздыбилась огромная волна. Она подняла его высоко на гребень, и, когда волна обрушилась на берег, Гай исчез. Клодия увидела лишь тучу брызг и пену на песке.

И в этот момент она закрыла глаза.

— Папочка! — взвизгнула Аннушка.

Открыв глаза, Клодия решила, что ей это снится. Волна откатилась назад, оставив после себя гладкий, влажный песок. По песку к ним шагал Гай, мокрые волосы облепили голову.

— Ну и волна была, — усмехнувшись, сказал он, подтягивая за резинку купальные трусы. — Я чуть было штаны не потерял.

Клодия, чуть живая от пережитого страха и радости, даже улыбнуться в ответ не могла. Но даже если бы и улыбнулась, он бы этого не заметил. Аннушка словно молния бросилась к нему на шею.

Если бы можно было оказаться сейчас за тысячу миль отсюда, Клодия это сделала бы. Но, увы, она вернулась к их маленькому лагерю и продолжила уборку, хотя пальцы у нее дрожали, словно пойманные птахи.

Господи, не желала бы я когда-нибудь вновь пережить такой страх...

Она открыла холодильник с напитками. Лед подтаял. Несколько оставшихся банок плавали в холодной воде.

Слава Богу, джин с тоником остался.

Гай с Аннушкой подошли не сразу. Он все еще обнимал дочь за плечи, а та всхлипывала, как будто долго и горько плакала.

— Мне нужен бумажный платок, — пробормотала она, направляясь к машине.

Гай взглянул на Клодию и на стакан в ее руке.

— Блестящая идея, — невозмутимо произнес он. — Я, конечно, за рулем, но, учитывая обстоятельства...

В холодильнике оставалась пара банок пива. Открыв одну из них, он подошел к Клодии и остановился рядом. Гай окинул ее взглядом, голос и глаза его потеплели.

— Как ты себя чувствуешь?

Клодия с трудом подавила искушение броситься по примеру Аннушки ему на шею.

— Уже лучше, — бодрым голосом ответила она. — Но если ты заставишь меня пережить еще раз подобный кошмар, я потребую прибавки за вредность. — Она взглянула на почти пустой стакан в своей руке. Сначала ей показалось, что это то, что надо, но желудок, видимо, придерживался другого мнения и заявил, что джин с тоником после потрясения — это не лучший выход.

— Ты, наверное, решила, что все кошмарные сцены из фильма «Челюсти» разворачиваются прямо у тебя на глазах?

— Неужели ты не испугался?

Он приподнял брови.

— Скажем так: бывали у меня и более приятные заплывы. Сколько их там было? — спросил он.

— Достаточно много. С берега их трудно заметить. Море неспокойное. Я бы и не заметила, если бы Аннушка не дала мне свои солнцезащитные очки. Поверхность воды так сверкает на солнце, что ничего не разглядишь. Там вполне могло спрятаться лохнесское чудовище, а мы бы никогда не догадались об этом.

Гай насмешливо вздернул бровь:

— Значит, хорошо, что мы ночью не пошли купаться.

— Я чуть не умерла. Ты плыл невыносимо медленно.

— Как ты думаешь, что я чувствовал? Как будто бензин почти на нуле, а ты все жмешь и жмешь на газ, чтобы успеть добраться до дому, пока бак совсем не опустел.

У нее снова перехватило дыхание при воспоминании о том, как он, не теряя самообладания, медленно плыл к берегу.

— В такой момент ощущаешь выброс адреналина в кровь. — Гай подмигнул ей и поднес к губам банку с пивом. — Я утешал себя тем, что, если выберусь на берег без ног, так хоть пива выпью.

Громко сморкаясь в платок, возвратилась Аннушка.

— Хочешь пить? — спросил он. — У нас еще много всего осталось.

— Хочу.

— Ну, полегчало? — Он ласково посмотрел на нее.

— Немного, — пробормотала она, все еще шмыгая носом. — Вид у меня, наверное, кошмарный.

— В таком случае умойся. — Гай обнял дочь за плечи. — У нас еще много минеральной воды.

Аннушка открыла бутылку и ополоснула лицо. Гай последовал ее примеру и смыл с кожи соль, а потом погрузил холодильник в «рейнджровер».

Пять минут спустя они были готовы двинуться в обратный путь.

— Я должен переодеться во что-нибудь сухое, — сказал он, — так что, если кого-нибудь это шокирует, прошу заранее отвернуться и не смотреть.

Выбрав момент, когда Аннушка на него не смотрела, он едва заметно подмигнул Клодии.

Когда они садились в машину, Аннушка, чуть смущаясь, сказала ей:

— Уверена, что тебя его обнаженное тело не шокирует.

— Как знать? — ответила Клодия, прикрыв смущение усмешкой. — Я вела весьма затворническую жизнь.

— Ладно тебе. Я уверена, что не такую уж затворническую. — Аннушка уже улыбалась, хотя губы еще подрагивали. — Я вела себя как настоящая истеричка, да?

Клодия похлопала ее по плечу.

— Что же удивительного, ведь он твой отец. Это все оправдывает.

— Ты держалась очень спокойно.

— Я натерпелась страху, как никогда в жизни.

— Ты этого не показывала.

Подошел Гай, сел в машину и захлопнул дверцу.

— Так. А теперь в путь.

Дорога была длинной, пыльной и утомительной. Поднялся ветер, бросавший пригоршни песка в ветровое стекло, и Гаю приходилось время от времени прибавлять скорость.

Клодия сильнее, чем на пляже, чувствовала себя лишней. Нельзя было сказать, что на переднем сиденье велся оживленный разговор, но и прежней напряженности в отношениях не чувствовалось.

Аннушка что-то говорила о бедных черепахах, которым могут откусить лапы, а он ответил, что акулы и не подумают их есть, потому что они, наверное, такие же жесткие, как омлеты, которые готовит миссис Пирс. Аннушка хихикнула с довольным видом и сказала, что интересно узнать, что сказала бы миссис Пирс, если бы ей рассказать об акулах, а Гай ответил на это, что не стоит, мол, и трудиться, потому что миссис Пирс наверняка скажет в ответ, что это все пустяки, а вот дядюшку лучшего друга ее сына, например, однажды выплюнула назад, случайно взяв в рот, большая белая акула.

Оглянувшись через плечо, он вежливо пояснил Клодии, что миссис Пирс относится к разряду женщин, у которых, если вы им расскажете, например, что ваш приятель заболел какой-нибудь редкой тропической болезнью, всегда найдутся по крайней мере трое знакомых, которые переболели этой болезнью дважды.

— Я встречала подобных людей, — улыбнувшись, сказала она.

Гай время от времени бросал через плечо пару слов, как будто старался показать, что Клодия тоже участвует в разговоре. Она сделала вид, что задремала, хорошо бы действительно заснуть. Тогда она перестанет чувствовать тошноту от выпитого джина и не услышит, как они заговорят о том, что касается только их двоих.

Но они не заговорили, и она вскоре поняла причину. Состояние мира и согласия было слишком непривычным, слишком хрупким, чтобы выдержать серьезные нагрузки. Они шли навстречу друг другу не спеша, осторожно, словно ступая по тонкому льду.

Но как приятно было слышать, что они вообще разговаривают друг с другом! Может быть, Иммакулата была не такой уж никчемной старухой? Она вдруг явственно услышала ее скрипучий старческий голос:

— *Есть много способов добиться своего, Клодия. Хочу напомнить, что справиться по первому требованию с полдюжиной акул было тоже непросто. И все же игра стоила свеч. Только взгляни теперь на эту пару, а?*

Хотя к тому времени, как они добрались до отеля, тошнота у нее прошла, ей все еще нездоровилось. Сказав им, что хочет поскорее принять душ, Клодия оставила Гая и Аннушку возле конторки регистратора.

Не успела она войти в номер, как позвонила Кейт.

— Где ты пропадала? Я со вчерашнего вечера пытаюсь до тебя дозвониться.

— Уезжала любоваться на черепах. Как там Портли?

— Отлично. Он уже дома и требует, чтобы его кормили каждые пять минут, но не о нем речь. Не паникуй, ничего страшного не случилось, но уже дважды звонила твоя мама. Я на ходу придумала, что ты уехала на Ближний Восток для демонстрации каких-то товаров. Не уверена, что ее это успокоило. Ей показалось немного странным, что тебя послали с поручением, поскольку ты еще не приступила к работе на новом месте, и она попросила дать твой телефон. Я сказала, что потеряла его, но она пообещала перезвонить, тогда я сказала, что пока не могу его найти. Я тебе все это рассказываю, чтобы у нас не было расхождений во вранье.

— Зачем она звонила?

— Она говорила что-то о том, что вся семья должна собраться по какому-то поводу. Кажется, у твоей тетушки Барбары.

— Черт возьми, совсем забыла!

Ей смутно припомнился разговор: «Дяде Теду исполняется шестьдесят лет, и Барбара, видишь ли, собирается отпраздновать это событие в узком семейном кругу, так что мы должны приехать туда на весь уик-энд. И конечно, она будет рада, если ты тоже приедешь. Вместе со своим партнером, если таковой имеется. В любом случае, дорогая, запиши это в свой ежедневник, потому что...»

— Я ей позвоню, — сказала Клодия. — Я бы с удовольствием повидалась с ними, но побывать у тетушки Барбары означает увидеться с Райаном, а я едва ли это вынесу.

— Ты могла бы просто игнорировать его. — Голос Кейт изменился и обрел свою привычную озорную интонацию. — Есть какие-нибудь сдвиги в отношениях Сама-знаешь-с-кем?

Клодия не могла бы толком объяснить, почему солгала.

— Я в нем разочаровалась. Он оказался одним из тех самодовольных типов, которые считают себя подарком судьбы.

— Может быть, это и к лучшему. Когда ты возвращаешься?

— Еще не знаю точно. Я тебе сообщу.

Закончив разговор с Кейт, Клодия набрала код Испании и позвонила матери, расцветив подробностями вдохновенную ложь Кейт.

— Да, мама, я действительно еще по-настоящему не приступила к работе, но мой новый босс решила поручить мне исследовать возможности сбыта нашей продукции. Здесь множество бывших эмигрантов, возвратившихся на родину, которые готовы потратить свои огромные доходы, не облагаемые налогом.

— Ну что ж, это очень хорошо, дорогая. Надеюсь, тебе неплохо заплатят за это?

— Мама, разве я когда-нибудь работала бесплатно?

— В любом случае, дорогая, — продолжала ее мать, — я хотела бы уточнить, сможешь ли ты присутствовать на юбилее дядюшки Теда. Он состоится в следующую субботу. Мы приедем туда в пятницу. Ты ведь к тому времени вернешься?

— Да, конечно.

— Отлично. Тетя Барбара хотела уточнить насчет комнат. Ты привезешь с собой кого-нибудь?

— Даже если бы у меня было с кем приехать, я бы этого не сделала, потому что там будет Райан.

В голосе матери появилась грустная нотка.

— Как бы мне хотелось, чтобы ты получше относилась к Райану, дорогая. Я понимаю, что он не тот, кого твой отец называет преданным другом, но...

— Мама, он настоящий мерзавец, который ловко умеет произвести впечатление порядочного человека.

— Не надо так раздражаться, дорогая. Барбара говорит, что у него теперь появилась очень милая приятельница. Он собирается привезти ее с собой, кажется, ее зовут Беллинда. Тетя Барбара думает, что будет неплохо, если ты тоже кого-нибудь с собой привезешь, — продолжала мать. — Чтобы стало поровну кавалеров и дам, но если тебе некого привезти...

— Очень сожалею, мама. — После такого напряженного дня Клодия не смогла удержаться от резкости. — Понимаю, что тебе очень хотелось бы, чтобы я появилась там с каким-нибудь достойным молодым человеком, чтобы ты не ударила в грязь лицом перед Барбарой, но...

— Ну что ты, дорогая! Как ты можешь так говорить? Конечно, мы с отцом были бы рады, если бы ты нашла какого-нибудь хорошего мужчину, но ты прекрасно знаешь, что мы никогда не упрекнем тебя.

— Хорошо, мама, хорошо. Извини. — Усилием воли Клодия заставила себя сдержаться. — Как идут дела в солнечной Испании? Есть какие-нибудь пикантные скандальчики в клубе любителей бриджа? Как успехи папы на соревнованиях по гольфу?

Ее уловка не сработала. Чувствовалось, что мать обижена и разочарована, хотя и старается скрыть это. К концу разговора слабое недомогание, которое ощущала Клодия, обрело конкретную форму: началась страшная головная боль. А у нее не было даже аспирина.

Она прилегла на кровать, принудив себя подняться, чтобы открыть дверь, когда принесли заказанный чай. Потом поползла в душ. Голова раскалывалась, как будто ее сверлили электродрелью.

Выйдя из-под душа, Клодия снова легла в постель, надеясь заснуть. Но сон не приходил. Слишком много событий произошло за этот день.

— *Я расстроила маму. Кто тянул меня за язык? И почему я соврала Кейт относительно Гая?*

— *Сама знаешь почему. Чтобы она не жалела тебя, когда вернешься домой, и не усложняла и без того тяжелую ситуацию, которая, несомненно, создастся, если он потом так и не позвонит.*

— *Кто говорит, что он не позвонит?*

— *Твоя интуиция, вот кто. Обстоятельства несколько изменились, не так ли? У него появился шанс восстановить хорошие отношения с дочерью. Она очень ранима, и он это понимает. Ты видела выражение ее лица в лавке серебряных изделий. Она ревновала. Возможно, она ревновала его к каждой женщине, с которой у него завязывались близкие отношения. Если у него есть здравый смысл, то он на некоторое время воздержится от интимных связей. К тому же...*

Ей не нравилось, что ее мысли приняли такое направление, но остановиться она уже не могла.

Надо посмотреть правде в глаза. Их приключение имеет теперь все составные части курортного романа: экзотическое окружение, двое взрослых людей, которых тянет друг к другу. А чем кончаются курортные романы, как только ступаешь на трап самолета, отправляющегося в обратный рейс?

Стук в дверь отозвался в голове такой болью, словно рядом рвались снаряды.

— Кто там?

— Гай.

Боясь сделать лишнее движение, Клодия подошла к двери. Он стоял свежий, пахнущий своими снадобьями для бритья. На нем была белая тенниска, в которой он выглядел так, будто сошел с рекламы лосьона для загара.

— Привет, — слабым голосом произнесла она и поморщилась оттого, что каждое слово отдавалось в голове острой болью.

— Что с тобой? — озабоченно спросил он.

— Я только что говорила по телефону с мамой и расстроила ее, а теперь у меня началась дикая головная боль.

— Ты что-нибудь приняла?

Клодия покачала головой и сразу же пожалела, что сделала это.

— У тебя, наверное, ничего нет от головной боли?

— К сожалению, нет.

— Мы с Аннушкой собираемся пообедать. Не хочешь присоединиться?

— Нет, благодарю. Я хочу лечь спать.

— Если ты поешь, тебе полегчает. Ты почти ничего не ела за завтраком.

Когда в твоей голове стучат молотками, стараясь проломить череп, трудно спокойно воспринимать подобные советы.

— Замолчи, ради Бога, ты говоришь, как моя мама.

— Ладно, успокойся. — Гай обеими руками сделал успокаивающий жест. — Ухожу.

Он шагнул к ней и чуть коснулся губами ее щеки.

— Поспи. Я потом зайду к тебе.

И ушел.

Великолепно.

Чуть не заплакав, Клодия осторожно улеглась в постель. Неужели он не в состоянии поцеловать ее покрепче?

А что ты ожидала? Сама шипела на него, словно разъяренная кошка.

Только она стала засыпать, как в дверь снова постучали.

Если это снова он, я буду вести себя совсем по-другому и постараюсь загладить свою резкость.

Но пришла Аннушка.

— Папа купил тебе таблетки в киоске, — сказала она, протягивая ей упаковку парацетамола. — С тобой все в порядке? — встревоженно добавила она.

Господи, неужели заметно, что я плакала?

— Я разговаривала по телефону с мамой и расстроила ее, а теперь чувствую себя виноватой.

— Что ты ей сказала?

Клодия беспомощно пожала плечами.

— Ничего особенного, но я была раздражена и не смогла этого скрыть. А она все говорила и говорила... ну, знаешь, как это обычно делают матери...

Аннушка сочувственно подняла глаза к небу, словно пытаясь сказать «и не говори».

— Знаю. Матери некоторых моих друзей — просто кошмар.

То ли Аннушка не заметила ее промаха, то ли постаралась замять неделикатное замечание, но Клодия была ей очень признательна.

— Поблагодари его за парацетамол. Может быть, позднее увидимся в бассейне.

— Мы собираемся пройтись под парусами, — смущенно сказала Аннушка. — Ты могла бы присоединиться, если захочешь, хотя папа считает, что тебе лучше не выходить на солнце, если у тебя болит голова.

— Он прав. Думаю, мне лучше полежать.

— Он просил передать, что заказал столик в ресторане на 8.30. Я сегодня не смогу поужинать с ним, — засмущавшись, добавила она. — Ну, ты понимаешь... после всего...

Клодия понимала, что надо бы сказать ей что-нибудь глубокомысленное и серьезное, но это могло бы смутить девушку. К тому же в голове продолжали нещадно барабанить молоточки, и ей не терпелось принять парочку таблеток от головной боли.

— Ужинать с ним — не такое уж страшное наказание, — сказала она с вымученной шутливостью. — Мне случалось ужинать и в худшей компании.

Губы Аннушки тронула смущенная улыбка.

— Мне теперь неловко перед тобой. Я ведь действительно думала сначала, что ты в него влюбилась.

— Только этого не хватало! Я все еще грущу по своему бывшему приятелю, австралийцу. Он уехал пять месяцев назад, и с тех пор я чувствую себя овдовевшей.

Аннушка, смутившись еще сильнее, сказала:

— Я, пожалуй, пойду. Папа ждет меня. Надеюсь, тебе скоро станет легче.

Когда она ушла, Клодия приняла две таблетки парацетамола и легла, укрывшись покрывалом.

— *Было бы неплохо, если бы он сам принес лекарство.*

— *Так тебе и надо, не будешь вести себя, как безмозглая злючка. На что ты вообще жалуешься? Радуйся, что он хоть как-то позаботился о тебе.*

— *Он не хочет, чтобы я поехала с ними на прогулку под парусами. Он не хочет, чтобы я была «третьим лишним».*

— *Разве можно его за это осуждать? Ты бы на его месте захотела присутствия «третьего лишнего»?*

Смахнув слезу, Клодия свернулась клубочком, моля Бога, чтобы парацетамол скорее подействовал.

Но боль не проходила. Когда она проснулась через полтора часа, молотобойцы все еще были за работой, хотя ударяли молоточками с меньшей энергией, как будто некоторые из них, выпив за обедом, оставили работу и решили вздремнуть.

Чувствуя себя вялой, или, как сказала бы мать, «квелой», Клодия заставила себя спуститься в бассейн.

Проплыв несколько раз от борта до борта, она почувствовала улучшение. Но вместе с облегчением пришли отнюдь не радостные мысли.

— Я сослужила свою службу, и мне пора уйти со сцены. За Аннушкой больше не нужно присматривать. Мне не следовало бы даже ужинать вместе с ними сегодня. Надо под каким-нибудь благовидным предлогом отказаться и позволить им побыть вдвоем. К тому же мне очень больно сидеть там целый вечер, притворяясь абсолютно равнодушной к нему. Зачем я вообще солгала Аннушке, что между нами ничего нет? Зачем рассказала ей про Адама?

— Сама знаешь зачем. Не могла же ты сказать: «По правде говоря, я от него без ума, и, когда ты уехала с Сэмми, мы провели страстную ночь в постели».

— А вдруг Аннушка перескажет ему все, что я рассказала ей об Адаме? Не надо обладать богатым воображением, чтобы догадаться, к какому умозаключению может прийти мужчина, выстроив простейшую логическую цепочку: а) она все еще тоскует по человеку, который оставил ее несколько месяцев назад; б) совершенно очевидно, что она обладает здоровыми сексуальными инстинктами. И если сложить а) и б), то получится в) женщина, которой в данный момент не хватает секса и которую не придется слишком долго уговаривать.

— В таком случае скажи ему, что солгала.

— Как я могу это сделать, если он первый не заведет об этом разговор? Он подумает, что я только и жду, когда он поманит меня пальцем в укромный уголок.

Все это было так сложно, что молотобойцы в голове снова принялись за свою работу.

Чуть не плача, Клодия вышла из бассейна в самом мрачном расположении духа.

Действуй по обстоятельствам. Если он хоть чуть-чуть намекнет относительно «когда мы вернемся домой», то, ради Бога, не погуби все, проявив излишнее нетерпение. И, ради Бога, не делай все наоборот и не веди себя так, как будто тебе это абсолютно безразлично.

Все мысли о том, чтобы под благовидным предлогом уйти, оставив их вдвоем, улетучились из ее головы, как только они вечером пришли в ресторан.

Теперь, когда утренние драматические события остались позади, им было необходимо присутствие третьего лица. Они уже отвыкли от непринужденного общения друг с другом, и Аннушке было трудно сразу перейти от враждебного молчания к сердечности и лучезарным улыбкам.

Незаметно наблюдая за Аннушкой через стол, Клодия почувствовала в ней внутреннюю борьбу. Ей отчаянно хотелось быть хорошей, но мешала естественная подростковая застенчивость. Клодия особенно остро ощутила сейчас, как тонок лед, по которому они идут на сближение друг с другом. Его ничего не стоило сломать. Одна незначительная размолвка может сразу же отбросить их на исходные позиции.

Гай являл собой образец терпения и обращался с дочерью с присущей ему деликатностью. Он не смущал ее бьющей через край отцовской любовью, не принуждал к разговору.

— Как прошла прогулка под парусами? — поинтересовалась Клодия.

— Неплохо, — ответил он. — Немного мешал ветер в четыре балла, но из Аннушки получился неплохой член судовой команды.

— Я оказалась безнадежной тупицей, — ответила та, засмущавшись. — Я совсем не разбираюсь во всех этих гиках и румпелях.

— Я тоже поначалу путался.

— И не понимаю, почему моряки не могут говорить на нормальном человеческом языке, — продолжала Аннушка. — Почему надо говорить «ложимся на другой галс», вместо того чтобы сказать просто «мы поворачиваем»?

Но она сказала это без своего обычного капризного недовольства.

— Понятия не имею, почему, — ответил Гай, — но помню, как задавал своему отцу такой же вопрос, когда он впервые взял меня с собой в море.

— Что он ответил? — спросила Аннушка.

— Он велел не задавать глупых вопросов и не совать голову, куда не следует, пока ее не раскололо гиком, — усмехнувшись, ответил Гай.

Аннушка неуверенно улыбнулась.

Он впервые упомянул о своих родителях.

— Сколько тебе было лет? — спросила Клодия.

Он пожал плечами.

— Лет восемь или девять.

— Его отец оставил мать, когда ему было десять лет, — неожиданно вставила Аннушка. — Сбежал с другой женщиной.

Сказав это, она тут же испуганно взглянула на отца: не сочтет ли тот, что она болтает лишнее.

Гай, казалось, был ничуть не обескуражен.

— Классический случай: пожилой мужчина сбегает со своей секретаршей. — Он пожал плечами. — Мать очень сильно переживала. Она в своем роде тоже является классическим примером: умная женщина, которой с детства внушали, что для нее самое главное в жизни — не карьера, а замужество и дети.

Пока Клодия обдумывала, стоит ли спрашивать его о том, где теперь его родители, поскольку, возможно, оба умерли, он продолжил:

— Ей было очень трудно снова пойти работать. В конце концов она нашла место в одном элегантном старомодном отеле, в каких обожают останавливаться туристы.

— Где это было? — спросила Клодия, понимая, как мало о нем знает.

— В Котсуолде. Летом там от туристов отбою не было. Американцы приезжали тысячами. И в конце концов она встретила одного вдовца из Бостона. В возрасте двадцати шести лет я собственноручно вел свою мать к алтарю на ее свадьбе.

— Я тоже там была, — вставила Аннушка. — Я даже помню, что на мне было хорошенькое платьице, цветы в волосах и маленькие белые балетные туфельки. Я облила апельсиновым соком платье и плакала.

Гай удивленно взглянул на нее.

— Все старушки суетились вокруг и утешали, пока тебя не вырвало на мои брюки.

— Как тебе не стыдно, папа! — Засмущавшись еще больше, Аннушка сосредоточила внимание на бифштексе с жареным картофелем.

Аннушка сидела за столом напротив Клодии, а Гай — по левую сторону от дочери. Когда они садились за стол, ей бросилось в глаза, что он постарался сесть так, чтобы им не пришлось все время смотреть друг другу в глаза. Было нетрудно притвориться равнодушной к этому мужчине. Но сейчас, когда внимание Аннушки было поглощено содержимым тарелки, их взгляды встретились.

Несколько секунд они пристально рассматривали друг друга. И впервые Клодия не поняла, что означает его взгляд.

Нет, не совсем так. Его взгляд говорил «я хочу тебя» настолько внятно, что ее «орган вожделения» немедленно отреагировал на призыв.

Но было в его взгляде еще что-то, чего она не понимала.

«Я хочу тебя, но...»

И это «но» было шести футов ростом.

Гай первым отвернулся.

— Как тебе нравится бифштекс, Ану?

— Нормально. Даже вкусно, — торопливо добавила девушка. Похоже, она не привыкла что-нибудь хвалить.

— Страдаешь, оттого что здесь нет «Макдоналдс»?

— Немного, — вздохнув, призналась она. — Все время мечтаю съесть «биг-мак» с большой порцией жареного картофеля.

Губы его изогнулись в улыбке.

— По пути из аэропорта мы остановимся у «Макдоналдс».

— Обещаешь? — Она обрадовалась, как десятилетняя девчонка. — Я терпеть не могу есть в самолете, там вся пища одинакова на вкус.

— Мы купим еду на вынос и поедим в машине.

Клодия сосредоточила внимание на бараньих котлетах, моля Бога, чтобы по лицу нельзя было прочесть ее мысли. От чувства покинутости и одиночества перехватило горло, и глаза защипало от близких слез.

Она отчетливо представила себе картину возвращения: очередь на такси в Хитроу. Он говорит: «Мы можем поехать вместе, если только ты не возражаешь против остановки возле «Макдоналдс». Она отвечает с вымученной улыбкой: «Нет, спасибо. Я очень устала. Я поеду прямо домой». Гай постарается скрыть, что испытывает облегчение, и скажет что-нибудь вроде: «Ну что ж, спасибо за все, береги себя», — а она улыбнется бодрой улыбкой и ответит: «Ты тоже. До свидания». И постарается сохранить на лице эту фальшивую улыбку, пока они не скроются из виду.

Глава 16

Оставшуюся часть ужина Клодия старательно избегала встречаться взглядом с Гаем.

Что именно подразумевалось под этим «но»? «Я хочу тебя, но на этом все и закончится, так что не надейся на продолжение!» Или: «Я хочу тебя, но в данный момент это невозможно»? Или и то и другое вместе: «Я хочу тебя, но не уверен, что в этом есть что-то большее, и в сложившихся обстоятельствах не собираюсь выяснять».

К тому времени, как подали кофе, напряжение от того, что приходилось поддерживать непринужденный разговор и любезно улыбаться, превратилось в пытку. Когда Гай предложил заказать ликер, Клодия покачала головой:

— Я должна поскорее лечь спать. Прошлой ночью я не выспалась.

— Но ты спала днем, — напомнил он.

— И все-таки не отдохнула, — солгала она.

Аннушка зевнула, с опозданием прикрыв рот рукой.

— Я тоже устала. — Она взглянула на Гая. — Не возражаешь, если я сейчас поднимусь к себе?

— Я иду с тобой, — поспешно проговорила Клодия.

— Если вы обе подождете минуту, пока я подпишу счет, — терпеливо сказал Гай, — мы сможем подняться все вместе.

Пока они не вошли в лифт, Клодии удавалось избегать встречаться взглядом с Гамильтоном. Она поинтересовалась у Аннушки, прислали ли ей из школы следующие задания или же она намерена сосредоточить внимание на загаре, чтобы, когда вернется домой, все ее подружки позеленели от зависти.

— Я почти все сделала, осталось немного подучить биологию. — Они уже вышли из лифта, и Аннушка нерешительно взглянула на отца. — Сэмми попросил позвонить ему и сказал, что мы куда-нибудь сходим. Я ответила, что ты меня ни за что не отпустишь, так что и спрашивать бесполезно.

Клодия затаив дыхание смотрела на Гамильтона. *Интересно, как он себя поведет?*

Гай взглянул на нее: «Не беспокойся, я больше не стану закручивать гайки».

— Этот парень произвел на меня хорошее впечатление. А поскольку ты получила «А» с минусом за реферат по истории, то, может быть, мы забудем на время о твоем наказании.

Судя по выражению лица Аннушки, она такого не ожидала. Однако не рассыпалась в благодарностях и не бросилась на шею отцу от радости.

— Спасибо, папа, — смущенно пробормотала девушка, когда они выходили из лифта. — Я очень переживала за него, когда он пришел со мной сюда, чтобы объяснить причину моего опоздания. Сэмми спрашивал, какого ты роста и станешь ли драться.

Когда они остановились возле номера Аннушки, Гай, усмехнувшись уголком губ, спросил:

— И что ты ему ответила?

— Я сказала, что ты обычно не распускаешь руки, зато
большой умелец отхлестать словами, — призналась девушка. —
Сэмми ожидал увидеть старика — лет пятидесяти, не меньше.
А когда я сказала, что тебе всего тридцать семь лет и ростом ты
шесть футов и два дюйма, он немного струсил. Конечно, сделал
вид, что не боится, но уж я-то знаю.

— Зато ты не боялась, — сказал Гай.

Аннушка потупилась.

— Еще как боялась, — пробормотала она, — просто тряс-
лась от страха.

По лицу Гая было видно, что его мучают угрызения совести,
и у Клодии защемило сердце от жалости.

*Оставь их. Они должны наедине пожелать друг другу
спокойной ночи.*

— Спокойной ночи вам обоим, — бодрым голосом сказала
она. — До завтра.

Как только она закрыла за собой дверь, комната показалась
ей тюремной камерой. Было всего десять часов вечера, и Клодия
знала, что после дневного сна ни за что не заснет до полуночи.
Она и без того не заснула бы, потому что ее одолевали тревожные мысли.

Чтобы отвлечься, Клодия сделала себе педикюр, в котором
пока не было необходимости. Тем не менее она потратила целый
час на обработку ногтей, доведя их до такого совершенства, что
они могли бы украсить своим видом последнюю страничку журнала «Вог».

Когда подсыхал второй слой лака, Клодия почувствовала,
что устала и готова лечь в постель. Не успела она снять макияж,
как зазвонил телефон.

— Я тебя не разбудил? — спросил Гай.

— Я еще не ложилась.

— Я тоже.

Последовала пауза, во время которой «орган вожделения» довольно бесцеремонно напомнил о себе.

Преждевременная реакция.

— Мне надо поговорить с тобой, — сказал Гай. — Буду у тебя через две минуты.

Клодия в смятении положила трубку. За те несколько секунд, что прошли между его первой репликой и второй, в голове у нее пронеслись самые противоречивые мысли. Она мучительно хотела его видеть. Сердце замерло в предвкушении того, что произойдет, когда они снова останутся вдвоем. И, как ни странно...

Ты подумала, что он придет наверстать упущенное — то, что могло состояться прошлой ночью на пляже. Ты подумала, что он просто выжидал, когда Аннушка заснет. Ты подумала, что он знает, — ты сидишь здесь, тоскуя по нему, и, возможно, хочет воспользоваться удобным случаем. И тебе это не по душе.

Но Гай ни о чем таком не думал. Клодия даже догадывалась, о чем он хочет с ней поговорить.

Хорошо еще, что дал время подготовиться к разговору. Она должна взять себя в руки, надеть маску и притвориться, что отчаяния, от которого сжималось сердце, вовсе нет.

— *Помни, что сказала Кейт: как только почувствуешь, что он готов бросить тебя, бросай его первая.*

— *Но я в этом не уверена. И если кто-то собирается сжигать корабли, то это буду не я.*

Пока Клодия не открыла дверь, у нее еще теплилась надежда, что она неправильно поняла его.

— Прости, — сказал Гай, обводя взглядом ее махровый халат и босые ноги. — Ты собиралась ложиться?

Его извиняющийся тон подтверждал обоснованность ее страхов.

Притворяйся изо всех сил. Улыбайся.

— Я занималась всякой ерундой. Входи.

— Если бы ты задержалась в ресторане, чтобы выпить ликера, мы могли бы поговорить там, — продолжал он. — Можно и сейчас спуститься в бар, но...

— Не стоит, я не одета.

Сама себе удивляясь, Клодия говорила спокойным тоном. Теперь она точно знала, что хочет сказать Гамильтон. За него уже сказало сожаление, звучавшее в голосе, это говорили его глаза, это на своем языке говорило его тело.

Они уселись в те же самые кресла, где сидели в ту ночь, когда исчезла Аннушка.

— Я знаю, что ты собираешься сказать, — четко, по-деловому произнесла Клодия. За один тон ей могли бы присудить «Оскара». — Ты собираешься сказать, что не имеешь права продолжать наши отношения.

О Господи, пусть он опровергнет это!

Но Гай не стал опровергать. Едва заметная улыбка тронула его губы, и Клодию ничуть не утешило, что явное облегчение, отразившееся на его лице, было смешано со столь же явным сожалением.

— Сейчас неподходящий момент, — тихо произнес он.

О Боже, лучше бы мне умереть.

— Я понимаю. На какое-то время все твое внимание должно быть отдано Аннушке, — торопливо продолжала Клодия. — И тебе не нужно извиняться. Я считаю тебя привлекательным мужчиной, но мы оба знаем, что это было мимолетной вспышкой страсти. Ты слишком устал, а я позволила себе забыться.

Господи, сделай так, чтобы он сказал: «Для меня это не было просто приятным эпизодом!»

Гай снова улыбнулся своей ленивой, теплой улыбкой, от которой замерло ее сердце.

— Ты самая правдивая женщина из всех, кого я знал.

Если бы ты только знал правду...

Помедлив, он добавил:

— Аннушка рассказала мне о каком-то австралийце.

О Господи, я так и знала. Скажи ему сейчас, пока последний корабль не сгорел дотла.

Но пока Клодия молчала, собираясь с духом, Гай продолжал:

— Мне знакомо это чувство тоски. Весной я был увлечен одной женщиной, но ее перевели в Сингапур, и с тех пор я больше ее не видел.

Такое Клодии не снилось даже в кошмарах.

— Но ты увидишься с ней снова?

Гай покачал головой.

— Я умею читать между строк и несколько месяцев назад понял, что она хочет поставить точку на наших отношениях. Она не сказала об этом прямо, но я понял. Я перестал ей звонить. Такие отношения едва ли можно поддерживать на расстоянии. Аннушке она не очень нравилась, и следует сказать, что Симонна хотя и старалась наладить с ней отношения, но всегда делала это через силу.

Однако ты все еще тоскуешь. Как я тосковала по Адаму, пока не появился ты... А тосковала ли я?

Клодия вдруг усомнилась в этом. Неужели она страдала несколько месяцев даже после того, как первая боль разлуки притупилась? Или она цеплялась за свою тоску, как за удобную привычку?

— Ну что ж, — сказала она, скрестив ноги и улыбнувшись такой улыбкой, которая могла бы обмануть любого. — Похоже, что мы в одинаковом положении. Судя по имени, она француженка, не так ли?

Гай кивнул.

— Она работает в инвестиционном банке.

Клодия не могла удержаться от искушения помучить себя.

— С тех пор у тебя никого не было?

— Нет. — Впервые с тех пор, как она с ним встретилась, на его лице появилось несколько смущенное выражение. — Но мне не хочется, чтобы ты думала...

— Что ты просто использовал меня для секса? — сказала Клодия насмешливо. — Ах, ах! Подайте мне скорее нюхательной соли, не то я сейчас упаду в обморок!

Теплый огонек в глазах Гамильтона перевернул ей сердце, а появившаяся на губах полуулыбка отозвалась где-то внутри физической болью. Если он не уберется отсюда в самое ближайшее время...

— Ты меня рассмешила, — тихо сказал Гай. — А у меня, видит Бог, давненько не было повода для смеха.

Если он не замолчит, я потеряю самообладание и выставлю себя дурой. Позволь мне, Господи, сохранить при этом хотя бы видимость достоинства.

— Ну что ж, я рада, что честно заработала свои деньги. — Притворно зевнув, Клодия прикрыла рот рукой и поднялась с кресла. — Мне не хотелось бы показаться невежливой, но я должна выпроводить тебя отсюда, пока не заснула.

Но Гай не спешил уходить.

— Я еще никогда не встречал такую, как ты, — сказал он, прикоснувшись пальцем к ее щеке. — Ты особенная.

О Господи. Прошу тебя, не делай этого.

— Тем не менее, — сказала Клодия бодрым тоном, — не позволишь ли мне лечь и выспаться для поддержания красоты?

В противном случае... — она перешла на зловещий шепот, — в противном случае я могу снова потерять управление и подумать о том, не использовать ли *тебя* для секса.

Не успела Клодия договорить, как поняла, что зашла слишком далеко. Огонек исчез из его глаз, на лицо набежала тень.

Он, наверное, подумал: «Во всякой шутке есть доля правды» или еще что-нибудь в этом роде.

— Я тебя не использовал, — тихо произнес Гамильтон. — Ты мне очень нравишься.

Великолепно.

— Ты и сам неплох, — весело сказала Клодия. — И если нам потом не представится случай поговорить, то знай: я искренне надеюсь, что с Аннушкой все будет хорошо.

— Будет непросто, но мы не станем форсировать события.

— Лучше, если ты подаришь ей максимум внимания. Она, должно быть, чувствует себя очень незащищенной.

— Я знаю. Но если бы не ты, я так никогда бы и не узнал причину.

— Не преувеличивай. Она наверняка проболталась бы тебе сама во время очередной ссоры. И ты бы все уладил без моей помощи.

— Ты так думаешь? — Клодия не успела ничего сообразить, как почувствовала губы Гая на своих губах. — Я задолжал тебе поцелуй.

Он что, намеренно мучает меня?

— Пустяки. — Когда Гамильтон повернулся, чтобы уйти, слова вдруг посыпались из нее как горох. — Гай, я тебе больше здесь не нужна. Будет лучше для нас обоих, если я сменю билет и улечу немного пораньше.

Он оглянулся и внимательно вгляделся в ее лицо.

— Ты торопишься уехать?

— Не очень, но...

— В таком случае я бы предпочел, чтобы ты осталась. Я планирую уехать послезавтра, а до отъезда у меня будет очень напряженный распорядок дня. Аннушке потребуется компания.

— Ну, если так, то я еще поработаю над своим загаром, — сказала Клодия.

— Не переусердствуй. — Его взгляд, скользнув по лицу и шее, спустился до светло-золотистых ножек, выглядывающих из-под халата. — Слишком густая позолота может испортить лилию. — Легонько похлопав ее по талии, Гай исчез за дверью.

Клодии стало безумно жаль себя. Давненько она не ревела так, что лицо опухает до неузнаваемости, но сейчас дала себе волю.

Если бы Гамильтон вел себя как обычный мужчина, живущий по двойным стандартам, который полагает, что он в полном праве идти на поводу у своих инстинктов, тогда как женщина этого делать не должна! Если бы он разозлился и назвал ее потаскушкой, она бы стала его презирать.

Неудивительно, что в памяти возник скрипучий голос Старого Иммака:

— Я тебя предупреждала, но разве ты послушаешься! Ты приехала, движимая неправильными побуждениями, и посмотри, что из этого получилось!

— Ах, что ты можешь об этом знать? Разве тебе когда-нибудь приходилось чувствовать то, что чувствую я?

— Надо было держать себя в узде. Мужчина никогда не откажется от того, что ему предлагают. Такова уж его природа. Но теперь поздно говорить об этом. Однако нет худа без добра. Его дочь нуждается в нем больше, чем ты, что бы ты сейчас ни чувствовала. Пусть это послужит тебе утешением.

— *Каким утешением? Уж не считаешь ли ты меня одной из твоих занудных, готовых к самопожертвованию святых?*

Клодия словно наяву услышала возмущенное фырканье.

— *И чем же ты пожертвовала? Разве он когда-нибудь говорил тебе, что ты для него представляешь нечто большее, чем мимолетное увлечение? Не говорил. Ты ему нравишься, это правда, но не более того.*

— *Ох, отвяжись! Ты очень любишь говорить «я тебя предупреждала».*

В воздухе пронеслось очередное возмущенное фырканье, шелест одежд, и тень сестры Иммакулаты исчезла.

Последние дни стали настоящей пыткой. Опасаясь выдать себя, Клодия по возможности избегала Гая. Она загорала, каталась на водных лыжах, писала длинные письма друзьям и много плавала. По крайней мере она вернется домой в такой хорошей форме, в какой давно не бывала.

В последнее утро Клодия отправилась на такси в старый город Маскат. Водитель ей попался веселый, общительный. Он оказался хорошим гидом — показал дворец, фасад которого выходил на море, и две одинаковые сторожевые башни — Джалали и Мирани, — охранявшие его с двух сторон. Синие, как небо, голые скалы поднимались из моря, образуя естественную гавань.

Клодия осматривала с дамбы окрестности, а водитель тем временем покуривал сигарету, стоя рядом с ней.

— Вон там находится английское посольство. Англичане — большие друзья султана Куабуса и оманского народа.

— Надеюсь, — улыбнулась она.

Окинув прощальным взглядом море, Клодия подумала, что завтра окажется в совсем иной обстановке: серенькая, ветреная зимняя погода, унылые городские улицы, и настроение у нее, несомненно, будет под стать.

— Сестренка, почему вы такая печальная?

Клодия была готова провалиться сквозь землю от смущения, но, заставив себя улыбнуться, ответила:

— Это потому, что я вечером уезжаю.

— В таком случае приезжайте снова, insha'allah.

— Да, — сказала она. — Insha'allah.

Полет был утомительным, как это обычно бывает с ночными многочасовыми рейсами, но могло быть и хуже. Если бы они летели в переполненном салоне туристического класса, то Клодии, возможно, пришлось бы сидеть совсем рядом с Гаем и его плечо касалось бы ее плеча, его запах мучил бы ее, а его волосы могли бы прикоснуться к ее щеке, когда он задремлет.

Сейчас Гай спал, повернувшись к ней лицом, отделенный от нее проходом между рядами. Она не могла спать и не могла отвести от него взгляд.

Клодии вспомнилось, как Гай отдыхал рядом с ней после того, как они занимались любовью. Она вспомнила ощущение его тела рядом со своим, когда он обнимал ее одной рукой. Клодия вспомнила, как нежно провела пальцами по его груди, стараясь не разбудить его, вспомнила, как Гай во сне еще крепче прижал ее к себе, как она осмелилась притронуться к другим спящим частям его тела и как затряслась его грудь от сдерживаемого смеха.

На глаза навернулись слезы. Клодия осторожно выскользнула в туалет, чтобы прийти в себя, но бдительное око стюардессы заметило ее.

— С вами все в порядке?

— Все хорошо, — шмыгнув носом, сказала Клодия, заставив себя улыбнуться. — Думаю, у меня аллергия.

— У меня есть антигистамин, если желаете.

Если бы антигистамин мог помочь!

— Большое спасибо, надеюсь, все пройдет и без таблетки.

Получая багаж, Клодия чувствовала себя живым трупом. И, как назло, ее чемодан впервые в жизни появился на конвейере одним из первых.

— Позволь. — Гай решительно взял ее за талию и отодвинул в сторону, а сам снял чемодан с конвейера.

Сейчас их пути разойдутся. Ей хотелось, чтобы все побыстрее закончилось.

— Я, пожалуй, возьму такси и поеду.

Не снимая руки с талии Клодии, Гай вывел ее из толпы.

— Подожди, мы тебя подбросим домой.

— Нам не по дороге, я уж лучше пойду, — сказала она бодрым голосом, изо всех сил стараясь не показать, как ей плохо.

В его глазах появилась тревога.

— Ты не попрощалась с Аннушкой.

Клодия оглянулась через плечо и заметила, как Аннушка скрылась за дверью дамского туалета.

— Попрощайся с ней за меня. Я уверена, что она ждет не дождется, когда исчезнет ее «надзирательница». Я чувствую, что если не доберусь как можно скорее до дома, то потеряю сознание.

Она не лгала, Гамильтон и сам это видел.

— Думаешь, у тебя хватит сил пройти таможенный досмотр?

Впервые в жизни Клодии так отчаянно хотелось уйти и остаться одновременно.

— Ничего со мной не случится.

— Ну что ж, если ты так решила... — Гай извлек из внутреннего кармана пиджака сложенный чек. — Я произвел пересчет, — сказал он. — Ты заработала эти деньги.

Развернув чек, Клодия охнула от удивления.

— Гай, я не могу принять такую сумму!

На лице Гамильтона появилась та самая полуулыбка, которая всегда приводила ее в смятение.

— Я не собираюсь препираться с тобой по этому поводу, так что не надо создавать мне лишние проблемы.

Впервые за много дней Клодия вспомнила, с какой целью поехала с ним. Ей вспомнились бледные личики детишек, которые не знали, что яйца несут курицы или что бабочки появляются из гусениц.

Она обняла Гая и почувствовала, как горло перехватил нервный спазм.

— Спасибо, Гай. Обещаю, что деньги будут потрачены с пользой.

— Я это знаю. — Он тоже обнял ее и на несколько мгновений крепко прижал к себе так, что у нее перехватило дыхание.

Но все закончилось слишком быстро. Гай вновь обрел уверенный вид делового человека.

— Ну, беги, пока ты действительно не упала в обморок. — Он легонько похлопал Клодию по заду, как будто ставя на всем точку. — Спасибо за все. Береги себя.

— Ты тоже.

Клодия не оглянулась. Подталкивая тележку с чемоданом к конторке таможни, она почти ничего не видела от слез. Возле конторки ее схватила за локоть Аннушка.

— Почему ты не захотела подождать? — Она заглянула в глаза Клодии, и выражение ее лица резко изменилось. — Что случилось?

Утерев слезы дрожащими пальцами, Клодия изобразила на лице вымученную улыбку.

— Это твой отец виноват. Он был слишком щедр, и я растрогалась. Извини, Аннушка, но мне надо идти. Я устала до смерти. — Крепко обняв озадаченную девушку, она добавила: — Ты ему нужна. Присмотри за ним, — и не оглядываясь, почти бегом помчалась к конторке таможенного досмотра.

Погода была совсем не серенькой, — светило солнце, и было по-зимнему свежо. В такси Клодия взяла себя в руки.

Еще совсем рано... Кейт, наверное, крепко спит.

Однако когда Клодия открыла дверь, в квартире работал телевизор, и к подруге подбежала щеголявшая в одной ночной сорочке Кейт.

— Тебя и не узнать! Совсем коричневая.

— Зато красивая, разве нет? — Теперь, когда она была дома, притворяться стало легче. — А ты бездельничаешь?

— Не угадала. У меня опасная болезнь, так что не приближайся. А точнее, тонзиллит. Вчера у меня была очень высокая температура.

Хотя Клодии хотелось побыть одной, чтобы без помех предаться страданиям, она была очень рада снова видеть Кейт.

Пять минут спустя они уже сидели перед маленьким телевизором и пили кофе с тостами.

Портли, увидев Клодию, особой радости не проявил. Он все еще с трудом ковылял, не наступая на забинтованную лапу. Презрительно взглянув на хозяйку, он повернулся к ней спиной.

— Он все еще сердится, что тебя не было рядом.

— Портли всегда так себя ведет, когда я откуда-нибудь возвращаюсь. Дуется дня полтора, а потом приходит приласкаться и помириться.

В течение получаса Клодия рассказывала Кейт про отель, про дельфинов, акул и черепах, всячески избегая касаться деликатных тем. Подруга время от времени прерывала рассказ восклицаниями «Жуть!» или «Кошмар!».

Когда закончились «международные новости», Кейт поведала Клодии новости местные: у Питера-Надоеды появилась подружка. Как ни странно, она не дурнушка. Трудно сказать, что девушка в нем нашла. Правда, о вкусах не спорят: может быть, ей нравится, когда ее лапают потными ручищами.

Неожиданно сменив тему, Кейт сказала:

— Надеюсь, ты не будешь возражать против того, что Пол переехал ко мне. Я имею в виду, насовсем.

— Почему? Ведь у него есть своя квартира!

— Это так, но... — Кейт явно засмущалась. — Пару недель назад он дал объявление о ее продаже, и мы подумали, что она продастся не скоро, но сразу же подвернулся покупатель, который готов выложить деньги. Все произошло очень быстро... Свои пожитки он сдал на хранение, а сам...

Клодия все еще не понимала причины.

— Но у него была чудесная квартира! Зачем он ее продал? Кейт заерзала в кресле.

— Дело в том, что мы с ним собираемся купить общее жилье. Дом. Мы подумали, что будет проще сначала продать квартиру, чтобы не терять времени. Ты ведь не возражаешь, что он сюда переехал, а?

— Конечно, не возражаю. Он мне нравится.

— Мы не будем спешить с покупкой дома, — торопливо продолжала Кейт. — Я заблаговременно предупрежу тебя.

Все это звучало весьма неубедительно, и Клодии показалось, что лучшая подруга покидает ее, когда ей плохо, сыплет соль на раны.

Кейт ее покидает.

Эта мысль наполнила Клодию чувством такой безысходности, что логически вытекавший из всего предыдущего вопрос не сразу пришел ей в голову.

— Если вы покупаете общее жилье, значит, вы намерены...

— Нам эта мысль приходила в голову, — смущенно сказала Кейт. — Только это будет не сразу, и мы не хотим устраивать никакой пышной церемонии. Ты ведь знаешь, что захотела бы устроить моя мать: венчание в соборе Святого Павла в присутствии не менее пятидесяти миллионов родственников! Мы решили сбежать на Ямайку или еще куда-нибудь и там обвенчаться в присутствии парочки приятелей. Ты не откажешься быть подружкой невесты?

— Ох, Кейт! Только попробуй обойтись без меня!

Рискуя заразиться, Клодия обняла и крепко расцеловала подругу.

— Пол отличный парень. Я искренне рада за тебя.

— Я тоже за себя рада, — призналась Кейт.

После этого Клодия имела полное право пустить слезу, не вызывая подозрений. Кейт и сама к ней присоединилась.

— Мы, наверное, стареем, — фыркнула она, утирая слезы. — Делаемся слезливыми и сентиментальными.

Ох, если бы только из-за тебя глаза у меня были на мокром месте!

В конце концов Клодия даже обрадовалась предстоящей встрече у тетушки Барбары, несмотря на присутствие там Райана. Это отвлечет ее от щемящей сердечной боли, да и с родителями она давно не виделась. Правда, даже поездка в аэропорт Хитроу, чтобы встретить родителей, бередила незатянувшиеся раны.

Еще не успели они покинуть здание аэропорта, как зоркий глаз Маргарет Мейтленд заприметил, что с дочерью что-то происходит.

— Ты что-то плохо выглядишь, — сказала она, когда Клодия бросала монетки в счетчик, расплачиваясь за парковку. — Может быть, тебе не хватает витаминов?

Единственный витамин, который мне нужен, называется «Гай».

— Мама, о чем ты говоришь? Я загорела, как никогда!

— Можно загореть, но плохо выглядеть, дорогая. У тебя под загаром лицо бледное и осунувшееся.

— Не выдумывай, Мэг, — миролюбиво сказал отец. — На мой взгляд, девочка выглядит превосходно.

— Я бы этого не сказала, Ричард. Мужчины никогда не замечают таких вещей.

Ее родители авитаминозом явно не страдали. Мать выглядела значительно моложе своих лет. Волосы у нее были почти того же оттенка, что и у дочери, и хотя со временем потускнели, но пока не поседели; на лице почти не было морщин. Отец загорел и был в хорошей форме благодаря ежедневной игре в гольф.

Клодия свернула на дорогу М-25, так как они решили сразу отправиться в Дорсет. Погода стояла солнечная, было свежо. Голые ветви деревьев четко вырисовывались на фоне голубого неба. Мать сидела на переднем сиденье и говорила за двоих.

— Наверное, ты собираешься сменить машину, дорогая? Эта уже старенькая.

— Не очень.

— Все равно лучше приобрести новую. Может быть, когда ты начнешь работать на новом месте...

— Возможно. — Клодия действительно собиралась это сделать, — купить что-нибудь этакое сверкающее и резвое, с изумительным запахом нового автомобиля...

— Барбара говорила, что Райан купил изумительную новую машину.

О Господи. Начинается.

— Машина не новая, — подал голос отец с заднего сиденья. — Уверен, что этот дуралей быстро обмотает ее вокруг фонарного столба, не дав состариться.

Спасибо, папа.

— Я имела в виду, что машина новая *для него*, дорогой. В любом случае Райан ею очень доволен. Барбара рада, что он не потратил слишком много из наследства старой Флоры на покупку какой-нибудь модной машины.

— Может быть, он взялся за ум. Пора бы, — ответил отец.

Клодия выругалась про себя, когда какой-то придурок в гоночной машине, который уже давно висел у нее на хвосте, засигналил ей фарами. Центральная полоса была забита машинами, и она никак не могла уступить ему дорогу.

— Как повезло Райану, что Флора оставила ему столько денег, — продолжала мать. — Разделила наследство поровну между ним и его отцом, хотя Тед и Барбара и без того в деньгах не нуждаются. Тед у Флоры единственный родственник. Ей было около девяносто, и она всегда была со странностями, как говорит Барбара. Боялась уезжать из дома, а они не имели возможности часто навещать ее. Поэтому, когда Тед получил от нее весьма бессвязное письмо, а Райан как раз собирался в Шотландию на ралли или что-то в этом роде, они попросили его заехать к ней и справиться о здоровье.

Нахальный парень в гоночном автомобиле снова замигал фарами и приблизился на расстояние трех футов к заднему бамперу машины Клодии.

— Что этот сопляк делает? — пробормотала она. — Неужели не видит, что я не могу его пропустить? — Как только в

веренице машин впереди появился просвет, сопляк рванул вперед. Когда он проносился мимо, Клодия одними губами произнесла «идиот!», а парень самодовольно поднял вверх два пальца
в знак одержанной победы.

Ее отец что-то пробормотал, а мысли матери были заняты
другим.

— Райану было не по пути, но он любезно согласился к ней
заехать. Возможно, Райана нельзя назвать самым разумным парнем в мире, но у него есть сердце.

Нахальный сопляк впереди наседал на хвост следующей жертвы. Клодии всегда действовало на нервы такое поведение на
дорогах. И она сорвалась:

— Мама, Райан такой же добрый, как средневековый вар-
вар. Он навестил бедную старушку потому, что надеялся извлечь
из этого выгоду.

— Ты к нему несправедлива, дорогая.

— Что ты имеешь в виду, говоря, что я к нему несправедлива?
Он сам проболтался мне об этом. Он и раньше писал ей подхалим-
ские письма, чтобы вытянуть из нее почтовые переводы!

— Старые люди ценят внимание, дорогая. Бабушка, например, очень любила получать от тебя письма. Не знаю, что он
тебе рассказал, но ты, наверное, все неправильно поняла. Они
даже не знали, что у старой Флоры есть деньги. Она была
этакой чудаковатой милой старушкой, из тех, которые полвека
ходят в одном и том же пальто. И дом ее был в ужасном состоянии: ни центрального отопления, ни приличной ванной комнаты.
Они думали, что Флора бедна как церковная мышь. Тед время
от времени посылал ей чеки, но она их никогда не погашала, и
они решили, что та слишком горда, чтобы принимать подачки. И
все это время Флора была владелицей кругленького капитальца,
к которому не прикасалась со времен войны.

Но Клодия была непоколебимо убеждена в цинизме Райана.

— Должно быть, они все-таки знали об этом.

— Нет, не знали, — вставил отец. — Тед был ошеломлен, особенно после того как Райан побывал там и рассказал, что дом не пригоден для проживания. Там все лампочки перегорели, а Флора боялась их заменить. Она не хотела, чтобы кто-нибудь приходил помогать ей, потому что опасалась открывать дверь. Райан провел там четыре дня, сделал уборку, кое-что починил, приладил дверную цепочку и врезал в дверь глазок. Я знаю, что ты плохого мнения о Райане, но должен сказать, что он очень хорошо относился к старушке.

До самого Дорсета Клодия отказывалась этому поверить. У Райана есть человеческие качества? Нет, это невозможно!

Старое каменное здание отеля, где Клодия столько лет проводила каникулы, располагалось почти на берегу моря. Это была уютная, ухоженная гостиница на двадцать спален. Там ощущалась своя неповторимая атмосфера, чего Клодия раньше не замечала. Возможно, этому способствовало недавнее открытие ресторана при гостинице, который был радостью и гордостью тетушки Барбары. Он завоевал хорошую репутацию среди местных жителей, и о нем даже появлялись хвалебные отзывы в воскресных газетах.

Машин на стоянке тоже было больше, чем прежде. Клодия припарковала машину рядом с серебристым спортивным «мерседесом», на номерной табличке которого красовалось: «РАЙ-101».

«Лучше бы написал: "ЖАБА-101"», — подумала она, но вслух ничего не сказала.

Следующим сюрпризом было присутствие Беллинды. Клодия ожидала увидеть хихикающую дурочку, обладательницу впечатляющей груди, выпирающей из неприлично глубокого декольте, но у этой мило улыбающейся девушки были гладко причесанные белокурые волосы, а все округлости тела скрывались под мешковатым темно-синим свитером.

Слишком хороша для Райана.

Райан не изменился, только разве волосы остриг чуть покороче. На сей раз он щеголял в ярко-синем пиджаке, увидев который, ее отец даже слегка вздрогнул.

В течение вечера взгляд Клодии не раз останавливался на Райане: неужели она действительно что-нибудь неправильно поняла?

После ужина, когда все пили кофе в хозяйских апартаментах, а Беллинда читала какой-то журнал, Райан лениво подошел к кузине и впился взглядом в ее загар.

— Ты действительно была на Ближнем Востоке, чтобы прозондировать почву насчет рынков сбыта?

— Нет. Это было сказано для мамы.

— Тогда как ты туда попала? — Он ухмыльнулся. — Может быть, ты получила временную работу в гареме какого-нибудь вонючего старого развратника?

— Не придуривайся, Райан. Все было на самом высоком уровне. Кстати, мне неплохо заплатили.

— Ах да, деньги. Я как раз хотел поговорить с тобой об этом. — Он извлек из внутреннего кармана чек. — Я еще не расплатился с тобой за две киссограммы и за твой честный труд в офисе.

— Не думаешь ли ты, что я об этом забыла? Я не позволю тебе увильнуть и не расплатиться. И лучше уж заплати мне как следует, иначе... — Взглянув на сумму, проставленную на чеке, она замолчала, не договорив. — Райан, если это шутка...

Кузен улыбался от уха до уха.

— Нет. *Все остальное* было шуткой. И пари было шуткой. Я и так дал бы тебе какую-то сумму.

— Что?

— Я дал бы тебе чек сразу, если бы ты не заглотила наживку и не завелась с пол-оборота. Это так легко, что иногда мне кажется, что на спине у тебя имеется ключик, как у заводной игрушки.

Клодия побледнела. Неужели она прошла через все это только потому, что этот придурок не может удержаться от розыгрыша? Неужели она умирала от страха перед киссограммами, терялась в догадках относительно Гая, сходила с ума от ужаса, думая, что его вот-вот разорвут акулы, умирала от восторга, занимаясь любовью с Гаем, и с тех пор не находила себе места только лишь потому, что этой ухмыляющейся обезьяне захотелось завести ее?

В присутствии стольких гостей Клодия осмелилась лишь прошипеть сквозь зубы:

— Ты настоящая жаба, Райан. Так бы тебя и удавила! Надеюсь, твой проклятый «мерседес» разобьется вместе с тобой! Надеюсь, что Беллинда оторвет и вышвырнет на улицу твой жалкий член и десятитонный грузовик раздавит его всмятку, прежде чем ты его отыщешь!

Глава 17

Клодия не могла демонстративно подняться и выйти из гостиной, хлопнув дверью. Нет, она пожелала всем доброй ночи и виновато улыбнулась, когда ее тетушка удивленно спросила:

— Как, ты уже идешь спать?

Клодия заставила себя еще раз улыбнуться, когда дядя заметил, что у молодого поколения слишком мало жизненных сил, и выскользнула за дверь. Отведенная ей комната в гостинице была вдвое меньше ее гостиничного номера в Маскате, но не менее уютна, выдержана в чисто английском стиле и оклеена обоями с узором из розочек.

Проклятый Райан! Если бы мне только можно было сейчас уехать домой!

Но об отъезде не могло быть и речи. Само празднование назначено на завтрашний вечер, и ей никогда не простят подобной выходки.

Двадцать минут спустя в дверь негромко постучали.

— Клод, ты спишь?

— Отвяжись!

— Если ты мне не откроешь, я пойду и возьму запасной ключ. — Голос Райана звучал обиженно. — Я имею полное право знать, почему ты желаешь мне лишиться члена, когда я только что дал тебе чек на огромную сумму.

— После всего, что мне пришлось вытерпеть, я заработала эту огромную сумму. А теперь сгинь!

В голосе кузена появилась знакомая Клодии с детства коварная нотка.

— Если ты мне не откроешь, я пойду и расскажу твоей маме, что ты ездила не в деловую командировку. Я скажу ей, что в одном лондонском клубе ты познакомилась с грязным старым развратником, который заплатил тебе кучу денег за то, чтобы ты в течение недели делала ему интимный массаж.

Когда Клодия наконец открыла дверь, Райан, ухмыляясь, заявил:

— Это я тоже сказал, чтобы завести тебя. — В руках у него была бутылка коньяка. — Это самый лучший коньяк из отцовских запасов. Как насчет того, чтобы заключить перемирие?

У нее не осталось сил даже на то, чтобы выругаться. Слезы, которые она изо всех сил сдерживала с тех пор, как возвратилась из Маската, наконец прорвались и хлынули из глаз.

— Вот так штука! Я и не думал, что все так плохо, — озадаченно моргнул Райан.

— Еще хуже, — всхлипывая, сказала Клодия и уселась на застеленную ситцевым покрывалом кровать.

Райан сходил в ванную за стаканами и налил в оба по изрядной порции коньяку.

— Проглоти-ка это.

Клодия выпила. Но не коньяк развязал ей язык. Просто ей отчаянно требовалось поговорить с кем-нибудь, пусть даже с Райаном, хотя, будь у нее выбор, его она выбрала бы для доверительного разговора в последнюю очередь.

Шмыгая носом и утирая слезы, Клодия объяснила:

— Я не собиралась так расклеиваться. Что, если мама придет сюда?

— Не придет. Они только что уселись играть в бридж.

— А если тебя станет искать Беллинда?

— Она задремала перед камином. — Клодия впервые в жизни увидела, как кузен смутился. — Извини, Клод, я ведь думал, что мы просто посмеемся — и все.

Как бы она ни злилась, но сваливать на него всю вину за происшедшее было несправедливо.

— Ты не виноват.

Райан добавил коньяку в ее стакан.

— Ты с ним спала?

Поздно было говорить ему, чтобы не совал нос не в свое дело.

— Только один раз, но такой страсти я еще никогда не испытывала. И теперь я никак не могу его забыть.

— Ты вернулась всего неделю назад. Я однажды целых две недели тосковал по одной девчонке, с которой познакомился на Тенерифе. А сейчас не помню даже, как ее звали.

— На тебя похоже, — сказала Клодия, громко высморкав нос. — Ох, Райан... Из-за твоей грубости все это выглядит так омерзительно.

— Просто я реалист, Клод. — Кузен довольно неуклюже обнял ее за плечи. — Все пройдет. На нем свет клином не сошелся. Только посмотри, сколько вокруг неприкаянных мужиков.

Едва ли это могло ее утешить. Уставясь в свой стакан, Клодия удивилась тому, что разоткровенничалась с Райаном, как будто он был человеком. Какая муха ее укусила?

А может быть, он и в самом деле человек?

— Зачем ты наврал мне с три короба насчет старой Флоры?

— Не мог удержаться, — ухмылнулся Райан. — Ведь если бы я рассказал, что раскроил ей череп, чтобы выкрасть деньги из-под матраца, ты и этому поверила бы.

— Этому я не поверила бы никогда, — шмыгая носом, сказала Клодия. — От тебя, конечно, всякого можно ждать, но ты не убийца.

— Ну я, пожалуй, пойду, — сказал Райан. — А то вдруг Беллинда проснется и подумает, что я сбежал с пикантной новенькой официанткой?

Когда они ужинали в ресторане, эта девушка не раз стреляла в Райана глазками.

— В таком случае беги. Не хочешь же ты, чтобы у нее возникли ненужные подозрения?

— О'кей, я побегу. — Райан зевнул и потянулся. — Можешь себе представить, мама выделила нам комнату с двуспальной кроватью! Каково? Я был потрясен. Ведь я-то думал, что она поместит меня в моей старой комнате в мансарде, чтобы соблюсти приличия. Ну, остается надеяться, что кровать не слишком скрипучая.

Нет, он не изменился.

— Если комната находится поблизости от моей, то постарайтесь не слишком скрипеть.

— Мы будем вести себя тихо, как спаривающиеся мышки, — ухмылнулся Райан.

На временной работе, предоставленной агентством по трудоустройству, время до Рождества пролетело быстрее, чем ожидала Клодия. Но Гая она не забыла. Боль все еще не прошла и настигала ее в самые неожиданные моменты: в транспортных пробках, когда она слышала какую-нибудь грустную мелодию, когда видела влюбленную парочку, держащуюся за руки. Она много раз боролась с искушением проехать мимо кенсингтонского дома Гамильтона.

Однако, зная свою невезучесть, Клодия боялась, что увидит, как Гай садится в машину с другой женщиной, и ей захочется умереть.

С приближением Рождества ее все больше и больше мучила мысль о рождественской открытке. В конце концов она остановила выбор на открытке с изображением Бруин-Вуда. Ее нельзя было назвать рождественской открыткой в полном смысле этого слова, — это была фотография детей, которые жили там пару лет назад. Позируя перед камерой, они смеялись, сидя верхом на пони.

Клодия решила адресовать открытку им обоим — Гаю и Аннушке, но долго не могла решить, что написать на обороте. В конце концов она просто ограничилась словами: «С любовью от Клодии».

На следующий день она получила открытку от них. Это была открытка благотворительной организации в защиту животных. Клодия догадалась, что ее выбрала Аннушка, тем более что на обратной стороне ее рукой было написано: «С большой любовью от Аннушки и Гая». Ну что ж, по крайней мере она узнала, что они подумали о ней до того, как получили открытку от нее.

Приходилось утешаться даже такими крохами.

Захватив с собой свою боль, Клодия съездила на Рождество в Испанию, где в течение пяти дней безуспешно пыталась развеяться, дурачась и танцуя на вечеринках, куда ее брали с собой родители. Она даже слегка пофлиртовала с одним испанским барменом, в основном чтобы усыпить недремлющее «шестое чувство» матери.

В январе Клодия приступила к новой работе, и хотя она ей нравилась и у нее почти не оставалось времени на посторонние мысли, боль не проходила.

К концу марта Клодия успела побывать с образцами продукции во многих странах Европы, но боль по-прежнему была рядом. Раза два она выходила развлечься с Кейт, Полом и одним его веселым приятелем с красивыми глазами, которому удавалось ее рассмешить. Во Флоренции она ужинала с одним сладкоречивым итальянцем — мужчиной категории IV, из-за которого всего несколько месяцев назад ей не захотелось бы возвращаться в Англию.

Но боль не проходила.

Однажды перед Пасхой, когда в летнем лагере для детей вовсю шла подготовка к новому сезону, Клодия поехала туда субботним утром, чтобы помочь. Правда, она была немного не в форме, потому что только что переболела гриппом. Нос и глаза у нее были все еще чуточку красноваты, и она походила на выжатый лимон.

После холодной зимы в этом году желтые нарциссы расцвели поздно и все еще кивали свежими головками в саду. Клодия покрывала светло-желтой краской стену в столовой. Капли краски попадали на ее рабочий комбинезон, но она не обращала на это внимания: комбинезон давно отслужил свой век, и его все равно следовало выбросить в мусорное ведро. Волосы она спрятала под шарфом, лицо было немного испачкано — но кто на нее смотрит?

По радио передавали старые сентиментальные песенки, и, стоя на верхней ступеньке стремянки, Клодия наслаждалась миром и покоем. Услышав чьи-то шаги по засыпанному мусором полу, она даже не оглянулась.

— Это я.

Клодия чуть не свалилась со стремянки.

— Аннушка! Что ты здесь делаешь?!

— Просто проезжала мимо. Мы едем на обед к друзьям папы, вот и подумали, почему бы не заглянуть сюда. Правда, мы не знали, что ты будешь здесь.

— Как же вы узнали, где находится Бруин-Вуд?

— Адрес был написан на твоей рождественской открытке.

Да, правда...

У Клодии гулко заколотилось сердце.

— Какой приятный сюрприз, — сказала она прерывающимся голосом. — Как ты поживаешь?

Аннушка была полна энергии, как и положено девушке ее возраста.

— Отлично. А как ты?

— Я еще не вполне оправилась после противного гриппа, так что не стану тебя целовать. У тебя все в порядке?

— Все хорошо, если бы не эта несносная школа. Но летом я с ней распрощаюсь и буду учиться в колледже. Папа считает, что мне там будет лучше. Там по крайней мере не требуют соблюдения всех этих дурацких правил.

Клодия не могла понять, что изменилось в Аннушке, потом решила, что изменилось выражение глаз. Раньше в них была скука, теперь светился живой интерес.

— Как у тебя отношения с отцом? Лучше?

— Время от времени мы по-прежнему цапаемся, но с кем не случается? С ним иногда бывает очень весело. У большинства моих друзей отцы такие старые задницы!

Клодию вдруг охватила паника.

А если он застанет меня в таком виде? Я же умру от стыда! Надо хотя бы забежать в туалет, стереть с лица пятна краски и немного подкрасить губы... Но я не взяла никакой косметики. *Нечем даже припудрить лицо, чтобы убрать эти круги под глазами.*

— Где он?

— Болтает с девушкой, которая открыла нам дверь. Кажется, ее зовут Джулия.

Джулия руководит лагерем. Как только она узнает имя Гая и свяжет его с подписью на полученном чеке, она захочет ему все показать и будет рассыпаться в благодарностях. Будет чудом, если ему удастся освободиться хотя бы через двадцать минут.

— Как он поживает? — бодрым голосом осведомилась Клодия.

— Прекрасно. Как всегда слишком много работает. Но это, я думаю, отвлекает его от других проблем. — Воровато оглянувшись через плечо, Аннушка понизила голос до заговорщического шепота: — Между нами, я думаю, что он все еще тоскует по одной женщине.

Клодия едва удержалась на ногах.

Несомненно, по этой проклятой Симонне.

— Мне знакомо это чувство.

— Ты имеешь в виду своего супермена-австралийца?

Клодия не могла больше лгать. Но и правды открыть не могла.

— Я его уже забыла, но помню чувство тоски. — Ей захотелось помучить себя. — Ты с ней знакома?

— Конечно, но это было давно. Она была неплохая. Даже весьма привлекательная, хотя это дело вкуса. — Аннушка, нахмурившись, снова оглянулась. — Где же он? Сам сказал, что мы заедем ненадолго, потому что Майк и Дженни ждут нас к половине двенадцатого. И я проголодалась. Подожди, я схожу поищу его.

Когда она убежала, Клодию снова охватила паника. Подождав секунд десять, она заглянула в соседнее помещение, где еще один доброволец красил потолок.

— Стив, я себя плохо чувствую. Наверное, нанюхалась краски. Мне надо домой. Ты уберешь за меня краску и инструменты? Я там почти закончила.

Стив озабоченно посмотрел на нее со стремянки.

— Ты сможешь сама вести машину?

— Конечно. Если буду чувствовать себя лучше, то завтра приеду. Извинись за меня перед Джулией.

В мгновение ока Клодия выскочила из здания и уселась в блестящий новенький «пежо», который наконец позволила себе приобрести. Рядом был припаркован «рейнджровер», как две капли воды похожий на тот, на котором они ездили в Маскате, только черного цвета.

Заливаясь слезами, Клодия нажала на газ, проехала по покрытой гравием дорожке и скрылась из виду.

Ах ты, дурочка! Уж не могла остаться, чтобы хотя бы увидеть его. Совсем спятила!

Клодия взглянула на свое отражение в зеркале.

В таком виде? С красным носом и брызгами краски на физиономии? Одетая в какую-то дерюгу времен короля Эдуарда?

После пасмурной погоды выдался первый солнечный денек. Казалось, все население выбралось на свежий воздух. Дороги были забиты транспортом, и она долго добиралась до дома. Кейт и Пол куда-то ушли. Дома был только Портли, подбежавший к хозяйке с мяуканьем, означавшим «Добро пожаловать».

Клодия взяла кота на руки, зарывшись лицом в мягкую шерсть.

— Ох, Портли! Что мне делать?

Он снова мяукнул. На сей раз мяуканье означало: «Шла бы ты на кухню, женщина, и покормила меня».

Положив ему в блюдце тресковую печень, Клодия наполнила ванну, добавила шарик пенообразователя с персиковым запахом и сдобрила воду несколькими солеными слезинками.

Что подумают обо мне, узнав, что я сбежала, не сказав
никому ни слова? А что подумает Гай? Его не проведешь. Если
он не знал раньше, то теперь наверняка обо всем догадается.

На автоответчике было послание от Кейт. Она сообщала,
что уехала с Полом к его родителям и останется там ужинать.

Может быть, это даже к лучшему. Если бы Кейт была дома,
она бы все выпытала и замучила сочувствием.

В девятом часу вечера Клодия легла в постель вместе с
Портли и стала смотреть какую-то программу по телевизору. В
конце концов она незаметно заснула, согретая Портли, пристро-
ившимся у нее на плече.

Клодия не поняла, что именно ее разбудило, и испуганно
насторожилась.

Кто-то ходил по квартире. От страха по спине пробежали
мурашки.

Взяв пульт дистанционного управления, Клодия уменьшила
громкость звука телевизора, который так и не выключила, и вся
напряглась, прислушиваясь.

Она не ошиблась. Кто-то тихонько открыл дверь в комнату Кейт.

Клодия осторожно встала с постели, на цыпочках подошла к
шкафу, открыла дверцу и извлекла оттуда теннисную ракетку.
Не ахти какое оружие, но лучше, чем ничего. Крепко сжав ручку
ракетки и едва дыша, она застыла в ожидании за дверью спальни. Задвижки на двери не было. Была когда-то, но сломалась.

Во рту у нее пересохло, сердце отчаянно стучало. Она не
спускала глаз с дверной ручки. Ситуация была похожа на сцену
из фильма ужасов. Ручка двери медленно поворачивается и...

Услышав осторожный стук в дверь, Клодия замерла. Тихий голос и вовсе поверг ее в транс.

— Клодия?

Гай?

Дрожащей рукой она распахнула дверь.

На губах Гамильтона играла довольная усмешка.

— Твои замки никуда не годятся. — Он показал кредитную карточку. — Этому безобидному фокусу я научился в годы своей бездарно растраченной юности.

Это было уже слишком. Клодия потеряла контроль над собой.

— Мерзавец! Я подумала, что меня сейчас прикончат в собственной постели! — Клодия замахнулась теннисной ракеткой, но Гай поймал ее за руку и обнял, и тут она разразилась слезами. Его сорочка моментально промокла от слез, а он, крепко прижимая к себе, гладил ее по голове. Когда рыдания немного утихли, Гай повел ее к кровати, и они оба сели.

— Я позвонил в дверь, но ты не ответила, — объяснил он. — Я трижды звонил по мобильному телефону из машины, но никто не брал трубку.

— Я заснула, — хлюпая носом, ответила Клодия. — А телевизор был включен.

— Я подумал, что ты заболела. Ты ведь уехала из Бруин-Вуда, потому что плохо себя почувствовала?

Клодия боялась посмотреть ему в глаза, но он ее заставил, взяв за подбородок.

— Или ты опять сбежала?

Он знает ответ на этот вопрос. Он знает теперь многое из того, чего не знал раньше.

— Значит, это была ложь во спасение, не так ли? То, что ты сказала мне в Маскате?

Клодия кивнула.

— Я подумала, что так будет лучше. Я и сейчас не уверена, что это не было твоей мимолетной прихотью, особенно если учесть проблемы с Аннушкой и тоску по Симонне и все прочее. — С точки зрения техники исполнения поцелуй, с помощью которого Гай заставил ее замолчать, был не самым виртуозным. Поскольку она все еще всхлипывала, им приходилось чаще, чем обычно, переводить дыхание, но для Клодии этот поцелуй не шел ни в какое сравнение с предыдущими.

Сидеть на краешке кровати было не очень удобно, поэтому, продолжая целоваться, они постепенно приняли горизонтальное положение.

Портли, возмущенный появлением на его подушке головы незнакомого мужчины, обиженно спрыгнул с постели.

— Я тоже не был уверен, — сказал Гай, скользнув губами по волосам Клодии. — Я не был уверен в твоем чувстве, а поскольку для меня был не самый подходящий момент вступать с кем-нибудь в близкие отношения, я решил не форсировать события и посмотреть, не пройдет ли у меня это наваждение. Однако оно не только не прошло, но и усилилось. А что касается Симонны... — Он помедлил. — Как ни странно, я стал ее забывать вскоре после того, как пережил в ноябре прошлого года ужасное потрясение. Я ужинал в ресторане, когда одна бесстрашная рыженькая девушка ворвалась туда и обвинила меня в том, что я не признаю своего ребенка.

Клодия едва удержалась от смеха.

— Какая нахалка! Надеюсь, ты выставил ее вон?

— Именно так я и поступил. Но забыть не смог. Правда, она была хороша собой: стройные ножки, а глаза — умереть можно, какие глаза! Одним словом, источник беспокойства для любого мужчины. А мне в то время уже хватало проблем с моей дочерью.

Клодии стало так хорошо, что даже голова закружилась.

— Аннушка стала совсем другой, она выглядит довольной жизнью.

Гай фыркнул.

— Когда мы обнаружили, что ты уехала, она едва ли была довольна жизнью. Аннушка подумала, что ты сбежала из-за того, что она тебе наболтала. Мы ведь знали, что ты там будешь, иначе не заехали бы.

— Откуда? Ты звонил сюда утром?

Гай кивнул.

— Мне сказала твоя подруга. Я бы на твоем месте поговорил с ней. Ведь она даже не спросила, кто я такой.

Наверное, торопилась. Опаздывала, как всегда.

— Неужели ты рассказал о нас Аннушке?

— Мне не пришлось ничего говорить. Она знала.

— Что? — изумленно воскликнула Клодия.

— Не все, конечно, но она чувствовала. Аннушка более проницательна, чем можно подумать. Ты что-то сказала ей в аэропорту, а вчера вечером мы заговорили об акулах и, естественно, вспомнили о тебе. Я весь вечер думал и собирался позвонить, а она, видимо, что-то заметила, поняла и спросила: «Между вами что-то было?»

Клодия приподнялась на локте.

— Что ты ей ответил?

— Я солгал. Я ответил «нет», но сказал, что ты мне очень нравишься. Она на мгновение задумалась, а потом сказала: «Я думаю, что ты ей тоже нравишься». И добавила: «Наверное, она притворялась из-за меня. Может быть, боялась, что я все изгажу». Мы поговорили еще немного, а потом я позвонил, только тебя не было дома.

— Я была на вечерних курсах итальянского языка. А Кейт мне ничего не сказала!

— Если это Кейт подходила к телефону, то у нее весьма басовитый голос.

— Значит, это был Пол! Он забыл передать мне. Они куда-то уходили и вернулись, когда я уже спала.

Вздохнув, Клодия покрепче прижалась к Гаю.

— Почему ты выбрал именно сегодняшний день? Если бы я не выглядела, как персонаж из фильма ужасов, я бы ни за что не сбежала.

Он отстранился и посмотрел на нее сверху вниз, повернув к себе ее лицо.

— Должен сказать, что выглядишь ты очень непривлекательно. Может быть, мне лучше исчезнуть, пока не поздно, и позабыть о тебе навсегда?

Губы Гая изогнулись в полуулыбке, от которой у Клодии всегда замирало сердце. Глаза его излучали тепло, словно заработали все источники энергии Эгейского моря.

— Но ты так приятно пахнешь!

— Это моя персиковая пена для ванны, — сказала Клодия дрожащим голосом.

— Понятно. — Гай нежно провел пальцем по ее щеке. — Хорошо, что я не вломился в твою квартиру несколько раньше и не застал тебя в ванне. Иначе...

Последовавший за этим поцелуй был похож на коньяк, сдобренный медом. Он наполнил Клодию огненной сладостью, которая распространилась по телу как лесной пожар, пока Клодия не поняла, что они достигли точки, после которой нет возврата.

Она осторожно отстранилась от Гая, хотя ей безумно не хотелось этого делать.

— Гай, я тогда солгала тебе, сказав, что нет никакого риска. Это было не так. И сейчас тоже.

Он на мгновение замер, глядя на Клодию, потом тихо сказал:

— Ты очень испорченная девочка.

— Я знаю. Но тогда я подумала, что ты остановишься, а я не смогла бы этого вынести. — Она помедлила. — Ты бы не остановился?

— Наверное, нет. — Гай легонько поцеловал ее в щеку. — А потом долго мучился бы, ругая себя за то, что не остановился.

Лежа на спине, Гай притянул ее к себе и крепко обнял.

С минуту они лежали не двигаясь, потом Клодия спросила:

— Ты не голоден? Я могла бы тебе что-нибудь приготовить.

— Могла бы?

— Да. Раньше мне просто не хотелось возиться.

— В таком случае... — Он сел и поднял ее на ноги. — В таком случае идем куда-нибудь ужинать.

— В таком виде? — Клодия пришла в ужас. — С такой физиономией?

— Тогда возьмем домой что-нибудь готовое.

Через полчаса они уже возвращались назад с пакетом дымящегося «тандори» и ели хлеб «наан» прямо в машине.

Неожиданно Гай остановился возле заправочной станции.

— Я скоро вернусь.

Горячая волна прокатилась по телу Клодии. Гай остановился не для того, чтобы заправить машину. На заправочной станции можно купить все, что угодно. Но когда он вернулся, в его руках был только пакетик мятных леденцов.

— Хочешь? — усмехнувшись, спросил Гай. — У меня были и фруктовые, но я их все съел.

Клодия чуть не подавилась хлебом.

— Тебе тогда, наверное, хотелось меня убить?

Усмешка на его лице сменилась совсем иным выражением.

— Нет, — сказал он очень тихо. — Мне хотелось совсем не этого.

Ее «орган вожделения» совсем вышел из-под контроля, но вел себя не как прежде. Он словно не возражал повременить, не было неистового желания сию же минуту удовлетворить страсть. Радостное ожидание наполняло Клодию теплом всю дорогу до дома и потом, когда они ужинали. И после ужина, когда она мыла и убирала посуду, а Гай пытался помочь, но не знал, что куда ставить. Он ждал, когда Клодия закончит уборку, опершись на холодильник. Потом обнял ее.

— А как же Аннушка? — нерешительно спросила Клодия. — Она осталась дома одна?

Гай покачал головой.

— Она проведет уик-энд у Майкла и Дженни.

Последнее препятствие было устранено. Не говоря больше ни слова, он сгреб ее в охапку и отнес в комнату, которую они покинули полтора часа назад.

— На этот раз, — сказал Гай совсем тихо, — ты не будешь торопить меня. Сама увидишь, насколько лучше бывает, когда не спешишь.

— Не знаю, что может быть лучше, чем было?

— Значит, пора узнать, — пробормотал он. — В прошлый раз мы торопились утолить голод. На этот раз у нас будет обед из пяти блюд.

Прошло немало времени, прежде чем они добрались до «кофе с ликером».

— Не уходи сегодня домой, прошу тебя, — прошептала Клодия, когда они уютно лежали под пуховым одеялом.

— Уйду, только если ты меня прогонишь. Хотя мне кажется, что твой предыдущий партнер, деливший с тобой ложе, не очень доволен, — ухмыльнулся Гай.

— Бедный Портли!

Действительно, кот был совершенно обескуражен тем, что его прогнали с постели. Устроившись на маленьком кресле в углу, он минуты две возмущенно наблюдал за происходящим, потом наконец заснул. Теперь же снова проснулся.

— Мне не нравится, как он смотрит на меня, — нахмурившись, сказал Гай. — Я, пожалуй, не рискну ходить по комнате нагишом. Судя по его виду, он способен броситься на любой движущийся объект.

— Похоже на то, — фыркнула Клодия.

— Я не осуждаю бедное животное. Сначала ветеринар с ножом, потом выгоняют из постели... от этого любой может озлобиться.

— Он тебя быстро полюбит, если принесешь ему треску в сливочном соусе в следующий раз, когда придешь.

— Я готов принести ему даже копченой лососины из «Харродз», лишь бы он перестал так разглядывать меня.

Портли еще долго не спускал с Гая глаз, но потом решил, что пора как следует помыть свою левую лапу.

— Я все это время носила в сумочке твою фотографию, — сонным голосом прошептала Клодия. — Ту самую, которую Аннушка оставила нам в конторе. Я думала, что это все, что у меня от тебя осталось.

— У меня не было даже фотографии. Мне приходилось довольствоваться воспоминаниями.

— На фотографии ты в смокинге, а рядом с тобой половина какой-то блондинки, — продолжала она. — Я ее отрезала.

Грудь его всколыхнулась от смеха.

— Если это та фотография, о которой я думаю, то на ней рядом со мной всего лишь чья-то жена.

— Однажды мне показалось, что я потеряла фотографию, и я чуть с ума не сошла. — Клодия тяжело вздохнула. — Какими же мы были глупыми...

— Что правда, то правда, — пробормотал Гай, целуя ее в щеку. — Но мне и в самом деле необходимо было повременить, чтобы наладить отношения с Аннушкой. Так что все к лучшему.

— Надеюсь, я ей нравлюсь, — неуверенно сказала Клодия.

Гай улыбнулся.

— Знаешь, что она сказала? Она сказала: «Ей-богу, папа! Если она тебе нравится, то не упусти свой шанс. Все прочие женщины были такими занудами!» Разве это не благословение?

— Тш-ш! — прошептала Клодия. — Слышишь, входная дверь хлопнула?

Вернулись Кейт и Пол.

В спальне Клодии горел свет, и Кейт наверняка увидит пробивающуюся из-под двери полоску. Клодия точно знала, что за этим последует, и не ошиблась.

— Клодия? Ты не спишь?

Гай приложил палец к губам.

— Она спит, — послышался явно разочарованный голос из коридора. — Как ты думаешь, она не рассердится, если я ее разбужу?

— Кейт, оставь ее в покое. Ложись в постель.

— Я не хочу в постель!

— Зато я хочу. У нас есть повод кое-что отпраздновать, ты не забыла?

— Отстань! — Из коридора послышалось приглушенное хихиканье.

Пол перешел на низкий похотливый шепот, изображая назойливого иностранца неизвестной национальности.

— Идем со мной в постель, о жемчужина Патни с грудью, похожей на плоды граната, только более крупного размера. Я хочу заниматься с тобой любовью всю долгую ночь. Я хочу, чтобы ты убила меня любовью, и умру счастливым!

Клодия с трудом сдерживала смех. Грудь Гая сотрясалась, словно началось землетрясение.

— Отстань! — давясь от смеха, крикнула Кейт. — И убери от моего зада это ружейное дуло!

— Это не ружье, о несравненная. Это нестандартных размеров оружие любви, которое унесет тебя в рай.

— Убирайся! — прикрикнула Кейт. — Я ее все-таки разбужу. Мне до смерти хочется рассказать ей обо всем.

И она распахнула дверь.

Клодия очень пожалела, что у нее не было под рукой фотоаппарата, чтобы запечатлеть выражение лица подруги.

— Привет, Кейт, — весело сказала она. — Позволь представить тебе Гая.

Гай ничуть не растерялся и произнес с присущим ему апломбом:

— Здравствуйте, Кейт. Извините, что не встаю.

Над плечом Кейт возникла физиономия Пола, не менее ошеломленная.

— Привет, Пол, — сказала Клодия, с трудом сдерживая смех. — Познакомься с Гаем.

Пол оправился от потрясения гораздо быстрее Кейт.

— Привет, приятель. Рад с тобой познакомиться.

Кейт все еще стояла открыв рот.

Пол похлопал ее по плечу:

— Очнись, глупышка. — И, снова превращаясь в назойливого иностранца, хрипло прошептал: — Мне кажется, они уже в раю.

Клодия больше не могла сдерживать смех.

— Да, мы там только что побывали. И о чем тебе до смерти хотелось рассказать мне, Кейт?

Впервые с тех пор, как они познакомились, Клодия видела подругу в такой растерянности.

— Мы нашли дом, — заплетающимся языком произнесла Кейт. — И заказали церемонию бракосочетания на Бермудах.

— На Барбадосе, — поправил Пол. — Извините, Кейт не в ладах с географией. — Указав кивком головы в сторону кровати, он взял подружку под локоть. — Пойдем, дорогая. Тебе пора принять на ночь «Хорликс».

Когда Пол закрыл за собой дверь, они успели услышать последние слова пришедшей в себя Кейт:

— Ах она скрытная тихоня! Я ее убью!

Глава 18

«Если нужен предлог, чтобы побывать на Барбадосе, — подумала Клодия, забирая два стакана с ромовым пуншем в баре, — то нет ничего лучше, чем церемония бракосочетания».

Она шла через сад к пляжу, а лягушки настраивали свои инструменты, репетируя вечерний концерт. Гай сидел на песке, глядя на спокойные воды Карибского моря, позолоченные прощальными лучами заходящего солнца.

— Если все обойдется и Кейт удастся прожить еще два дня, не убив собственную мать, — это будет настоящим чудом, — сказала Клодия, усаживаясь рядом с ним. — Они снова поссорились. Мать категорически возражает против того, чтобы Кейт и Пол спали в одной комнате перед бракосочетанием. Твердит, что это приносит несчастье. Она настаивает на том, чтобы я в эту ночь спала вместе с Кейт, а ты перебрался к Полу.

— Хорошо, — с отсутствующим видом согласился Гай.

Не в первый раз за последние несколько дней Клодия окинула его испытующим взглядом. Сначала она думала, что ей показалось, но еще до того, как они сели в самолет, Клодия заметила в Гае какое-то беспокойство, как будто его что-то мучило.

— Гай, с тобой все в порядке? — нерешительно спросила она. Тот взглянул на нее с какой-то натянутой улыбкой.

— Все хорошо. Что могло случиться?

Именно это я и хочу знать.

— Я очень рада, что тебе удалось приехать, — сказала Клодия, взяв его под руку. — Понимаю, как трудно тебе оставить работу, никого не предупреждая.

— Не сказал бы, что это так, — возразил он, швырнув в сторону моря недозрелый зеленый кокос. — Я заказал билеты на самолет три недели назад. У меня было достаточно времени, чтобы все организовать на работе.

В чем же тогда дело?

Клодия была вне себя от радости, узнав, что он все-таки сможет поехать. Кейт наметила церемонию бракосочетания на последнюю неделю июля, и остальные приглашенные заранее устроили свои дела, чтобы освободиться к этому времени.

Мать Кейт очень расстроилась, узнав, что не будет пышного венчания в церкви в присутствии многочисленных гостей с дюжиной подружек невесты и морем цветов, однако быстро смирилась, когда Кейт заявила, что без родителей не мыслит свадьбы. Пришлось пригласить и родителей Пола, а из остальных гостей будет только шафер Пола Том со своей подружкой Джесс.

Все приехали четыре дня назад, поскольку по местным правилам, прежде чем получить разрешение на бракосочетание, жених и невеста должны были прожить на острове не менее шести дней. Гостиница располагалась на Сент-Джеймс-Бич, и все вокруг было по-барбадосски экзотично.

То, что Гай находился рядом с Клодией, было настоящим счастьем.

Вернее, должно было быть.

Но как ни старался он скрыть свое беспокойство, оно омрачало идиллию. Однако всякий раз, когда девушка пыталась узнать у него, в чем дело, Гай так или иначе уходил от ответа.

Клодия поняла, что спрашивать бесполезно.

Огненный ромовый пунш не смог прогнать холодный страх, копошившийся в ее сердце.

Может быть, ему хочется немного побыть одному? Может быть, ему утомительно находиться вместе двадцать четыре часа в сутки?

Высвободив руку из-под руки Гая, Клодия легонько поцеловала его в щеку.

— Пойду поищу Кейт, — бодрым голосом сказала она.

— Хорошо, — сказал Гай, — увидимся позднее. — От его улыбки у Клодии сжалось сердце: до того та получилась кривой и неестественной.

Комната Кейт и Пола находилась недалеко от пляжа, на первом этаже одного из уютных гостиничных коттеджей, разбросанных по саду.

Кейт и Пол сидели на веранде с вечерними коктейлями в руках.

— Это называется «Большой бамбук», — сказала Кейт, когда Клодия присоединилась к ним за столом. — Не знаю, что они туда добавляют, но бармен нас заверил, что коктейль прочищает мозги. С гарантией. Я попросила его послать такой же моей матери, пока я не задушила ее собственными руками.

— Угомонись, Кейт, — сказал Пол, — выполни ее прихоть ради мира и спокойствия.

— Зачем она во все вмешивается? — пробормотала Кейт. — Я так и знала, что начнет командовать. Сначала ей не понравилось мое платье, потом она начала учить персонал гостиницы, как ухаживать за цветами, а теперь без конца бубнит, что если Пол, мол, увидит меня в день свадьбы до начала церемонии, это принесет несчастье.

— Нет проблем, — пытался урезонить ее Пол. — Я переберусь к Гаю или Тому, а ты останешься с Клодией или Джесс.

— Если уж мне придется выбирать, то пусть это будет Клодия.

— Хорошо, пусть будет Клодия. Возможно, это неплохая идея, — добавил Пол, задумчиво потягивая коктейль. — Мы могли бы пуститься в холостяцкий загул на всю ночь и устроить мальчишник в «Огнях гавани», а вы, девочки, посидели бы здесь, посплетничали и сделали маникюр.

— Только этого мне не хватало, — простонала Кейт. — Устроить девичник в компании моей матери и свекрови! А если ты осмелишься напиться и наутро будешь страдать от похмелья, то я немедленно с тобой разведусь.

— Не напьюсь, — пообещал Пол. — Во всяком случае, выпью не больше чем обычно. Более того, я обещаю и пальцем не прикасаться к роскошным женщинам, которые, несомненно, будут умолять меня доставить им незабываемое наслаждение, прежде чем они потеряют меня навсегда.

— Ох, убирайся с моих глаз, — сердито буркнула Кейт. — Иди и прими душ или займись еще чем-нибудь.

Подмигнув Клодии, Пол удалился, громко напевая о том, что завтра он женится и простится со свободой.

— Это будет послезавтра, дуралей! — крикнула ему вслед Кейт. — И не вздумай вытираться всеми полотенцами сразу!

Клодия, потягивая коктейль, окинула взглядом сад. Стемнело, и лягушки начали свой концерт. Все было бы превосходно, если бы...

Пол оставил чуть приоткрытой раздвижную дверь. Он все еще пел, и Кейт, оглянувшись через плечо, сказала со вздохом:

— Наверное, он действительно любит меня. Мать довела меня до того, что я все время огрызаюсь на своего бедненького ягненочка, а он и слова в ответ не скажет...

— Тебе повезло, — сказала Клодия. — Но никогда не воспринимай это как должное.

Кейт сразу же уловила чуть заметную дрожь в голосе подруги.

— Что случилось?

— Ничего. — Клодия заставила себя улыбнуться. — Наверное, сегодня во время прогулки на «Веселом Роджере» я перебрала ромового пунша.

— Я не стала пить ромовый пунш, — сказала Кейт. — Наш официант за завтраком предупредил нас о его коварных свойствах. — Утром все они ездили на прогулку на «пиратском» судне. Не поехала только мать Кейт, которая сочла эту затею вульгарной. Там они танцевали до упаду на палубе, съели по огромному бифштексу на обед и хохотали до колик, когда Кейт захватил в плен «пиратский экипаж» и ее заставили под угрозой абордажных сабель пройти по доске. — Все это было грубовато, но безумно весело, — призналась Кейт, — я рада, что поехала.

— Я тоже, — ответила Клодия, заставив себя улыбнуться. — Гай сначала не хотел ехать, но потом и он был вынужден признать, что было весело. Это все равно что побывать в Диснейленде.

— Музыка была завораживающая, — вздохнула Кейт. — После того как мы сошли на берег, ноги мои еще часа четыре продолжали танцевать. — Она нахмурилась. — Клодия, что случилось?

— Меня беспокоит Гай, — не выдержав, призналась Клодия. — Он стал каким-то тихим и странным. Он пытается что-то скрыть, но я-то вижу. Однажды, когда мы были в Маскате, я уже видела его в подобном состоянии. Его что-то тревожит, и мне кажется, что причиной этого являюсь я. — Она судорожно сглотнула комок, образовавшийся в горле. — Мы еще никогда не проводили столько времени вместе. Я думаю, он начинает сожалеть об этом. Наверное, я ему наскучила.

— Ох, какая чушь! — воскликнула Кейт. — Сегодня на «Веселом Роджере» все было в полном порядке.

— Да, но там вокруг было много народу. Он становится скучным, когда мы остаемся вдвоем. Я только что оставила его на пляже: сидит, смотрит на море, а в мыслях витает где-то далеко...

— Может быть, он думает о работе, — попыталась успокоить ее Кейт. — Знаешь ведь, какие они, мужчины. Думают, что без них кто-нибудь что-нибудь сделает не так. Все они считают себя незаменимыми.

— Если это так, то почему Гай не хочет сказать мне? — Клодия снова судорожно глотнула воздух. — Нет, здесь что-то другое. Я думаю, он разлюбил меня, но не знает, как сказать об этом.

— Клодия, что за чушь!

— Может быть, перестанешь твердить одно и то же? Ты ведь не видела его таким. — Клодия закусила губу, чтобы не расплакаться. — Следовало бы знать, что так хорошо не может быть вечно. Он разлюбил Симонну, когда встретил меня. Может быть, теперь он встретил кого-то еще и никак не может заставить себя сказать мне об этом?

— Ох, какая чу... — Кейт вовремя остановилась. — Уверена, что никого он не встречал. Иди к нему сейчас же и скажи, что не уйдешь, пока он не объяснит, что случилось.

— Не могу. — Клодия смахнула слезу. — Я боюсь его спрашивать, потому что боюсь того, что он может мне ответить.

Тут даже Кейт не на шутку перепугалась.

— Я уверена, что ты тревожишься понапрасну. Умоляю, спроси его, чтобы не мучиться зря.

Уверена. Почему это люди всегда говорят «я уверена», когда на самом деле никакой уверенности нет? Я уверена, что выключила утюг... Я уверена, что отослала письмо...

Но уверена Кейт или нет, а Клодия уже пожалела, что не промолчала. Кейт и без того хватало проблем накануне свадьбы. И не следовало омрачать ее счастье своими страхами.

Клодия заставила себя улыбнуться.

— Надеюсь, ты права. Я всегда взвинчиваю себя по пустякам.

— Ты всегда была глупой трусихой.

— Знаю. — Клодия допила коктейль. — Увидимся за ужином, — сказала она и ушла.

На полпути к пляжу Клодия обернулась. Кейт уже ушла с веранды, — наверняка отправилась рассказывать обо всем Полу. А это лишний раз доказывало, что Кейт тоже обеспокоена.

Может быть, она даже что-нибудь знает? Может быть, что-нибудь заметил Пол? Может быть, они уже обсуждали эту проблему?

Совсем расстроенная, Клодия вернулась на пляж, но Гай уже ушел.

Их комната тоже находилась недалеко от моря, из окна открывался чудесный вид. Когда она вернулась, Гай принимал душ.

— Я здесь! — крикнула Клодия и вышла на балкон.

Сюда доносился ласковый плеск волн, набегавших на берег. В воздухе мелькали маленькие летучие мыши, хватая на лету насекомых. На шероховатом коралловом камне стены застыл без движения геккон, и только пульсирующая жилка на его горле говорила о том, что он жив.

Из душа появился Гай — веселый и бодрый, обернутый полотенцем, словно набедренной повязкой. Через сутки пребывания здесь его мускулистое тренированное тело приобрело шоколадный загар. Клодии иногда даже хотелось, чтобы Гай не был таким привлекательным. Она не могла не замечать, какими взглядами провожают его женщины. Взгляды некоторых из них откровенно говорили ей: «Поберегись. Я была бы не прочь увести такого при первом удобном случае».

И хотя Гай не бросал на них ответных взглядов, от этого легче не становилось. Впервые за четыре месяца их близких отношений Клодия почувствовала себя незащищенной.

— К вашим услугам, — сказал Гай, целуя ее в волосы. — Кейт еще не убила свою старушку?

Может быть, я делаю из мухи слона?

— Они подписали временное перемирие. Но похоже, что нам придется провести завтрашнюю ночь в разных комнатах — я с Кейт, а ты с Полом. — Хотя Гай был на несколько лет старше Пола, они подружились.

— Нет проблем. — Он уселся в плетеное кресло и положил ноги на маленький кофейный столик. — Ты не хочешь принять душ?

Клодия, на которой поверх бикини была надета только черная майка, еще не смыла с себя соль после купания.

— Через минутку. — Она помедлила, потом нерешительно сказала: — Гай, ты беспокоишься о работе, не так ли?

— Почему ты так думаешь? — искренне удивился он.

— Два последних дня у тебя какой-то встревоженный вид.

Гай ответил не сразу. Клодия могла бы поклясться, что в тусклом свете, проникавшем на балкон, она уловила в его глазах виноватое выражение.

— Просто я не могу сразу расслабиться, — сказал он немного спокойнее, чем требовалось.

— Я так и подумала. — «О Господи, как легко ложь слетает с моего языка». — Но ведь ты знаешь, что говорят о Барбадосе? Кислород здесь способствует релаксации. Здесь, наверное, где-нибудь есть фабрика, снабжающая атмосферу кислородом. — Клодия поднялась с кресла. — Пойду смою с себя соль и наведу красоту перед ужином.

Гай усмехнулся краешком губ.

— Только не переусердствуй, пожалуйста. Вчера итальянец за соседним столиком беззастенчиво пялился на тебя, а мне не хочется, чтобы дело дошло до международного конфликта.

Нет, ей не почудилось. В его тоне была какая-то неестественность.

Ну что ж, придется подыграть ему.

— Откуда ты знаешь, может быть, я тоже положила на него глаз? — игриво заметила она. — Он такой аппетитный! Прямо иллюстрация из «Путеводителя для гурманов».

Клодия сразу же пожалела о том, что сказала.

— Я пошутила, — сказала она, подходя к креслу и целуя Гая в волосы.

— Очень надеюсь. — Закинув голову, Гай прицелился и поцеловал ее в губы. — А теперь беги под душ, пока я не рассердился по-настоящему.

Сдерживая слезы, она ушла. Их гостиничный номер был очень просторный, с двумя большими кроватями и чудесной ванной комнатой.

Когда у Клодии было плохое настроение, она предпочитала принять ванну и сначала как следует «отмокнуть», а уж потом вымыть волосы и тело.

Еще совсем недавно Гай ни за что бы не усидел на балконе, пока она принимает ванну. Он нашел бы какой-нибудь предлог, чтобы зайти, присел бы на краешек ванны и с коварным огонь-

ком в глазах предложил помощь. Клодия бы хохотала и брызга-
ла в Гая водой или запустила губкой, так что ему пришлось бы
снять сорочку. Не успела бы она и глазом моргнуть, как он бы
залез к ней и стал намыливать ее губкой, приводя в возбуждение, после чего они еще долго резвились бы и дурачились в воде
и устали бы так, что не смогли бы пойти ужинать. Они проспали
бы до десяти часов и заказали бы в номер что-нибудь совершенно экстравагантное, чтобы побаловать себя.

А теперь Гаю совершенно безразлично, что она находится в
ванне.

Клодия вымыла волосы под душем, взяла полотенце и насторожилась. Дверь была закрыта. Странно. Она оставляла ее приоткрытой...

Клодия слегка толкнула дверь и прислушалась.

В комнате работал телевизор — передавали «Новости Си-
эн-эн». Но это было не все. Гай разговаривал по телефону.
Затаив дыхание Клодия прислушалась, и с каждой секундой ей
становилось все хуже и хуже.

Тихим напряженным голосом Гай говорил:

— Я знаю, я пытался ей сказать, но... — Сделав паузу, он
продолжил: — Я знаю. Конечно, она заметила. Она не глупа.
Послушай, дорогая, я попытаюсь...

Почувствовав, что подгибаются колени, Клодия как можно
осторожнее притворила дверь.

Протерев запотевшее зеркало в ванной, Клодия взглянула на
свое отражение. Даже после четырех дней пребывания здесь ее
кожа приобрела едва заметный золотистый оттенок. Барбадос
был расположен всего на 13° севернее экватора, и Клодия старалась избегать палящих лучей солнца.

Но сейчас ей было не до того.

«Чего ты ожидала? — жалобно спросила она, глядя на свое отражение. — Неужели ты рассчитывала, что проживешь счастливо всю жизнь с таким мужчиной, как он? Будь реалисткой, Клодия. Это не волшебная сказка. Это жизнь, а она, как мы знаем, жестока».

Надо держать себя в руках, чтобы ни в коем случае не омрачить великий день в жизни Кейт и Пола. В течение последующих двух дней Клодия должна быть веселой и радостной, а потом будет проще. Счастливые молодожены ненадолго уедут, а гости задержатся еще на несколько дней, потом все разъедутся. Назад к реальности.

Клодия высушила волосы под встроенным феном и перед зеркалом привела в порядок лицо.

Гай успел переодеться и снова сидел на балконе, читая газету. Двери он закрыл, но шторы были раздвинуты.

Клодия надела изумрудного цвета топ с довольно глубоким вырезом. Ноги ее еще недостаточно загорели, поэтому она решила, что будет лучше смотреться в кремовых льняных брючках.

— Ты выглядишь великолепно, — сказал Гай и обнял ее за талию. — Чувствую, что сегодня вечером мне не избежать стычки с итальянцем. Дело может дойти до драки.

— Боже упаси, — с упреком сказала Клодия. — Если ты намерен изображать собственника, то я ведь могу засомневаться в разумности продолжения наших отношений.

Ей отчаянно хотелось, чтобы он грубовато сказал: «Разве я не имею права вести себя по-хозяйски? Разве ты не знаешь, как я к тебе отношусь?»

Ишь, размечталась.

Но Гай лишь произнес в ответ:

— Извини, я не хотел изображать ревнивого собственника. Если ты готова, то пойдем.

Во время ужина, накрытого на воздухе под натянутым тентом, предохраняющим от неожиданных тропических ливней, Клодия чувствовала себя как актриса на сцене, смеялась и болтала, как и все.

После ужина, когда она забежала на минутку в дамскую комнату, Кейт вошла туда следом за ней.

— Вижу, ты чувствуешь себя лучше, — сказала она.

— Я вела себя глупо, — усмехнувшись, ответила Клодия. — У меня, как всегда, разыгралось воображение.

Кейт не могла скрыть облегчения.

— Я ведь говорила тебе, что все твои страхи — чепуха.

Конечно, ты надеешься, что все это чепуха... Ведь тебе так не хочется, чтобы это место превратилось в «отель разбитых сердец» в день твоего бракосочетания...

— Ты, как всегда, оказалась права. Гай еще не отключился от работы, и вынужденное безделье убивает его.

Потом они пили ликер под звездами, расположившись вокруг небольшой танцевальной площадки. Оркестр из нескольких музыкантов заиграл «Остров под солнцем».

Кейт растрогалась, глядя на родителей.

— Взгляни на маму с папой, — с нежностью произнесла она, когда ее родители вышли на танцевальную площадку. — Обнялись, словно парочка юнцов. Мне всегда казалось, что это слащавая старомодная мелодия, но здесь, под звездами... — Кейт схватила Пола за руку. — Ну-ка, поднимайся, о мой будущий супруг, и потанцуй со мной.

Танцевали все, кроме Клодии и Гая, а также Тома и Джесс, которые только что присели, чтобы отдышаться после быстрого танца.

Клодия весь вечер старалась не обращать внимания на напряженную отрешенность Гая. После ужина он, кажется, совсем потерял покой. Как только музыканты заиграли, он потащил ее на площадку и танцевал с невиданной энергией. Но сейчас, когда Клодия умирала от желания умчаться в его объятиях под какую-то изумительную сентиментальную, щемяще вест-индскую мелодию, он сидел, уставясь в пространство, и нервно постукивал по колену ключом от их комнаты.

И в тот самый момент, когда Клодия чувствовала себя такой несчастной, перед ней появился давешний итальянец.

— Позвольте пригласить вас на танец.

Не успела она ответить «с удовольствием», как Гай очнулся от задумчивости.

— Она только что собиралась потанцевать, — сказал он чуть более резко, чем требовалось, — со мной.

Клодия не успела произнести ни слова от неожиданности. Гай обнял ее за талию, она обвила руками его шею, и они поплыли по танцевальной площадке под волшебную мелодию.

Мало-помалу Клодия обрела дар речи.

— Гай, как ты мог так грубо вести себя?

— Нечего ему лезть к женщине, принадлежащей другому мужчине. — Крепко прижав ее к себе, Гай ловко избежал столкновения с какой-то парой толстяков, чуть не налетевшей на них.

Разозлившись, Клодия резко сказала:

— Я не твоя собственность. Видимо, ты из-за этого захотел оплатить счет за гостиницу? Чтобы подтвердить свои права собственника?

Если бы Клодия не была так расстроена с самого начала, то никогда бы не сказала этого. Вопрос об оплате счета за гостиницу стал поводом для их первой серьезной ссоры: Гай считал, что сам должен оплатить счет, тогда как Клодия полагала, что расходы следует разделить пополам.

— О Боже, неужели ты думаешь, что я хотел купить тебя? — возмутился он.

— Нет. Просто я не хочу, чтобы ты вел себя, как пещерный житель. Разве преступление пригласить кого-нибудь на танец?

— Я не имел ничего против его приглашения. Но я не мог сдержаться, потому что он опять весь вечер пялился на тебя.

— Он не пялился.

— Пялился.

«Ведет себя, как собака на сене», — подумала Клодия, едва сдерживая слезы.

На танцевальной площадке стало тесновато. Гаю то и дело приходилось маневрировать, чтобы избежать столкновений.

— Разве удивительно, что он смотрел на меня? — сказала Клодия, чувствуя, что теряет контроль над собой. — Заметив, как мало ты мне уделяешь внимания, он, наверное, подумал, что я всего-навсего твоя дальняя родственница.

Она сразу же увидела, что смысл сказанного наконец дошел до него. Гай немного отстранился, и в глазах его появилось виноватое выражение. Но не только это... Было в них что-то еще. Страдание? Боль? Извинение за то, что он должен ей сказать?..

Не успела Клодия разобраться в этом, как Гай закрыл глаза и прижал ее к себе.

— Извини, — прошептал он, уткнувшись в ее волосы. — Я просто взвинчен.

Мог бы и не говорить, она это чувствовала. Клодия ласково погладила его напряженные шею и плечи, вдохнув тепло его тела и этот убийственный запах лосьона, моля Бога, чтобы он снова стал прежним Гаем, которого она знала и любила.

Это сработало, но ненадолго. Гай оттаял, крепко прижав ее к себе, и Клодия чувствовала его дыхание в своих волосах, пока магия не исчезла из-за того, что с ними столкнулась какая-то пара неуклюжих танцоров.

— Нет, это невозможно, — пробормотал Гай. — Здесь хуже, чем на шоссе в час пик. Лучше пойдем прогуляемся по берегу. — Не дожидаясь ответа, он взял Клодию за талию и вывел из толпы танцующих к дорожке, ведущей к морю. На террасе стояли одна-две пары, любовавшиеся поблескивавшим под звездным небом морем.

Гай шел широким решительным шагом, и Клодия поняла, что сейчас он скажет о том, что мучило его последние дни.

Клодия вдруг возмутилась. Неужели он не может подождать? Не может притвориться, как она притворялась целый вечер? Неужели не может ради соблюдения приличий отложить разговор хотя бы до окончания брачной церемонии?

Но Гай не произнес ни слова, пока они не оказались за пределами отеля. Было почти темно, если не считать неяркого света ламп, подвешенных на развесистых ветвях казуарин, которые обрамляли пляж.

Наконец они уселись на мягкий песок.

— Мне не следовало так говорить, — вздохнул Гай. — Я имею в виду то, что я сказал насчет женщины, принадлежащей другому мужчине. Ты не моя собственность.

— Но ты вел себя по-хозяйски, — заметила Клодия. — Я думаю, тебе следует перед ним извиниться.

— Извинюсь, если ты этого хочешь.

— Хочу.

Они долго сидели молча, но Клодия знала, что Гай намерен высказаться. Она даже догадывалась, как он сформулирует свою мысль.

Как я уже сказал, ты не моя собственность. Я тоже не твоя собственность. Мы оба свободны, как воздух. Никаких обязательств друг перед другом. Я надеюсь, ты поняла это с самого начала, поскольку ты современная женщина. Так что я надеюсь, что ты правильно отнесешься к тому, что я должен тебе сказать.

Но Гай заговорил о другом:

— Если нам не удастся прожить еще двое суток без какой-нибудь серьезной драмы, то мы по крайней мере сделаем все, чтобы избежать этого.

Например, мы с тобой порываем отношения, и ты ближайшим рейсом возвращаешься домой?

— Например? — спросила Клодия. — Кейт и ее мать, кажется, угомонились, и я не вижу ничего такого, что могло бы нарушить брачную церемонию, — разве что один из них сбежит из-под венца.

— Этого не случится, — сказал Гай.

— Ты так думаешь?

— Они уже давно приняли решение.

— Вот именно.

Они на мгновение замолчали, и в наступившей тишине слышались только звуки лягушачьего хора да шелест волн, набегавших на берег.

Клодия чуть не плакала. Она и хотела, чтобы Гай высказал все и поставил точку, и одновременно не желала слышать того, что он скажет.

Напряжение нависло над ними, как облако ядовитого газа, и Клодия в конце концов не выдержала.

— Я возвращаюсь, — сказала она, вскакивая на ноги. — А ты, если хочешь, оставайся здесь.

Гай сразу же заметил раздражение в ее голосе.

— Ты хочешь сказать, что тебе лучше побыть одной?

— Почему ты говоришь за меня?! Ты это хотел услышать?

— Я не говорил за тебя!

— Говорил! — Клодия быстро пошла в сторону гостиницы. — Поступай как хочешь, Гай. Мне уже все равно.

Он догнал ее.

— Как прикажешь тебя понимать?

— Никак. Я, пожалуй, пойду и найду этого итальянца. Скажу ему, что прихожусь тебе дальней родственницей. С тобой сегодня не слишком весело.

Гай остановился.

— Клодия...

— Ах, отстань от меня, — пробормотала она, чуть не плача.

Не успела Клодия сделать и трех шагов, как он снова был рядом.

— Ради Бога, не будем ссориться. Особенно на глазах у всех.

— Кто ссорится?

В ответ Гай только тяжело вздохнул.

Когда они вернулись, родители Кейт уже отправились спать, а сама она с Полом и Том с Джесс еще сидели и над чем-то смеялись.

Все они, как по команде, вопросительно взглянули на Гая с Клодией.

— Чем это вы занимались? — шаловливо спросила Кейт.

— Любовались морем, — ответила Клодия и притворно зевнула. — Я что-то устала. Гай, не дашь мне ключ? Я, пожалуй, пойду и лягу. — Она демонстративно поцеловала его на прощание. — Дверь оставить открытой?

— Лучше запрись, — ответил он. — Если заснешь, я возьму запасной ключ у дежурного.

Весело улыбнувшись, Клодия сказала, обращаясь ко всем присутствующим:

— Всем спокойной ночи. Приятных сновидений. — И ушла.

Гай пришел минут через двадцать.

— Ты не спишь? — очень тихо спросил он.

Клодия уже выключила свет, но Гай приоткрыл дверь ванной, включив свет там. При таком скудном освещении было нетрудно притвориться спящей — надо было лишь равномерно дышать и следить за тем, чтобы не дрожали веки. Клодия почувствовала, что он смотрит на нее, потом услышала, как он раздевается и чистит зубы.

Гай скользнул под одеяло рядом с ней, но не обнял, как обычно, и не прижался всем телом. Он лежал на спине, и Клодия знала, что он уставился в потолок.

Гай долго лежал так, и Клодия впервые в жизни порадовалась тому, что не умеет читать мысли. Уже засыпая, она услышала, как он пробормотал: «Господи, что мне делать?» — потом все-таки повернулся к ней и обнял одной рукой.

Притворяясь спящей, она стряхнула с себя его руку, как будто ей приснилось что-то страшное. Гай убрал руку, повернулся на другой бок и затих.

Клодия проснулась в 6.20 утра, но Гая уже не было рядом. Она на цыпочках подошла к балконной двери и раздвинула шторы. На балконе его тоже не было. Должно быть, Гай уже ушел к морю. Первые два дня, когда они еще жили по лондонскому времени, которое на пять часов отличалось от местного, они просыпались очень рано и перед завтраком совершали дальние прогулки вдоль берега.

В 7.30 принесли завтрак, а Гай все не возвращался. Веселый официант накрыл стол на балконе, расставив манго, блинчики, бекон, кофе и поджаренные хлебцы, и туда слетелось множество маленьких птичек, которые весело щебетали, рассевшись на шероховатом камне стены в ожидании крошек.

Клодия завтракала в одиночестве. Скорее, не завтракала, а клевала что-то. А потом сидела не шевелясь и наблюдала, как маленькие желтые пташки приканчивают ее манго и лакомятся сахаром из сахарницы.

В 8.30 в дверь постучали.

Пришла горничная в розовой униформе. Она принесла платье на плечиках, обернутое прозрачным пластиком.

— Платье, которое вы отдавали гладить.

Платье с широкой пышной юбкой даже отдаленно не напоминало ни один туалет из ее гардероба.

— Это не мое, — сказала Клодия, покачав головой. — Должно быть, на нем ошибочно проставили номер моей комнаты.

Через пять минут появился Гай. У него были мокрые не только волосы, но и шорты и тенниска.

— Где ты был? — спросила она, не зная, то ли сердиться, то ли плакать.

Гай был предельно напряжен и напоминал фейерверк, к фитилю которого уже поднесли спичку и который готов с минуты на минуту взорваться.

— Гулял, — ответил он, взъерошив пальцами волосы. — Я забрел дальше, чем предполагал, и хотел добраться обратно на маленьком катере, но у него где-то возле Сэнди-лейн кончился бензин.

Неожиданно в нем будто что-то прорвалось.

— Клодия, мне нужно поговорить с тобой.

— Я собираюсь принять душ.

— Не имеет значения. Мне обязательно нужно поговорить с тобой. — Схватив за руку, Гай потащил ее к кровати и усадил. — Мне нужно кое-что сказать тебе. Я уже несколько дней пытаюсь начать разговор, но...

О Господи. Только не сейчас. Я этого не вынесу.

Она еще никогда не видела его в таком состоянии. Гай шагал из угла в угол по комнате, ероша волосы. В его голосе появились страдальческие нотки.

— Я, наверное, сошел с ума. Мне сначала казалось, что не возникнет никаких проблем, но, видимо, я слишком многое принимал как само собой разумеющееся. Боже мой, я даже не спросил тебя! Но ты не беспокойся, нам не обязательно это делать, я могу сказать всем, что все отменяется. И если ты скажешь, чтобы я убирался ко всем чертям, я тебя пойму. Бог знает, что ты могла подумать после моего вчерашнего поступка... я, должно быть, совсем спятил, если подумал, что ты захочешь...

Гай сбивчиво бормотал о чем-то еще, а Клодия с удивлением смотрела на него, ничего не понимая.

— Что я захочу? — едва дыша, спросила она.

Глава 19

Лицо Гая выражало почти комическое отчаяние.

— Это неслыханная наглость с моей стороны... не знаю даже, что на меня нашло. Я организовал все, вплоть до мелочей. Я все предусмотрел, только не сделал тебе предложения.

Впервые в жизни Клодия чуть не потеряла сознание.

Две минуты спустя, когда до нее окончательно дошел смысл сказанного, она оказалась в его объятиях. Они поцеловались, и Клодия призналась ему в своих подозрениях. Потом они оба смеялись и плакали одновременно.

Господи. Разве я смогу разочаровать его в такой момент?

— Гай, я хочу этого больше всего на свете, — сказала Клодия нерешительно. — Но я так не могу. Если я лишу свою маму этого второго по значению великого дня в ее жизни, она никогда и ни за что меня не простит.

Синие глаза Гая искрились, как воды Карибского моря под солнцем.

— Это единственное препятствие?

— Да, но...

— Тогда забудь о нем. — Он прикоснулся губами к ее лбу. — Чтобы его устранить, у меня в заднем кармане брюк имеется волшебная палочка.

* * *

Всю остальную часть дня Клодия словно плавала на облаке в брызгах розового шампанского, то смеясь, то плача, а иногда делая и то и другое одновременно.

— Я думаю, что это самая романтическая история в мире, — вздохнув, сказала Джесс, когда они — Джесс, Кейт и Клодия — лежали возле бассейна.

Солнечные лучи, пробиваясь сквозь листву, пятнами падали на поверхность воды. Кроны кокосовых пальм лениво колыхались на ветерке, налетавшем с моря. Где-то ворковали голуби.

— Об этом знали только Кейт и Пол.

— Я чуть не умерла от того, что нельзя было обо всем рассказать тебе, — пожаловалась Кейт. — Ведь мне пришлось молчать с тех самых пор, как мы вместе ужинали в «Белом лебеде», помнишь? Когда он все-таки решился сюда приехать? *Это было почти месяц назад...*

— Значит, именно там вы все и затеяли? В «Белом лебеде»? Кейт кивнула.

— Ты вышла в туалет, а я к тому времени уже выпила три коктейля с джином и высказывала какие-то дурацкие замечания относительно сдвоенных свадеб. Пол тогда пнул меня под столом и сказал: «Угомонись, Кейт, дай людям возможность самим решать свои проблемы». Но мы оба заметили, как у Гая загорелись глаза. Он сказал, что и сам подумывал об этом, а я чуть с ума не сошла от радости. Но Пол велел, чтобы я заткнулась. Тогда Гай спросил, — как мы думаем, успеет ли он все организовать за такое время, а потом ты вернулась за стол, и нам пришлось притвориться, будто мы говорим о чем-то другом.

У Клодии от удивления округлились глаза.

— Правда, вы говорили тогда о результатах дополнительных выборов. Мне еще показалось странным, что вы с таким пылом обсуждаете подобный вопрос.

Кейт фыркнула.

— А мне показалось, что мы прекрасно разыграли сцену. Идея с сюрпризом для тебя отчасти принадлежит мне. Поскольку мне было известно, что ты с ума сходишь по Гамильтону, а он явно без ума от тебя, я сказала ему, что ты обожаешь сюрпризы и что из этого может получиться такой сюрприз, каких свет еще не видывал. Короче говоря, ни один из нас не нашел в этой затее никаких изъянов. Но для того чтобы получился настоящий сюрприз, всем предписывалось молчать об этом до сегодняшнего дня.

— Гай рассказал мне, — кивнула Клодия, у которой перехватило горло. — Он все продумал в деталях. Он должен был пригласить меня перед завтраком на прогулку, раскрыть передо мной все карты, а потом заказать завтрак с шампанских в номер и сказать, что у него в кармане случайно оказалась парочка обручальных колец.

— Черт возьми, как романтично! — снова вздохнула Джесс. — Только я бы, случись такое со мной, начала бы не с шампанского. Пока я не выпью чашечку чая, со мной бесполезно разговаривать.

Кейт усмехнулась с довольным видом, но глаза Клодии увлажнились.

— Бедненький Гай. После всех его трудов...

— Но ведь даже самые лучшие планы иногда дают сбой, — вздохнула Кейт. — Все шло хорошо до дня накануне отъезда, а потом его начали одолевать всякие тревожные мысли. Ему стало казаться, что ты разозлишься, сочтешь это наглостью с его стороны и так далее и тому подобное. Я без конца убеждала его, что ты будешь на седьмом небе от счастья, но он не желал этому верить. А вчера, когда ты так расстроилась, подслушав телефонный разговор...

— Мне теперь очень стыдно, — призналась Клодия. — Откуда же мне было знать, что он разговаривал с Кейт, которая умоляла его открыться мне!

— А после того, как он организовал приезд сюда твоих родителей... — продолжала Кейт.

— Не говоря уже о его отце и матери. И Аннушке, — подхватила Клодия, — неудивительно, что он был в таком взвинченном состоянии. А вдруг я бы ему отказала?

Все разразились таким смехом, что проходивший мимо официант спросил, улыбнувшись:

— Вас развеселил коктейль «Фьюзи нейвел»? Не желают леди повторить?

— Лучше не надо, — сквозь смех сказала Кейт. — У вас все коктейли убойные, а моей подруге сегодня предстоит впервые встретиться со своей свекровью.

— Вот как? — воскликнул официант. — Не бойтесь, леди. Она будет вести себя миролюбиво. Все умиротворяются, как только попадают на Барбадос. Здесь вода, говорят, обладает особыми свойствами.

Клодия мечтательно наблюдала за крошечными птичками, которые, трепеща крыльями, зависали в воздухе вокруг куста, усыпанного красными цветами, по форме напоминающими колокольчики.

— Интересно, что сказали на все это мама и папа, — задумчиво сказала она. — Ты ведь, наверное, первая сообщила им эту новость?

— Да. Гай решил, что так будет лучше, — сказала Кейт. — Твоя мама оправилась от потрясения секунд через десять. Гай, наверное, сумел произвести на нее благоприятное впечатление, когда ты брала его с собой в Испанию на уик-энд.

— Да уж, в этом он, несомненно, преуспел. — В памяти Клодии возникла четкая картина первых минут наедине с матерью. Та затащила дочь на кухню и прошептала: «Должна признаться, дорогая, он показался мне очаровательным. Это у вас серьезно?»

— Правда, твой отец был более осторожен в оценке, — продолжала Кейт, — но нам — мне, Гаю и твоей матери — удалось общими усилиями уломать его. Я потратила уйму времени, выбирая для тебя платье, так что имей в виду, если оно тебе не понравится, я тебя убью. Ума не приложу, как вышло, что я написала на нем неправильный номер комнаты! Наверное, во всем виноваты несколько выпитых «Больших бамбуков».

К ним подошел Гай в темно-синих шортах и белой тенниске.

— Я еду в аэропорт, — сказал он, наклоняясь, чтобы поцеловать Клодию.

— Может быть, мне все-таки поехать вместе с тобой?

— Нет, останься и отдохни.

Клодия посмотрела ему вслед.

— Мне ужасно неловко, — сказала она. — Позднее мы должны снова ехать в аэропорт встречать моих родителей и Аннушку. Ему придется провести в такси полдня.

— Ничего, — успокоила ее Кейт. — Когда им приходится что-нибудь организовывать, они чувствуют себя полезными. А нам надо поберечь силы, чтобы завтра предстать в полном блеске, так чтобы наши матери прослезились, радуясь за нас. И если уж мы заговорили о матерях, то, мне кажется, его мать должна тебе понравиться. Правда, это не имеет большого значения, поскольку она живет в Бостоне и едва ли будет возникать каждые пять минут и учить тебя, как готовить яичницу.

К большому облегчению Клодии, мать Гая ей сразу же понравилась. Сэйра была очень похожа на него — элегантная, обаятельная и отнюдь не назойливая.

Ее собственная мать всю дорогу от аэропорта тараторила без умолку.

— Ну что ж, дорогая, — сказала она, как только они остались одни. — Ты всегда говорила, что не выносишь скучных, предсказуемых мужчин. Не скрою, я предпочла бы, чтобы церемония бракосочетания состоялась по всем правилам, в церкви, но если ты счастлива...

— Но это будет церковная церемония, мама, только в несколько нетрадиционном стиле. Сюда специально приедет викарий англиканской церкви. А алтарь, сплошь покрытый цветами, здесь сооружают в саду.

— Ну и хорошо. Мне бы только сделать красивые фотографии, чтобы показать в клубе любителей бриджа.

Мать Кейт нашла союзницу в лице Маргарет Мейтленд.

— Я им сказала, чтобы ни в коем случае жених и невеста не спали в одной комнате накануне свадьбы, — решительно заявила она, когда женщины сидели в саду перед ужином. — Это очень плохая примета.

— Вы совершенно правы, — поддержала ее Маргарет Мейтленд. — Этого никак нельзя допустить.

— В конце концов все получилось как следует, — продолжала мать Кейт. — Две невесты будут спать в одной комнате, а два жениха — в другой. Заметьте, я бы ничуть не удивилась, если бы они потом поменялись местами. Так что для большей верности нам, пожалуй, следует их покараулить.

— Не обращайте на это внимания, — сказал отец Клодии. — Давайте-ка лучше выпьем за здоровье счастливых пар.

— И за мою соблазнительную мачеху, — добавила Аннушка, улыбнувшись Клодии. — Как подумаю о том, сколько противных женщин претендовало на это место, мне хочется поздравить себя со счастливым избавлением.

* * *

— Еще парочка снимков, дорогая, — сказала мать Клодии. — Кстати, и пленка кончается.

— Ох, мама, ты уже сделала несколько сотен снимков! Гай улыбнулся.

— Доставь ей удовольствие, — прошептал он. — Она ради нас приехала сюда, и еще несколько снимков не убьют нас.

Солнце клонилось к закату. Уже были сделаны фотографии в саду, у покрытого цветами алтаря, с каждым мыслимым человеком, включая официантов и водителя катера, заглянувшего сюда, чтобы пожелать счастья молодоженам. Гости веселились в саду, где ромовый пунш и шампанское лились рекой.

— Должна признаться, твое платье оказалось очень удачным, — сказала мать Клодии, наверное, в сотый раз.

Платье простого покроя, без бретелей, было из шуршащего кремового шелка с пышной юбкой до щиколоток. Голову Клодии украшал веночек из цветов, изготовленный местным парикмахером.

Единственным ювелирным украшением была нитка натурального жемчуга, презентованная Гаем в качестве свадебного подарка. Еще одним его подарком были подвязки из голубых шелковых незабудок, настолько очаровательные, что их жаль было прятать под юбкой. Кейт немедленно потребовала, чтобы Клодия обнажила бедро и позволила запечатлеть их великолепие.

Гай взглянул на ее босые ноги с розовыми ноготками.

— Я так и знал, что забуду что-нибудь важное, — сказал он, скорчив гримасу. — Но из тебя, ей-богу, получилась прекрасная босоногая невеста!

Только в самый последний момент они заметили, что у Клодии нет подходящих к платью туфель. Хотели одолжить у кого-нибудь, но ни одна пара ей не подошла.

В сотый раз за этот день ее глаза увлажнились.

— Ох, Гай, неужели ты думаешь, что я могу расстроиться из-за каких-то туфель в такой день?

— Ну, а теперь последний, — сказала ее мать. — Поцелуй на закате солнца. Прошу вас...

— Их не надо упрашивать, дорогая, — усмехнулся отец.

Маргарет Мейтленд сделала последний снимок.

— Отлично, — с удовольствием произнесла она. — Уж этим-то снимком я заткну за пояс Морин Уотер, которая хвасталась свадебными фотографиями своей невзрачной дочери. Платье на ней было чересчур вычурное, хотя и стоило кучу денег. И я не вижу ничего особенно привлекательного в старомодных «роллс-ройсах». В наши дни каждый Том, Дик или Гарри приезжает в церковь на «роллс-ройсе».

Из аэропорта Хитроу Клодия добиралась на такси до дома дольше, чем предполагала.

— Я расплачусь с вами сейчас, — сказала она водителю. — Вы не забыли, что вам следует делать?

— Вы уже несколько раз повторили это, дорогуша.

Она взглянула на счетчик, добавила чаевые и еще несколько банкнот сверх того.

— Спасибо, дорогуша. Надеюсь, вы ему не бомбу собираетесь подарить?

— Сегодня у него день рождения. И годовщина нашей первой встречи. Видите ли, он думает, что я все еще в Амстердаме. Я его предупредила по телефону, что не смогу сегодня вернуться домой.

— В таком случае надеюсь, что он будет дома.

— Будет. Я предупредила, что позвоню ему в восемь часов.

— А если дверь откроет кто-нибудь другой?

— Не откроет. Миссис Пирс уехала навестить сестру, а его дочь сейчас в Испании по студенческому обмену.

Миссис Пирс оказалась не такой уж несносной старухой. И даже если пирожки у нее получались не вкуснее, чем булочки из школьного буфета, зато начинка бывала неплохой. А если на лице экономки иногда появлялась кислая мина, так это обычно объяснялось тем, что ее мучили мозоли.

Наконец такси, прорвавшись сквозь транспортные пробки, подъехало к дому. Шторы на окнах были задернуты, так что Гай не мог увидеть их из окна.

Клодия встала в сторонке у двери, а водитель нажал кнопку звонка.

— Специальная доставка из Амстердама, приятель, — сказал он, когда дверь наконец открылась.

— Вот здорово! — Клодия по голосу поняла, что Гай очень обрадовался. — Нужно расписаться в получении?

— Нет необходимости, приятель. Пока.

Пришлось поторопиться, пока Гай не закрыл дверь. Как только водитель сбежал по ступеням вниз, она шагнула из своего укрытия.

Гай остолбенел от радостного удивления еще до того, как она распахнула пальто и предстала перед ним в короткой сорочке из черного атласа и черных чулках, которые поддерживались атласными подвязками. Клодия достала из-за глубокого выреза красную розу и протянула ему.

— С днем рождения, Гай, — произнесла она с чуть заметной дрожью в голосе.

Радостно рассмеявшись, он сгреб ее в охапку и ногой закрыл дверь. Все еще смеясь, они оба упали на диван в гостиной.

Клодия сбросила с себя пальто и перекинула через спинку дивана.

— В прошлый раз сорочка была кремового цвета, но ты тогда сказал, что предпочитаешь черную.

— Я помню, — сказал Гай и посадил жену к себе на колени.

— А еще ты сказал, что я выгляжу, как выпускница монастырской школы, которая пытается изобразить из себя соблазнительницу. Я тогда очень обиделась.

Гай провел кончиками пальцев по ногам в черных чулках, замерев на том месте, где чулки заканчивались.

— Это было еще до того, как я узнал, насколько соблазнительной ты можешь быть на самом деле.

— Тебе не кажется, что в черном шелке я все-таки соблазнительнее, чем в кремовом? — шаловливо спросила она.

— Ты была бы соблазнительной даже в рубище. — Гай провел рукой по ее волосам, остановившись там, где, как ему было известно, находилось местечко, прикосновение к которому ее особенно возбуждало. — Но соблазн в шелках — это нечто особенное.

— Так и было задумано. Ведь это твой день рождения.

— После того как ты отсутствовала целых шесть дней... — поцеловав ее плечи, Гай спустил с них узенькие бретели, — мне, пожалуй, больше по душе соблазн в натуральном виде.

В камине пылал огонь, и в комнате было очень тепло. Лампы освещали комнату приглушенным светом, а диван был достаточно широк.

Портли спал, тактично отвернувшись, на самом маленьком кресле, которое он теперь считал своим собственным.

Несколько утолив жажду страсти, они улеглись у огня.

— Ты еще не открыл свой подарок, — сказала Клодия.

— Мне показалось, что я только что это сделал, — усмехнувшись, сказал Гай, освобождая от обертки маленький пакет. Там оказалась баночка настоящей икры, которую он обожал. — Я должен немедленно ее попробовать, — сказал Гай и, поцеловав Клодию, отправился на кухню.

Он возвратился с намазанными маслом тартинками и бутылкой вина, и супруги устроили импровизированный пикник у камина.

— Извини, я не купила тебе настоящий подарок, — сказала Клодия, когда они уже опустошили полбанки икры, — но я кое-что заказала. Правда, чтобы получить этот подарок, придется подождать какое-то время.

— Ты мне сама скажешь, что это такое, или я должен отгадать?

— Попробуй отгадать.

— В таком случае подскажи немного.

— Они бывают двух видов, — сказала она, подумав.

— Наверное, что-нибудь ручной работы?

Клодия рассмеялась.

— Не совсем.

— Что ты имеешь в виду? Что значит «не совсем».

— Именно это я и имею в виду: «не совсем ручной работы».

Она видела, что заинтриговала его. На лице Гая был написан нескрываемый азарт, который появлялся у него всякий раз, когда ему никак не удавалось отгадать последнее слово в кроссворде.

— Прошу еще одну подсказку.

Клодии захотелось его немного помучить.

— Ты к старости становишься тугодумом, — поддразнила она. — Вся эта история с соблазнами, наверное, плохо повлияла на твой мозг.

Как она и ожидала, Гай сгреб ее в охапку и начал щекотать, пока Клодия не взмолилась о пощаде.

— Отпусти меня!

— Только если дашь мне еще одну подсказку. В противном случае я продолжу атаку.

— Ты играешь не по правилам, — посмеиваясь, запротестовала Клодия. — Я не в состоянии отбиваться. — Она лежала плашмя на ковре, а Гай, склонившись над ней, держал ее за запястья.

Он поцеловал ее в нос.

— Тогда сдавайся.

Клодия посмотрела на него снизу вверх.

— Ладно. Они бывают двух цветов: голубые и розовые, но выбирать нельзя — это уж как повезет.

Минут десять спустя до Гая дошел смысл ее подсказок. Он, ошалевший от радости, напоминал своим видом собаку, получившую и кусок рождественской индейки, и сосиски, обернутые ломтиками бекона, и все остальные лакомства в мире.

— Интересно, что скажет Аннушка? — сказала Клодия, размышляя вслух.

— Она будет на седьмом небе от счастья.

— Ты уверен?

— Абсолютно. — Гай крепко прижал ее к себе. — На днях она сказала: «Вы с Клодией собираетесь завести детишек или проблемы со мной заставили вас навсегда отказаться от этой мысли?»

Она рассмеялась.

— Я думаю, ты предпочел бы голубой цвет?

— Мне все равно, лишь бы это было.

— Думаю, в твоих интересах выбрать голубой. Ведь против меня, Аннушки и миссис Пирс ты и без того пребываешь в меньшинстве.

— У меня есть Портли, — усмехнувшись, сказал Гай.

— Портли не в счет. Его, бедняжку, едва ли можно считать полноценным мужчиной.

Клодия взглянула в сторону кресла, где только что спал Портли, но его там не было. Он под шумок нашел себе более интересное занятие, с аппетитом поглощая икру из банки, оставленной на подносе.

— Ах ты, негодное животное! — прикрикнула Клодия. — Ведь это подарок на день рождения твоему папочке!

— Оставь его в покое, — миролюбиво сказал Гай. — У бедного зверя так мало радостей в жизни. А меня впереди ждет куда более ценный подарок.

— Но ждать придется ужасно долго, — вздохнув, сказала Клодия. — Я стану похожей на собор Святого Павла и буду ходить как утка. А ты, глядя на меня, будешь сожалеть, что твой подарок упакован в такую неэлегантную оболочку.

Уголки его губ дрогнули.

— И в результате я, возможно, не выдержу и сбегу с миссис Пирс.

Клодия едва удержалась от смеха.

— Думаю, вы очень подойдете друг другу. Сидели бы вечерами и обсуждали сравнительные достоинства разных мозольных пластырей и ворчали бы, возмущаясь, что телевидение заполонил секс.

— Не говоря уже о такой увлекательной теме, как недуги знакомых: проблемы с мочеиспусканием у миссис такой-то и прогрессирующее слабоумие у мистера такого-то.

Клодия рассмеялась.

В глазах Гая отражалось пламя камина; он поднес к губам ее руку и поцеловал.

— Ты будешь похожа на корабль под парусами — величественная и прекрасная.

— Уверяю тебя, ты ошибаешься.

— Нет, ты будешь именно такой.

— Не буду. Я стану громоздкой и буду ходить вразвалку...

Портли, оторвавшись от икры, взглянул на них. Странные существа — люди. Вот, полюбуйтесь, снова зачем-то припали друг к другу губами... Зачем это нужно, когда вокруг и без того есть чем полакомиться? Нет, никогда ему их не понять.

Литературно-художественное издание

Янг Андреа
Соблазн в шелках

Редактор Е.Н. Кондрашова
Художественный редактор О.Н. Адаскина
Компьютерный дизайн: Е.Н. Волченко
Технический редактор О.В. Панкрашина
Младший редактор Е. А. Лазарева

Подписано в печать 24.04.2000. Формат 84×108^1/$_{32}$.
Бумага газетная. Печать высокая. Усл. печ. л. 22,68.
Тираж 10 000 экз. Заказ № 1006.

Налоговая льгота — общероссийский классификатор продукции
ОК-00-93, том 2; 953000 — книги, брошюры

ООО «Издательство АСТ»
Лицензия ИД № 00017 от 16 августа 1999 г.
366720, Республика Ингушетия,
г. Назрань, ул. Кирова, д. 13
Наши электронные адреса:
WWW.AST.RU
E-mail: astpub@aha.ru

Отпечатано с готовых диапозитивов
в ордена Трудового Красного Знамени
ГУПП «Детская книга» Роскомпечати.
127018, Москва, Сущевский вал, 49.